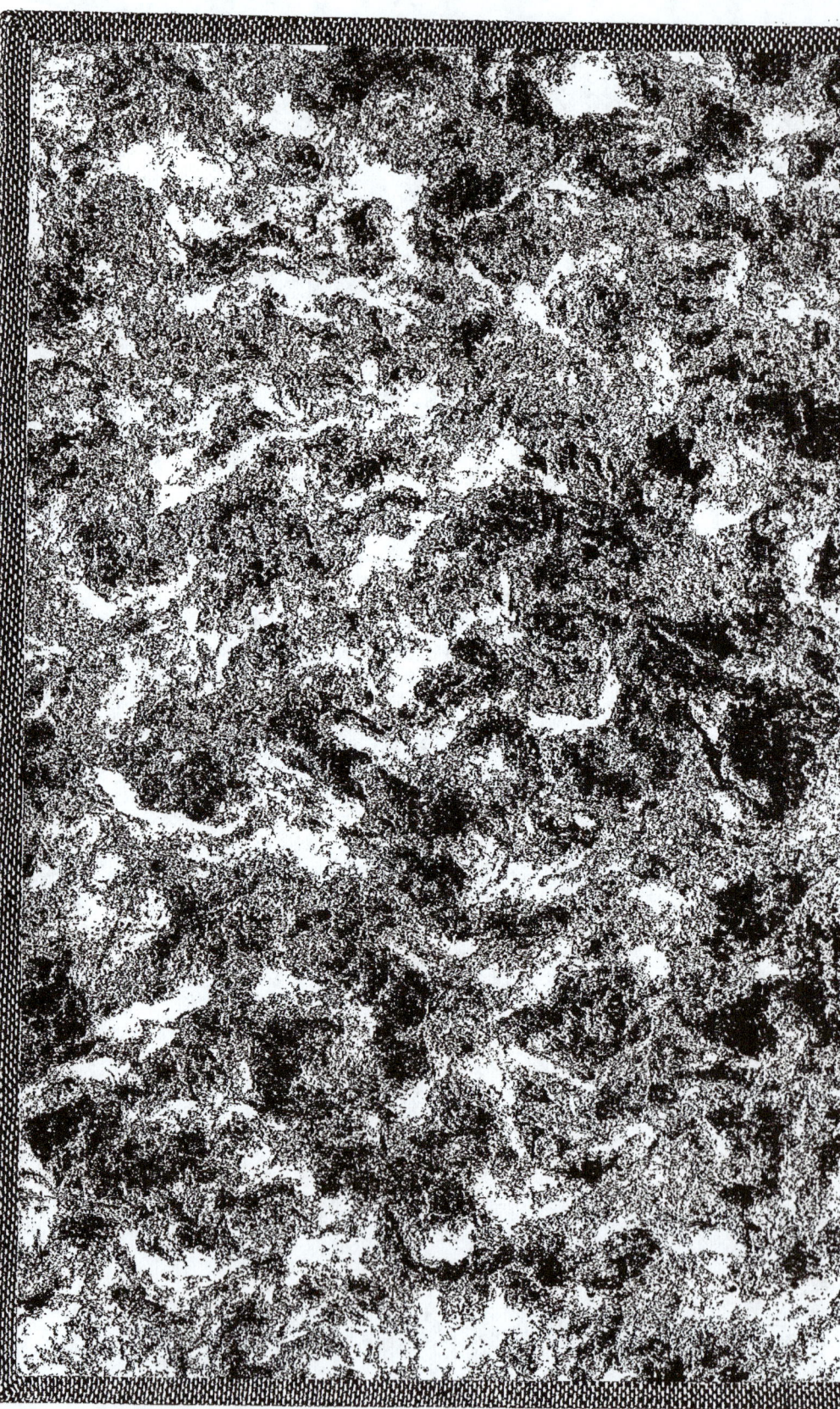

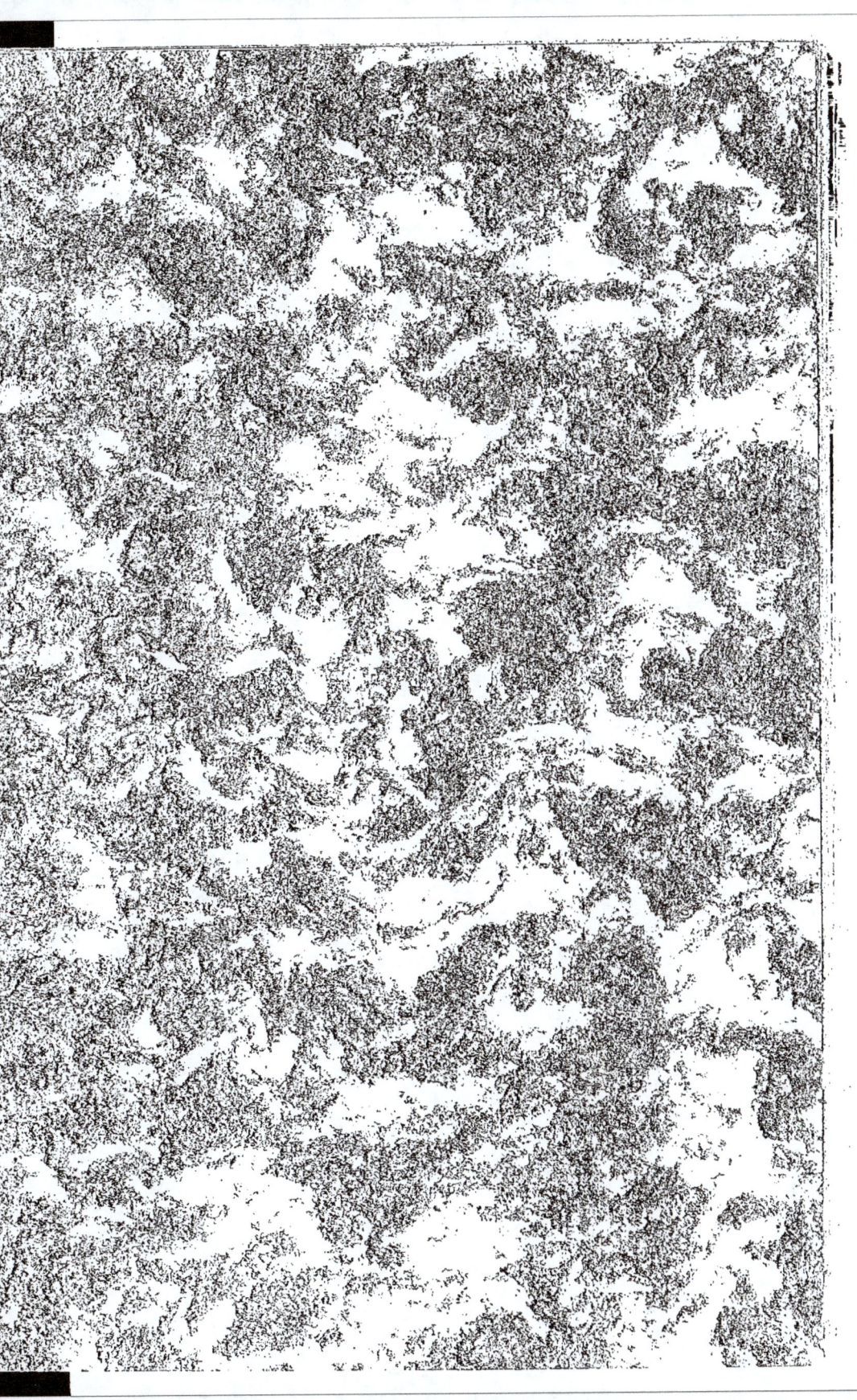

La

Muette de Portici

ou

Le Soulèvement de Naples.

Par

George Born.

ZURICH & LIÉGE

Robert Dancker, Libraire-Éditeur.

La
Muette de Portici

ou

LE SOULÈVEMENT DE NAPLES

PAR

GEORGE BORN

QUATRIÈME PARTIE

ZURICH.

ROBERT DANCKER

LIBRAIRE-ÉDITEUR.

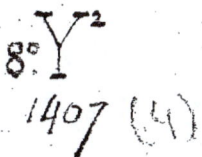

QUATRIÈME PARTIE.

CHAPITRE I.

Dans l'église des Carmélites.

Masaniello, toujours paré de la pourpre et du chapeau ducal, se trouvait encore dans la grande salle de l'Hôtel-de-Ville où Cinzio, Pietro, Ludovico et d'autres l'avaient laissé seul après la scène que nous avons racontée dans un précédent chapitre.

Le tribun allait et venait à pas précipités dans la vaste salle, se parlant à lui-même et donnant tous les signes d'une violente agitation.

— Ils en veulent à ma vie, murmurait-il, revenant sans cesse à cette idée, c'est à leur souverain légitime qu'ils osent s'attaquer, les traîtres — à moi, leur maître et seigneur! Mort à ces misérables! Mais chut — qu'y a-t-il? N'est-ce pas un assassin qui rampe là-bas dans ce coin — et le malheureux s'arrêtait brusquement, l'œil fixe, le bras tendu vers un angle obscur de la salle — n'est-ce pas Cinzio? Non, c'est Pietro — peut-être Ludovico — c'est un homme à trois têtes et je vois trois poignards étinceler dans sa main! Tenez, en voilà un autre — ils arrivent de partout — ils approchent!

La ville entière est conjurée contre moi! Arrière, pâles fantômes! Je suis le maître, encore! Arrière, à l'échafaud — ou plutôt — attendez — je sais un meilleur moyen de vous anéantir tous à la fois et de punir cette ville rebelle! Si j'y faisais mettre le feu! Vous tremblez, misérables! Si je faisais flamber Naples, cette ville d'ingrats et de mutins! Quelle fournaise! Quel feu de joie! Quel bûcher prêt pour ces assassins — allons — —

En cet instant une voiture roula bruyamment dans la rue et s'arrêta devant les marches de l'Hôtel-de-ville.

Masaniello prêta l'oreille.

— Encore! Encore de nouveaux traîtres! murmura-t-il. Ils viennent — je les entends — —

La porte s'ouvrit tout à coup, et le cardinal Filamarino parut sur le seuil. Le vénérable vieillard, averti de ce qui se passait, s'était immédiatement fait conduire à l'Hôtel-de-ville. Il arrivait, le cœur plein des plus charitables intentions, et résolu à tout essayer pour ramener à la raison l'infortuné tribun.

Masaniello s'était arrêté à quelques pas de la porte. Dès qu'il aperçut le cardinal, il courut à lui.

— C'est vous, maréchal, dit-il d'un air digne, je suis bien aise que vous arriviez enfin. Je vous ai fait appeler plusieurs fois!

Le cardinal joignit les mains. Cet homme aux traits pâles et altérés, lui inspirait une profonde pitié.

— Approchez, continua le tribun en se dirigeant vers un fauteuil sur lequel il se laissa tomber. — mais approchez à genoux! Veuillez ne pas oublier ce qu'on doit à la majesté impériale! J'ai plusieurs ordres à vous transmettre!

— Ne me reconnais-tu pas, mon fils? dit tristement le vieux prélat.

— Ne pas vous reconnaître? Vous plaisantez, je crois! répondit gravement Masaniello. Est-ce à moi à vous apprendre qui vous êtes et ce que vous avez à faire? Vous venez prendre

mes ordres, maréchal, les voici: faites étendre du velours
dans les rues — du velours rouge — afin que mes pieds
ne foulent qu'un tapis digne d'eux! Il y aura fête! Vous
ferez distribuer du vin. Je veux qu'il en coule dans toutes
les fontaines et que le peuple ait aussi son moment de plaisir!
Il faudra également du macaroni et des fruits — hahaha —
les gens seront contents, je suppose! Je veux leur faire la
vie douce et bonne!

L'infortuné riait, et Filamarino contemplait avec une émotion
croissante cet homme privé de raison s'occupant jusque dans
sa folie du bien-être du peuple. Il voulut essayer de le
calmer.

— Écoute-moi, mon fils, dit-il doucement.

— Qu'est-ce à dire? Vous vous oubliez, imprudent! s'écria
le tribun dont les yeux étincelaient de colère. A genoux! A genoux, vous dis-je ou je vous forcerai à vous y mettre! Je vous
courberai devant moi! Approchez, esclaves! Saisissez ce maréchal de cour — non, laissez-le — il demande grâce, vous le
voyez, et je lui pardonne, mais je compte sur son obéissance!
Vous m'entendez, maréchal! Faites visiter immédiatement les
coins de la salle et mettez-y des gardes — ils fourmillent
d'assassins et de traîtres. C'est Cinzio d'abord — mais il
n'est pas seul — j'ai vu également Pietro et Ludovico, puis
un certain Nicolo, un baigneur de Naples! Borella et Moreno
m'ont abandonné eux aussi — ce sont des traîtres — oui
des traîtres! Il y en a partout! faites occuper tous ces
coins — —

— Calme-toi, mon fils, calme-toi, interrompit le cardinal
en approchant du tribun. Il n'y a personne, absolument personne là-bas! Je suis seul avec toi — tu ne me reconnais
pas — as-tu oublié le vieux cardinal Filamarino? C'est lui
qui te parle. Il veut te soulager, te — —

— Silence! cria le tribun. Écoutez-moi, et cessez de m'interrompre, maréchal! Vous oubliez le respect qui m'est dû!
Mon cousin le roi d'Espagne et mon cousin le roi de France

vont arriver sous peu à Naples! ils viennent me voir! Les vaisseaux sont en route! Peut-être arriveront-ils déjà ce soir à Portici. Je désire que nos hôtes soient reçus avec la plus grande pompe, vous m'entendez, maréchal! Faites avancer des gondoles à Portici — il faudrait aussi quelques mulets pour le cas où mes nobles cousins préféreraient la terre ferme! Nous aurons ensuite dîner de gala — ici, dans cette salle! C'est ici que ça vaudra le mieux — je ne veux pas sortir — les rues sont pleines d'assassins! Il en vient de tous côtés et tous en veulent à ma vie! J'ai soif! Du vin, maréchal! Je veux le goûter! Vous ai-je dit que mon cousin, le roi de France, amenait mille lansquenets! J'en suis fort aise! Il veut me les donner, je crois! Mille lansquenets! quelle garde du corps! Les traîtres n'auront qu'à venir! Ce n'est pas tout, maréchal. Je devrai offrir quelques présents au roi de France — que lui donner? Réfléchissez-y! Une gondole pleine de ducats d'or, peut-être? Il lui en faut des ducats — mais s'il préférait la lune? Ce serait un présent plus digne de lui — nous la lui donnerons — vous n'avez pas oublié comment on la prend, je pense? Faut-il vous le répéter? Ecoutez bien, maréchal! Ce soir — est-ce déjà le soir — fait-il déjà sombre — ce soir, dès que la lune sera levée, vous ferez sentinelle sur le rivage jusqu'à ce qu'elle apparaisse au bord de l'onde — vous la prendrez au filet, alors, et vous la porterez à mon royal cousin!

Le cardinal avait vainement essayé d'interrompre ce monologue. L'insensé causait toujours et suivait son idée sans nul souci des muettes supplications du prélat.

— Masaniello! Mon pauvre, mon malheureux fils! s'écria enfin le cardinal incapable d'en entendre davantage, Masaniello, reviens à toi. Réveille-toi! Ne me reconnais-tu pas?

Le malheureux tressaillit. On eut dit qu'une lueur de raison s'éveillait dans son esprit. Il regarda autour de lui d'un air égaré.

— Que s'est-il passé — qui êtes-vous — où suis-je — j'ai rêvé sans doute, dit-il d'une voix faible. Je me sens malade — ma tête brûle — tout bat, tout tourne là dedans — laissez-moi dormir, je suis las, bien las! Allez! je veux dormir — et rêver!

— Non, mon fils, non, il ne le faut pas, s'écria le cardinal effrayé du nouveau caractère que prenait la folie du malheureux. Reviens à toi, Masaniello, surmonte cette faiblesse, et secoue bravement le voile qui s'est étendu sur ton intelligence!

— Laissez-moi dormir, je suis las, bien las, répéta le tribun dont les yeux redevenaient ternes et fixes — je veux continuer mon rêve — pourquoi m'en empêchez-vous? Partez! Que faites-vous ici? En voulez-vous à ma vie comme les autres — tous les autres!

Le prélat joignit les mains avec désespoir.

— Que faire? murmura-t-il. Le malheureux retombe dans son idée fixe! Impossible de l'abandonner!

Masaniello avait recommencé son monologue et ses yeux hagards semblaient suivre d'effroyables visions. Il se levait brusquement, tirait le poignard caché dans sa ceinture et en menaçait les ennemis invisibles que lui montrait son cerveau halluciné, puis il retombait sur son siège pour le quitter de nouveau l'instant d'après. Le cardinal assistait le cœur navré à cette horrible scène; il restait là, sans souci du danger qu'il pouvait courir, attendant qu'un moment de calme lui permit de tenter de nouveaux efforts pour arracher le malheureux à sa folie.

— Ils en veulent à ma vie, murmurait Masaniello, tous se sont conjurés contre leur souverain, je le sais! Regardez — là — et l'insensé montrait la fenêtre qui s'enveloppait d'obscurité — là — ne voyez-vous pas ces figures menaçantes — ne les reconnaissez-vous pas? Ils sont là, ces rebelles — ils me cherchent des yeux — cachez-moi, maréchal — cachez-moi, ils ne m'ont pas encore aperçu! Sauvez-moi, et tout ce que vous demanderez, je vous le donnerai! Je ne connaissais pas la peur autrefois — ces misérables ne m'effraieraient pas s'ils se présentaient un à un — mais tenez — il en vient de tous les côtés — ils avancent! Voyez-vous ce premier — là — c'est le Maure! Il fait grincer ses dents blanches — vous l'entendez! Il s'est mis à genoux — il rampe vers moi en m'appelant son souverain, son auguste maître, et l'assassin tient déjà le poignard dont il veut me frapper! Et là-bas — vous voyez ces noirs fantômes — ils sont là menaçants, immobiles — on dirait des ombres! Vous ne les connaissez pas! Écoutez, je vous dirai leur nom, continua l'insensé en baissant la voix et en se pressant contre le cardinal que l'effroi gagnait peu à peu. Ce sont les hommes noirs — ils sont prêts! Chacun d'eux tient un poignard sous son manteau! Ils ont l'air de ne pas me voir — regardez, tous sont tournés contre le mur, mais si je fais un mouvement, tous fondront sur moi à l'improviste!...

Le malheureux s'arrêta un instant, l'œil fixe, la main tendue vers l'endroit obscur où il croyait voir les frères de la mort. On eût dit qu'il n'osait pas remuer de peur d'éveiller l'attention de ces assassins invisibles. Filamarino voulut profiter de cet instant de calme, mais le son de sa voix suffit pour faire bondir l'insensé et pour le jeter dans une nouvelle crise.

— Mort aux hommes noirs! cria-t-il d'une voix stridente. Approchez, esclaves, emparez-vous de ces misérables et jetez-les dans les fers! Prenez-les tous — tous — n'en laissez point échapper! Savez-vous pourquoi ils en veulent à ma vie — c'est parce que j'ai soustrait le fils adoptif du duc à leurs poursuites, parce que j'ai accepté le chapeau ducal — que leur importe à eux — sont-ils les maîtres de Naples! Enfin, ils sont liés — les voilà hors d'état de me nuire — je n'ai plus peur! Je suis tranquille à présent!...

L'infortuné riait; sa figure s'était rassérénée. Le cardinal respira.

— Ne craignez rien, Masaniello; dit-il doucement; vous n'avez personne à redouter ici! Personne n'en veut à votre vie! Regardez — vous n'avez auprès de vous que le vieux cardinal Filamarino — votre ami!

Masaniello n'écoutait pas. Le frisson de la peur secouait de nouveau ses membres. Il regarda autour de lui d'un air effaré, puis il saisit la main du prélat et entraîna le digne vieillard vers la porte.

— Venez — venez, lui dit-il précipitamment; venez, il fait sombre ici, et je ne voudrais pas y rester plus longtemps! Venez, maréchal; sortons de ce lieu sinistre — je ne m'y sens pas à l'aise; il me semble qu'on nous poursuit — n'entendez-vous pas des pas?

— Vous vous trompez, Masaniello! Personne ne nous poursuit!

— On marche derrière nous! J'en étais sûr! Venez — venez!

L'insensé avait ouvert la porte de la salle et se préparait à en sortir avec le prélat dont il tenait toujours la main. Filamarino n'essaya pas de résister. Une idée subite avait traversé son esprit; il voulait la mettre à exécution et la nouvelle lubie de Masaniello allait l'y aider.

— Il faut sortir d'ici, vous avez raison, dit le cardinal, suivez-moi et je vous conduirai en lieu sûr!

— En lieu sûr? Est-ce bien vrai?

— Sans doute! J'ai fait préparer une voiture pour vous — elle nous attend devant la porte! Venez vite.

Masaniello obéit. Il suivit le vieillard qui le fit sortir de l'Hôtel-de-ville et le conduisit jusqu'à une voiture arrêtée au bas de l'escalier. Le tribun hésitait à y entrer. Il s'y décida, cependant, après quelques regards furtifs jetés dans l'intérieur, et pendant lesquels le prélat put jeter rapidement un ordre à son cocher.

— La voiture est vide, c'est vrai, mais ils la poursuivront, murmura Masaniello en s'arrêtant sur le marchepied, ils me poursuivent partout — partout — —

— Ne craignez rien, répondit le prélat, je vous promets une retraite assurée!

Tout en parlant, Filamarino poussait doucement le tribun dans la voiture. Il y monta lui-même ensuite, et en referma soigneusement la portière. Le cocher fouetta ses chevaux et bientôt la voiture roula dans les rues de Naples.

Quelques minutes plus tard elle s'arrêtait devant le portail de l'église des Carmélites.

Le domestique ouvrit la portière.

— Où sommes-nous — où? demanda précipitamment le tribun.

— A l'église; vous y serez en sûreté, Masaniello! répondit gravement le vieillard.

— Oui, vous avez raison, bien raison, maréchal; impossible de trouver une meilleure retraite!

Le malheureux descendit d'un air satisfait, s'enveloppa plus étroitement du manteau de pourpre qu'il n'avait pas quitté et pénétra en grande hâte dans l'église.

Filamarino le suivit aussi lestement qu'il le put. Masaniello s'était déjà blotti derrière un pilier voisin du maître-autel, et jetait, de là, des regards inquiets sur quelques moines et quelques dévotes agenouillés à l'entrée.

— Les voilà de nouveau — ce sont eux! murmura-t-il en montrant de la main les parties obscures de l'église.

Le cardinal appuya la main sur l'épaule du malheureux.

— Calmez-vous, Masaniello! dit-il fermement. Oubliez-vous en quel lieu vous êtes? Nul ne vous poursuit, je vous le jure! Revenez à vous et ne blasphémez pas dans la maison de Dieu.

— Je les vois, les traîtres, je les vois! Il en vient de partout! Leur nombre s'accroît de minute en minute! Ne les voyez-vous pas? Ils se glissent partout — ils rampent — ils sont là, toujours là, sur mes talons! — —

— Malheureux! Oubliez ce mauvais rêve, dit le cardinal, qui tremblait d'émotion. Priez! Implorez la miséricorde divine! Demandez à Dieu de vous arracher aux griffes du malin!

Masaniello murmurait toujours d'incohérentes paroles.

— Ne les voyez-vous pas? cria-t-il tout à coup en se redressant. Il en sort de tous les côtés! La ville entière est soulevée contre moi! Le peuple a juré ma mort — mais je le préviendrai! Je punirai d'avance les traîtres et les rebelles! Il le faut! Donnez-moi cette lumière — là — continua l'insensé en montrant du doigt les cierges allumés à l'autel. Donnez-la-moi, et prenez l'autre! Venez! Nous allons châtier Naples! Nous y mettrons le feu en cinq — non, en sept endroits à la fois! Venez — venez! Naples flambera tout entière — quel feu de joie! Venez! — —

Le cardinal joignit les mains.

— Sainte Vierge, s'écria-t-il, ayez pitié de ce malheureux! Inspirez-moi, aidez-moi à le sauver! Dissipez les ténèbres de son esprit . . .

— Venez, venez! interrompit l'insensé dont les yeux brillaient d'une joie féroce; venez, c'est le moment — —

Il allait s'emparer d'un des cierges placés sur l'autel — le cardinal lui saisit le bras.

— Arrêtez, malheureux, s'écria le vieillard. Ne reconnaissez-vous pas l'endroit où vous êtes? Ne voyez-vous pas le maître-autel! A genoux — priez — priez!

— Venez toujours! Ils avancent les misérables — fuyons! Il faut que Naples brûle!

En cet instant, une femme échevelée se précipita dans l'église. C'était Fenella! Le cardinal la reconnut et tressaillit de joie. Ce que lui n'avait pu faire, la Muette le ferait peut-être. Le pieux prélat remercia mentalement le ciel du secours inespéré qu'il lui envoyait, puis il fit vivement quelques pas au-devant de Fenella qui approchait haletante.

— Prenez garde, dit-il tout bas. Ne montrez ni chagrin ni frayeur. Allez à lui et touchez-le tranquillement. Peut-être pourrez-vous le faire sortir de son état!

La Muette s'arrêta. Ses jambes la soutenaient à peine. Le spectacle qu'elle avait devant les yeux eût fait faillir une âme plus forte que la sienne. Masaniello, son frère bien-aimé, Masaniello, le robuste et hardi pêcheur s'était subitement courbé sous le poids d'une intolérable souffrance. La démarche incertaine et inquiète, les regards furtifs, les mouvements fébriles du malheureux, ses traits contractés, tout indiquait une désorganisation complète dans cette vigoureuse nature; tout dénotait la présence de quelque principe fatal dont les effets allaient s'aggravant d'heure en heure.

L'insensé approchait furtivement du maître-autel et tendait une main tremblante vers le cierge objet de sa convoitise. Fenella voulut empêcher ce sacrilège. Elle fit un effort surhumain pour maîtriser sa douleur, et s'avança vers son frère en lui tendant les deux mains.

Masaniello tressaillit. Il fit un pas en avant, l'œil fixé sur cette figure qu'il lui semblait reconnaître. Ses lèvres s'entr'ouvrirent comme pour prononcer un nom qui leur était familier — une lueur d'intelligence passa sur ses traits — mais ce ne fut qu'un éclair. La folie eut le dessus, et le malheureux, un instant distrait de son idée fixe, y retomba bientôt plus complètement que jamais.

Fenella, incapable de se contenir plus longtemps, poussa un cri de détresse. Le désespoir l'étreignit avec une telle violence qu'elle s'affaissa sur les dalles en cachant sa figure dans ses mains.

— Arrière — que me veut cette femme? cria Masaniello que ces larmes et cette douleur semblaient irrité vivement. Emportez-la! Je ne veux pas la voir! Il me faut de la lumière — ici, esclaves! Qu'on apporte des torches! Je veux allumer un feu de joie, un feu d'artifice tel que vous n'en avez jamais vu! En avant! Ils tardent ces serviteurs infidèles — ils font attendre leur maître — qu'importe, je saurai me procurer ce qu'il me faut — la ville va flamber!

Et le malheureux, saisi d'un nouvel accès de démence, voulut s'élancer sur les marches du maître-autel.

Fenella se releva d'un bond et se jeta au-devant de son frère — l'insensé s'efforça de la repousser et de passer outre, mais il avait compté sans la vigueur de la Muette. Fenella s'était cramponnée à lui ; elle le retenait, et rien ne pouvait lui faire lâcher prise.

— Masaniello ! s'écria le cardinal épouvanté de cette lutte, Masaniello !

Le malheureux frissonna — il regarda craintivement autour de lui — ses bras levés retombèrent sans force à ses côtés.

— Masaniello ! répéta le cardinal d'une voix grave et solennelle, à genoux — priez !

En cet instant, les sons majestueux de l'orgue remplirent la nef — Masaniello, terrassé par quelque puissance invisible, se courba sur les marches du maître-autel.

Fenella s'agenouilla à côté de lui.

Quelques minutes passèrent ainsi. L'insensé écoutait. Cette musique divine semblait l'apaiser, et déjà le digne prélat renaissait à l'espérance. Cette effroyable crise pouvait cesser aussi subitement qu'elle avait commencé. Déjà Fenella, heureuse de cet instant de calme, épiait anxieusement son frère et recueillait un à un maints symptômes favorable —

Tout à coup le tribun s'affaissa lourdement sur le sol, et resta étendu, la tête sur les marches, comme s'il voulait dormir. On l'eût dit écrasé par une invincible lassitude. Le cardinal le considéra un instant d'un air satisfait. Ce sommeil lui paraissait de bon augure. Il se pencha vers Fenella, toujours agenouillée auprès de son frère, et murmura à son oreille quelques paroles rassurantes, puis il alla appeler le sacristain et le servant d'église. Tous deux accoururent ; et sur l'ordre du prélat, tous deux soulevèrent avec précaution le dormeur et l'emportèrent dans la sacristie où ils le posèrent sur de moelleux coussins.

Masaniello reposait là comme un mort. Il s'était drapé dans le manteau de pourpre dont l'un des bouts revenait sur l'épaule. Le tissu fatal l'enveloppait ainsi tout entier! L'infortuné serrait comme un trésor cette pourpre meurtrière; il s'y cramponnait instinctivement comme au dernier signe de son éphémère royauté — —

La Muette de Portici avait suivi son frère. Elle s'agenouilla près de lui, s'assura que son sommeil était paisible, puis elle s'abîma dans une ardente prière. C'était la guérison de Masaniello qu'elle demandait au ciel — la pauvre enfant ne devait pas être exaucée! —

Chapitre II.

Une taverne à Foria.

Foria, situé sur la côte ouest de l'île d'Ischia, est un petit bourg habité par des pêcheurs et des marins. L'endroit avait jadis une certaine importance; son port était constamment animé par la présence de nombreux bateaux qui venaient ou se charger des produits de la contrée pour les transporter en d'autres lieux, ou apporter diverses marchandises destinées à Naples ou à ses environs.

Les rues voisines du port offraient un attrayant spectacle. C'était un mouvement perpétuel, un va-et-vient constant de bateliers, de pêcheurs et de marins de tous pays, attirés par les boutiques et les tavernes qui abondaient dans ces rues. Ce mouvement redoublait après le coucher du soleil. Les marins, séduits par la fraîcheur du soir, quittaient peu à peu leurs embarcations et venaient chercher à terre les plaisirs bruyants dont ils avaient été sevrés pendant leurs longues traversées. Les tavernes se remplissaient instantanément. Malgré leur nombre, il n'en était pas une qui ne retentît jusque fort avant dans la nuit du bruit des verres, des dés, et des joyeux refrains. On s'en donnait à cœur joie, mais il n'était pas rare qu'une querelle vînt interrompre les amusements. Les disputes et les rixés sont chose habituelle dans un port où les représentants des nations les plus diverses se coudoient chaque jour, mais nul ne s'en étonne. Les matelots se dédommagent à terre de la discipline que règne à bord, et beaucoup se croient tout permis dès qu'ils ont cessé de fouler le pont de leur navire.

La taverne la plus fréquentée de Foria était sans contredit celle de maître Larino, située tout auprès du bastion et dont la porte largement ouverte semblait attirer irrésistiblement les passants. Un monstre marin, œuvre naïve de quelque barbouilleur d'enseignes décorait la façade du logis. Au dessous de l'animal on lisait en grandes lettres: „A la grande baleine.‟

La taverne, déjà fort animée pendant le jour, se remplissait chaque soir de telle sorte qu'il était rare d'y trouver une place vide, et que Larino, le modèle des hôtes, suffisait à peine à sa besogne, bien qu'il se fît aider de deux garçons, actifs et empressés comme leur maître. C'était „A la grande baleine‟ que se réunissaient les marins. Ils s'y installaient comme chez eux, causaient, riaient, jouaient aux dés ou traitaient leurs affaires en buvant le vin de maître Larino, et la salle enfumée de la taverne avait souvent abrité d'importantes transactions.

Maître Larino avait quarante ans à peine. C'était un petit homme à l'air intelligent et ouvert, toujours de bonne humeur, toujours au courant des nouvelles et toujours à son poste. De l'aube au soir on le voyait à l'ouvrage, veillant à tout, promenant partout l'œil du maître, et donnant lui-même l'exemple de la plus infatigable activité. Il était fier de ses vins, de sa cuisine, fier surtout de la bonne réputation de sa maison, et tous ses soins tendaient à la soutenir.

Larino, en hôte entendu qu'il était, n'oubliait pas l'amusement de ses visiteurs. Il savait leur procurer, à l'occasion, d'honnêtes divertissements, et les joueuses de mandoline, les danseuses, les improvisateurs sérieux ou comiques dont les talents lui paraissaient dignes de sa taverne trouvaient toujours bon accueil auprès de lui. Larino ne s'épargnait pas, mais la récompense ne s'était pas fait attendre. La taverne de „La grande baleine" et son hôte comptaient parmi les gloires de Foria. On en parlait au loin et au près; il n'était pas de marin débarquant à Ischia qui ne leur fit sa visite, aussi l'empressé Larino réalisait-il, bon an mal an, de fort belles économies, et passait-il, non sans raison, pour l'homme le plus riche de l'endroit.

On était au lendemain de l'assassinat du vieux Julio. Le jour baissait. Larino venait d'engager pour la soirée deux jeunes filles aussi habiles à jouer de la mandoline et de la guitare qu'à danser la tarentelle. L'hôte était fin connaisseur en pareille matière. Les deux jeunes filles avaient essayé leurs talents devant lui, et Larino, satisfait de cette épreuve, venait de les introduire dans la taverne.

Une estrade destinée à ces représentations s'élevait dans le fond de la vaste salle. Les deux jeunes filles y montèrent et attendirent silencieusement que le moment de se produire fût venu.

La nuit approchait. Les hôtes arrivaient par groupes. Larino alluma les deux lampes suspendues au plafond qui éclairaient son local, puis il reprit sa place auprès d'une immense table chargée de cruches et de gobelets, et derrière laquelle on apercevait une respectable rangée de tonneaux. L'hôtesse, retirée dans sa cuisine, avait fort à faire à préparer et à frire le poison à mesure qu'on le demandait, et Larino qui n'aimait point à être dupe, n'avait pas trop de ses deux yeux pour surveiller ses hôtes, et pour reconnaître l'argent que lui remettaient ses aides.

La salle s'était remplie comme par enchantement. Les deux jeunes filles se levèrent et commencèrent à chanter en s'accompagnant de leurs instruments. La danse succéda à la musique, et les jeunes Napolitaines y mirent tant de feu et tant de grâce que toute l'assistance éclata en applaudissements. Quelques matelots dont l'escarcelle semblait fort bien garnie en firent sortir des ducats d'or qu'ils lancèrent aux jeunes virtuoses. La moisson faite, elles remercièrent les donnateurs par les gestes les plus gracieux, puis toutes deux se rassirent et commencèrent un duo de guitare et de Mandoline dont le succès fut complet.

Jamais Larino n'avait eu la main plus heureuse. Il rayonnait, et tout en encourageant du geste et de la voix des deux jeunes filles, il supputait mentalement le gain de la soirée. La salle se remplissait de plus en plus, aussi l'athmosphère en était-elle lourde et étouffée bien qu'on eut ouvert portes et fenêtres. Les fumées du vin obscurcissaient singulièrement la clarté des lampes, et tout semblait enveloppé d'un léger brouillard. Il en sortait un mélange si confus de voix, d'exclamations et de rires qu'il fallait être habitué à ce mouvement et à ce bruit pour se hasarder dans cette enceinte.

Le nouveau venu qui s'y introduisait en cet instant semblait partager cette impression. C'était un homme de haute taille dont les vêtements semblaient appartenir à un vieillard, et n'étaient point faits pour celui qui les portait. Le manteau lourd, grossier, et raccommodé en maints endroits, n'était pas destiné à la taille élégante qu'il recouvrait en cet instant. Le chapeau était déformé, bruni par le soleil, et contrastait étrangement avec la figure qu'il voulait cacher.

L'étranger s'assit près de l'entrée de la taverne sur un banc resté libre et commanda à l'un des garçons du vin, du poisson, du pain et des fruits, puis il promena autour de lui des regards furtifs et inquiets. On lui apporta bientôt ce qu'il avait demandé. Il paya vivement le garçon et se jeta en affamé sur les mets posés devant lui. On eût dit qu'il n'avait pas mangé de la journée. Les poissons disparurent les uns après les autres avec une étonnante rapidité, et le repas tout entier fut expédié en quelques minutes.

Cette incroyable célérité n'avait pas empêché le nouveau venu d'examiner les personnes placées dans son voisinage et de prêter l'oreille à ce qui se disait autour de lui. Il parut même avoir entendu quelque phrase de nature à l'intéresser, car il prit tout à coup son gobelet et alla s'asseoir près d'une table qu'entouraient quelques marins.

— Tu vas donc repartir? disait l'un de ces derniers en s'adressant à son voisin que l'on reconnaissait aisément pour le capitaine de quelque navire marchand.

— Sans doute. Mon chargement est fait, j'ai complété mon équipage, et nous prenons la mer demain matin!

— Tu retournes à Toulon?

— Comme tu dis. J'en reviens ensuite avec des marchandises françaises. Je vais l'année durant de Foria à Toulon et vice-versa.

— La flotille espagnole ne croise-t-elle pas devant la Corse? demanda un autre marin.

— Je le crois, répondit le capitaine! Elle devait faire d'assez longues manœuvres dans ces parages!

— Et ne s'est-elle jamais trouvée sur ton chemin?

— Je l'évite autant que je peux. Que me voudrait-elle d'ailleurs? Je fais mon petit commerce et n'ai rien à démêler avec des vaisseaux de guerre.

— On pourrait t'arrêter pour avoir des nouvelles. Le commandant de la flotille doit être à l'affût des navires napolitains.

— C'est possible, répondit tranquillement le capitaine. Si l'on m'interroge je me garderai de dire ce qui s'est passé à Naples!

— A propos, savez-vous déjà que Masaniello est devenu fou? dit tout à coup l'un des marins.

— Masaniello fou? — —

— Je l'ai appris ce soir. J'ai vu des matelots qui m'ont dit tenir cette nouvelle de pêcheurs de Portici. Il faut bien que ce soit vrai!

La conversation, devenue générale, fut subitement interrompue. Les deux jeunes filles recommençaient à danser sur leur estrade et ce spectacle était assez attrayant pour attirer l'attention générale.

Pendant ce temps l'étranger s'était peu à peu rapproché du capitaine, et, jugeant le moment favorable, il lui frappa doucement sur l'épaule.

Le marin se retourna et toisa du regard l'étrange personnage qui s'adressait à lui.

— Ne disiez-vous pas que vous preniez la mer au lever du soleil et que vous vous rendiez à Toulon, fit tout bas l'homme au manteau en se penchant sur l'épaule du capitaine.

— Je l'ai dit! Pourquoi me demandez vous ça?

— Parce que j'aurais en ce cas une petite proposition à vous faire, signor!

— De quoi s'agit-il?

— Je suis obligé de me rendre en Corse. Seriez-vous disposé à me prendre comme passager et me débarquer au but de mon voyage?

— En Corse? répéta le capitaine. Cela ferait un détour considérable. Je n'y aborde jamais!

— Je suis prêt à vous dédommager!

Le capitaine réfléchit un instant.

— Et dans quelle partie de l'île voudriez-vous débarquer, demanda-t-il enfin.

— Peu importe. Vous me déposeriez où vous voudriez.

— Vous êtes singulièrement accomodant, vous, exclama le capitaine. On ne rencontre pas toujours des gens doués de tant de bonne volonté. Comme ça, l'affaire sera bientôt conclue!

— Et que me demanderez-vous?

— Vous me donnerez vingt nobles!

— C'est entendu!

— Alors venez avec moi ou trouvez-vous demain avant l'aube à bord. Mon navire est à l'ancre dans le port.

— Comment l'appellez-vous?

— Le Phoque, signor!

— Bien. Je serai là à l'heure!

De bruyantes acclamations terminèrent l'entretien. Les deux danseuses s'étaient particulièrement distinguées, elles achevaient leur tarentelle au milieu d'un tonnerre de bravos. La représentation était finie. L'homme au manteau, peu soucieux d'exciter l'attention, regagna sa place près de la porte de la taverne, tandis que les marins entamaient une discussion animée sur les mérites respectifs des deux danseuses.

Pendant ce temps, Larino, tout en échangeant quelques paroles amicales avec celui-ci ou celui-là se rapprochait de l'étranger dont l'aspect l'avait immédiatement frappé. Ce dernier ne s'en aperçut que lorsqu'il fût trop tard pour se lever et quitter la taverne, mais un coup d'œil jeté sur la porte le rassura. La sortie était libre. Il serait facile de l'atteindre en cas de besoin.

Larino se faufilait toujours au travers des bancs et des tables. Il arriva enfin auprès de l'étranger qui feignait de ne pas l'apercevoir, et tenait la tête baissée.

— Tiens, tiens, a-t-on jamais vu pareille ressemblance, fit l'hôte en frappant sur l'épaule de l'inconnu. Est-ce vous, Julio, ou n'est-ce pas vous?

L'étranger releva quelque peu la tête.

— Que voulez-vous dire? demanda-t-il.

— Je vous ai pris pour le gardien du phare, répondit Larino sans perdre un seul instant de vue l'énigmatique personnage qu'il avait sous les yeux. Je me suis trompé, vous n'êtes pas le vieux Julio — mais je parierais ma tête que vous portez son manteau et son chapeau!

— Vraiment!

— Impossible de s'y tromper!

— Diable — vous avez de bons yeux!

— Ce chapeau se reconnaîtrait entre mille. Il appartient au vieux Julio! Voudriez vous le nier?

— Nullement!

— M'expliquerez-vous alors comment il se trouve sur votre tête?

— Rien n'est plus simple. Ne savez-vous pás encore que le gardien du phare est mort?

— Mort — le vieux Julio est mort?

— Sans doute! Il n'était plus jeune le brave homme! Il est mort — et je suis son successeur!

L'hôte ouvrit de grands yeux. Ce qu'il entendait lui paraissait de plus en plus surprenant.

— Et comme ça, reprit-il après une pause, vous vous êtes hâté d'entrer en possession de l'héritage du gardien?

— Lui-même l'a voulu ainsi. Je n'ai fait qu'obéir à ses dernières volontés!

— Le vieux Julio mort! répéta l'hôte en secouant la tête. C'est un brave homme de moins dans le monde! J'en suis peiné, sur mon âme! Racontez-moi donc comment ça s'est passé!

— Comme ça se passe toujours, pardieu, fit l'étranger avec humeur. N'avez-vous jamais vu mourir personne! Il a rendu l'âme, voilà tout!

— Et dire que je l'ai vu avant-hier!

— C'est bien possible! Il est mort la nuit dernière!

— Et vous voilà son successeur?

— Comme vous dites!

— Mais vous n'êtes pas Napolitain, votre accent vous trahit, fit Larino qui examinait de plus en plus attentivement la figure distinguée et les mains fines de son hôte.

— Je suis espagnol d'origine, mais il y a longtemps que j'ai passé aux Napolitains!

— C'est singulier — si je n'ajoutais pas foi à vos paroles, je dirais que vous êtes le capitaine de la garde du corps — on croirait le voir — mais ce n'est sans doute qu'une ressemblance !...

L'étranger frissonna légèrement. Il lui fallut un violent effort pour garder l'air indifférent qu'il avait montré jusque-là.

— Vous trouvez donc que je ressemble au capitaine Selva, dit-il en s'efforçant de sourire.

— C'est frappant, murmura Larino d'un air préoccupé. Tenez, continua-t-il plus haut, je jurerais que vous êtes le capitaine — ou tout au moins son frère s'il en a un — —

— Vous auriez tort de jurer, répondit Selva de l'air le plus naturel. Tranquillisez-vous, et remplissez-moi ma cruche au lieu de vous tourmenter !

Larino prit le vase vide et s'éloigna en secouant la tête. Le cas lui paraissait suspect. L'histoire qu'il venait d'entendre était si singulière, qu'il semblait impossible d'y ajouter foi. L'hôte y songeait tout en se frayant un étroit passage au travers des tables, et malgré lui, il se retournait à chaque instant pour examiner encore l'étrange personnage avec lequel il venait de s'entretenir.

Larino était arrivé jusqu'à sa table. Il allait servir le vin demandé, lorsqu'un brusque mouvement lui fit retourner la tête. Le capitaine de la garde s'était levé et avait gagné d'un bond la sortie.

— Halte-là ! cria Larino en montrant la porte. Arrêtez-le, arrêtez-le !

Selva n'était plus là. Il courait à perdre haleine — mais déjà quelques-uns des hôtes de Larino s'étaient levés et se mettaient à la poursuite du fugitif.

— Un Espagnol ! Un espion ! criait l'hôte qui se trouvait pris entre les tables et avait peine à en sortir. Arrêtez-le ! Il porte les vêtements du vieux Julio, mais c'est le capitaine de la garde du corps — c'est lui, j'en réponds !

Ces paroles produisirent une incroyable agitation dans la taverne. Chacun se leva, et les plus pressés bousculèrent choses et gens pour arriver des premiers au dehors et courir sus à l'espion.

Le fugitif ne pouvait être bien loin, mais il faisait sombre dans la rue. Le vent s'était levé depuis quelques instants. Il faisait tourbillonner d'épais nuages de sable et de poussière dont l'air paraissait obscurci. Ce fut une circonstance favorable pour Selva qui disparut promptement aux regards de ses poursuivants! Il courait à perdre haleine. Les exclamations qui retentissaient derrière lui précipitaient sa course — mais elles diminuaient peu à peu et bientôt elles cessèrent tout à fait.

Le rivage était à peu près désert. Les quelques personnes qui se trouvaient encore dans le port étaient occupées de leurs bateaux et ne songeaient pas à les quitter pour courir après un inconnu. Le capitaine se crut sauvé — sans doute on n'avait pas découvert la direction qu'il avait prise — sa barque ou plutôt celle du vieux gardien se trouvait d'ailleurs à peu de distance, quelques pas allaient l'y porter et le mettre à l'abri des poursuites — —

Selva s'arrêtait pour reprendre haleine lorsqu'il entendit des pas derrière lui. Il se retourna et aperçut avec terreur deux matelots qui couraient à lui — —

On avait donc suivi ses traces! Ces deux hommes, plus courageux ou plus constants que les autres, ne s'étaient pas laissé arrêter par la rafale qui devenait de plus en plus violente. Selva bondit en avant et reprit sa course vers l'endroit où se trouvait son bateau.

La tempête faisait rage. Les navires à l'ancre dans le port dansaient sur les vagues, tandis que la rafale hurlait et sifflait le long des mâts. De larges gouttes de pluie tombaient avec fracas sur le sol et mêlaient leur voix au mille bruits de la tempête.

Selva courait en désespéré, mais ses ennemis gagnaient peu à peu du terrain. L'un des matelots avait devancé son camarade. Quelque pas les séparaient à peine du fugitif. Il s'élança en avant, parvint à saisir un des pans de l'ample manteau que portait Selva, et l'attira à lui. L'agrafe du vieux manteau n'était guère solide. Elle céda sous l'effort, et le matelot qui poussait déjà de triomphants hourrahs n'amena à lui que la défroque du vieux Julio. Le fugitif avait bondi en avant laissant le manteau entre les mains de son adversaire, et tandis que ce dernier revenait de sa déconvenue, Selva gagnait rapidement le bord de l'eau, enjambait le bastion et sautait dans son canot.

La barque était amarrée à un pieu, mais les vagues la secouaient avec tant de violence qu'il semblait étonnant que sa chaîne eût résisté jusque-là. Selva la détacha en toute hâte. Peu soucieux du danger qu'offrait cette mer en courroux, il saisit d'une main l'une des rames tandis que de l'autre il se cramponnait au mât.

Les matelots arrivaient en cet instant sur le bastion. L'un d'eux voulut sauter dans la barque. Le capitaine brandit sa rame. Il se préparait à défendre vigoureusement l'accès de son canot, lorsque le matelot qui cherchait à éviter les coups que lui destinaient le capitaine tomba dans l'eau. Désormais il n'était plus redoutable. Tous ses efforts se concentreraient sur son propre salut. Selva le comprit et ne songea plus qu'à s'éloigner du bord, toujours dangereux en pareil temps. Il parvint, non sans efforts, à tendre la voile; le vent s'y engouffra avec violence, et l'esquif, à demi couché sur le flanc, fut entraîné au large.

Pendant ce temps, le matelot luttait péniblement avec les vagues. Il était bon nageur. De vigoureux efforts le ramenèrent sur le rivage où son compagnon l'attendait non sans inquiétude, et tous deux reprirent en jurant le chemin de la taverne.

Selva avait échappé à ses ennemis, mais il n'était sorti

d'un danger que pour tomber dans un autre. La barque du vieux gardien, solide et bien construite, pouvait à la vérité braver le gros temps, mais il eût fallu pour la conduire la main sûre et ferme de son véritable propriétaire. Un batelier de profession eût immédiatement baissé la voile qui n'offrait en pareil temps qu'un danger de plus. Selva ne l'ignorait pas, mais la rame dont il s'était servi pour repousser le matelot était tombée à la mer. Saisie par les vagues, elle avait été jetée au loin avant que le capitaine eût pu la reprendre, et le fugitif, réduit ainsi à l'impuissance, se laissait emporter par la bourrasque sans que l'obscurité croissante lui permit seulement de reconnaître la direction dans laquelle il était poussé.

Selva s'était cramponné au mât, et las de tant d'émotions diverses, de tant d'efforts infructueux, il attendait dans une espèce de somnolence ce que le sort allait décider de lui. Tout à coup, il tressaillit — une étincelante lumière venait de s'allumer à l'horizon — et Selva reconnut à n'en pas douter le fanal d'Ischia.

C'était bien la lampe du phare — mais qui donc l'avait allumée. Il l'avait vue le matin s'éteindre faute d'huile — et maintenant elle brillait de nouveau — —

Le vieux gardien n'avait-il été qu'étourdi? Etait-il revenu à lui dans la journée? — Impossible — — Selva ne se souvenait que trop de l'état dans lequel il l'avait laissé. Il revoyait cet œil mourant, ces lèvres où le sang montait en écume — le vieux Julio était bien mort! Selva l'avait tué — mais qui donc avait rallumé le fanal?

Un froid mortel passa dans les veines du fugitif. La scène de la nuit précédente se dessinait devant lui et lui faisait presque oublier sa situation présente. Il fallait agir pour chasser cette image importune. Selva quitta le mât auquel il s'était cramponné jusque-là et s'efforça de gagner l'arrière du bateau. Il y parvint, non sans peine, saisit le gouvernail et voulut essayer de lui imprimer une direction quelconque

— peine inutile! Les vagues se jouaient de ses efforts! Elles soulevaient la barque à d'énormes hauteurs pour la précipiter ensuite dans l'abîme. Où se diriger d'ailleurs — la lumière du phare s'était de nouveau éteinte, et rien n'indiquait plus au malheureux dans quels parages il avait été poussé!

La rafale devenait de plus en plus violente. Elle s'abattait en hurlant sur cette mer en courroux, s'engouffrait dans la voile et emportait la barque avec une effrayante rapidité. Où l'entraînait-elle? Bien loin, toujours plus loin au milieu des ténèbres, et Selva, perdu dans cette immensité, fit une fois de plus le sacrifice de sa vie.

Il lâcha le gouvernail. Comment lutter, lui chétif, contre les éléments déchaînés? La résignation la plus complète était seule praticable en pareille circonstance. Selva l'avait compris. Il s'accroupit dans le fond du bateau et retourna en rampant vers son mât où il se sentait plus en sûreté qu'au gouvernail.

Tout à coup, il lui sembla distinguer devant lui des masses confuses, des contours obscurs qui semblaient indiquer en cet endroit l'existence de terres et de rochers — —

Il fallait à tout prix ralentir la marche du bateau. Selva bondit sur la voile et parvint après de vigoureux efforts à la replier tant bien que mal — —

La barque suivit un instant l'impulsion donnée, puis son allure se calma et bientôt elle ne fit plus que ballotter sur place. La présence d'esprit de Selva l'avait sauvé d'une mort certaine. Il se trouvait alors à quelques pas d'un rivage escarpé et rocheux sur lequel son bateau se fût infailliblement brisé si sa course n'avait pas été ralentie. Qu'était-ce que ce rivage? Sur quelle terre inconnue le fugitif allait-il aborder? —

Chapitre III.

Le nouveau gardien du phare.

Attaqué subitement par le Maure et par les hommes dont Hassan s'était fait suivre, le chef de la Compagnie de la mort avait réussi, comme nous l'avons vu, à se jeter dans un bateau et à gagner le large.

Nicolo le bossu ne s'était pas trompé. Le capitaine avait ôté son masque qui ne pouvait que le gêner dans cette joûte où il avait besoin de toute sa liberté de mouvements, et l'on pouvait voir sa figure — c'était bien Salvator Rosa! Le grand peintre était donc bien le chef de ces mystérieux personnages qu'on appelait les hommes noirs!

Le mystère s'éclaircissait, mais il n'était pas complètement dévoilé cependant. Nicolo affirmait bien avoir reconnu le capitaine, mais rien ne venait prouver son dire. Hassan voulait savoir enfin à quoi s'en tenir; il fallait pour cela s'emparer de l'un des membres de la mystérieuse confrèrie, le prendre mort ou vif, et c'eût été un beau coup que de commencer par le chef de la bande — mais cette satisfaction devait manquer au Maure. La poursuite n'atteignit pas son but. Hassan et ses hommes revinrent furieux à Naples, n'amenant avec eux d'autre trophée que le cadavre du vieux Julio.

Le jeune et vigoureux chef des hommes noirs maniait admirablement l'aviron; il avait, en outre, un bateau facile à diriger, deux conditions essentielles de succès. Il commença par ramer de façon à mettre une distance considérable entre ses ennemis et lui, puis il se reposa jusqu'au moment où, les barques approchant, il saisit de nouveau les rames et s'éloigna avec une telle rapidité qu'il fut bientôt hors de vue.

Notons, avant d'aller plus loin, que l'ordre donné par le capitaine à celui des membres de la confrèrie qu'on appelait Leonardo concernait Lorenzo et Selva. Les chefs des hommes noirs, réunis en conseil, venaient de décider que les cadavres des deux prisonniers ne seraient point pendus aux rochers, mais jetés à l'eau avec des pierres suffisamment lourdes pour empêcher qu'ils ne revinssent à la surface. C'était cette décision que Salvator Rosa transmettait à son subordonné tandis que Nicolo le bossu était aux écoutes à quelques pas des deux hommes noirs.

Leonardo, muni de ces nouvelles instructions, redescendit dans son canot et fit force de rames vers l'endroit du golfe où devait avoir lieu l'exécution. Il y arriva à temps pour sauver encore Micco, Luigi et Matteo. Tous trois avaient réussi à ressaisir l'embarcation au moment où elle sombrait. Ils l'avaient retournée de façon à ce qu'elle flottât la quille en l'air, puis ils s'étaient cramponnés à cette espèce de radeau — les autres, moins heureux, avaient disparu dans les flots.

Leonardo recueillit ses trois camarades et les ramena promptement à Naples, puis il reprit son poste au-dessous du bastion, tandis que les trois hommes qu'il venait de sauver se rendaient promptement au pavillon pour s'y débarrasser de leurs vêtements mouillés, et prendre, s'il se pouvait, quelques heures de repos.

Revenons au capitaine dont les autres membres de la Compagnie de la mort, ignorant ce qui s'était passé, attendaient vainement le retour.

Salvatoriello atteignit heureusement la pointe avancée sur laquelle se trouvait le phare d'Ischia. Il sauta sur les pierres qui formaient un enrochement au pied de la tour, amarra vivement son bateau et s'avança sur le rivage. Il comptait trouver asile auprès du gardien ou chercher quelque part dans l'île une retraite où il put attendre le départ de ses ennemis. Leur nombre ne lui permettait pas d'en venir aux mains avec eux. C'eût été s'exposer de gaîté de cœur aux plus redoutables dangers, et priver volontairement la mystérieuse confrérie du plus brave et du plus vaillant de ses membres.

Salvatoriello avait fait quelques pas à peine lorsqu'il s'arrêta tout à coup; il venait d'apercevoir le vieux Julio étendu de tout son long sur les pierres. Le peintre se pencha sur le vieillard et reconnut avec une douloureuse surprise qu'il avait été assassiné. Julio n'était point un inconnu pour les hommes noirs. Salvator, en particulier, ne perdait aucune occasion de s'entretenir avec le gardien du phare, dont il appréciait l'ardent patriotisme; il aimait ce solitaire épris de sa vie de dangers et de renoncement. En danger lui-même, il accourait, sûr de trouver auprès de Julio l'appui dont il avait besoin — et cet homme qu'il avait vu plein de vie quelques jours auparavant, cet homme austère et dévoué gisait étendu sur le sol — il avait été lâchement assassiné —

Salvatoriello murmura une sourde imprécation. Il se pencha sur le corps pour s'assurer que tout était bien fini. Ce n'était que trop vrai! Julio avait cessé de vivre et nul ne pouvait plus rien pour lui. Il ne restait qu'à lui procurer une sépulture en terre consacrée et à venger sa mort.

Salvator se releva en se promettant de rechercher le meurtrier du vieillard. Il fallait, en attendant, le laisser là, et chercher une retraite. Les barques ennemies se rapprochaient peu à peu de l'île; le peintre les apercevait dans le lointain — il fallait fuir, se cacher — sauf à reparaître lorsque le Maure et ses hommes auraient repris la direction de Naples.

Le peintre se dirigea vers la chambre basse occupée jusque-là par le vieux Julio. Cette pièce lui était connue. Surpris un jour par l'orage, il avait cherché asile auprès du vieux gardien, et avait attendu dans la tour que l'état de la mer lui permit de regagner la ville.

Julio était, nous l'avons dit, un ardent patriote. Lors de cette visite, il avait mis tout en œuvre pour recevoir dignement son hôte, et pour lui prouver sa reconnaissance et son respect.

Il avait mis au jour un petit tonnelet de vin auquel on ne touchait que dans les grandes occasions, et Salvator avait appris alors que le vieux gardien s'était creusé au-dessous de la tour une espèce de cave, un réduit où il tenait ses provisions, réduit auquel on arrivait en soulevant une des planches posées sur le sol.

Salvatoriello se souvint immédiatement de cette retraite. Il entra précipitamment dans la chambrette dont la porte était ouverte, et malgré l'obscurité, il réussit à trouver la planche qu'il cherchait et qui formait la porte de la petite cave.

Le peintre l'ouvrit et se laissa glisser dans l'ouverture La trappe se referma sur lui. Il se blottit de son mieux dans son étroite prison et tâtonna longtemps pour s'assurer que la planche était bien retombée à l'endroit où elle devait tomber et ne dépassait pas son cadre. Ces recherches étaient à peine terminées qu'il entendit des voix et des pas au-dehors. Hassan et ses hommes avaient mis pied à terre. Ils arrivaient en brandissant leurs armes et en proférant les plus horribles menaces contre le capitaine.

Salvator ne perdait pas une de leurs paroles. Il les entendit également monter vers le phare et en redescendre, sans le prisonnier qu'ils cherchaient. Ni les uns ni les autres ne connaissaient la cave dérobée du vieux gardien et ni les uns ni les autres n'en devinèrent l'existence. Ils fouillèrent minutieusement la chambrette, puis ils la quittèrent en jurant et peu d'instants après, le bruit des rames fit comprendre au prisonnier qu'ils reprenaient dans leurs barques la direction de Naples.

Salvatoriello était seul. Il souleva précipitamment la planche qui fermait sa retraite, et sortit avec bonheur de ce trou où l'air commençait à lui manquer. Il attendit encore un peu dans l'intérieur de la tour, puis lorsque tont bruit eut cessé, lorsqu'il fut bien convaincu que rien ne remuait plus au-dehors, il sortit pour retourner à son bateau et s'éloigner à son tour de cette solitude.

Il tourna tout d'abord ses pas vers l'endroit où il avait vu le vieux gardien. Salvator voulait emporter le cadavre auquel il comptait procurer une sépulture. Il se promettait également de mettre tout en œuvre pour découvrir le ou les meurtriers de Julio et pour en faire bonne et prompte justice. Le corps n'était plus là. La bande l'avait emporté, mais Salvatoriello eut à peine le temps de s'étonner que ses ennemis eussent eu cette bonne pensée; il était arrivé sur le bord, et ses yeux de lynx cherchaient vainement son bateau. L'effroi s'empara du capitaine. Il retourna sur ses pas, revint, chercha encore — peine inutile, les misérables avaient emmené le canot avec eux, et Salvator se voyait forcé de rester provisoirement dans l'endroit où il se trouvait.

La pointe avancée sur laquelle on avait construit le phare avait fait corps jadis avec l'île d'Ischia, mais cette langue de terre toujours battue par les vagues, s'était détachée un jour de la masse principale et s'en trouvait alors séparée par un bras de mer large et profond. Salvator, quoique bon nageur, ne pouvait songer à traverser à la nage ce détroit où le courant se faisait sentir avec une extrême violence. Impossible de s'éloigner sans bateau! Les hommes noirs, ignorant absolument la nocturne expédition de leur chef, ne viendraient pas le chercher à Ischia, et comme il était rare qu'un bateau abordât à la pointe de l'île, Salvator se voyait déjà relégué dans cette solitude jusqu'à ce qu'un incident quelconque vint l'en tirer.

Cette perspective n'était guère séduisante et ce ne fut pas du premier coup que le capitaine s'y soumit. Il explora longuement les bords de l'île avec l'espoir sans cesse déçu et sans cesse renaissant d'y trouver une embarcation quelconque. L'aube le surprit dans ces recherches et ne fit que lui en démontrer l'inutilité. Le solitaire malgré lui revint lentement vers le phare, décidé à essayer de tout pour quitter sa prison.

Il songeait même, pour peu que le vieux gardien eut possédé les outils nécessaires, à abattre quelques arbres et à s'en construire un radeau, mais Salvator se sentait las et épuisé; il lui fallait avant tout un instant de repos et quelque reconfort. La chambrette de Julio lui fournirait, espérait-il, le vivre et le couvert dont il avait si grand besoin.

Le fanal brûlait encore. Salvatoriello, prenant au sérieux son rôle momentané de gardien du phare, rentra dans la tour et monta sur la plate-forme pour éteindre la lampe dont les rayons du soleil faisaient pâlir l'éclat. Ce devoir accompli, le peintre s'arrêta, saisi d'admiration, devant le panorama grandiose qu'il avait sous les yeux.

Le soleil se levait, illuminant de sa lueur dorée la vaste mer, les îles, le golfe de Naples et son rivage enchanté. Nul mieux que Salvator Rosa ne devait comprendre la magie de ce spectacle, nul ne devait en jouir plus que lui. Jamais la nature ne lui était apparue aussi belle, jamais il n'avait senti comme à cette heure matinale la grandeur, la puissance et la bonté du Créateur! Il contempla silencieusement le ciel bleu qui s'étendait au-dessus de sa tête, la mer, cette mer sans bornes qu'une brise légère agitait doucement, et qui semblait renaître sous les chaudes effluves que lui envoyait le soleil; il admira son golfe bien-aimé — involontairement ses mains se joignirent, et son cœur se fondit dans un élan de muette adoration.

Une heure passa ainsi. Salvatoriello s'arracha enfin à ce spectacle et redescendit riche d'émotions et de jouissances divines. Il se retrouva presque sans s'en douter dans la chambrette du gardien, et ce ne fut qu'alors qu'il revint au sentiment de sa situation.

Ce retour à la réalité lui fut pénible. En toute autre circonstance, Salvator eût pris aisément son parti d'une retraite momentanée à Ischia, mais les évènements commandaient, et l'inaction forcée à laquelle il était réduit lui paraissait cruelle lorsqu'il songeait à la besogne qui l'attendait à Naples et à l'inquiétude que son absence devait causer parmi les hommes noirs.

Que faire? Il ne lui restait qu'à se soumettre à la nécessité et à prendre patience.

Ce fut à ce sage parti que s'arrêta Salvator. Il chercha et trouva dans le caveau du vieux gardien quelques frugales provisions qui lui permirent d'apaiser la faim et la soif qui commençaient à se faire sentir. Ce repas terminé, le capitaine se mit à la recherche des outils qu'avait pu posséder le vieux Julio. Il en trouva quelques-uns, et sur l'heure il entama sa besogne.

Construire un radeau n'est pas chose facile. Salvator ne l'ignorait pas, mais il était décidé à sortir vainqueur de toutes les difficultés que pourraient présenter son projet. Un bouquet de peupliers croissait à quelques pas de la tour. Salvator s'en approcha la hache à la main, abattit les plus vigoureux d'entre les jeunes arbres, dépouilla leurs troncs, et se mit en devoir de les lier les uns aux autres de façon à en former un radeau.

L'œuvre avançait rapidement, mais le soleil montait et la chaleur devint bientôt si forte que le capitaine résolut de prendre quelques heures de repos. La fatigue l'accablait. Il rentra dans la chambre basse, se jeta sur la couche du vieux Julio et ne tarda pas à s'endormir profoudément.

Son sommeil fut de longue durée. Lorsqu'il rouvrit enfin les yeux tout était sombre autour de lui, et la mer, si calme au lever du soleil, s'agitait sourdement. Le vent s'était levé. Tout faisait prévoir une bourrasque.

Le capitaine sauta sur ses pieds et monta en toute hâte au sommet de la tour pour allumer le fanal. Il se reprochait d'avoir dormi si longtemps et se promettait de travailler toute la nuit afin d'achever son radeau. Le matin venu, il prendrait la mer sur cette primitive embarcation et s'efforcerait d'aborder à Ischia même où il était bien sûr de trouver un bateau qui le ramènerait à Naples.

Lorsqu'il redescendit de la tour, le vent soufflait avec violence, l'obscurité devenait plus profonde et la mer faisait entendre déjà ce grondement sinistre qui précède la tempête. Salvator Rosa ne s'en émut point encore et retourna à son travail. Il consolida son radeau, lia de plus en plus fortement les uns aux autres les troncs d'arbres qui en formaient le corps et mit un tel zèle à sa besogne qu'il ne remarqua pas tout d'abord l'agitation croissante de la mer. Bientôt, cependant, les vagues vinrent frapper les pierres et le bord sur lequel il travaillait, et Salvator, arraché à sa préocupation, s'aperçut enfin du changement subit qui s'était fait dans l'athmosphère.

La rafale soufflait avec rage et les vagues, couronnées d'écume, arrivaient déjà jusque près de la tour. La porte en était restée ouverte. Salvator voulut y courir, et la fermer, mais il n'y arriva qu'avec peine. Il dut se cramponner au mur pour n'être pas entraîné par les lames, et l'une d'elles l'atteignit avec une telle violence qu'il comprit enfin le danger qui le menaçait.

Impossible de fuir. Le phare allait subir d'effroyables attaques, mais Salvator n'avait pas d'autre retraite. Il pénétra dans la chambre basse dont il referma soigneusement la porte et attendit.

La tempête redoublait de violence. Le vent hurlait, gémissait et s'abattait sur la tour avec une telle fureur qu'il en emporta la pointe et brisa la cage où se trouvait le fanal. La lampe s'éteignit et tout rentra dans l'obscurité.

Les vagues se précipitaient sur l'île entière. Leurs masses gigantesques assaillaient incessamment la tour qui tremblait jusque dans ses fondements. L'eau ruisselait déjà de tous côtés dans la chambre basse où se trouvait Salvator — il semblait impossible que le phare résistât longtemps à de pareils assauts! Le peintre songea un instant à quitter l'endroit où il se trouvait et à gagner l'escalier qui conduisait au fanal, mais il s'attendait à chaque instant à voir la tour s'écrouler sous l'effort des vagues, et sa retraite lui parut encore préférable à celle qu'il pourrait trouver plus haut. Il resta donc dans la chambre basse où régnait l'obscurité la plus profonde, attendant une mort qui lui semblait certaine, et se demandant combien de temps le phare tiendrait encore.

Cette question s'était à peine posée dans son esprit que la réponse arriva terrible, foudroyante —

La tempête semblait avoir atteint son paroxysme. On eût dit qu'une fureur de destruction s'était soudainement emparée de ces masses liquides et les faisait se ruer sur la pauvre île. Une lame, plus gigantesque encore que toutes celles qui l'avaient précédée, arracha la porte de ses gonds et fit irruption dans la pièce basse —

Salvator fut jeté violemment contre la muraille et couvert d'eau. Il se releva cependant, et se cramponna instinctivement aux parties encore solides du mur. Les vagues achevaient leur œuvre. Elles venaient se briser à l'intérieur de l'édifice, et emportaient en se retirant des pierres, des pontres ou des parties détachées de la maçonnerie. Salvator réussit cependant à mettre la main sur un câble qui se trouvait sous ses pieds. Il s'en entoura et parvint à s'attacher à un pan de mur intérieur que les flots n'avaient pas encore détruit. Il resta là suspendu entre la vie et la mort, incessamment battu par les vagues, et assourdi par l'horrible fracas de ces grandes eaux, tandis qu'au dehors, les lames furieuses soulevaient les énormes pierres amoncelées à la pointe de l'île et les lançaient bien en avant sur le rivage —

On eût dit que le monde allait finir. Il y avait longtemps qu'on n'avait vu pareille tempête.

Le phare était à demi ruiné. Les vagues le démolissaient pièce à pièce. Respecteraient-elles longtemps encore le pan de mur auquel Salvator Rosa s'était attaché? Lui-même résisterait-il plus longtemps aux assauts multipliés de cette mer en courroux? — —

Un miracle seul pouvait le sauver! Salvator le comprit. Il envoya une dernière pensée à Lucia Falcone, à sa patrie, à ses amis, à cette terre qui, le matin même, s'était montrée à lui si radieuse et si belle, puis il recommanda son âme à Dieu et attendit la mort qui ne pouvait tarder à venir.

Chapitre IV.

La dernière heure de Masaniello.

La veille au soir, tandis que la bourrasque commençait à souffler, Lucia Falcone, ignorante du danger qui se préparait pour son fiancé, quittait furtivement sa demeure, et se dirigeait à pas précipités vers l'église des Carmélites.

Le vent soulevait déjà des tourbillons de poussière. Tout faisait prévoir une nuit orageuse. Lucia serra son voile autour de sa tête et pressa le pas. Elle avait hâte d'arriver à son but et de s'informer du sort de Masaniello.

En approchant de l'église dont les fenêtres étaient éclairées et les portes ouvertes, Lucia aperçut dans le voisinage du portail un groupe d'hommes qui causaient avec animation. Ce groupe lui parut suspect. Elle fit un coude pour l'éviter et passa derrière les piliers qui se trouvaient des deux côtés du portail.

L'endroit était généralement occupé par des mendiants de profession et des infirmes qui passaient leurs journées sur les marches de l'église et imploraient la charité des passants. Ce soir-là, le porche était silencieux et désert. Ses habitués avaient quitté la place pour aller chercher dans leurs demeures un abri plus efficace contre l'orage qui se préparait.

Arrivée derrière les piliers, Lucia s'arrêta pour examiner le groupe qui lui avait paru si menaçant. Elle reconnut immédiatement les hommes dont il était composé. C'étaient Cinzio, Pietro, Borello, Moreno et Ludovico. Cinzio causait avec vivacité et semblait faire part au vieux Pietro de quelque évènement important.

Lucia tressaillit tout à coup. Un nom bien cher venait de frapper son oreille.

— Je suis sûr de ce que j'avance, disait Cinzio en s'adressant au vieux pêcheur et à ses deux camarades Borello et Moreno. Nicolo le baigneur l'a parfaitement reconnu. C'était bien Salvator Rosa!

— Et qu'avez-vous fait? demanda Borella.

— Nous nous sommes mis à sa poursuite, mais son bateau devait être singulièrement léger, il filait comme une flèche, et en définitive le peintre nous a échappé. Il a cependant abordé vers le phare puisque nous avons retrouvé son bateau!

— Et c'est lui qui aurait tué le gardien? fit Pietro d'un air de doute.

— J'en suis sûr! Il n'y a que le peintre qui ait abordé là-bas!

— Impossible! Salvator Rosa n'est pas homme à assassiner un vieillard!

— Julio ne s'est cependant pas étranglé lui-même! reprit Cinzio, et dans toute l'île, il n'y avait pas d'autre bateau que celui auquel nous donnions la chasse. Le fugitif avait disparu, mais à défaut du rameur, nous avons enmené l'embarcation, de sorte que, si le peintre est resté dans l'île, ce dont je ne doute pas, il y est prisonnier.

— Il n'y fera pas beau cette nuit; fit Borella en hochant la tête. Nous aurons une effroyable bourrasque, et, ma foi, le séjour du phare n'est pas gai en pareille occurence. Je ne voudrais pas y être maintenant!

— Faut croire que c'était écrit, dit Cinzio d'un ton d'oracle. On n'échappe pas à son sort! Si le peintre est resté dans l'île il n'en reviendra pas, j'en parierais ma tête!

Lucia n'écoutait plus. L'horreur s'était peinte sur ses traits — Salvator Rosa, le noble et généreux Salvator allait trouver la mort dans cette nuit d'orage! Le sort l'avait jeté sur l'îlot désert où se trouvait le phare, et l'artiste aimé des Napolitains allait périr dans cette solitude! Il n'y fera pas beau cette nuit, avait dit Borello. Ces paroles tintaient comme un glas funèbre à l'oreille de Lucia. Que faire? Comment parvenir jusqu'au peintre? Comment lui porter secours? Le phare était bien en avant dans la mer. Où trouver un batelier qui consentit à se rendre à Ischia par cette nuit d'orage?

Lucia se tordait les mains. L'angoisse l'étouffait.

Elle voulait sauver Salvatoriello, voler à son secours, l'arracher à une mort certaine — mais comment y réussir?

Tout à coup, ses mains crispées se détendirent, ses lèvres s'entr'ouvrirent pour laisser passer un soupir de soulagement! Lucia avait une idée — elle pensait à Fenella! La Muette maniait indifféremment la voile ou la rame, elle en eût remontré au meilleur batelier de la côte — c'était à elle qu'il fallait s'adresser. Elle seule pouvait sauver le malheureux bloqué par les vagues — elle seule consentirait à risquer sa vie pour sauver un homme en détresse — —

Fenella! Lucia se répétait ce nom, et s'en voulait de n'avoir pas songé tout de suite à la Muette. Elle se glissa avec précaution le long des piliers et pénétra dans l'église où elle espérait trouver la sœur de Masaniello, mais elle en ressortit au bout d'un instant, Fenella n'était pas là!

La malheureuse Lucia s'éloigna précipitamment, et disparut dans la nuit. Où allait-elle? Espérait-elle trouver la Muette ou songeait-elle à quelque autre moyen de salut — —

Pendant ce temps Nicolo avait rejoint les pêcheurs arrêtés devant le portail de l'église.

— Eh bien, dit-il en approchant, vous êtes toujours là? Vous hésitez encore? Vous voulez cependant en venir à quelque chose?

— Oui, il faut en finir; grogna Ludovico. Voilà trop long-temps que ce commerce dure!

— Vous vous trompez, fit ironiquement Cinzio. Nous sommes bonnes gens, nous autres, et nous préférons attendre que l'in-sensé ait mis le feu aux quatre coins de Naples. Nous préférons attendre qu'il nous condamne tous à mort et qu'il se trouve des gens pour exécuter ses ordres! Ne nous pressons pas, mes amis, ne nous pressons pas! — —

— Assez, fit Borello impatienté de ces sarcasmes. Ce n'est pas le moment de plaisanter. Masaniello est sérieusement fou, mais fou à lier, impossible de rien attendre de lui! Je suis déjà entré dans l'église, j'ai fait tout ce qu'on pouvait faire pour le calmer et pour le rendre à la raison, mais tout a été inutile — il n'a pas cessé de se démener et de nous maudire. Il voudrait nous voir tous à la potence, mais c'est surtout à Pietro et à Cinzio qu'il en veut!

— Vous l'entendez! Qu'adviendra-t-il de Naples, je vous le demande, si cet insensé reste à la tête du mouvement? Où irons-nous?

— Vous avez raison, dit enfin le vieux Pietro qui n'avait pas encore ouvert la bouche. Il faut en finir, c'est le moment! Masaniello a accepté la pourpre — il a prononcé lui-même sa sentence! Qu'il tombe!

— Qu'il tombe! répéta Cinzio dont la joie ne se contenait plus, qu'il tombe! Vous l'avez entendu! C'est Pietro qui l'a dit!

— Il le faut! Masaniello ou nous! murmura Ludovico toujours prêt à renchérir sur les paroles de Cinzio.

— Que ce soit vite fait, alors, dit Borello d'une voix émue.

— Il le faut. C'est pour le bien de Naples! crièrent à la fois le baigneur et Cinzio.

Le vieux Pietro avait relevé la tête et ses traits portaient l'empreinte d'une douloureuse mais ferme résolution.

— Assez! dit-il en agitant la main comme pour couper court à ces exclamations. Je sens comme vous, continua-t-il d'une voix lente et solennelle, que l'état de choses actuel ne peut se prolonger sans pousser Naples à sa ruine. Venez, et que le ciel nous pardonne si nous sommes obligés de verser le sang dans la maison de Dieu!

— Il coulera sur l'autel de la patrie! s'écria emphatiquement Cinzio.

— Prions d'abord, dit Pietro en entrant le premier dans l'église. Prions, et que tout se fasse pour le bien du pays! Venez!

Les quatre pêcheurs et Nicolo suivirent leur vieux compagnon qui les conduisit d'abord dans une petite chapelle latérale. Tous s'agenouillèrent devant l'autel, y firent leur prière, et se relevèrent en portant la main au poignard caché dans leur ceinture.

La vaste nef était presque déserte. Quelques pénitentes, agenouillées entre les piliers, faisaient seules leurs dévotions du soir et priaient sans doute pour l'insensé dont la présence souillait ce lieu sacré.

Masaniello, toujours assis à côté du maître-autel, portait encore le fatal manteau rouge. Ses cheveux pendaient en mèches noires sur un front qu'envahissait déjà la pâleur de la mort. Ses yeux caves brillaient d'un éclat sinistre, ses lèvres s'agitaient continuellement et murmuraient d'incohérentes paroles mêlées de cris et de sauvages exclamations. Sa main droite serrait convulsivement la pourpre dans laquelle il se drapait d'un air théâtral. On eût dit un comédien, mais un comédien jouant son rôle avec une effrayante vérité.

L'insensé se leva brusquement en voyant Pietro et Cinzio apparaître dans le couloir de l'église. Sa folie ne l'empêchait pas de les reconnaître, mais il semblait ne plus les redouter. L'angoisse et la frayeur qui l'oppressaient la veille avaient disparu et la vue de ces hommes à l'air menaçant paraissait lui causer plus d'irritation que d'inquiétude.

Il marcha au-devant d'eux d'un pas ferme.

— A l'échafaud, à l'échafaud! cria-t-il en étendant le bras contre les nouveaux venus. N'ai-je pas ordonné la mort de ces deux hommes? Tous deux doivent mourir, tous deux —

Il s'arrêta. Borella, Nicolo, Moreno et Ludovico s'avançaient derrière leurs deux camarades et Masaniello semblait se demander quelles mesures il allait ordonner contre eux.

— Tu parles de nous faire mourir, Masaniello? dit le vieux Pietro en s'approchant de son ancien ami et en le regardant en face. Tu ne nous reconnais donc pas?

— Ne pas vous reconnaître! cria l'insensé d'une voix furieuse. Je ne sais que trop qui vous êtes, misérables! Mort à ces traîtres! mort — —

Pietro s'approchait de plus en plus.

— Reviens à toi, Masaniello, dit-il avec autorité, retire tes paroles. Il n'y a pas de traîtres parmi nous!

— Tu mens! cria Masaniello, tu mens! Tous vous êtes des traîtres — vous mourrez tous! — —

— Et toi le premier — pour le salut de Naples! — Et Pietro, tirant le poignard caché sous sa blouse, le plongea dans la poitrine de Masaniello.

L'insensé étendit convulsivement les mains vers son meurtrier.

— A moi — — murmura-t-il d'une voix rauque, à moi — et de ta part — —

Au même instant, Cinzio et Ludovico le frappèrent à leur tour. Le malheureux tomba en poussant un cri étouffé —

Pietro, incapable de supporter plus longtemps ce spectacle, se détourna et sortit vivement du groupe des conjurés.

Pendant ce temps, l'église s'emplissait de bruit et de tumulte. Hassan et Pedro, suivis d'une bande de forcenés venaient d'apparaître sous le portail tandis qu'une autre porte livrait passage à des groupes de bourgeois et de pêcheurs parmi lesquels on reconnaissait Carlo et Bertuccio.

Cinzio comprit qu'il fallait emporter d'assaut la situation.

— Frères, amis, citoyens, écoutez tous, cria-t-il en sautant sur un prie-Dieu. Nous avons une grande nouvelle à vous annoncer. Masaniello est mort! Masaniello est tombé victime de son ambition! Il est là, le tyran, le parjure, traître à son pays et à ses serments! Il est là, paré de cette pourpre royale à laquelle il tendait! Le voyez-vous!

— Le voilà, l'ami et l'allié des Espagnols! glapissait de son côté le baigneur en montrant, de l'air d'un roquet qui aboie, le corps de Masaniello. Le voilà! Salut à sa Majesté impériale!

D'ignobles acclamations saluèrent ces paroles, et tandis que la horde criait et vociférait, Hassan et Pedro se frayèrent un chemin jusque vers le cadavre.

— Sur mon âme, il est mort, bien mort! fit Hassan d'un air de regret. Dommage seulement que je sois arrivé quelques minutes trop tard. J'avais espéré qu'il ne mourrait que de ma main!

La foule se rapprochait.

— Nous voulons le voir, criaient des voix avinées. Nous voulons sa tête!

— Portons-le dehors! hurla Pedro. Le peuple pourra le voir et s'assurer qu'il est vraiment débarrassé de son oppresseur! Chacun verra du moins ce qu'il en coûte d'être l'ami des Espagnols!

— Sa tête! Nous voulons sa tête! Portons-la en triomphe dans les rues!

Les forcenés qui composaient la bande du Maure se pressèrent en hurlant vers le cadavre. Moreno, Carlo, Borella et d'autres pêcheurs cherchèrent vainement à les arrêter et à les détourner de leur horrible dessein — ils furent repoussés. Les bandits avaient tiré leurs couteaux; ils en menaçaient quiconque faisait mine de leur résister, et bientôt ils furent seuls maîtres de la place.

... par Hassan, les misérables se ....
... Masaniello. Ils séparèrent la tête du tronc, ...
... au bout d'une lance, et précédés d'un des leurs
... ce hideux trophée, ils sortirent en procession ...
...

... bande s'arrêta sur la place; elle s'y recruta d'un
... nombre de fainéants et de drôles toujours à l'affût
... occasions de désordre, puis elle se remit en marche suivant
... la tête sanglante qui lui servait de bannière, et
... retentir les rues de Naples de ses vociférations et de
... cris.

Que faisait pendant ce temps là la partie saine de la population?
Où donc se tenaient les bourgeois, les patriotes honnêtes et
sincères? Où se cachaient les amis de l'ordre et de la paix?
Que faisaient les hommes noirs?

Chose étrange, les hommes noirs, si prompts jusque-là à
réprimer les crimes et méfaits de tous genres, les hommes
noirs semblaient avoir suspendu le cours de leur bienfaisante
activité. On eût dit que la mystérieuse association s'était
subitement dissoute, et que ses membres dispersés ne se mêlaient plus ni de poursuivre ni de juger. Les amis de l'ordre
et de la paix étaient encore en nombre suffisant à Naples, mais,
intimidés par cette populace houleuse, ils se renfermaient dans
leurs demeures, et laissaient le champ libre aux pires éléments
de la population. Les patriotes honnêtes et sincères existaient
toujours, mais ils se sentaient impuissants à arrêter ce flot
révolutionnaire. Ils laissaient faire — et grâce à leur inaction
Masaniello, le tribun, le héros de Naples, Masaniello que le
peuple avait acclamé et porté en triomphe, Masaniello, poignardé par quelques fanatiques, servait de jouet à la populace.
Masaniello mourait! Quelques misérables promenaient sa tête
sanglante dans les rues de Naples, dans ces mêmes rues où
le tribun avait passé en triomphateur, et pas un Napolitain
ne se levait pour empêcher ce sacrilège!

Pendant ce temps, une scène émouvante se passait à l'église des Carmélites.

Fenella, qui n'avait quitté son frère que pour aller chercher le vieux Pietro et lui demander aide et conseil, revenait après d'inutiles recherches auprès de Masaniello.

Elle accourait, le cœur plein des plus tristes pressentiments. L'église était encore à moitié pleine, bien que le Maure et sa bande l'eussent quittée depuis quelques instants. Fenella comprit immédiatement qu'il avait dû se passer quelque chose en son absence. Elle se jeta dans la foule qui la séparait du maître-autel, et s'efforça de s'y frayer un passage, mais elle n'était pas à mi-chemin que déjà ce qui se disait autour d'elle lui avait appris l'affreuse vérité.

Ses oreilles la trompaient sans doute. La Muette n'en voulait croire que ses yeux. Elle continua à avancer et se trouva tout à coup devant le cadavre de son frère — devant ce tronc auquel la tête manquait — —

C'en était trop pour la pauvre enfant. Elle étendit les bras comme pour repousser une affreuse vision, puis elle tomba sans connaissance à côté du cadavre de Masaniello.

Moreno et Borella se détournèrent pour cacher leurs larmes — d'autres pêcheurs s'avancèrent pour porter secours à l'infortunée, mais Carlo les prévint. Il courut à Fenella, la souleva avec précaution, et l'emporta dans une chapelle solitaire où il la posa sur un banc, puis il s'agenouilla auprès d'elle pour attendre qu'elle eût repris ses sens — —

La horde du Maure n'était pas encore rassasiée de vengeance. Quelques-uns des bandits qui la composaient, mécontents de n'avoir que la tête du tribun à montrer, rentrèrent dans l'église avec l'intention de s'emparer encore du cadavre mutilé de Masaniello. Repoussés une première fois par les pêcheurs qui se trouvaient encore dans l'église, ils revenaient à la charge, et la victoire semblait se décider pour eux lorsque l'apparition subite de Pietro vint changer la face des choses.

Le vieux pêcheur, effrayé et navré de son propre ouvrage, s'était retiré dans un coin obscur de l'église, pour y cacher ses larmes et se mettre, s'il se pouvait, en paix avec lui-même et avec Dieu. Tout entier à ses propres pensées, il avait à peine entendu le tumulte qui se faisait autour du cadavre, il n'en avait surtout pas deviné la signification. Il revenait, l'œil humide, la tête penchée, quand il fut brusquement arraché à ses préoccupations.

Les misérables qui cherchaient à s'emparer du cadavre avaient déjà saisi le manteau de pourpre et s'en disputaient les haillons. Pietro bondit à cette vue.

— Arrière, lâches coquins! cria-t-il en repoussant du poing deux des bandits, arrière! Vous osez porter la main sur ce fils de Naples dont le sang a coulé pour notre salut! Arrière, vous dis-je! Et le vieillard, retrouvant dans son indignation la force et la vigueur de la jeunesse, se ruait sur ces misérables et faisait place nette autour du cadavre.

Les bandits, surpris par la soudaineté de cette attaque, se regardèrent en hésitant. L'attitude de la foule devenait d'ailleurs menaçante. Cent voix s'élevaient pour appuyer Pietro. Il avait suffi de sa parole et de son exemple pour électriser les pêcheurs et les bourgeois, et pour les rendre confus de leur molle résistance.

— Venez, frères et amis, criait le vieux Pietro. Courons chercher cette tête! Ne permettons pas une pareille profanation!

— Pietro a raison, Pietro a raison! C'est une honte, une infamie! Rapportons cette tête! Respect aux morts! — —

Ces exclamations remplissaient l'église. La foule se pressait autour du vieux pêcheur tandis que les misérables contre lesquels il avait soulevé le peuple s'esquivaient de leur mieux.

Cinzio, Nicolo et Ludovico en avaient fait autant. Aux premiers mots prononcés par Pietro, ils s'étaient glissés hors de l'église. Tous trois redoutaient, non sans raison, que le vieux pêcheur ne leur reprochât leur rôle passif et équivoque.

— Vous, Moreno et Bertuccio, vous resterez ici pour garder le cadavre et vous le défendrez envers et contre tous! ordonna Pietro. Vous autres, suivez-moi! Il nous faut la tête du mort! Nous la reprendrons aux misérables qui s'en sont emparés, et nous mettrons le corps en lieu sûr. Masaniello n'est plus — sa mort était nécessaire au salut de Naples — oublions ses erreurs, ne songeons plus qu'à ses grandes actions, et élevons-lui un tombeau digne d'elles!

Ces paroles trouvèrent de l'écho dans la foule. Cent voix émues les répétèrent, et les bourgeois et les pêcheurs qui s'étaient ralliés autour de Pietro quittèrent l'église à sa suite.

Il ne leur fallut pas longtemps pour retrouver la horde du Maure. On l'entendait de loin. Elle avait fait halte à un carrefour peu distant de l'église et se livrait à une ronde infernale autour de la lance fichée en terre que surmontait la tête du tribun.

Cet ignoble spectacle mit le comble à la colère et à l'indignation de Pietro. Le robuste vieillard se jeta avec ses compagnons sur les misérables, rompit leurs rangs, bondit jusque vers la lance, et renversa d'un coup de poing celui qui la tenait. Il y eut une courte lutte. Les bandits voulaient résister, mais le Maure jugea prudent d'éviter une mêlée dont ses hommes ne seraient peut-être pas sortis vainqueurs.

— A bas les armes, mes amis! cria-t-il de sa voix stridente. Rendez cette tête aux pêcheurs! Nous l'avons d'ailleurs suffisamment promenée, à leur tour de l'avoir maintenant!

Pietro n'avait pas attendu cette permission. Il avait déjà abaissé la lance et en enlevait la tête livide du tribun.

— Nous, mes frères, nous allons passer à autre chose, continuait le Maure désireux de fournir un autre aliment à la brutale fureur de ses hommes. Masaniello est mort — aux hommes noirs maintenant! C'est leur tour — sur mon âme, on dirait que la peur les a déjà fait rentrer sous terre! On n'aperçoit plus cette noire vermine!

— Mort aux hommes noirs! hurlèrent les bandits. Donnons-leur la chasse! Hourrah pour le Maure! Hourrah!

Pietro se détourna avec horreur et s'éloigna emportant pieusement la tête qu'il venait de reconquérir.

— Venez, amis, dit-il en s'adressant aux hommes qui l'avaient suivi. Retournons à l'église des Carmélites. Nous réunirons les restes mutilés du pêcheur de Portici, et nous les mettrons en lieu sûr. Il ne faut pas que des mains criminelles s'attaquent de nouveau à ces précieuses reliques!

La petite troupe s'éloigna sans prendre garde aux huées et aux sarcasmes dont l'accompagnaient les partisans du Maure, et bientôt elle atteignit le but de sa course.

L'église était encore pleine. Une foule émue s'y pressait. Les hommes se lamentaient tout haut, les femmes sanglotaient; toutes s'efforçaient d'arriver jusqu'au cadavre et de tremper leurs mouchoirs dans le sang du tribun dont la mort venait de faire un martyr et un héros. Pietro et ses gens se frayèrent un chemin au travers de la foule et arrivèrent enfin devant le maître-autel.

Moreno, Borella et quelques autres avaient profité de ce moment de répit pour poser le corps sur un drap mortuaire qu'ils avaient pris dans la sacristie. Pietro approcha gravement, et posa près du tronc la tête dont il s'était emparé.

En cet instant, Fenella, revenue de son évanouissement, apparut soudain à quelques pas du maître-autel. Carlo soutenait ses pas chancelants. La pauvre enfant qui n'avait ni cris ni paroles pour soulager sa douleur, tomba en pleurant près du cadavre de son frère et couvrit de baisers et de larmes ce visage glacé.

Elle resta longtemps ainsi, abîmée dans sa douleur — puis elle joignit les mains et parut prier — ses larmes semblaient taries, on eût dit qu'un calme souverain se faisait en elle —

Le silence s'était fait dans l'église. Il n'était interrompu que par le bruit sinistre de la rafale qui hurlait et sifflait au-dehors et semblait pleurer à sa manière sur la fin du pêcheur de Portici. La nature entière semblait gémir et prendre part à cette nuit de deuil.

La voix du vieux Pietro s'éleva enfin grave et triste.

— Dieu reçoive son âme! dit lentement le pêcheur. Masaniello a lutté et souffert pour Naples! C'est pour Naples aussi qu'il a dû mourir! Priez pour lui! Nous veillerons sur ses restes jusqu'à ce que nous avons trouvé un tombeau digne d'eux — et ce tombeau, je le voudrais ici, sous ces dalles!

L'assistance tout entière tomba à genoux, et d'inombrables prières montèrent vers le ciel pour l'âme de Masaniello! —

CHAPITRE V.

Au bord du cratère du Vésuve.

— Qu'est devenu Cinzio? demandait le vieux pêcheur Bertuccio en quittant l'église avec son ami Carlo.

— Je l'ai vu s'éloigner avec Ludovico!

— C'est lui qui est cause de tout, et Ludovico s'est laissé mener par lui!

— Je le crois aussi, répondit le jeune pêcheur. Ludovico a toujours été du nombre des mécontents. Ils ont ce qu'ils voulaient maintenant, leur œuvre est achevée!

— Et quelle œuvre! fit Bertuccio en joignant les mains. Il m'était impossible de regarder ce cadavre!

— Je le crois bien! Pauvre Masaniello! C'est grand dommage!

— Et que va-t-on faire maintenant?

— Je n'en sais pas plus que toi, Bertuccio. Je suppose que Pietro et les autres meneurs auront pris quelque décision.

— Pourvu qu'ils n'aillent pas remettre le pouvoir à Cinzio!

— A Cinzio? fit le jeune pêcheur avec mépris. Tu plaisantes. Ce chétif personnage n'est pas fait pour commander! Pour ma part je ne lui obéirais guère.

— Il est certain qu'il ne faut pas le comparer à Masaniello, dit Bertuccio en pressant le pas pour se soustraire plus promptement à l'ouragan qui le frappait en pleine figure.

— C'est un sournois, voilà tout ce qu'on en peut dire! murmura Carlo.

— Il ont emporté le mort dans la sacristie. La Muette y est-elle encore?

— Non. Elle a quitté l'église.

— C'est singulier! Est-elle retournée à Portici?

— Je l'ignore. Je voulais l'accompagner, mais elle a formellement refusé mes offres, et je sais qu'il est inutile de chercher à la contraindre!

— La pauvre enfant n'a que malheur dans la vie, fit Bertuccio après une pause. Elle n'avait que ce frère et le voilà mort!

— Cela me semble impossible! Je ne puis pas croire que des pêcheurs aient pu frapper Masaniello!

— Ce n'est que trop vrai, cependant, murmura Bertuccio. Masaniello a été tué, et tout me dit que nous paierons cher ce crime!

— Nous? Nous n'y sommes pour rien!

— Il fallait l'empêcher — et c'est ce que nous n'avons pas fait, Carlo! Je sens, trop tard malheureusement, qu'en pareille circonstance l'inaction devient presque de la complicité. Nous aurions dû surveiller les meneurs! Nous savions bien qu'ils pensaient à renverser le tribun — nous savions bien aussi que l'orgueil et l'ambition de Masaniello leur fourniraient des armes contre lui!

— L'orgueil et l'ambition de Masaniello! s'écria le jeune pêcheur. C'est vite dit, mais je voudrais connaître quelqu'un dont la tête fut assez solide pour ne pas tourner après des triomphes pareils à ceux de Masaniello. Je voudrais voir Cinzio à pareille épreuve! Il y résisterait moins que personne!

— Je le crois comme toi! Qu'il arrive au pouvoir et nous saurons ce que c'est qu'un tyran!

— Il n'y arrivera pas, je l'espère. Chacun finira par le connaître et l'on saura alors que ce n'est qu'un venimeux personnage, un sournois, un envieux! Quant aux autres, je doute qu'ils eussent mieux résisté aux tentations que Masaniello lui-même!

— J'ai pu m'assurer aujourd'hui que les bourgeois se montraient fort mécontents des pêcheurs, dit Bertuccio. Tous étaient consternés, tous condamnaient hautement le meurtre!

— Et certes, ils avaient bien raison, Bertuccio, s'écria le jeune homme. C'est plus qu'un meurtre, c'est un assassinat auquel ils ont tenté de donner un apparence de justice et de légalité avec leur fameux manteau rouge! C'est le plan de Cinzio, tout ça! Je reconnais l'homme!

— Et tu n'es pas seul à le reconnaître!

— Il crevait de jalousie, voilà tout! continua Carlo en s'animant. Qu'est-ce qu'un Cinzio en comparaison de Masaniello! Au moral et au physique, il était tellement dépassé qu'il n'a pas pu le supporter. Voilà des semaines qu'il travaillait sourdement contre le tribun! Il avait juré sa perte, et Dieu sait s'il s'y est employé! Dieu sait tout ce qu'il a mis en œuvre pour en arriver là!

Le jeune pêcheur s'échauffait peu à peu. Plus il y songeait, plus l'acte qui venait de s'accomplir lui paraissait criminel. Bertuccio pensait comme lui; sa douleur et son indignation n'étaient pas moins profondes, mais l'âge en tempérait l'expression.

— Tu as raison, Carlo, dit-il tristement. Tout cela est vrai — mais peut-être vaudrait-il tout autant ne pas le crier sur les toits!

— Penses-tu que Cinzio me fasse peur! s'écria le jeune homme. Je ne crains ni lui ni ses compagnons, et ce que je viens de dire, je le leur répéterai en face!

— A quoi bon? Cinzio connaît de reste notre opinion sur son compte! Pour Pietro, il est plus à plaindre qu'à blâmer — il a cru bien faire!

— Cela se peut, murmura Carlo — ce qui n'empêche pas, continua-t-il plus haut, qu'il n'ait mal agi vis-à-vis de Masaniello son ancien ami, presque son fils — et tout cela, parce que Cinzio et ses pareils l'ont travaillé de jour et de nuit! C'est un vrai démon que ce Cinzio! Il ne vaut rien pour le travail, mais en revanche il n'est pas de langue plus affilée que la sienne. Il n'y a que lui pour tourner les choses, les présenter comme il l'entend, et vous les insinuer peu à peu. C'est son unique talent, mais il y est passé maître! —

Le jeune homme s'arrêta. La colère et l'indignation le suffoquaient. Il respira un instant, mais la rafale permettait à peine les haltes, et les deux compagnons, pressés de se soustraire à sa fureur, reprirent leur marche vers Portici.

— Je ne puis décidément pas croire que Masaniello ne soit plus du nombre des vivants, fit Bertuccio après un moment de silence. Cinzio m'avait convoqué à une réunion secrète, qui s'est tenue dernièrement chez Pietro. J'y suis allé, j'ai entendu tout ce qui s'y est dit, et je regrette maintenant de n'avoir pas averti Masaniello! J'aurais dû le faire — mais c'aurait été un vilain tour joué aux autres —

— Ce qui était un vilain tour, c'était de se réunir ainsi à l'insu de Masaniello, s'écria vivement le jeune pêcheur. Il fallait l'avertir, dire en sa présence tout ce que vous aviez à dire, et ne rien décider sans lui! Si vous étiez mécontents de sa manière de faire, vous pouviez lui exposer vos griefs, il vous aurait écouté, j'en suis sûr!

— Ne t'y trompe pas, Carlo, répondit Bertuccio en hochant la tête. Masaniello n'écoutait guère les représentations! Ses ennemis le savaient bien! Tout ce qui a été décidé chez Pietro, c'est que le tribun devait tomber s'il ne résistait pas aux séductions de l'orgueil.

— Et vous vous êtes tous laissé enjôler par Cinzio — car c'est lui qui a porté la parole — je vois ça d'ici quand même je n'y étais pas! Les séductions de l'orgueil! Vous a-t-il dit alors ce qu'il entendait par là? Saviez-vous qu'il voulait commander un manteau de pourpre?

— Il n'en a pas été question!

— C'est ce que je pensais! Le rusé démon s'est gardé de vous faire part de ses plans et vous lui avez donné carte blanche! Il aura machiné ça avec Ludovico dont il fait tout ce qu'il veut et avec ce fainéant de baigneur que Dieu confonde! C'est un piège infâme, une honte — —

Bertuccio ne répondit pas. Il semblait accablé. Les reproches de son jeune compagnon n'étaient pas plus amers que ceux qu'il se faisait à lui-même. Il y eut un moment de pénible silence.

— Sais-tu ce qui m'a le plus frappé? dit enfin le vieux pêcheur en baissant la voix, c'est que Masaniello soit devenu fou dès qu'il a eu ce fatal manteau sur les épaules!

Le jeune homme s'arrêta court. On eût dit qu'une lumière subite venait de se faire dans son esprit.

— N'est-ce pas une étrange coïncidence? reprit Bertuccio.

— Tu supposes qu'il pourrait y avoir là autre chose que du hasard?

— Je ne suppose rien — je m'étonne seulement!

— C'est étrange, en effet! dit Carlo d'une voix étouffée. Je n'y avais pas songé plus tôt! Cette folie est venue singulièrement à point! Elle servait si bien les intérêts de Cinzio et de ses alliés qu'il est impossible de ne pas la trouver suspecte! L'aurait-on provoquée? — —

— Qui sait!

— Il faudra le savoir! fit résolument Carlo. Plus j'y pense, plus la certitude se fait dans mon esprit. Il y a là quelque noire infamie!

— C'est à peine si on ose le dire!

— Je le dirai, cependant! Ni Cinzio ni ses compagnons ne me font peur, Bertuccio! J'en aurai le cœur net, et malheur à eux si ce soupçon se vérifie! Malheur à eux, te dis-je — je les accuserai à la face du peuple, et je vengerai Masaniello!

— Prends garde, Carlo, prends garde, je t'en supplie, dit le vieillard. N'avance rien que tu ne puisses prouver! Une imprudence compromettrait toute l'affaire!

Les deux hommes avaient atteint Portici. Ils causèrent encore un instant, puis ils se séparèrent, emportant l'un et l'autre de graves préoccupations.

Pendant ce temps, la Muette avait quitté l'église des Carmélites. Le cadavre de son frère avait été déposé dans une pièce dépendante de la sacristie où l'on n'avait pas permis qu'elle restât. Fenella s'agenouilla une dernière fois près de ce corps inanimé, puis elle se releva, traversa lentement l'église et se retrouva au dehors.

La pauvre enfant n'avait plus de larmes — ses mains ne se tordaient plus dans l'angoisse du désespoir. Elle paraissait calme, mais ce calme sinistre faisait mal à voir. Ses traits pâlis avaient pris tout à coup la froideur et la rigidité du marbre, ses yeux obstinément fixés à terre n'avaient plus de regard. Elle allait comme en rêve, ne voyant rien, n'entendant rien — l'âme semblait absente! Vers quelles régions lointaines avait-elle pris son essor?

La foule s'était ouverte respectueusement devant la Muette. Quelques femmes s'étaient approchées, l'œil humide, pour la soutenir et la consoler — Fenella n'y avait pas pris garde — elle avait passé froide, insensible, et les consolatrices, interdites, n'avaient pas osé la suivre.

La tempête hurlait au dehors. Sa grande voix parut faire impression sur la Muette. Elle releva la tête et respira longuement. La pluie et le vent qui la frappaient en plein visage semblaient lui causer une jouissance indicible. Elle s'arrêta un instant pour laisser à la rafale le temps de tourbillonner autour d'elle, puis elle reprit sa course.

Où allait-elle? La nuit enveloppait tout de son ombre, mais Fenella ne redoutait pas l'obscurité. Ses yeux de lynx défiaient les ténèbres. Elle traversa rue après rue et gagna enfin la campagne — le vent fouettait ses vêtements et sa longue chevelure, elle allait bien loin, toujours plus loin, et plus elle s'éloignait de la ville plus ses traits se rassérénaient. On eût dit qu'elle approchait enfin de quelque but désiré!

La campagne était déserte. Fenella bravait seule cette nuit d'orage. Elle gagna le pied du Vésuve et commença à gravir sa pente recouverte de cendre et de lave. Le chemin le plus pratiqué conduisait au haut de la montagne, vers le cratère principal. Fenella le suivit un instant, puis elle le quitta pour prendre un étroit sentier aboutissant à un petit cratère situé plus près de la mer, et dont l'ouverture datait de la dernière éruption.

Ce cratère latéral d'où sortaient fréquemment d'épais nuages de fumée était facile à atteindre. C'était là que la Muette de Portici dirigeait ses pas! Sa course nocturne n'avait pas d'autre but! Une fois déjà elle avait voulu s'y rendre — mais près d'atteindre à ce lieu désolé elle avait été arrêtée. Un cri d'enfant l'avait retenue sur le bord de l'abîme! Cette fois il ne devait pas en être ainsi! Les obstacles avaient disparu, la mesure était comble, et la résolution de la pauvre enfant était subitement arrivée à pleine maturité.

Il lui semblait d'ailleurs ne pouvoir faire autre chose que ce qu'elle faisait. C'était sans douleur et sans lutte qu'elle voulait quitter la vie, sans remords ni regret, mais avec le sentiment qu'elle ne faisait qu'obéir à une inexorable fatalité.

Tout la poussait à la mort, tout croulait autour d'elle, que lui restait-il à faire sur cette terre ? N'avait- elle pas assez souffert, assez lutté pour avoir le droit de mourir ?

Sa résolution prise, Fenella n'avait pas hésité un instant sur la manière dont elle la mettrait à exécution. Elle avait immédiatement pris le chemin du Vésuve et non celui de la mer. Elle obéissait ainsi à un sentiment peu défini, mais très-réel. Il lui répugnait d'ensevelir sa misère et sa douleur dans ces flots qui si souvent l'avaient portée, ces flots qu'elle aimait de cet amour instinctif et puissant que la mer inspire à l'enfant des côtes. La mer l'avait connue heureuse, et Fenella se sentait pressée de fuir tout ce qu'elle avait aimé. Elle était lasse — il lui fallait la nuit, le repos et l'oubli — et la nuit pouvait-elle la trouver plus profonde qu'au sein de ce cratère.

Forcée par son infirmité de se replier sur elle-même, Fenella s'était fait peu à peu un monde à part, un monde de sensations et d'idées incompréhensibles pour d'autres. Elle s'était peu à peu identifiée avec la nature dont sa vive imagination animait chaque objet, et dont chaque phénomène lui parlait un langage qu'elle seule pouvait comprendre.

La tempête et ses mille voix exerçaient sur la Muette une étrange influence. Ces nuages aux formes fantastiques que le vent fouettait ou mettait en pièces, ces grandes ombres qui passaient sur la terre, cette lune brillant pendant une éclaircie et disparaissant de nouveau, ce ciel noir aux aspects changeants, tout cela s'harmonisait particulièrement en cet instant avec les dispositions d'âme de la Muette. Tout était mouvement, agitation dans l'athmosphère comme dans le cœur ravagé de Fenella. Tout tourbillonnait autour d'elle comme au dedans. Comme elle aussi, tout aspirait au repos — et le repos, il était là, dans les noires solitudes vers lesquelles elle se dirigeait. Tout y respirait le silence et la mort !

Quelques arbres calcinés émergeaient encore de la cendre et de la lave, et prouvaient que ces régions désolées avaient eu leurs beaux jours. Fenella ne s'arrêta pas à considérer ces débris. Elle approchait du but de sa course. Déjà elle apercevait à distance le cône qui s'était formé lors de la dernière éruption.

C'était là le tombeau qu'elle cherchait! Elle avançait péniblement, enfonçant à chaque pas dans la cendre friable qui se déplaçait sous ses pieds, mais ces difficultés ne faisaient pas fléchir sa résolution! Elle en souriait — qu'était-ce qu'un peu de peine — le but était là, il allait être atteint!

Le cratère formait un immense chaudron dont le fond noir présentait un chaos de pierres, de lave, de cendre et de débris de tout genre. Il était assez vaste de circonférence pour engloutir une maison. Ses parois étaient hérissées de troncs d'arbres calcinés, de rocs aigus, de pierres et de tas de terre; les bords en étaient singulièrement crevassés. Un bruit sinistre sortait de ces profondeurs où il semblait que certaines parties fussent encore en fusion. Il en sortait d'ailleurs assez fréquemment d'épaisses colonnes de fumée accompagnées de vapeurs soufrées dont les émanations délétères devaient donner la mort en quelques minutes.

Fenella n'ignorait pas cette circonstance. Elle voulait se précipiter dans le cratère et aspirer les vapeurs mortelles qui s'y élaboraient. Il fallait bien peu de temps pour cela — et le repos suivrait — le repos dont la pauvre âme avait si grand besoin!

Les nuages s'étaient déchirés et la lune éclairait vivement le cratère. Fenella se hâta pour profiter de cette éclaircie, et bientôt elle arriva au bord de l'abîme béant — —

Elle n'eut pas le temps de s'y précipiter. La masse de terre sur laquelle elle se trouvait se détacha subitement et s'enfonça dans le gouffre avec celle qu'elle portait — —

Un bruit sourd remplit les airs, et d'épais nuages de cendre montèrent vers le ciel, puis tout fit silence, mais ce ne fut qu'un instant — un cri perçant, traversant la nuit et vibrant dans ces solitudes, venait de retentir à quelques pas du cratère — — —

Chapitre VI.

Le noir despote.

La horde d'Hassan, privée par Pietro de son sanglant trophée, s'était promptement remise de sa défaite et avait repris sa promenade au travers des rues de Naples.

Toujours hurlant et vociférant elle avait déjà répandu la terreur en maints endroits, lorsqu'elle arriva enfin dans le voisinage du château. Le Maure ordonna une halte.

— Un moment! cria-t-il de sa voix stridente. Je veux m'assurer si les oiseaux ne se sont pas envolés! Qui sait s'ils n'ont pas quitté la forteresse! Attendez-moi devant la porte principale! Je veux entrer seul!

— Bravo, bravo! Il ne s'agit pas que ces maudits Espagnols nous échappent! crièrent quelques voix. Assure-toi bien s'ils sont tous dans leur cage!

Le Maure se dirigea vers la porte que gardaient encore quelques bourgeois.

Il avança d'un air majestueux, et tandis que sa suite s'arrêtait à quelques pas, il voulut passer sans explication.

— Halte-là! cria un des bourgeois. Il nous est défendu de laisser entrer qui que ce soit dans la forteresse!

— C'est la consigne, il faut l'observer! ajouta un autre bourgeois.

Le Maure partit d'un bruyant éclat de rire.

— La consigne n'est pas faite pour moi s'écria-t-il. Je veux entrer! Ouvrez cette porte — et vite!

— Impossible!

— Vous croyez! ricana Hassan. J'ai seul le droit de commander ici! Le peuple m'a proclamé chef et vous osez me refuser le passage! A moi, mes enfants! continua-t-il plus haut en se tournant vers ses compagnons, arrivez et débarrassez-moi sur l'heure de ces insolents! Ce sera d'un bon exemple pour leurs pareils!

Cet ordre n'eut pas besoin d'être répété. Les bandits accouraient avec des cris sauvages. Ils se ruèrent sur les victimes que leur offrait le Maure, et, malgré leur résistance désespérée, les deux bourgeois ne tardèrent pas à succomber sous leurs coups.

— Prenez la garde, maintenant, et attendez-moi là, enfants, ordonna le Maure. Toi, Pedro, ouvre la porte.

L'ex-valet obéit et pénétra avec son maître dans la grande cour du château, tandis que le reste de la bande s'installait devant la porte.

Tout était silencieux et sombre dans la vaste cour. Hassan la traversa lestement avec son compagnon toujours muni de sa torche, et se trouva bientôt devant l'antique demeure des vice-rois de Naples.

Il laissa Pedro à l'entrée, passa sans être inquiété devant quelques sentinelles et monta hardiment le grand escalier.

Deux ou trois hallebardiers en gardaient les abords, d'autres occupaient la galerie, mais aucun d'eux n'osa s'attaquer au noir tyran qui se présentait en maître dans ce château où si longtemps il avait été traité comme le dernier des valets. Hassan était seul, mais l'approche de sa bande avait été promptement signalée. On ne se souvenait que trop au château de sa dernière visite et gardes et domestiques tremblaient au seul nom de leur ex-camarade. Le Maure se présentait d'ailleurs comme le chef du peuple, il arrivait en vainqueur, et nul ne songea à s'opposer à son passage.

— Où est le duc? s'écria-t-il fièrement lorsqu'il fut arrivé dans la galerie. Et le duquecito, et la princesse? J'espère que tous sont présents. J'entends que personne ne manque à l'appel! Vous avez pu voir hier de vos fenêtres que nous faisions justice du marquis Riperda! Il en sera fait autant à quiconque tenterait de résister au peuple et de se soustraire à son jugement! Faites-en votre profit! Je vais m'assurer si tous les prisonniers sont présents!

Et le Maure, tournant sur ses talons, se dirigea d'un air vainqueur vers l'aîle où se trouvait l'appartement de don Tito.

Nul ne fit mine de le suivre. Soldats et domestiques s'esquivaient sur son passage. Il entra hardiment dans l'antichambre du favori. Elle était vide. Rien ne remuait dans ces pièces jadis somptueuses, mais livrées alors au désordre et à l'abandon. Le Maure allait satisfaire enfin sa convoitise sans que nul témoin indiscret ne l'obligeât à partager avec lui l'héritage du malheureux Riperda. Il s'assura que la porte de l'antichambre était bien fermée, puis il courut vers la paroi où pendait le tableau dont lui avait parlé le marquis. Un fauteuil était tout auprès. Hassan monta dessus sans égard pour la riche étoffe dont il était recouvert, décrocha le tableau, le retourna et poussa une exclamation de joie. Riperda ne l'avait pas trompé. Le précieux reçu était bien là, serré à l'un des angles entre le cadre et la toile.

Le Maure ne savait ni lire ni écrire, tout au plus connaissait-il quelques chiffres. Il saisit le petit parchemin, le déroula et aperçut quelques lignes de caractères informes. Au-dessous se trouvait le nombre 2000. Tout concordait! Riperda avait parlé de 2000 ducats. C'était, pour l'époque, une somme assez importante.

Hassan cacha le précieux reçu dans sa chemise, puis il regagna la galerie. Il pénétra dans quelques autres pièces, pour simuler une inspection dont au fond il se souciait fort peu, puis il redescendit comme il était venu et rejoignit Pedro.

L'ex-valet ne s'était montré ni moins fier ni moins insolent que son chef. Il s'était donné le plaisir de menacer et d'insulter à son aise tous ceux de ses anciens camarades de livrée qu'il avait pu apercevoir, sans que ceux-ci, intimidés par les cris de la bande arrêtée sous les murs du château, osassent porter la main sur lui. En voyant revenir Hassan, il reprit sa torche et les dignes compagnons quittèrent tous deux le château.

Ils furent reçus avec force acclamations par les bandits restés à l'entrée. Le Maure n'avait vu ni le duc ni le duquecito, ni aucun des courtisans, mais il n'en annonça pas moins à ses gens que les prisonniers du peuple étaient toujours au complet dans le château et attendaient toujours qu'on décidât de leur sort.

— Et maintenant, suivez-moi, enfants, cria-t-il en terminant sa communication. Allons prendre quelques heures de repos ! Demain nous nous remettrons en campagne. A la rue Muraglia !

Cette proposition fut accueillie avec enthousiasme. La horde s'ébranla tout entière et gagna la taverne dont Hassan avait fait peu à peu son quartier-général. La salle en était trop petite pour contenir d'aussi nombreux hôtes, mais les bandits ne redoutaient pas la vie en plein air. Ceux qui ne purent trouver place dans la maison s'installèrent, qui sur la rue qui dans la cour, suivant son goût et sa fantaisie, pour boire, hurler, ou jouer aux dés, tandis que les plus influents de la bande préparaient avec Hassan le plan de campagne du lendemain.

A l'époque dont nous parlons, il n'était pas de ville en Italie qui n'eût son Ghetto ou quartier juif. Naples avait le sien. C'était un quartier retiré, peu distant de la rue Muraglia, et fermé de portes que nul habitant du Ghetto ne

devait franchir après dix heures du soir. Les maisons, hautes
et délabrées, bordaient de tortueuses ruelles où trois hommes
eussent à peine passé de front. Cette colonie juive comptait
plus d'un millier d'habitants, végétant dans d'étroits et sombres
taudis où la peste et d'autres maladies contagieuses faisaient
de fréquents ravages.

Parqués ainsi dans le sombre quartier où ils s'entassaient
les uns sur les autres, les juifs ne connaissaient d'autre jouissance que celle d'augmenter leur avoir. Tous les moyens leur
étaient bons pour atteindre ce but et pour attirer à eux les
richesses du pays où ils se trouvaient. L'usure constituait
leur principale industrie. C'était aux juifs que s'adressaient
Napolitains et Espagnols dans l'embarras, sûrs qu'ils étaient
de trouver là, à de hauts intérêts il est vrai, l'argent dont
ils avaient besoin.

Les choses duraient ainsi depuis des siècles, et, bien qu'on
se servit d'eux, les juifs n'avaient encore acquis droit de cité
nulle part. Ils étaient toujours considérés comme des intrus
auxquels on pouvait imposer les charges les plus lourdes sans
qu'ils eussent le droit de se plaindre ou de réclamer la protection d'une loi qui ne les reconnaissait pas. Chose étrange,
cependant, toujours pressurés, toujours en butte à l'injustice,
à la calomnie et aux mauvais traitements, toujours entravés,
les juifs, loin de diminuer en nombre, voyaient leurs rangs se
grossir et leur quartier devenir d'année en année plus insuffisant.

Parmi les familles les plus anciennes et les plus riches du
Ghetto on comptait celle d'Eli Lévy, dont les parents avaient
émigré d'abord de Vienne à Venise, puis enfin de Venise à
Naples où le changeur avait vu prospérer ses affaires et avait
épousé la fille unique d'un riche coreligionnaire. Esther Mose
avait vieilli aux côtés de son mari et s'était toujours montrée
fidèle et dévouée. Sara, sa fille unique, avait quitté depuis
peu le toit paternel pour épouser un jeune négociant juif

établi à Venise, et le vieux couple habitait seul alors une petite maisonnette dans le Ghetto.

Eli Lévy s'était courbé avec l'âge. Il portait une longue barbe blanche qui lui donnait un air sérieux et respectable. Le changeur jouissait d'une grande réputation dans le quartier et même à la cour où il était continuellement en affaires avec les jeunes seigneurs de l'entourage du vice-roi. Les courtisans venaient chez lui changer leur or espagnol, ou, ce qui n'était point rare, vendre ou engager quelque joyau pour se sortir d'embarras, et le vieil Eli passait auprès d'eux pour un prêteur inépuisable dont la bourse s'ouvrait toujours lorsqu'il s'agissait de gagner quelque chose.

Inutile d'ajouter qu'Eli Lévy, comme la plupart de ses coreligionnaires, ne se gênait point pour exploiter à son profit l'ignorance de ses clients et pour faire pencher en sa faveur la balance sur laquelle ils déposaient les objets de prix qu'ils venaient vendre ou engager. Comme les autres habitants du Ghetto, le vieux changeur ne connaissait d'autre joie que d'entasser richesses sur richesses, pour le seul plaisir d'entasser. Compter et recompter ses trésors, peser l'or ou l'argent, palper d'étincelants ducats, tels étaient les uniques plaisirs de cette misérable existence. Le vieux juif semblait à peine se douter qu'il y eût d'autres jouissances dans le monde.

Le soir même où Masaniello, frappé par ses anciens partisans, tombait à l'église des Carmélites, Eli Lévy, assis à une vieille table rognait et polissait des ducats d'or qu'il prenait un à un dans une cassette en fer placée à côté de lui.

Le vieux changeur, prudent comme tout fils d'Israël, avait poussé sa table dans le fond de son réduit, et suspendu devant son étroite fenêtre quelques loques destinées à le soustraire à la curiosité des voisins. Ainsi protégé contre tout regard indiscret, il polissait avec zèle, pesait les étincelantes pièces, rognait celles dont le poids était encore intact, les repolissait, et semblait trouver une volupté singulière à les faire glisser dans sa main.

Un coup frappé à la porte de la maison arracha brusquement le vieillard à sa béatitude.

Il se leva vivement, saisit sa précieuse cassette et la fourra dans un vieux bahut.

— Esther — sans doute! murmura-t-il, et prenant sa lampe, il descendit l'étroit et obscur escalier qui conduisait directement à la porte d'entrée.

— Qui est là? demanda-t-il lorsqu'il fut arrivé à la dernière marche.

— Qui serait-ce? Ouvre vite! répondit une voix de femme.

C'était bien Esther. Le fils d'Israël rassuré se décida enfin à tirer ses verroux. La porte s'ouvrit et livra passage à une petite vieille sèche et ridée, mais alerte encore, qui pénétra vivement dans le logis et grimpa l'escalier tandis que son époux refermait précautionneusement la porte.

Esther Lévy avait rejeté le mouchoir qui lui couvrait la tête et l'on apercevait ses traits fortement empreints du type juif. Le nez fort et arqué semblait rejoindre le menton pour enfermer avec lui une bouche absolument dégarnie. L'âge avait marqué son sceau sur ce bas de figure, mais il semblait en avoir respecté le haut où brillaient des yeux noirs d'une étrange vivacité. Les cheveux, abondants, étaient également restés noirs.

— Dépêche-toi! fit la vieille qui s'était arrêtée au haut de l'escalier pour attendre son mari; il y a du nouveau!

— Du nouveau — quelque catastrophe sans doute, marmotta le vieillard. A quoi ne faut-il pas s'attendre par le temps qui court?

— Viens seulement. Tu seras satisfait cette fois. On n'en peut pas toujours dire autant, je pense!

— Et qu'as-tu fait si longtemps?

— Eh bien, je suis allée chez notre cousine Sara! Son mari revenait justement de la ville — il paraît qu'il y a eu une nouvelle émeute et que Naples est à feu et à sang! Seppo

Abraham ne pouvait pas assez dire ce que c'était horrible, et quelle panique il y avait parmi les bourgeois!

— Seigneur Dieu — qu'allons-nous devenir? fit le vieillard en joignant ses mains décharnées. Il ne nous manquait que ça — et si c'est là tout ce que tu rapportes...

— Doucement Lévy, doucement; laisse-moi achever, dit la vieille. Nous arriverons bien à ma nouvelle, mais il faut commencer par l'événement d'aujourd'hui. Le voici! On prétend que Masaniello a été poignardé par des pêcheurs dans l'église des Carmélites. Seppo Abraham affirmait la chose!

— Que dis-tu? Masaniello poignardé, et par les siens — ils se tuent entre eux, maintenant? Ils se sont défaits de cet homme qu'ils ont porté en triomphe et acclamé comme un sauveur! Les insensés!

— Il fallait s'y attendre! fit la vieille en haussant les épaules. Le pêcheur de Portici était arrivé trop promptement aux honneurs pour que sa fortune fut de longue durée. Paix soit à son âme! Mais ce n'est pas tout, Lévy, j'ai mieux que ça à t'apprendre, et tu vas ouvrir de grands yeux!

— Qu'y a-t-il?

— Il y a que le marquis Riperda a été conduit à l'échafaud, et que le Maure lui a coupé la tête!

Esther Lévy ne s'était pas trompée sur l'effet que sa nouvelle devait produire. Le vieux changeur saisi d'un tremblement subit, s'était laissé choir sur le siège le plus voisin et levait sur sa femme des yeux démesurément ouverts.

— Qu'as-tu dit? balbutia-t-il enfin; qu'as-tu dit? Le marquis serait mort? — —

— Exécuté en place publique, et par Hassan, l'ex-domestique noir du prince Alfonso!

— Et tu es sûre d'avoir bien entendu, Esther? reprit le vieillard après une pause.

— J'en suis sûre! On s'informe d'ailleurs, et l'on interroge trois fois plutôt qu'une lorsqu'il s'agit de nouvelles de ce genre. Le marquis Riperda est mort, bien mort, et te voilà du coup propriétaire des deux mille ducats qu'il t'avait remis en dépôt!

— Et c'est Hassan qui l'a décapité! exclama le vieux juif. Je ne me suis jamais fié à ce Maure, il a l'âme plus noire que sa peau!

— Il faut croire qu'il avait quelque vieille offense à venger! Ces seigneurs espagnols ne l'épargnaient pas lorsqu'il était à leur service — c'est leur tour maintenant! Qu'ils s'arrangent avec leurs vainqueurs — en attendant le marquis est mort et nous garderons ses ducats. Hassan ne se doutait pas que nous retirerions tout le bénéfice de sa vilaine action!

— Mais — j'y pense — et mon reçu? fit le vieillard dont la figure se contracta.

— Ton reçu? Quelle valeur aurait-il maintenant que le marquis n'est plus là? s'écria Esther. Qui pourrait affirmer et prouver que la somme n'a pas été remboursée?

— Il suffirait du reçu pour le prouver, s'écria piteusement le fils d'Israël. La somme devait être payée à tout porteur de ce billet!

— Bah, tu ne vas rien payer par le temps qui court, j'espère! Rembourser deux mille ducats — il n'en faudrait pas davantage pour faire croire que tu remues l'or à la pelle et pour nous attirer la visite des bandits qui parcourent la ville! Le mieux serait de faire nos paquets et de quitter Naples au plus tôt!

— Et nos créances sur le capitaine Selva, sur don Tito et sur tant d'autres encore — il faudrait les perdre! fit le vieillard consterné des propositions de sa femme. Impossible! Comment quitter Naples d'ailleurs? Comment emporter notre fortune en pareil moment? Il n'y faut pas songer!

— Eh bien, ne songe pas davantage à payer les deux mille ducats! Je ne veux pas en entendre parler!

— Espérons que le billet aura été perdu! murmura Eli Lévy.

— Espérons-le! fit la digne compagne du changeur. En tout cas les intérêts sont sauvés, c'est déjà quelque chose. Personne ne peut savoir s'ils n'ont pas été payés au marquis. Ce sera toujours une fiche de consolation s'il faut en venir quelque jour à rembourser le capital!

Le vieux juif fit un petit signe d'approbation et remit son bonnet.

— Tant que personne ne se présente avec le reçu, je suis propriétaire et héritier des deux mille ducats, dit-il en se frottant les mains, et tant qu'il n'y a ni droit ni loi, je ne suis pas forcé de payer!

— Il est tard, Lévy! fit alors la vieille en passant dans une pièce voisine où l'on apercevait un pauvre lit. Viens te coucher! A quoi bon brûler inutilement de l'huile! Les temps sont durs — il faut y penser!

Le vieux changeur suivit docilement le conseil de sa moitié et tous deux se rendirent au repos.

— Quelle tempête! fit Lévy en se jetant sur sa couche après avoir éteint la petite lampe. On dirait que le monde va finir!

— Si seulement nous pouvions partir! murmura la vieille qui semblait ruminer encore l'idée dont elle avait fait part à son mari. Ne pourrions-nous pas faire venir ton frère de Rome afin qu'il nous aide à emporter notre avoir?

— Nous y réfléchirons demain, répondit l'Israélite que le sommeil gagnait peu à peu, puis tout devint tranquille dans l'obscure chambrette tandis qu'au dehors le vent s'engouffrait en hurlant dans les étroites ruelles du Ghetto, arrachait les tuiles et les pierres des toits et secouait avec rage les stores de roseaux ou de jonc placés en dehors des fenêtres.

Il pouvait être minuit lorsque Esther, réveillée en sursaut, se dressa brusquement sur son lit.

— As-tu entendu, Lévy? demanda-t-elle avec épouvante.

— Qu'y a-t-il? grommela le vieillard.

— On a frappé en bas!

— Tu auras rêvé! C'est le vent!

En cet instant, deux coups distinctement frappés résonnèrent sous le marteau de fer de la porte d'entrée.

— Que te disais-je? murmura Esther.

Eli Lévy s'était redressé à son tour.

— C'est le vent! répétait-il d'une voix mal assurée, c'est le vent!

— Allume la lampe!

Un nouveau coup plus retentissant que les premiers mit le comble à la terreur des deux époux.

Eli Lévy s'efforçait d'allumer la petite lampe, mais ses mains tremblaient si fort qu'il lui fallut de nombreuses tentatives pour arriver enfin à se procurer de la lumière.

Pendant ce temps, les coups se succédaient à la porte d'entrée.

— Va voir ce que c'est! balbutia le vieillard en se tournant vers sa femme qui avait réussi à passer une robe.

— Ne serait-ce point ton frère! fit Esther comme pour se rassurer elle-même, et saisissant la lampe, l'alerte petite vieille descendit l'escalier, tandis que son époux demeuré dans les ténèbres, cherchait, sans y parvenir, à mettre la main sur ses vêtements.

Esther s'était arrêtée devant la porte.

— Qui est là? que demande-t-on? cria-t-elle en s'efforçant de raffermir sa voix.

— Vous avez un fier sommeil, vous autres, répondit une voix impérieuse. Ouvrez, et faites vite!

— Il faut auparavant que je sache qui vous êtes et ce que vous voulez! reprit hardiment la vieille juive.

— Pas tant de façons ou j'enfonce la porte.

Esther frissonna. Elle s'appuya contre le mur pour soutenir ses genoux tremblants.

— Les bandits! balbutia-t-elle, les bandits!...

— Ouvrez! C'est Hassan, l'ex-domestique du prince! criait l'endiablé visiteur. J'ai une affaire pressée à régler avec Lévy.

— Une affaire au milieu de la nuit?

— On en fait à toute heure!

— Eli Lévy dort!

— La belle raison! Tu l'éveilleras, parbleu! Te figures-tu que j'aie le temps de repasser!

Esther hésitait encore. En cet instant, le vieux changeur parut au haut de l'escalier.

— Qui est-ce? demanda-t-il tout bas.

— Le Maure! répondit la vieille sur le même ton.

— Dieu juste! Et le fils d'Israël, pâle d'épouvante, se précipita dans son taudis pour cacher précipitamment quelques objets de nature à exciter la convoitise du visiteur.

Intimidée par de nouvelles menaces, Esther se décida enfin à tirer son verrou, et la porte, s'ouvrant brusquement, livra passage au moricaud redouté. Le vent s'engouffra dans cette ouverture et éteignit sans façon la lampe que tenait la vieille. Les deux interlocuteurs se trouvèrent subitement dans l'obscurité la plus complète, mais Hassan ne s'en émut point. Il referma la porte et commença à monter l'étroit escalier qu'il connaissait de longue date pour l'avoir souvent gravi lorsqu'il était au service du prince et que les seigneurs de la cour le chargeaient de leurs messages pour le vieux changeur. Esther le suivit le cœur plein des plus sinistres pressentiments. Cette visite nocturne ne présageait rien de bon. Hassan n'était plus un domestique — c'était le chef avoué de tout ce que Naples renfermait de fainéants et de bandits — heureusement encore qu'il se présentait seul!

Eli Lévy écoutait monter son hôte, et dans son désespoir, ne sachant à qui s'en prendre, c'était à sa femme qu'il en voulait le plus. Esther avait laissé entrer le Maure et pour comble de malheur elle remontait sans lumière — —

Hassan approchait. Le vieux juif retrouva enfin la parole.

— Est-ce bien vous, cher Hassan? demanda-t-il de sa voix la plus onctueuse.

— Vous l'avez dit, signor; c'est bien le cher Hassan, répondit le Maure en entrant dans la pièce obscure où se trouvait le vieillard.

— Et qu'est-ce donc qui peut vous amener ainsi dans le cœur de la nuit? reprit Eli.

— Fais d'abord de la lumière! dit impérieusement Hassan.

— Sans doute, sans doute! De la lumière! s'écria le fils d'Israël. Cette femme me fera descendre au tombeau de dépit! Dieu juste! Quand le Seigneur veut punir, il le fait en vous donnant une compagne aussi stupide que l'est Esther! De la lumière, te dis-je! De la lumière!

Le Maure s'était laissé choir sur une vieille chaise et riait à part lui de la fureur du vieillard.

— C'est justement pour ne pas crever de dépit que je reste garçon! dit-il en ricanant. Je ne tiens pas à m'abréger la vie, moi!

— Vous avez bien raison! On n'est pas plus prudent que vous, signor Hassan! répondit complaisamment le changeur qui tremblait encore de tous ses membres.

Esther avait enfin réussi à rallumer la lampe. Elle la posa silencieusement sur la table où peu d'heures auparavant le juif polissait et repolissait ses ducats et près de laquelle se trouvait le petit bahut contenant les étincelantes pièces.

— Eh bien, on s'y voit au moins, fit Hassan, et maintenant, aux affaires!

— Qu'y a-t-il pour votre service aujourd'hui, signor? demanda Lévy en s'efforçant de cacher sous un air agréable l'inquiétude qui le torturait.

— Tu vas voir! tu faisais des affaires avec les Espagnols, hein?

— Mais — de temps en temps — autrefois — —

— Comment autrefois? Y aurait-il donc plusieurs changeurs du nom de Lévy? Je croyais que tu avais encore de fortes créances sur — —

— Sans doute, sans doute, signor Hassan s'écria le vieux Juif dont le visage s'était subitement rasséréné. De fortes créances, comme vous dites! Seriez-vous peut-être chargé de les payer?

— Que disais-je! Je savais bien que tu étais en affaires avec ces beaux messieurs de la cour! fit le Maure sans répondre à l'anxieuse question du vieillard. Il s'agit maintenant de régler tout ça!

— Comment — ai-je bien entendu? s'écria Esther incapable de garder plus longtemps le silence. Les gens ne disaient-ils pas que le signor Hassan n'était plus au château? C'était donc faux?

— Silence, femme! cria le vieux Juif avec humeur. Mêle-toi de ce qui te regarde et laisse dire les gens! As-tu besoin de nous répéter les bavardages du quartier? Nous ne croirons que ce que dira le signor!

— Et vous aurez raison! fit le Maure en se rengorgeant. Nous nous connaissons de longue date, je pense, et nous allons régler nos petites affaires à l'amiable!

Le vieux changeur ne douta plus qu'Hassan n'eût été envoyé par Selva ou par Tito pour lui payer leurs dettes, et peu s'en fallut qu'il ne se jetât au cou de cet amiable messager.

— Je crois bien que nous nous connaissons! s'écria-t-il d'une voix attendrie. Le vieux Lévy n'a pas oublié le brave signor Hassan!

Un sourire moqueur contracta la figure du Maure.

— Le brave signor Hassan! C'est charmant à entendre! dit-il en toisant du regard le fils d'Israël et sa digne moitié.

— Et ce n'est que justice! s'écrièrent à l'envi le mari et la femme. Tenez, continua le changeur, je puis dire en toute sincérité que j'ai eu la plus agréable surprise lorsque j'ai reconnu votre voix au bas de l'escalier. Vous l'avez dit, signor Hassan, nous sommes de vieilles connaissances, et de nuit comme de jour vous serez toujours le bienvenu chez moi!

— Bien, bien, grommela le Maure que cette comédie semblait amuser prodigieusement. Ça suffit comme ça! Tu vas me faire rougir! Avance la lampe! Je t'apporte quelque chose !

— Si vous vous rapprochiez plutôt de la table, signor? Mais non, restez assis! Nous pousserons la table près de vous. Prends-la de ton côté, Esther!

Hassan se laissa faire, puis il fouilla longuement sa ceinture, tandis que le changeur, l'œil avide, les mains tendues semblait palper déjà les pièces d'or que l'escarcelle du Maure devait contenir pour lui.

Son attente se prolongeait. Le rusé moricaud dépliait sa ceinture, la secouait et semblait chercher sur toute sa personne quelque chose qu'il ne parvenait pas à trouver. L'impatience du juif ne connaissait plus de bornes. Le Maure s'en amusa un instant, puis il tira enfin un petit rouleau de sa chemise, l'ouvrit et l'étendit triomphalement sur la table.

— Eh bien. connais-tu ça? fit-il en montrant du doigt le parchemin.

Eli Lévy poussa un cri rauque et recula d'un pas. Ce parchemin, c'était le reçu qu'il avait fait au marquis Riperda !

— Réponds donc! reprit le Maure en levant un œil narquois sur le malheureux changeur. Réponds! C'est le brave signor Hassan qui te demande si tu connais ce document !

— D'où le tenez-vous? murmura Lévy d'une voix étouffée. Je l'avais remis au marquis, et c'est vous qui me le présentez — —

— Peu importe! répondit brusquement le Maure. Don Riperda t'avait remis en dépôt deux mille ducats d'or dont voici le reçu. Tu vas me les rendre en belles et bonnes pièces.

des pièces de poids qui n'aient pas été rognées — tu m'entends !

Le vieux juif, revenu de sa première surprise, comprit qu'il fallait avant tout gagner du temps et se débarrasser de cet importun visiteur.

— Un moment, signor — excusez mon trouble — dit-il d'un air contraint — c'est ce réveil subit! Je reconnais parfaitement ce reçu, mais à quoi peut-il vous servir? Le marquis m'a remis lui-même la somme dont vous parlez, et c'est à lui seul que je dois la rembourser!

— Le marquis est mort et je suis son héritier!

— Comment — vous, Hassan — héritier de don Riperda?

— Pas tant de façons, tu me connais! Je suis Hassan tout court, maintenant que je te réclame quelque chose, mais peu m'importe! Je n'ai pas besoin de tes compliments. Je veux savoir si, oui ou non, tu comptes me payer?

— Comme ça — au milieu de la nuit? s'écria le juif hors de lui. Vous plaisantez! Croyez-vous que j'aie deux mille ducats d'or sous la main? Je paierai, soyez tranquille, mais seulement quand il me sera prouvé que tout est en règle et que vous avez le droit de toucher cette somme!

Le Maure s'était levé.

— Tu ne veux pas payer? cria-t-il d'une voix de tonnerre en saisissant le vieillard au collet.

— Miséricorde — mon pauvre mari, hurla Esther en se tordant les mains de désespoir. Le Maure l'assassine! Au secours!

— Doucement, doucement, gémit le vieillard, ne faites pas de malheur! Je n'ai pas l'argent là, vous le savez bien — mais je paierai — je paierai! Laissez-moi le temps de me procurer les deux mille ducats!

— Il me les faut sur l'heure ou sinon — et tout en parlant le Maure secouait violemment le malheureux changeur.

Esther s'élança à la fenêtre, l'ouvrit et appela au secours, mais la tempête couvrit sa voix.

— Il m'égorge — Dieu juste ! balbutiait Lévy.

Esther criait de plus belle. Hassan voulut en finir. Il empoigna plus solidement le vieux juif et le lança violemment sur le plancher, où le malheureux resta comme mort. Sa tête avait heurté contre le coin d'un siège.

La vieille juive s'élança hors de la chambre, pour pourvoir à sa propre sûreté et appeler à l'aide. Elle descendit l'escalier, ouvrit précipitamment la porte et courut au-dehors en répétant ses cris de détresse.

Resté seul avec sa victime, Hassan lui asséna encore un vigoureux coup de pied — le sang jaillit d'une blessure à la tempe — Eli Lévy ne remua pas — il était mort !

C'était le moment de faire main basse sur les trésors du vieux changeur. Hassan fit des yeux le tour de la chambre et ses regards rencontrèrent bientôt le petit bahut placé près de la table. Il fondit sur ce meuble, l'ouvrit, trouva la cassette de fer qu'Eli Lévy y avait cachée et se hâta d'en faire passer le contenu dans ses poches — —

Pendant ce temps, les cris de détresse de la pauvre Esther réveillaient le voisinage. Les portes et les fenêtres s'ouvraient, et montraient des formes à demi vêtues. La rue s'emplit bientôt de mouvement et de bruit.

— Au secours ! criait la vieille juive. C'est un voleur, un assassin — il égorge Eli Lévy ! Venez tous !

— Où est-il ce voleur ? demandèrent quelques voix.

— Chez nous — c'est Hassan le Maure ! Il s'est jeté sur mon mari — il l'assassine !

Les coreligionnaires d'Eli Lévy s'étaient précipitamment armés de bâtons et de perches. Quelques-uns portaient même de vieux sabres. Les femmes accouraient avec des lampes, et toute la troupe s'élança vers la demeure du changeur.

Fasciné par la vue de l'or Hassan s'était accroupi devant le bahut et plongeait ses mains frémissantes dans ce monceau de ducats. Jamais il ne s'était trouvé à pareille fête ! Il en oubliait le danger de sa position et ne pressait point de fuir — —

Tout à coup, la porte s'ouvrit et des groupes menaçants envahirent la petite pièce. Quelques-uns des juifs se précipitèrent sur le moricaud pris ainsi en flagrant délit d'assassinat et de vol, et, se sentant en nombre, ils s'enhardirent jusqu'à le frapper de leurs perches. L'un d'eux l'atteignit même avec son sabre et lui fit une légère blessure au bras, mais cet accès de courage ne devait pas durer. Hassan n'était pas homme à se rendre sans coup férir. Il sauta sur ses pieds et bondit, le poignard levé, au milieu de ses adversaires. Ce fut un sauve-qui-peut général. Les juifs, honteux de ce mouvement de frayeur revinrent bien à la charge, mais Hassan ne les avait pas attendus. Il s'était frayé un passage au milieu de ses ennemis effarés, avait gagné la porte et descendait quatre à quatre l'étroit escalier du logis.

Personne ne songea à le poursuivre. Les coreligionnaires d'Eli, heureux d'être débarrassés du noir démon qui les effrayait si fort, s'empressaient autour du vieux changeur, et s'efforçaient vainement de le rappeler à la vie.

Pendant ce temps le Maure avait gagné la rue. Un attroupement nombreux s'était formé devant la porte d'Eli Lévy. Hassan s'y jeta à corps perdu, et, frappant d'estoc et de taille, il eut bientôt dispersé cette engeance pleurarde. Le vide se fit subitement autour de lui, et le noir despote s'éloigna d'un air vainqueur en proférant les plus horribles menaces contre les habitants du Ghetto.

— Tremblez! criait-il de sa voix stridente en se retournant pour étendre la main contre ce quartier qu'il semblait vouer à la ruine. Tremblez, lâches canailles! Vous apprendrez ce qu'il en coûte de s'attaquer au chef du peuple! Votre nid y passera tout entier, j'en jure par le prophète, et le jour ne paraîtra pas sans que vous ayez entendu parler de moi!

Cette voix menaçante retentissait encore au loin que déjà tout le Ghetto se trouvait en mouvement. L'alarme s'était

trouble et confusion dans les étroites ruelles du quartier juif.
On eût dit une fourmillière où quelqu'un vient de mettre le
pied. Chacun rassemblait à la hâte ses objets les plus précieux et cherchait, pour les y déposer, quelque sûre retraite.
Les uns gagnaient les coins les plus reculés du Ghetto, tandis
que d'autres essayaient de fuir avec leur avoir, et y réus-
sissaient pour la plupart.

Les portes du quartier n'avaient pas été fermées, et, vu
les événements, nulle sentinelle n'en gardait l'entrée. Cette
heureuse coïncidence favorisa singulièrement la fuite des habitants du Ghetto. Beaucoup se trouvaient déjà en lieu sûr
lorsqu'une rumeur lointaine vint mettre le comble à l'épouvante
des malheureux Israëlites qui n'avaient pas encore abandonné
leur quartier. Le bruit approchait. Bientôt il n'y eût plus de
doute possible sur sa nature. C'était la horde du Maure
mêlant ses vociférations et ses cris au sifflement de la tempête !

Hassan marchait en tête avec Pedro qui s'était procuré
une nouvelle torche. Il encourageait l'ardeur guerrière de ses
hommes, et les animait du geste et de la voix.

— A l'œuvre, enfants! criait-il en gesticulant. A l'œuvre!
Le Ghetto n'est pas à dédaigner! On peut y faire de bonnes
prises, et vous en ferez cette nuit même! Je vous abandonne
tous ces nids d'oiseaux de proie! Fouillez, pillez et tuez quiconque essaierait de vous résister! Ce n'est pas un crime que
de se défaire de ces usuriers! A l'œuvre!

D'enthousiastes acclamations saluèrent ces paroles, et la
bande houleuse pressa le pas vers la terre promise qu'on lui
annonçait.

— Vous m'entendez, enfants! continua le noir despote. Sac-
cagez tout, faites main basse sur tout ce que vous trouverez,
puis, la place nettoyée, nous y mettrons le feu!

— Hourrah! Vive Hassan, notre digne chef! hurlèrent
les bandits en agitant chapeaux et bonnets. Trois fois
hourrah !

L'ignoble compagnie atteignit enfin le Ghetto et se répandit comme un torrent dans les demeures des juifs. Les malheureux habitants qui s'y trouvaient encore s'enfuirent avec épouvante devant ces sauvages envahisseurs, mais ils furent poursuivis, traqués et bien peu échappèrent. Bientôt les sombres ruelles furent pavées de morts ou de mourants dont les plaintes montaient vers le ciel ou se perdaient dans les mille bruits de la tempête.

Tandis que le meurtre et l'assassinat se donnaient libre carrière dans les rues, les scènes de pillage se répétaient de maison en maison. Les juifs avaient réussi à cacher ou à emporter une bonne partie de leurs richesses, mais les pillards n'en réunirent pas moins un énorme butin. Quelques-uns se retirèrent en pliant sous le faix, d'autres moins pesamment chargés, n'avaient pas été moins heureux, ils avaient mis la main sur des bijoux ou d'autres objets précieux dont la valeur ne se mesurait pas au poids, d'autres enfin avaient recueilli en ducats des sommes importantes, et tous étaient d'accord pour trouver l'affaire bonne.

Hassan n'avait pas perdu son temps. Il était retourné en toute hâte dans la maison du vieux changeur et s'était chargé d'autant de pièces d'or qu'il en pouvait porter. Les perquisitions étaient terminées ; il n'était pas un des bandits qui n'eût fait une bonne prise, il fallait en finir et passer à d'autres occupations. Le Maure grimpa sur une pierre, s'y posta comme sur un observatoire et donna ordre à ses hommes de mettre le feu au Ghetto.

Les misérables ne se le firent pas dire deux fois. Ils se précipitèrent de nouveau dans les maisons et arrangèrent dans chacune d'elles de petits bûchers qu'ils allumèrent avec la torche de Pedro. Un peu d'huile, versée sur chacun de ces tas de bois, suffit pour aviver la flamme et pour la communiquer aux objets environnants.

L'aube vint éclairer d'infernales rondes. Les bandits dansaient en hurlant autour de ces foyers de destruction, tandis qu'Hassan toujours debout sur sa pierre, les bras croisés, considérait ce spectacle, et, nouveau Néron, s'enivrait des scènes d'horreur qu'il avait sous les yeux. —

Chapitre VII.

Des ténèbres à la lumière.

Sortie de l'église des Carmélites où elle avait vainement cherché la Muette, Lucia courut vers l'escalier du port. Elle espérait y trouver quelque pêcheur ou batelier qui consentit à se rendre avec elle à Ischia, mais cette espérance ne pouvait naître que dans un cœur désespéré et prêt à recourir aux moyens les plus extrêmes pour secouer son angoisse. Le port était désert. Lucia le parcourut en tous sens. Elle allait s'en éloigner la mort dans l'âme, lorsqu'un dernier regard lui fit découvrir un batelier occupé à assujettir sa barque.

Elle courut à lui et reconnut en approchant un des plus hardis rameurs du golfe de Naples.

— N'êtes-vous pas Vincente, le fameux batelier d'Ischia? dit-elle vivement.

L'homme ainsi interpellé se retourna sans lâcher la corde qu'il tenait à la main, et fixa un œil surpris sur cette femme voilée dont le langage et la voix trahissaient une nature cultivée. Que faisait-elle seule dans le port à cette heure et par ce temps? Qui était-elle?

— Je suis Vincente, en effet, répondit le batelier en continuant son examen. Qu'y a-t-il pour votre service, signora?

— Je ne me trompais pas, c'est le ciel qui m'amène vers vous, s'écria impétueusement Lucia. Voulez-vous me conduire à Ischia, Vincente?

— A Ischia — cette nuit?...

— Sur l'heure même! Il faut que j'y aille, il le faut!

Le batelier supposa qu'il avait à faire à quelque Napolitaine que la frayeur ou tout autre motif poussait à fuir.

— Vous n'y songez pas, signorita, répondit-il. Impossible de tenir la mer. L'orage sera sous peu dans toute sa violence.

— C'est pour cela justement que je veux aller à Ischia.

— Impossible! Je vous défie de trouver un batelier qui vous y conduise.

— Je vois ce que c'est, dit Lucia qui retrouva tout à coup une lueur d'espoir, vous craignez que je ne m'effraie et que je ne vous ennuie de mes terreurs? Vous vous trompez! Détachez votre barque et emmenez-moi, je vous jure que vous n'apercevrez pas un signe de faiblesse!

— Quel courage! exclama le batelier.

— Vous verrez si je dis trop! Faites vite, vite — —

— Impossible, signorita! Tout votre courage ne me déciderait pas!

— Comment — vous ne voulez pas — vous avez peur?

— Regardez cette mer! Ce serait tenter Dieu que de s'y risquer!

— Et c'est vous qui parlez ainsi? s'écria impétueusement Lucia, vous, Vincente, qu'on nomme le roi de la mer, vous le plus hardi des bateliers, vous dont on vante partout le courage et l'audace! Vous usurpez votre réputation, paraît-il, mais je détromperai le peuple, moi — je dirai partout que vous connaissez la peur, que vous êtes plus craintif qu'une femme! — —

Lucia s'interrompit. L'émotion lui coupait la voix.

— Vos insultes ne me touchent guère, signorita, répondit tranquillement le batelier; elles prouvent tout simplement que vous ne connaissez pas le danger d'une traversée en un pareil moment! Voyez-vous avancer ces vagues — il faudrait lutter avec elles pour atteindre Ischia — autant se précipiter tout bonnement dans la mer! Que la sainte-Vierge protège les vaisseaux qui seront surpris par cette bourrasque, les pêcheurs d'Ischia et le vieux gardien du phare!

Lucia tressaillit.

— Le gardien — répéta-t-elle — il est donc en danger?

— Nul ne l'est plus que lui, signorita. La pointe de l'île est l'endroit le plus exposé à la fureur des vagues, et je doute que la tour résiste à de pareilles attaques.

— Sainte-Vierge! murmura Lucia en joignant les mains, il est en danger de mort, et je ne puis rien pour le sauver! Laissez-vous fléchir, Vincente, reprit-elle à haute voix. Conduisez-moi à Ischia je vous en supplie — essayez au moins!

— Je le ferais volontiers, si c'était possible, signorita, mais cela ne se peut pas! Ce serait tenter Dieu, je vous l'ai dit!

— Je vous donnerai tout ce que je possède! reprit Lucia en saisissant les mains du batelier. Tenez — j'ai là une croix d'or ornée de perles, et deux ducats — les derniers — prenez tout —

— Gardez votre or, signorita, interrompit gravement le batelier. A quoi me servirait-il si nous périssions avec lui? Que deviendraient ma femme et mes deux enfants, si je n'étais plus là par les nourrir? Rentrez chez vous, signorita, et laissez-moi à ma besogne. C'est presque une mauvaise action que de me tenter ainsi!

— Oui, vous avez raison — murmura Lucia accablée — votre pauvre femme — vos enfants — ce serait un péché si je — j'ai eu tort, pardonnez-moi!

— Elle s'éloigna d'un pas chancelant — Vincente la suivit des yeux en hochant la tête, puis il se remit à son ouvrage.

Lucia avait quitté le bastion et courait vers l'escalier du port où elle venait d'apercevoir deux pêcheurs.

— Venez à mon aide, braves gens! s'écria-t-elle en approchant des deux hommes qui considéraient la mer avec inquiétude. Il faut que j'aille à Ischia — voulez-vous m'y conduire?

— A Ischia! exclama l'un des pêcheurs en levant les bras, le moment est bien choisi! Vous nous offririez une tonne d'or, signorita, que nous ne ferions pas une pareille folie!

— Essayez au moins!

Les deux hommes se regardèrent en haussant les épaules. Ils pensaient sans doute avoir à faire à quelque folle!

— Vous plaisantez! fit l'un d'eux. On ne va pas à Ischia par un temps pareil! Cherchez d'autres que nous pour vous y conduire — —

Et se détournant sans façon, les deux pêcheurs reprirent leur examen sans plus s'inquiéter de la pauvre désolée.

Lucia restait là attérée — toutes ses tentatives échouaient! Que faire? Courir à Portici pour y chercher Fenella — Fenella qui seule consentirait à lui venir en aide — —

Il y avait loin jusqu'au village des pêcheurs, et pendant ce temps, Salvatoriello flottait entre la vie et la mort. Vincente l'avait dit — le gardien du phare ne pouvait attendre de secours que de Dieu!

Elle releva enfin la tête, passa la main sur son front qui lui semblait prêt à éclater et reprit sa course. Elle se hâtait vers la porte de la ville. Lucia se trouvait dans cet état d'esprit voisin de la folie où l'on suit aveuglément la première inspiration venue. Elle ne réfléchissait plus, elle n'avait plus qu'une idée, qu'un but; trouver Fenella et la trouver le plus promptement possible. La Muette l'écouterait, elle! Lucia connaissait son courage et son dévouement, elle savait Fenella prête à risquer sa vie pour sauver un homme en détresse! C'était là l'unique espérance qui lui restât. Elle s'y cramponnait avec l'énergie du désespoir, et courait vers Portici sans même se dire que la Muette pourrait bien n'y pas être.

Elle avait fait ainsi une partie de la route lorsqu'elle vit venir quelques hommes — c'étaient des pêcheurs —

Lucia alla droit à eux.

— Venez-vous de Portici ? leur demanda-t-elle précipitamment.

— Oui, signora, répondit l'un des pêcheurs.

— La Muette était-elle dans sa chaumière ?

— Non, signora, mais j'ai cru l'apercevoir sur le chemin qui monte au Vésuve.

— En êtes-vous sûr ?

— C'était bien elle, je ne me suis pas trompé ! Au moment où je l'ai vue, elle enfilait le petit sentier et marchait vite !

— Y a-t-il longtemps de cela ?

— Un quart d'heure, peut-être !

Cette réponse était à peine prononcée que Lucia s'élançait à travers champs vers le pied de la montagne. Elle voulait rejoindre Fenella, implorer son aide — et cette pensée unique remplissait tellement son âme qu'elle ne songea pas même à se demander ce que la Muette allait faire dans cet endroit écarté.

A la même heure, Tito, suffisamment guéri, quittait l'antre de la sorcière. Le fils adoptif du duc voulait profiter de la nuit pour tenter sa rentrée au château. Il avait hâte de s'y retrouver. Sur ses instantes prières, la vieille Corvia l'avait muni d'une nouvelle fiole destinée à favoriser les projets fratricides du favori ; elle avait accompagné ce don des recommandations et des instructions les plus minutieuses et Tito comptait bien que ce second breuvage aurait plus d'effet que le premier.

Le fils adoptif du duc portait encore la livrée de Pedro, et ce costume, il l'espérait du moins, lui permettrait de regagner sans encombre la forteresse. Nul ne l'y attendait plus, sans doute. Ruiz devait y avoir rapporté la nouvelle du duel de son maître avec l'un des hommes noirs ; et selon toute apparence, il aurait exagéré les dangers de l'aventure pour excuser sa lâche désertion. Tito jouissait d'avance de la surprise que son retour subit allait causer au château. Il lui tardait surtout de se retrouver dans l'athmosphère d'intrigues qui convenait à sa nature, et d'avance il se promettait de mettre tout en œuvre pour gagner complètement le duc et pour se débarrasser enfin d'Alfonso dont l'existence entravait seule l'accomplissement de ses rêves ambitieux.

Ce qu'il avait vu des relations du duquccito et de la princesse, le rassurait absolument sur les conséquences de cette union. Un enfant né ou à naître eût été un obstacle de plus à écarter, mais ce cas ne semblait pas devoir se produire. Il n'était pas probable que le couple princier donnât des héritiers à la couronne, et Tito, rassuré de ce côté, songeait, tout en marchant, à la façon la plus commode et la plus expéditive de se défaire de ce duquccito détesté.

La rafale qui soufflait de la mer faisait tourbillonner des nuages de cendre et de poussière; la lune n'apparaissait que pour verser de pâles et fugitives lueurs sur ces solitudes. Tito cheminait lentement. Tout à coup il s'arrêta — il lui semblait qu'une voix humaine dominait le bruit de la tempête, et arrivait jusqu'à lui —

S'était il trompé? N'était-il que le jouet de quelque vaine illusion?

Mais non — il ne rêvait pas. La voix se faisait entendre de nouveau! C'était un cri, un appel inquiet, pressant — et Tito crut distinguer le nom de Fenella!

Le favori passa la main sur son front, comme pour s'assurer qu'il n'était pas en proie à quelque hallucination! Qui donc pouvait crier ainsi dans la nuit et en pareil lieu le nom de la Muette?

Il regarda tout autour de lui cependant, et le mystère ne tarda pas à s'éclaircir. Une forme voilée apparut tout à coup à quelque distance, dans l'étroit sentier montant vers le cratère latéral, et Tito n'eût pas besoin de la considérer longtemps pour reconnaître la femme qui s'aventurait ainsi dans ce désert.

— Lucia! murmura-t-il, Lucia! C'est bien elle! Il faut que je m'en assure, cependant!

Il quitta le sentier sur lequel il se trouvait et s'efforça de rejoindre la belle Napolitaine. Il enfonçait à chaque pas dans la cendre friable, mais la difficulté de la marche ne l'arrêtait pas. Il voulait, à tout prix, se rapprocher de la solitaire promeneuse et s'assurer que c'était bien Lucia.

Il avançait courageusement, mais la distance ne diminuait guère, et Tito ne se sentait pas encore assez fort pour braver d'inutiles fatigues. Lucia marchait d'ailleurs sur un terrain plus solide et s'éloignait rapidement. Il fallait la retenir.

— Hé, signora! cria-t-il en s'efforçant de changer sa voix.

Lucia tressaillit, elle regarda avec effroi autour d'elle et aperçut enfin le personnage qui la hélait ainsi. Il était trop éloigné pour qu'elle pût le connaître.

— Hé, signora, un mot! cria de nouveau l'inconnu.

— Je suis pressée — que me voulez-vous? répondit-elle à haute voix.

— C'est elle! murmura Tito en pressant le pas. Un mot, — une question, signora! cria-t-il pour l'arrêter encore.

Lucia frissonna — le son de cette voix remuait en elle les cendres du passé et la faisait mourir de terreur et de honte.

— Qui êtes-vous? demanda-t-elle.

— Vous le verrez tout à l'heure!

— Tito — je m'en doutais! murmura Lucia qui reprit sa course. Le fils adoptif du duc renouvela ses appels, mais ils n'eurent d'autre résultat que de presser la marche de la fugitive. Tito réunit toutes ses forces et pendant un instant il parvint à maintenir la distance qui le séparait de celle qu'il voulait atteindre, mais cet effort l'avait épuisé. Il fit

quelques pas encore et se laissa tomber anéanti au bord
du chemin.

— La sorcière — elle m'a mis hors d'haleine! fit-il d'une
voix haletante. Je n'en puis plus! Qu'a-t-elle à courir là-
haut? Je vais l'attendre ici! Elle redescendra bien un moment ou l'autre et comme il n'y a pas d'autre chemin, elle
ne m'échappera pas!

Pendant ce temps, Lucia fuyait. La terreur lui donnait des
ailes. Elle se retournait de temps en temps, et la lune, sortant de nouveau des nuages, lui permit enfin de reconnaître
que Tito avait renoncé à sa poursuite. Elle poussa un soupir
de soulagement et modéra quelque peu son allure. Le sentier
devenait raide, mais Lucia approchait de son but. Elle allait
appeler de nouveau Fenella, lorsqu'une éclaircie lui montra
une créature humaine debout au bord du cratère. Ce ne fut
qu'une apparition. Un bruit sourd retentit tandis qu'un nuage
épais montait du cratère — —

Lucia poussa un cri perçant. Elle avait reconnu Fenella et
la lumière s'était faite subitement dans son esprit! Tout
s'expliquait! La Muette s'était précipitée dans le gouffre!
C'était la mort qu'elle était venue chercher dans ces solitudes — la mort et l'oubli de tous ses maux — —

Lucia resta un instant sans mouvement — la douleur et l'effroi
paralysaient ses membres — Fenella était perdue — irrévocablement perdue!

Sa chute n'avait pu cependant causer le bruit sourd qui
s'était produit et qu'accompagnait un nuage de fumée et de
cendre. Le volcan se ranimait-il? Préparait-il quelque nouvelle explosion?

Une angoisse indescriptible s'empara de Lucia — elle
attendit quelques secondes, tout était redevenu silencieux dans
le gouffre — seule la rafale soufflait encore, et ses hurlements sinistres rappelèrent à la pauvre fiancée la situation
où se trouvait Salvator Rosa.

Fenella avait disparu — elle s'était précipitée dans l'abîme emportant avec elle la dernière espérance de Lucia! Que faire? Où trouver quelqu'un qui consentit à se dévouer pour porter secours au peintre? où demander de l'aide?

Lucia se tordait les mains de désespoir. Il lui fallait cependant une certitude sur le sort de Fenella. Elle avança avec précaution, et atteignit enfin l'endroit, où elle l'avait vue. L'abîme s'ouvrait béant devant elle! Lucia s'agenouilla et se pencha résolûment sur ces noires profondeurs.

— Fenella! cria-t-elle, Fenella, par pitié, un signe de vie! Je suis là — c'est Lucia!

En cet instant la lune apparut entre les nuages et versa sa lumière dans le gouffre. Lucia poussa un cri. Quelque chose remuait à dix pieds environ au-dessous d'elle. —

— Fenella — c'est toi! cria-t-elle d'une voix tremblante. Un bras s'agita dans l'abîme — —

— C'est elle — ô mon Dieu — c'est elle? Comment la sauver? Que lui tendre pour la ramener ici? murmura Lucia en joignant les mains.

La Muette de Portici paraissait n'avoir aucun mal. La motte de terre qui la portait et qui s'était écroulée avec elle, avait été arrêtée dans sa chute par une saillie de la paroi — c'était là que gisait Fenella, étourdie, mais non blessée! Tirée de son engourdissement par les cris de Lucia, elle reprenait peu à peu possession d'elle-même — la mort ne l'avait donc pas voulue — devait-elle prêter l'oreille aux appels de son amie ou se précipiter plus avant dans le gouffre et forcer ainsi la mort à la recevoir dans son repos?

— Tu vis — c'est la volonté de Dieu! s'écriait Lucia toujours agenouillée au bord de l'immense crevasse, tu vis! Renonce à ton sinistre dessein, ma sœur, mon amie — il me faut ton secours pour accomplir une œuvre de délivrance qu'aucun homme n'a voulu tenter! Je te cherchais, Fenella, tu peux seule m'aider!

La Muette se releva — la cendre et la lave se mouvaient bien sous ses pieds, mais la saillie sur laquelle elle se trouvait était assez large pour qu'elle pût s'y maintenir. Les paroles de Lucia avaient mis fin au combat qui se livrait dans le cœur de l'infortunée. Il s'agissait d'une bonne œuvre, de quelque acte de dévoument dont pas un homme n'avait voulu être le héros — était-ce pour l'accomplir que Dieu l'avait gardée dans sa chute? Lucia le disait — il fallait le croire et consentir à vivre — —

Fenella regarda autour d'elle, tâta longuement le terrain, et se hissa adroitement jusque sur une espèce de corniche d'où elle pouvait espérer de regagner le bord à l'aide des saillies que présentaient la paroi. Ce retour ne s'opéra pas sans difficultés. La courageuse enfant retomba plus d'une fois sur sa corniche, et Lucia qui assistait impuissante à ce spectacle crut maintes fois son amie perdue sans retour. Ces efforts réitérés portèrent enfin leur fruit. La Muette finit par trouver un endroit plus solide, et, s'aidant des pieds et des mains, elle gravit lentement la paroi qui se dressait devant elle.

Lucia, agenouillée sur le bord, priait avec ferveur — —

Fenella approchait — elle atteignit enfin l'arrête de la crevasse, et l'instant d'après un dernier effort la jetait dans les bras ouverts de son amie, qui versait des larmes de joie et d'attendrissement.

Toutes deux se tinrent un moment embrassées, puis Lucia s'arracha à cette étreinte pour examiner anxieusement la Muette et s'assurer qu'il ne lui était arrivé aucun mal.

Fenella secoua douloureusement la tête. Elle était saine et sauve, mais c'était au cœur qu'était la blessure, et Lucia s'efforça vainement de retenir ses sanglots tandis que la Muette de Portici lui racontait, par signes, l'horrible événement qui l'avait poussée à l'acte de désespoir qu'un miracle venait d'empêcher.

— C'est Dieu qui m'a amenée à temps au bord de ce cratère! s'écria Lucia en embrassant la Muette dont la douleur se réveillait plus vive et plus cruelle à mesure qu'elle avançait dans son récit. Dieu veut que tu vives! Qui sait ce qu'il te réserve encore!

Fenella posa la main sur la bouche de son amie.

— Je n'espère plus rien, disait sa pantomime. Rien ne me retient plus sur la terre — mais tu parlais d'une œuvre à accomplir et j'ai senti qu'il serait plus digne de mourir en donnant sa vie pour son prochain que de périr inutilement dans ces noires profondeurs!

Lucia contemplait la Muette avec admiration.

— Je te savais noble et généreuse, Fenella, mais c'est d'aujourd'hui seulement que je connais toute ta grandeur d'âme, s'écria-t-elle avec émotion. Que parles-tu de mourir! Tu vivras! Tu vivras pour te dévouer et les occasions ne s'en feront pas attendre. Il s'en présente une aujourd'hui même — mais il y va de la vie — —

Les yeux de Fenella brillaient d'un saint enthousiasme.

— Parle! Je suis prête à tout, disaient ses gestes. Où faut-il aller?

— A Ischia! Un être qui m'est cher est retenu dans le phare et y lutte sans doute contre la mort! Personne ne veut se risquer en mer par ce temps! Les pêcheurs et les bateliers auxquels je me suis adressée m'ont tous refusé leur aide — il ne me reste que toi — — —

La Muette avait saisi la main de sa compagne et l'entraînait déjà avec elle vers le sentier plus large qu'on apercevait à quelque distance, et qui conduisait plus directement au bord de la mer. Tito, las d'attendre, s'était décidé à continuer sa route.

— Viens! disait sa vive pantomime. Tu ne redoutes pas non plus la mort, je le sais — avec l'aide de Dieu, nous le sauverons —

Une pâle lueur blanchissait à l'horizon — la tempête hurlait encore — la mer se soulevait avec furie, mais rien n'arrêtait les deux femmes qui descendaient du Vésuve et se dirigeaient, à pas précipités, vers cette mer en courroux. Toutes deux allaient s'y risquer. Parviendraient-elles jusqu'au phare, et, si oui, y arriveraient-elles à temps pour sauver le malheureux qui y flottait entre la vie et la mort?

Elles atteignirent enfin le rivage. Les vagues l'inondaient encore.

On apercevait une barque amarrée à quelques pas de là. Les deux femmes se hâtèrent vers cette précieuse embarcation. Fenella n'en connaissait pas le propriétaire, mais il y avait un homme à sauver — il était bien permis, en pareil cas, de s'approprier momentanément une barque. Les courageuses créatures y montèrent sans pâlir.

Dieu soit avec nous! murmura Lucia! — —

Chapitre VIII.

Une miraculeuse délivrance.

Le fermier Fanalo dont nous avons fait connaissance lors de la prise de Selva et de Lorenzo, n'était pas resté absolument insensible aux menaces du capitaine de la garde.

Fanalo était un homme droit et honnête s'efforçant de remplir fidèlement ses devoirs d'homme et de citoyen. De l'aube au soir on le voyait à l'ouvrage, secondé par sa femme dont l'activité ne le cédait en rien à la sienne, et tous deux avaient la joie de voir prospérer leur métairie.

Ce travail opiniâtre accroissait d'année en année l'aisance des deux époux, mais un ver rongeur se mêlait à leur prospérité: ils n'avaient pas d'enfant! Cette consécration manquait à leur bonheur, et tous deux en sentaient vivement la privation. Fanalo surtout s'en était d'abord cruellement affecté, bien qu'il s'efforçat de cacher son chagrin à sa femme, puis le temps avait fait son œuvre, et l'honnête fermier avait fini par accepter son épreuve. Il était résigné, lorsqu'un événement imprévu et récent encore était venu combler cette lacune et dissiper la seule ombre qu'il y eût au bonheur des deux époux.

Peu de temps auparavant, Fanalo était rentré un soir plus tôt qu'à l'ordinaire, et, son souper achevé, il avait pris, contre son habitude, le chemin de la ville.

C'était au commencement des troubles. D'inquiétantes nouvelles étaient arrivées à la ferme, et Fanalo éprouvait le besoin d'aller voir par lui-même où en étaient les choses.

Enrichetta sa femme resta au logis où la besogne ne manquait pas pour une ménagère soucieuse du bien de ses gens. Elle pourvut à tout, donna les ordres nécessaires pour le lendemain, puis elle alla s'asseoir devant la maisonnette pour respirer l'air du soir en attendant son mari.

Fanalo tardait. Enrichetta, lasse de sa journée, finit par s'impatienter, et par rentrer dans sa demeure. Elle allait se coucher lorsqu'on frappa brusquement à la porte.

— Ouvre, Enrichetta, ouvre! criait vivement Fanalo.

— Oui, oui — à qui en as-tu donc? répondit la fermière un peu irritée de la longue absence de son mari. Je commençais déjà à m'inquiéter — et prenant la petite lampe, elle se dirigea vers la porte et l'ouvrit sans se presser.

Fanalo entra d'un air mystérieux et les mains sous son manteau où il semblait cacher quelque chose. Il n'y réussit pas longtemps. Ce quelque chose trahissait involontairement sa présence. Un cri plaintif, un faible cri d'enfant sortait de dessous le manteau et parvenait à l'oreille d'Enrichetta.

La fermière approcha vivement. Elle regarda son mari d'un air interrogateur et souleva le manteau — —

Elle ne s'était pas trompée. Les bras de Fanalo soutenaient un petit enfant qui poussait des gémissements plaintifs et dont la figure et les bras portaient de nombreuses égratignures.

— Sainte-Vierge — qu'apportes-tu là? s'écria la fermière en joignant les mains, un enfant — un petit enfant — —

— Donne lui quelque chose à boire, le pauvre petit être doit avoir faim et soif. Il faut lui faire avaler un peu de lait chaud!

Enrichetta courut chercher le lait demandé.

— Mais d'où vient-il? Où l'as-tu trouvé ce pauvre agneau? demanda-t-elle en revenant avec un gobelet dont elle fit tiédir le contenu sur la lampe.

— C'est toute une histoire, Enrichetta; une histoire étonnante, répondit Fanalo. Vois-tu, continua-t-il d'une voix émue, il me semble que Dieu nous l'avait destiné cet enfant, car c'est presque un miracle que je l'aie trouvé. Je revenais de la ville — je ne sais comment le temps avait passé au milieu du bruit et des récits de chacun, mais il était tard. Je suivis le mur du vieux parc jusqu'aux buissons que je comptais traverser pour abréger mon chemin. J'avais hâte d'arriver, car je te connais, Enrichetta, et je me doutais bien que tu étais en peine — mais, que veux-tu, quand on se trouve avec des camarades, on ne s'en sort pas comme on veut — —

— Après, après, fit la fermière, je connais toutes ces raisons.

— Tu ne pourras au moins pas me reprocher . . .

— Je ne te reproche rien, mais, pour Dieu, continue! Tu me fais sécher d'impatience!

— Eh bien donc, en traversant les buissons, j'entendis crier à quelque pas de moi, sans pouvoir distinguer tout d'abord, si c'était un animal ou un être humain qui gémissait ainsi. Je m'arrêtai pour écouter. Les plaintes se répétaient et l'idée me vint tout à coup que ce devait être un enfant; mais je la repoussai en me disant qu'il était impossible qu'un enfant se trouvât seul à pareille heure dans cet endroit écarté. Vois-tu, Enrichetta, j'ose à peine le dire, mais il me sembla un instant que ces cris n'étaient pas naturels et qu'il serait plus prudent de ne pas m'y laisser prendre!

Pendant ce temps, la fermière avait enlevé la petite créature des bras de son mari, et lui faisait boire un peu de lait. Les plaintes de l'enfant avaient subitement cessé. Le pauvre être abandonné se sentait enfin dans des mains amies.

— J'étais sur le point de m'éloigner sans me préoccuper autrement de l'aventure, reprit Fanalo, mais un second mouvement me retint. Je me dis qu'il serait honteux pour un homme de ne pas même chercher à approfondir la chose, et, ma foi, je revins sur mes pas décidé à en avoir le cœur net! Je suivis les gémissements qui devenaient de plus en plus plaintifs, et je n'eus pas besoin de chercher longtemps pour trouver ce pauvre agneau au beau milieu d'un buisson où quelque mère dénaturée l'avait jeté sans doute!

— La malheureuse! murmura Enrichetta en pressant maternellement sur son cœur l'enfant qui lui paraissait déjà sien.

— Qui sait! Peut-être la misère l'a-t-elle seule poussée à ce crime, Enrichetta, dit le fermier. L'enfant n'y aura rien perdu, en tout cas, continua-t-il avec un joyeux sourire, nous lui ferons une famille. Si tu m'avais vu, je tremblais de bonheur et d'émotion en le sortant de ce buisson, et pendant un moment mes jambes me soutenaient à peine! Dieu sait cependant si j'étais pressé d'arriver et de te remettre ma trouvaille!

— Quel bonheur que tu sois arrivé à temps, fit Enrichetta en remerciant du regard l'heureux Fanalo. Un peu plus, et le pauvre agneau serait mort de faim et de soif!

Candido, le chien du logis, gros barbet fort attaché à ses maîtres, s'était approché peu à peu pendant cette scène et tournait en grondant autour du groupe que formaient les deux époux et le nouveau membre de la famille. L'enfant, las d'avoir tant crié, s'était endormi aussitôt que sa soif avait été apaisée. La fermière lava délicatement les égratignures dont il était couvert, puis elle improvisa une espèce de berceau où il continua à dormir d'un sommeil tranquille. Il y était à peine que le chien s'approcha de cette couche, flaira longuement le petit être qui s'y trouvait, et finalement s'étendit à ses pieds.

Dès lors, l'enfant qui se trouvait être une petite fille, n'eut pas de meilleur ami que Candido. L'animal ne grognait plus lorsque sa maîtresse s'occupait de la fillette. Il se couchait à côté d'elle, léchait ses mains et ses joues, et lui témoignait un attachement dont Fanalo et sa femme s'étonnaient chaque jour.

Les deux époux s'affectionnaient de plus en plus à ce petit être dont la présence remplissait leur vœu le plus cher. Ils lui prodiguaient les soins les plus tendres, et l'enfant semblait leur prouver sa reconnaissance en prospérant à plaisir. Déjà la présence d'Enrichetta la faisait sourire. Elle étendait ses petites mains vers elle, et la fermière ravie bénissait le jour où ce trésor était entré dans sa maison. La fillette paraissait aimer aussi le gros Candido; du moins ne témoignait-t-elle aucune crainte lorsque l'animal se couchait à côté d'elle et lui léchait les mains. Le chien, de son côté, semblait s'être constitué son gardien. Il passait la nuit aux pieds de l'enfant, et maintes fois dans la journée, il venait se coucher dans la chambre comme pour s'assurer que sa favorite s'y trouvait encore. Le bonheur régnait alors dans la ferme de Fanalo, et c'était un plaisir que d'y voir chacun vaquer joyeusement à sa besogne.

Vint le jour où les deux Espagnols déguisés en moines furent surpris, arrêtés et livrés enfin aux hommes noirs par Fanalo.

Le fermier avait agi dans cette occasion comme tout bon Napolitain l'eût fait à sa place. Sa conscience lui disait qu'il n'avait fait que son devoir, et, cependant, les sinistres prophéties du berger Minetto ne laissaient pas que de l'inquiéter un peu. Enrichetta se montrait également soucieuse, tandis que Giacinta, la petite femme de Minetto, vive et déterminée créature s'il en fut, avait promptement secoué toute impression pénible et s'efforçait de rassurer sa maîtresse.

— Nous n'avons rien à craindre, répétait-elle de l'air le plus confiant. L'un des hommes noirs a dit que les deux Espagnols étaient des espions et des traîtres et qu'ils seraient mis à mort la nuit même!

— Pauvres gens! murmura Enrichetta.

— Voilà de la pitié mal placée! s'écria Fanalo. Songes-tu à ce qui serait arrivé si ces deux seigneurs avaient réussi dans leur dessein. Nous aurions eu tout à craindre. La flotille aurait dirigé son feu sur les bords du golfe et sur la ville et n'y aurait pas laissé pierre sur pierre!

— Signor Fanalo a raison, fit Giacinta. C'eût été un grand malheur ! Ne vous tourmentez pas, maîtresse. Minette n'est qu'un imbécile de trembler ainsi. Les morts ne se vengent pas !

Enrichetta, peu désireuse de prolonger l'entretien, retourna auprès de l'enfant resté seul dans la chambre. Les gens de la ferme se rendirent les uns après les autres au repos, seul, Fanalo resta debout. Le sommeil semblait fuir ses paupières. Il allait et venait de la maison dans la cour et de la cour au jardin, et ce ne fut qu'au jour naissant qu'il se décida à gagner sa couche.

La nuit se passa sans incident. Il en fut de même du jour qui suivit. Chacun se rendit au travail comme à l'ordinaire et la sécurité rentra peu à peu dans les esprits. On commençait à oublier l'aventure des deux Espagnols, ou, lorsqu'on y songeait, c'était pour se dire que tout danger avait cessé. Ni l'un ni l'autre des prisonniers n'ayant reparu, il était clair que l'exécution avait eu lieu et qu'on pouvait désormais dormir sur les deux oreilles.

Le soir venu, Fanalo, las de sa veille de la nuit précédente, se coucha de bonne heure et ne tarda pas à tomber dans le sommeil le plus profond. L'enfant reposait paisiblement près du fidèle animal qui s'était fait son gardien. Le gens de la ferme gagnèrent à leur tour leur couche et bientôt tout fut tranquille dans la maison.

Le vent s'était levé dans la soirée, et la nuit tombante avait amené avec elle l'effroyable tempête que nous avons décrite dans un chapitre précédent. La rafale passait en gémissant sur les jardins, les vergers et les champs, mais le fermier ne voyait et n'entendait rien. Il dormait d'un sommeil de plomb. Sa femme que les mille bruits de l'orage tenaient éveillée avait laissé brûler sa petite lampe. Elle finit cependant par s'endormir elle aussi. La lampe s'éteignit peu après et rien ne remua plus dans la maison.

Il pouvait être une heure du matin, lorsqu'une forme sombre apparut tout à coup dans le chemin du vieux parc.

C'était un homme qu'on eût pris, à distance, pour le vieux gardien du phare. Il n'était, en effet, pas un batelier, pas un pêcheur qui n'eût vu sur les épaules de Julio le manteau rapiécé dont ce mystérieux personnage était couvert. Son chapeau ne rappelait pas moins le solitaire d'Ischia.

L'inconnu se dirigeait vers la métairie de Fanalo. Arrivé près de la clôture, il s'arrêta et parut écouter. Aucun bruit inquiétant ne frappa son oreille. Hommes et animaux, tout dormait dans la ferme. La tempête seule hurlait encore, mais ses grondements n'inquiétaient guère le nouveau venu. Le vent, qui soufflait avec rage, semblait lui procurer, au contraire, une intime satisfaction. Favorisait-il peut-être de secrets desseins?

L'inconnu s'introduisit à pas de loup dans l'enclos et se dirigea vers les granges et les écuries.

C'était Selva. La lune, perçant les nuages, jetait une pâle clarté sur ses traits et permettait de reconnaître sous les vêtements du vieux Julio le capitaine de la garde. Il était livide; toute sa personne témoignait des jours aventureux qu'il venait de traverser, mais ses yeux étincelaient d'une joie haineuse. On eût dit qu'il oubliait en cet instant toutes ses vicissitudes pour ne songer qu'à l'œuvre de vengeance qu'il allait accomplir.

Il avait réussi à se sauver. La tempête l'avait ramené à Naples, et jeté sur le rivage non loin de la petite baie qui servait de port aux hommes noirs. Une fois à terre il avait pris un instant de repos, et maintenant, avant de risquer une nouvelle tentative pour quitter Naples, il voulait venger sur ceux qui l'avaient arrêté et la mort de Lorenzo et les heures d'angoisse et de péril que lui-même venait de traverser. Sa rancune satisfaite, il s'éloignerait en toute hâte et s'efforcerait d'atteindre enfin cette flotille que le duc d'Arcos appelait inutilement des ses vœux.

L'Espagnol approchait d'une des étables lorsque quelque chose remua sur le sol. Bientôt une forme humaine se dressa contre le mur du petit bâtiment et avança la tête. C'était Minetto. Le prudent berger s'était établi là pour monter la garde.

— Qui va là? cria-t-il en s'efforçant d'affermir sa voix.

Selva qui s'était arrêté au premier mouvement du gardien approcha sans témoigner aucune crainte.

— Eh bien! tu ne me reconnais pas? dit-il doucement.

Minetto considérait d'un œil surpris l'étrange personnage qui en appelait ainsi à son souvenir.

— Qui êtes-vous? demanda-t-il. Répondez ou j'appelle au secours!

— C'est ce que nous verrons, grommela Selva en s'élançant sur son interlocuteur.

Le cri de détresse de Minetto mourut sur ses lèvres. Un coup de poing violemment asséné venait de le jeter contre le mur de l'étable d'où il roula sans connaissance sur le sol.

— Celui-là du moins ne me trahira plus, murmura le capitaine, et saisissant le berger par les jambes, il le traîna jusqu'au bord d'une citerne qui se trouvait dans la cour de la ferme et l'y poussa du pied.

Un bruit sourd trahit seul la chute du malheureux, puis tout redevint tranquille.

— A l'œuvre, maintenant! murmura le vindicatif Espagnol. Vous expierez tous la mort de Lorenzo, je le jure!

L'œuvre que méditait Selva n'offrait aucune difficulté. Le capitaine réunit à la hâte un tas de branches sèches, de sarments, de foin et de mousse, il en jeta une partie dans un hangar à claire-voie qui contenait des provisions de bois, puis il porta le reste vers la maisonnette où logeaient le fermier et sa femme.

La rafale allait favoriser ce criminel dessein, mais Selva voulait agir à coup sûr et ne rien laisser au hasard. Les tas incendiaires qu'il venait d'arranger ne lui paraissaient pas suffisants. Il les augmenta de tout ce qu'il put trouver sous sa main, puis il sortit de sa poche un briquet et une pierre à feu et se mit en devoir d'allumer les matières inflammables rassemblées par lui.

Il réussit, sans trop de peine, à faire flamber un paquet d'herbes sèches, et le jeta, tout allumé, sur le tas de bois. La flamme, activée par le vent, s'éleva bientôt claire et brillante dans les airs. C'était plus qu'il n'en fallait pour mettre le feu à toute la métairie, et pour changer en un monceau de ruines l'heureuse retraite de Fanalo.

Selva considéra un instant le foyer de destruction qu'il venait de créer, puis il en tira une branche allumée qu'il promena de tas en tas, de hangars en hangars, et d'étables en étables jusqu'au logis du fermier. Les flammes s'élevèrent bientôt de toutes parts et s'unirent pour former un cordon de feu autour de la maisonnette où les deux époux dormaient du plus paisible sommeil sans soupçonner le danger qui les menaçait.

La vengeance s'accomplissait! Selva s'assura qu'elle était en bon chemin et que nulle puissance humaine ne pouvait en arrêter les effets, puis il recula de quelques pas comme pour mieux juger de son œuvre, la salua d'un rire sauvage et s'éloigna précipitamment. Bientôt il disparut dans l'obscurité.

En cet instant, un cri aigu, strident, remplit les airs — et Giacinta sortit éperdue d'une des étables enflammées.

Quelques-unes de ses chèvres la suivaient, les autres s'étaient précipitées dans les flammes. Giacinta, elle-même, n'était pas sortie absolument sauve du réduit dans lequel elle dormait. La vaillante petite femme avait de nombreuses brûlures, mais elle y songeait à peine et ne se préoccupait que de l'absence de son mari.

— Minetto — Minetto! criait-elle en se tordant les mains de désespoir — Sainte-Vierge — ils dorment tous — tous — et la malheureuse enfant, folle de terreur et d'angoisse, courait d'un lieu à l'autre en redoublant de lamentations et de cris.

Deux ou trois valets sortirent à demi suffoqués d'un hangar
où ils avaient passé la nuit. Minetto ne se trouvait pas avec eux.

Giacinta se précipita alors vers la maison — Fanalo et son
épouse dormaient encore, sans doute, bien que leur demeure
fût déjà la proie des flammes. Réveillés, ils eussent appelé à
l'aide et tenté de fuir, mais ils ne donnaient pas signe de
vie. Giacinta se jeta en criant contre la porte qui céda sous
ses coups. Elle était à peine ouverte que Candido, le chien
de la ferme, passa comme une flèche à côté de la bergère,
tenant dans sa gueule un paquet auquel on ne fit pas d'abord
attention. Giacinta voulut pénétrer dans la pièce qu'habitaient
son maître et sa maîtresse, mais elle fut forcée de reculer
devant les flammes qui en sortaient.

— Signor Fanalo, criait la bergère en se tordant les mains,
signora Enrichetta!

Rien ne répondit. Les deux époux surpris dans leur sommeil
n'avaient pas même eu le temps de fuir, et personne ne pouvait
plus leur porter secours. Les flammes faisaient explosion de
toutes parts et dévoraient en même temps tous les bâtiments
de la ferme. La rafale accélérait leur œuvre; on eût dit qu'elle
se mettait de moitié dans la vengeance de l'Espagnol.

Les valets, occupés à sauver le bétail, étaient accourus aux
cris de la bergère, mais tout secours était inutile. La maisonnette flambait tout entière. Impossible d'en approcher. Les
valets terrifiés retournèrent à leurs bêtes et s'efforcèrent de
les conduire en lieu sûr tandis que la malheureuse Giacinta
courait en insensée d'un bout de la métairie à l'autre et
appelait vainement son époux.

— Minetto! Minetto! criait-elle en s'arrachant les cheveux.
Où es-tu? Réponds-moi, par pitié! Sainte-Vierge, mon mari
brûlé! Signor Fanalo brûlé avec la signora et l'enfant! Au
secours — sauvez-les! — —

Ces cris lamentables montaient vainement vers le ciel. Il
n'y avait rien à sauver. La chaleur et la fumée repoussaient
bien vite quiconque essayait encore d'approcher des bâtiments

en flammes, et voisins et valets, réunis à quelque distance, assistaient impuissants et consternés à ce spectacle.

— C'est l'œuvre des Espagnols! murmura enfin l'un des domestiques!

— Minetto avait raison, fit un autre. Il avait bien prédit que notre maître paierait cher l'arrestation des deux seigneurs!

— Et le pauvre diable a péri avec Fanalo!

— Il m'a semblé voir Candido emporter l'enfant dans sa gueule, dit celui des valets qui avait parlé le premier. Où l'aura-t-il emporté?

Personne ne répondit. L'infortunée Giacinta accourait en se tordant les mains et la vue de son désespoir arrêtait tout commentaire. Les voisins l'entourèrent, et réussirent, non sans peine, à l'arracher à ce lieu de désolation. L'un d'eux l'emmena dans sa demeure et la remit aux soins de sa femme, bonne et compatissante créature, qui mêla bientôt ses larmes à celles de la bergère.

A l'aube, il ne restait plus de l'heureuse métairie qu'un tas de décombres fumants d'où s'élevaient de temps en temps quelques flammes rougeâtres — le fermier, lui-même, avait péri avec sa femme; Minetto, qu'on croyait enseveli avec eux, gisait au fond de la citerne, et ce n'était pas la faute de Selva, si quelques-uns des habitants de la ferme avaient échappé à l'horrible vengeance dans laquelle il voulait les envelopper.

Chapitre IX.

La délivrance.

Tandis que se préparait la tempête dont nous avons parlé, un des frères de la mort gagnait à pas précipités l'endroit du môle où il savait trouver l'un de ses camarades.

— Hé, Leonardo ! fit-il en se penchant sur l'eau. Es-tu là ?

— Me voici, Francesco, répondit une voix.

L'instant d'après, un homme vêtu de noir et la figure couverte d'un masque sautait d'un bateau que les vagues secouaient avec violence et grimpait sur le bastion.

— Où est le capitaine ? lui dit vivement le confrère qui l'attendait.

— J'allais te le demander, répondit Leonardo. Je ne l'ai pas revu depuis la nuit dernière. Tu sais sans doute qu'il m'avait envoyé dans le golfe où je suis arrivé juste à temps pour sauver Micco, Luigi et Matteo. Le capitaine n'était plus sur le bastion lorsque j'y suis revenu ce matin de bonne heure, et je l'attends toujours. Il n'a pas reparu de la journée !

— C'est étrange ! fit Francesco. Il n'avait rien ordonné, rien décidé, il est donc impossible qu'il ait entrepris quelque voyage ou quelque grosse besogne. Je m'y perds !

— Il ne peut cependant pas avoir disparu !

— Qui sait ! Personne ne l'a revu depuis la nuit dernière !

— Lui serait-il arrivé quelque malheur ?

— Je le crains ! murmura Francesco dont la voix tremblait en prononçant ces paroles. J'ai l'esprit tourmenté des plus sombres pressentiments !

Leonardo avait saisi la main de son confrère.

— Ce serait une perte irréparable, dit-il avec émotion. Que le ciel nous en préserve!

Il y eut un moment de silence. Les deux hommes osaient à peine se communiquer leurs craintes.

— Le capitaine était l'âme de notre compagnie! reprit enfin Francesco en essuyant une larme.

— Il était? — — Tu crois donc fermement à quelque catastrophe?

— Comment expliquer autrement sa disparition. Il ordonnait tout, réglait tout, et ne s'éloignait jamais sans nous dire où il se rendait!

— Silence! On vient! murmura Leonardo.

— Sans doute un de nos frères!

— Tu as raison! C'est Ancillo!

Le nouvel arrivant paraissait ému et agité.

— J'ai enfin des nouvelles du capitaine, dit-il en abordant les deux hommes noirs.

— Tu sais où il est?

— Tu as appris quelque chose?

— Rien de bien rassurant, hélas — —

— Vit-il? murmura Francesco.

Ancillo secoua tristement la tête.

— Je l'ignore, répondit-il d'une voix sourde, mais j'espère en apprendre davantage ce soir même. Le capitaine a été surpris la nuit dernière par une bande de forcenés. C'est là tout ce que je sais. Je l'ai appris par hasard de bourgeois qui n'avaient pas vu la chose eux-mêmes, mais qui en avaient entendu parler, et qui, je dois le dire, en paraissaient consternés!

— Où l'attaque a-t-elle eu lieu? demanda Leonardo.

— Ici même!

— En connait-on les auteurs?

— On parlait du Maure et de Cinzio comme des meneurs de l'affaire, et les bourgeois semblaient persuadés que le capitaine y avait trouvé la mort.

— Et l'on ne sait rien de plus ?

— Rien, absolument rien !

— C'est incompréhensible! A qui s'adresser pour obtenir d'autres renseignements?

— J'espère en trouver auprès du pêcheur Giovanni, répondit Ancillo Falcone. Au dire des pêcheurs il aurait vu toute l'affaire, et pourrait, s'il le voulait, nous la raconter en détail. Il se tient généralement dans la soirée avec les marchands de poisson. Je vais aller à sa recherche !

— Tu n'apprendras rien si tu te fais reconnaître pour un des frères de la mort, dit Francesco. Mon opinion c'est que Leonardo nous laisse son chapeau et son masque et qu'il aille aux nouvelles. Nous l'attendrons ici !

— Soit! Tâche d'apprendre quelque chose de certain, Leonardo, dit Falcone. Tu nous retrouveras ici.

Le jeune homme n'hésita pas. Il ôta son chapeau et son masque, releva son manteau de façon à le porter comme tout le monde et quitta le bastion. Il traversa la place du port et se trouva bientôt devant les arcades où se pressait tout un monde de trafiquants. Marchands de poisson, de macaroni ou de chataignes, pêcheurs, bouquetières et écrivains publics, chacun vaquait en causant à ses petites affaires, ou se préparait à quitter la place pour n'être pas surpris par l'orage qui s'annonçait.

Leonardo approcha d'un air indifférent. Il ne tarda pas à s'apercevoir que l'attaque de la veille faisait l'objet des conversations générales, sans que personne cependant se prononçât nettement sur ce sujet. Les marchands en rejetaient toute la responsabilité sur le Maure, et les pêcheurs s'efforçaient de blanchir Cinzio tandis qu'ils chargeaient sans miséricorde le baigneur Nicolo.

Le nouveau venu était tout oreilles, mais il voulait sur l'événement en question des détails plus sûrs et plus complets que ceux qui s'échangeaient dans le peuple. Il avisa enfin Giovanni, et louvoya de façon à se trouver comme par hasard auprès de lui.

— Ai-je bien entendu, dit-il en s'adressant au pêcheur et en jouant la surprise. Etait-ce bien du chef des hommes noirs qu'on parlait tout à l'heure?

Giovanni toisa de l'œil celui qui l'interrogeait ainsi.

— Vous avez bien entendu, répondit-il laconiquement.

— Et ce chef aurait été attaqué hier sur le bastion?

— On le dit!

— Vous étiez là. Avez-vous vu l'affaire?

— De loin, seulement!

— On parlait du baigneur Nicolo, du Maure et de Cinzio de Portici comme des agresseurs?

— Il y en avait bien d'autres!

— Et que s'est-il passé?

— Je ne saurais trop vous le dire, signor, répondit le pêcheur qui semblait redouter de se compromettre. Je n'ai rien pu voir distinctement, et ceux qui participaient à l'affaire ne s'en vantent pas. Ce qui me paraît le plus clair c'est que le chef des hommes noirs a dû être tué et jeté à l'eau!

— Et personne ne l'a secouru? hasarda Leonardo. Il était seul contre de nombreux adversaires et personne n'a pris parti pour lui!

— Chacun pour soi, signor, fit le pêcheur en haussant les épaules. Il faut savoir parfois ne pas se mêler de ce qui ne vous regarde pas. Qu'ils s'arrangent ou se mangent entre eux, je ne m'en inquiète guère, pour ma part, et je laisse chacun se tirer d'affaire comme il l'entend!

Leonardo retint avec peine une exclamation de colère.

— Le chef des hommes noirs serait donc mort? reprit-il en s'efforçant de cacher son agitation.

— Je n'en doute pas, signor! Les agresseurs paraissaient fort irrités — sans qu'on sût trop pourquoi, par exemple — et je les ai vus, de loin, se précipiter sur leur ennemi. Je ne vois pas comment cet homme seul aurait pu résister à toute cette troupe!

Le pêcheur salua et s'éloigna.

Leonardo retourna alors auprès de ses deux amis et leur répéta ce qu'il venait d'entendre. Tous deux l'écoutèrent avec consternation.

— Il est donc mort, dit enfin Ancillo après un moment de silence pénible. On n'en peut plus douter, maintenant! Viens avec moi, Leonardo. Il faut répandre la nouvelle et convoquer tous les frères au pavillon pour demain matin. Francesco prendra la garde!

Leonardo réfléchissait.

— La chose est vraie, sans doute, dit-il enfin, mais si ces misérables ont tué le capitaine et jeté son corps à l'eau ici même, comment se fait-il qu'on n'ait pas aperçu le cadavre ?

— Qui sait où les flots l'auront entraîné, répondit Ancillo.

— Les vagues nous le rendront peut-être, murmura Francesco. Je vais prendre la garde et je surveillerai attentivement le rivage.

— Et moi, dit Ancillo, je vais convoquer immédiatement tous les membres de la Compagnie. Les événements se précipitent, et malgré l'absence du capitaine, nous ne pouvons rester inactifs. Il y va du salut de Naples!

— Tu as raison! dit Francesco. Il faut mettre un frein aux empiètements du Maure! Au revoir, frères. Nous nous retrouverons à l'aube!

De vigoureuses poignées de main terminèrent l'entretien, puis Leonardo et Falcone s'éloignèrent à grands pas tandis que Francesco descendait dans la barque toujours amarrée au bastion.

Retournons maintenant aux deux amies qui se préparaient à braver une mer furieuse, pour sauver, si possible, celui qu'on croyait mort et dont ses amis pleuraient déjà la perte.

L'aube blanchissait à l'orient lorsque Lucia et Fenella atteignirent le rivage et commencèrent leur périlleuse traversée. Ce que des pêcheurs et des bateliers aguerris déclaraient impossible, deux jeunes filles allaient le tenter. Toutes deux allaient risquer bravement leur vie. La mort n'avait pas de terreurs pour elles. La Muette de Portici venait de la regarder en face et de la regarder sans pâlir — Lucia ne la craignait pas davantage. Elle était décidée à mourir s'il lui fallait renoncer à sauver celui qu'elle aimait.

Ces deux âmes héroïques n'avaient pas hésité un instant à la vue du péril qui les attendait. Lucia, incapable d'aider à la manœuvre, avait pris place sur un des bancs de l'arrière tandis que Fenella s'efforçait de guider ce bateau que les lames soulevaient à d'incroyables hauteurs pour le précipiter ensuite dans l'abîme. Les rames ne pouvant être utilisées, il fallait essayer de se servir du vent. Fenella avait bravement tendu une petite voile, puis elle s'était assise au gouvernail qu'elle tenait d'une main ferme, et la rafale emportait l'embarcation et ses deux passagères dans une direction provisoirement opposée à celle d'Ischia.

Le nouveau gardien du phare n'était plus seul en danger de mort. Les deux nobles femmes qui tentaient d'arriver jusqu'à lui, n'étaient pas moins exposées. Ni l'une ni l'autre n'avaient le temps d'échanger un signe ou une parole — Lucia maniait vigoureusement l'écope pour empêcher que la barque ne s'emplît d'eau, tandis que la Muette appuyée contre le mât, l'œil incessamment fixé sur les vagues, s'efforçait de leur présenter la pointe de l'embarcation. Cette lutte, qui exigeait toutes ses forces et toute son attention lui faisait du bien. Elle en oubliait sa douleur, pour ne songer qu'au but de cette aventureuse traversée, à ce but dont la vie de

Lucia semblait dépendre et dans lequel Fenella elle-même avait puisé la force de vivre.

Tout à coup la barque fut précipitée avec une telle violence dans l'abîme que les deux passagères se crurent perdues. Lucia se couvrit la figure de ses deux mains et murmura quelques mots de prière —

Le danger était imminent. Les lames se ruaient sur la frêle embarcation dont elles paraissaient avoir juré la perte — mais la Muette ne l'entendait pas ainsi. Debout, la tête haute, elle semblait commander aux éléments. Toutes ses facultés se tendaient dans une lutte suprême. L'une de ses mains serrait la corde de la voile tandis que l'autre dirigeait le gouvernail et le forçait à obéir. Le péril le plus immédiat fut conjuré, et la barque, redressée, reprit sa course sur cette mer furieuse.

Un pâle crépuscule enveloppait les flots d'une teinte grisâtre qui permettait tout au plus de voir à quelques brasses autour de soi. Fenella crut pouvoir cependant se risquer dans la direction de l'île, et le golfe lui était si familier que ni les vagues ni la tempête ne l'empêchèrent de trouver immédiatement son chemin. La tentative était singulièrement hasardée, mais elle réussit cependant. Le vent s'engouffra d'un autre côté dans la petite voile, et entraîna le bateau dans la direction voulue. Il avançait avec une effrayante rapidité, tantôt soulevé par les lames puissantes, tantôt rejeté dans les gouffres qui se creusaient entre ces masses gigantesques, mais toujours maîtrisé et conduit par la main puissante de Fenella.

Déjà Ischia apparaissait à quelque distance. La Muette, l'œil toujours fixé devant elle, s'efforçait de percer la brume, pour découvrir enfin le phare et reconnaître au plus tôt l'état dans lequel il se trouvait. Le fanal ne brûlait plus, il fallait donc que la rafale l'eût éteint ou que l'édifice eût été gravement endommagé — —

La barque approchait toujours et la pointe de l'île émergea enfin de l'obscurité. La Muette reconnut immédiatement que ses craintes n'étaient que trop justifiées. Le phare était à demi ruiné. La pointe manquait et le pied n'avait pas souffert de moindres avaries. Fenella pâlit à cette vue, mais elle s'efforça de cacher son inquiétude à sa compagne. Lucia ne la partagerait que trop tôt! Quelques minutes encore, et la réalité lui apparaîtrait dans toute son évidence.

La fiancée de Salvator Rosa s'était, en attendant, reprise à l'espoir.

— C'est donc là le but de notre traversée, dit-elle en montrant de la main la pointe de terre qui se dessinait de plus en plus. Le ciel fasse que nous arrivions à temps! Il nous protège visiblement, Fenella, on dirait que les vagues se retirent devant nous et reconnaissent ta puissance! Nous allons atteindre Ischia — —

Elle s'interrompit tout à coup. Ses yeux, fixés sur l'île, s'ouvraient démésurément et semblaient contempler quelque spectacle aussi effrayant qu'inattendu.

— Regarde, murmura-t-elle, regarde — je me trompe, sans doute — il me semble que la tour est à moitié détruite — il en manque une bonne partie! Regarde, Fenella — ai-je bien vu — est-ce vrai?

Les yeux de Fenella répondaient pour elle. Ils ne permettaient plus le doute.

— Le phare détruit, ruiné — nous arrivons trop tard — il est perdu! s'écria Lucia en se tordant les mains de désespoir. Il est mort — les lames l'auront entraîné avec elles — — —

La Muette fit un geste de la main comme pour rassurer sa compagne et la supplier de reprendre courage, puis elle dirigea toute son attention sur la marche du bateau. L'abordage représentait l'instant le plus périlleux de la traversée. Il fallait attendre le moment favorable et le saisir sans hésitation ni retard pour éviter que la barque, lancée sur le rivage, ne s'y brisât comme verre.

Lucia retenait ses exclamations et ses plaintes de peur de troubler Fenella dans sa difficile besogne, mais ses yeux, rivés sur le phare, en fouillaient avidement les débris et cherchaient, sans se lasser, quelque trace de la présence de Salvator.

Pendant ce temps la Muette avait baissé la voile et cherchait à s'éloigner de la pointe de l'île pour gagner une petite anse où les vagues se faisaient moins sentir. L'instant était critique. Lucia le comprit. Elle se leva et vint se placer auprès de Fenella afin d'être prête à saisir l'occasion aux cheveux, s'il s'en présentait une favorable.

Le gouvernail, tenu par une main ferme, imprima bientôt la direction voulue à la barque. Les vagues la poussaient également vers la petite baie; elle ne tarda pas à y entrer. L'instant d'après, l'embarcation était poussée sur la côte. C'était ce qu'attendait la Muette. Elle bondit adroitement sur le rivage, et faisant appel à toutes ces forces, elle retint le bateau dont elle avait eu la précaution de saisir d'avance la chaîne.

Lucia put alors sauter à son tour sur terre ferme, et les forces réunies des deux jeunes filles suffirent pour amener la barque assez avant sur le rivage pour qu'elle ne risquât pas d'être rejetée à la mer.

Le but était atteint! L'effrayante traversée s'était heureusement accomplie. Les deux héroïnes se trouvaient sur l'île — restait à sauver Salvator s'il existait encore.

Lucia voulut se précipiter vers le phare, mais sa compagne la retint, et lui fit comprendre, par signes, l'immense danger qu'il y aurait à se lancer à l'étourdie sur ce mince ourlet de grève que les lames inondaient de leur écume.

Deux personnes devaient résister plus efficacement qu'une seule à la fureur des flots. Lucia et Fenella se prirent par la main et avancèrent prudemment sur les pierres. Les vagues s'y brisaient avec fracas, et menaçaient à chaque instant d'entraîner les deux amies, mais les vaillantes créatures ne reculaient devant aucun danger. Elles allaient, se cramponnant aux quartiers de roc, et gagnant peu à peu du terrain.

Elles n'étaient plus qu'à quelques pas de la tour lorsqu'une lame géante avança en grondant — Lucia et Fenella se jetèrent la face contre terre pour n'être pas emportées. La vague passa, et, tandis qu'elle se retirait, les deux amies, se relevant brusquement, s'élancèrent vers le phare.

Fenella y arriva la première et leva les mains au ciel. La lumière du jour, pénétrant sans obstacle dans la tour ruinée, lui montrait Salvator suspendu aux pontres et aux pierres auxquelles il s'était attaché.

— C'est lui — il vit ! s'écria Lucia.

Le peintre tourna son pâle visage vers les deux amies et les regarda d'un œil fixe — il se croyait le jouet d'un rêve. Ballotté depuis la veille entre la vie et la mort il était dans un état de prostation complète et se sentait incapable de décider s'il rêvait ou si cette voix aimée était bien une réalité.

Une nouvelle vague vint inonder la tour et forcer les deux femmes à se raccrocher aux débris de la muraille. Dès qu'elle eût passé, Fenella bondit vers le peintre, détacha hâtivement la corde qui le retenait et saisit le malheureux par un bras tandis que Lucia s'élançait de l'autre côté pour le recevoir.

Salvator se soutenait à peine.

— Est-ce vous — vraiment vous, Lucia? murmura-t-il d'une voix qui n'était plus qu'un souffle. Est-ce que je rêve?...

— Vous ne rêvez pas, Salvatoriello! répondit Lucia. Vite au bateau! Le ciel a permis que nous arrivions à temps — qu'il en soit mille fois béni! — —

— Et vous venez me délivrer?

Lucia ne répondit pas. Elle soutenait Salvator, que la Muette entraînait hors du phare. Les deux amies réussirent enfin à amener le peintre dans un endroit moins exposé à la fureur des vagues, et le firent asseoir un instant sur une pierre.

— Vous venez — vous me sauvez — répétait Salvator, incapable de prononcer une autre parole.

Lucia avait joint les mains.

— C'est l'œuvre de Dieu! dit-elle d'une voix grave et solennelle. Il nous gardera jusqu'au bout, je l'espère!

Un rayon de soleil, glissant au travers des nuages, sembla répondre à ce vœu. Le ciel commençait à s'éclaircir, et l'on pouvait prévoir enfin le retour du calme. Les vagues, toujours énormes, semblaient avoir perdu quelque chose de leur violence. Fenella se leva. Aidée de Lucia, elle entraîna le peintre jusque sur la grève et le fit monter dans le bateau où il se laissa tomber comme une masse inerte.

Les deux jeunes filles poussèrent la barque dans l'eau et réussirent à s'y hisser elles-mêmes. L'instant d'après une vague puissante entraînait l'embarcation loin du bord.

La Muette avait saisi les avirons et manœuvrait vigoureusement pour s'éloigner du rivage toujours dangereux en pareil temps. Le succès de l'expédition l'avait ranimée. Les vagues ramenaient invariablement l'embarcation près du bord et menaçaient de l'y jeter de nouveau, mais Fenella déployait dans cette lutte une force et une adresse surhumaines. Un suprême effort lui ayant permis de tourner son bateau, elle put enfin tendre la petite voile, et laisser au vent le soin de l'entraîner au large.

Lucia contemplait avec admiration l'héroïque batelière. Elle assistait, le cœur oppressé, à cette lutte où son seul rôle à elle c'était d'implorer le secours de Dieu. Ce secours n'avait pas fait défaut à la Muette. La barque était lancée et tout faisait prévoir qu'elle atteindrait heureusement le port.

Les deux jeunes filles échangèrent un regard de bonheur, puis Lucia se pencha vers le peintre toujours étendu dans le fond du bateau et s'assura qu'il respirait encore. Il vivait, mais les heures effroyables qu'il venait de passer avaient brisé cette vigoureuse nature. Il lui fallait au plutôt du secours et des soins.

La tempête s'apaisait peu à peu, le soleil se montrait par intervalles et ses rayons bienfaisants séchaient les vêtements mouillés des passagers de l'embarcation. Les vagues couronnées d'écume soulevaient toujours le bateau, mais elles n'avaient plus la même violence. C'était presque le calme après la fureur de la nuit. Fenella tenait la corde de la voile et le gouvernail dont la direction lui paraissait un jeu d'enfant en comparaison de la première traversée, tandis que Lucia, agenouillée auprès de Salvator, soutenait sa tête pâlie, et s'efforçait de la préserver de chocs trop rudes.

La barque volait sur cette mer agitée. Lucia ôta son manteau et en fit un coussin qu'elle glissa sous la tête du peintre, puis elle se rapprocha de Fenella et la serra sur son cœur.

— Il faut le conduire au pavillon de la terrasse, dit-elle après cette effusion de reconnaissance et de tendresse. Crois-tu qu'il soit possible d'atteindre la petite baie du pied des rochers.

Un signe affirmatif fut la réponse de la Muette.

— Un mot encore, ou plutôt une prière, ma sœur, reprit Lucia. C'est de cette nuit seulement que je connais ton cœur, que je sais jusqu'où peuvent aller ton courage et ton dévouement. Je te dois la vie de Salvator et la mienne — —

Fenella secoua la tête et leva les yeux vers le ciel comme pour rappeler à son amie d'où étaient venus l'aide et le secours.

— Je comprends, reprit Lucia, mais si je remercie le ciel de notre délivrance, je ne t'en bénis pas moins, toi qui en as été l'instrument. Tu as fait de grandes choses, Fenella, tu peux en faire encore, mais il faut pour cela renoncer à ton sinistre dessein. Il faut vivre, vivre pour tes amis, pour moi, ta sœur et ton amie — promets moi de ne plus attenter à tes jours — —

Fenella tomba en pleurant dans les bras que lui tendait sa compagne. Lucia mêla ses larmes aux siennes et toutes deux se tinrent longtemps embrassées.

— Sois forte, Fenella ; oublie ton chagrin en songeant au bien que tu as fait, dit enfin Lucia en caressant tendrement la Muette. Garde-toi pour nous ! tu seras notre sœur bien-aimée — —

La Muette tenait toujours les yeux baissés à terre. On eût dit qu'elle repassait sa vie et se demandait s'il valait la peine de la prolonger.

— Tu as été cruellement frappée, ma pauvre enfant, reprit Lucia qui semblait lire dans le cœur de son amie, mais les cœurs forts sont seuls appelés à subir de pareilles épreuves ! Tu les surmonteras ; tu t'oublieras toi-même en t'occupant des autres, et chacune de tes bonnes actions t'aidera à vivre — — —

— Oui, tu as raison, je le sens, disaient les gestes de la Muette.

— Et tu me promets de ne pas renouveler tes tentatives ?

Fenella parut hésiter. Une promesse — c'était plus qu'elle ne pouvait accorder.

— Il te reste encore une espérance — —

Les yeux de Fenella interrogèrent avidement ceux de sa compagne.

— L'espérance de revoir Alfonso !

Fenella secoua la tête.

— Non, non, répondit-elle dans son langage expressif. Alfonso est marié — je ne puis le revoir — nous sommes séparés pour toujours ! — —

— Mais tu peux toujours l'aimer, Fenella, tu l'aimes encore, je le sais ; ce sentiment te soutiendra, et qui sait, peut-être trouveras-tu l'occasion de te dévouer pour lui — —

Un coup de vent, qui prenait l'embarcation par le flanc, termina brusquement l'entretien.

Lucia reprit sa place tandis que Fenella se jetait sur le gouvernail et lui imprimait vivement une autre direction. En cet instant, une vague, passant par dessus le bord, éclaboussa le peintre. Salvator revint à lui.

Il ouvrit les yeux, se souleva lentement, et regarda autour de lui de l'air d'un homme qui ne sait encore s'il dort ou s'il veille.

Lucia lui tendit la main.

— Comment vous trouvez-vous, Salvatoriello? demanda-t-elle d'une voix émue.

— Il me semble que je sors d'un mauvais rêve, répondit-il. J'ai les membres brisés, la tête lourde — tout est confus dans ma mémoire — tout ce que je sais, c'est que vous et la Muette vous m'avez sauvé!

— Je ne vous aurais pas survécu, Salvator, dit Lucia.

Un regard ému répondit à ces paroles. Le peintre se sentait trop faible pour dire tout ce qu'il sentait.

— L'horrible nuit! murmura-t-il tout à coup après un moment de silence.

— Elle est passée — oubliez-la — dit Lucia. Le soleil luit maintenant, ne songez plus à l'orage! Vous serez bientôt au pavillon! C'est là que vous désirez allez, je pense?

— Sans doute! Vous savez déjà ce qu'il me faut, Lucia. On dirait que vous devinez toutes mes pensées! Au pavillon — il me tarde d'y être — que s'y sera-t-il passé en mon absence? Où sommes-nous, maintenant?

— A quelque distance des rochers, Salvator! Ne vous inquiétez pas; nous avons un batelier aussi brave qu'habile qui nous conduira sûrement à notre but. Fenella vous a sauvé, elle a fait ce que ni pêcheurs ni marins n'ont voulu faire!

Salvator considérait avec admiration la Muette qui tenait toujours le gouvernail et ne semblait tirer aucune vanité de son héroïque conduite. Tandis qu'il la remerciait avec effusion, la barque approchait enfin de la petite baie qui servait de port aux hommes noirs lorsqu'ils voulaient aborder au bas de la terrasse.

Un grand bateau s'y trouvait amarré. Quatre ou cinq hommes vêtus de noir allaient y prendre place. Ils s'arrêtèrent en voyant approcher l'embarcation de Fenella.

— Ce sont mes amis! s'écria Salvatoriello.

Lucia agita son mouchoir. Elle venait de reconnaître dans ces personnages qui n'étaient pas masqués les peintres Spadaro, Fracanzano et d'autres, tous amis de son frère Ancillo.

Salvator s'était soulevé pour se montrer à ses camarades.

— C'est lui — c'est notre capitaine! s'écria tout à coup l'un des peintres. Salvatoriello que nous croyions mort et qui revient à nous — Dieu soit loué! — —

Les hommes noirs se jetèrent précipitamment dans leur barque et quelques vigoureux coups de rame les amenèrent auprès du bateau de Fenella. Ce fut un joyeux revoir; il y eut mainte exclamation de surprise, de reconnaissance et d'admiration, puis les peintres prirent congé des deux héroïnes, et remontèrent au pavillon avec leur chef dont l'état réclamait des soins immédiats.

Chapitre X.

La dernière victime de Tito.

— Et tu as planté là don Tito? disait Gomez le valet de chambre en s'adressant à Ruiz qui venait de reparaître au château après une absence prolongée.

— Il le fallait bien, je n'avais pas d'arme! Tu n'aurais pas fait autrement, je suppose!

— Quelle vaillance! exclama Gomez en faisant de grands bras, quelle fidélité! Le duc sera content quand il saura ça!

Le temps n'était plus où Gomez pouvait le prendre impunément de haut avec ses camarades. Les choses avaient changé, et Ruiz n'était pas en ce moment d'humeur endurante.

— As-tu fini? dit-il d'un ton menaçant. Je n'ai pas l'intention de me disputer avec toi, mais si tu veux une petite correction, tu n'as qu'à le dire — je suis prêt!

— Je veux tout simplement savoir ce qu'est devenu don Tito! répondit Gomez qui jugea prudent de baisser le ton.

— Ce qu'est devenu don Tito — quand tu me l'auras appris je pourrai te le dire! Tout ce que je sais, c'est que l'homme noir l'a attaqué et que je les ai laissés ferraillant comme deux diables! Je ne suis pas plus disposé que toi à me sacrifier bêtement!

— Bêtement! Pour ton maître?

— A ça, ami Gomez, qui donc s'est retiré le premier quand la débâcle est venue? Qui donc à su trouver le caveau le plus reculé pour s'y blottir pendant la fusillade? Qui donc à déclaré le premier qu'il faudrait être fou pour se laisser tuer quand on pouvait faire autrement — —

— Ça, c'était autre chose !

— Sans doute, sans doute — signor Gomez doit sauve-garder sa précieuse vie, mais celle de Ruiz ne vaut pas tant de ménagements ! C'est ton opinion, mais ce n'est pas la mienne, mon brave, et, si tu m'en crois, nous laisserons là ce sujet. Je me sens tout nerveux, cette nuit — les poings me démangent — veux-tu que j'en fasse l'effet sur ta chère personne ?

Gomez, ramené de nouveau à la prudence, en revint à Tito.

— Et comme ça, don Tito serait mort ? fit-il sans répondre à la question de son nerveux camarade. Sainte-Vierge, que va dire le duc, lui qui demande à chaque instant si son fils adoptif n'a pas reparu ! Voilà don Selva et don Lorenzo partis également — et partis pour ne plus revenir, je suppose ! Quel triste temps, Ruiz ! Si l'on avait au moins quelque cer-titude sur le sort de ton maître !

— Je ne l'ai pas vu tomber, mais c'est tout comme, ré-pondit Ruiz. Ces hommes noirs sont de vilains drôles ! Je crois, ma parole, qu'ils ont à faire avec le malin !

— Je n'en doute pas, moi, murmura Gomez en se signant. On l'a bien vu au château !

— Et j'aurais dû cependant m'attaquer à l'un d'eux ! Avais-je seulement une arme ?

— Tu pouvais soutenir don Tito. Peut-être à vous deux, auriez-vous fait façon de ce mécréant. C'eût été un fier triomphe. Le duc te l'aurait bien payé !

— Tu crois ?

— J'en suis sûr ! Il ne marchanderait pas sa récompense à quiconque le débarrasserait de ces hommes noirs du diable !

— On dit que le Maure en a attrapé un la nuit dernière ! Vous ne le saviez pas ?

— Comment le saurions-nous ? Les nouvelles n'arrivent guère ici ! Tout ce que nous avons appris, c'est que le mar-quis Riperda a été exécuté la nuit dernière, et exécuté par Hassan ! Quelle bête fauve que ce Maure !

— Un vrai tigre! Le ciel nous préserve de tomber entre ses mains! Je me suis tenu caché tous ces jours chez le viel orfèvre de la rue St-Antoine, et j'ai entendu raconter, chez lui, qu'Hassan et quelques-uns de ses hommes avaient attrapé un des frères de la mort sur le môle. Il paraît qu'il l'ont reconnu!

— Et qui était-ce?

— Salvator Rosa!

— Le peintre? Est-ce possible!

— Il paraît bien.

En cet instant, l'entretien des deux hommes fut brusquement interrompu. Fedro, leur camarade, entra comme une bombe dans l'antichambre et se laissa tomber sur le premier siège venu. Il s'essuyait le front et respirait à peine.

— Sainte-Vierge, qu'y a-t-il encore? murmura Gomez.

— Je viens de dehors — —

— Eh bien?

— Masaniello est tombé!

— Tombé? répéta Gomez.

— Oui, tombé — et sous les coups de ses propres partisans, dit Fedro qui reprenait haleine. Il viennent de l'assassiner dans l'église des Carmélites!

— Et comment le sais-tu?

— Je suis allé jusque sur la place, et je l'ai entendu crier de tous les côtés. La nouvelle venait de se répandre; c'était un sauve-qui-peut général. Chacun regagnait son logis, non pas à cause de l'orage, mais par crainte de ce qui pourrait survenir. On peut s'attendre à tout maintenant!

— Pourvu que ce soit vrai, fit Gomez. Je puis à peine le croire, ce serait trop de chance!

— Personne n'avait l'air de le mettre en doute!

— Et tu n'aurais pas pu te glisser jusqu'à l'église des Carmélites pour t'en assurer?

— C'est ça — pour être attrapé par la bande du Maure! Vous ne m'auriez pas vu revenir alors! Je voulais simplement voir un peu ce qui se passait, et je l'ai vu.

— Si c'était sûr, fit Gomez, j'irais immédiatement l'annoncer à son Altesse — c'est une importante nouvelle!

— Je le crois bien!

— Si Masaniello est vraiment mort, on peut considérer l'insurrection comme terminée, dit Fedro en s'éloignant pour aller colporter sa nouvelle d'antichamtre en antichambre.

Gomez et Ruiz se retrouvèrent seuls.

— Je donnerais tout au monde pour savoir à quoi m'en tenir, dit Gomez d'un air pensif.

— Rien ne t'empêche d'aller aux informations, mon brave, répondit Ruiz en riant. Fedro n'est allé que jusque sur la place, mais tu ne t'arrêterais pas en si beau chemin, toi, et tu ne reviendrais pas sans avoir poussé jusqu'à l'église des Carmélites. Quand on s'appelle Gomez on ne fait pas les choses à demi!

— C'est dire que tu ne veux pas y aller toi, hein?

— Parbleu, non!

— Eh bien, ni moi non plus, fit Gomez. Si la nouvelle est certaine, nous l'apprendrons tôt ou tard, et si elle ne l'est pas, ce serait folie que d'aller s'exposer pour s'en assurer!

— Quel homme avisé!

— Au surplus — les choses ne peuvent pas tarder à changer, reprit Gomez. Don Lorenzo et don Selva sont partis depuis deux ou trois jours et ce serait jouer de malheur si l'un d'eux, au moins, ne parvenait pas à atteindre la flotille et à la faire arriver ici! Alors — —

— Alors adieu l'insurrection! fit Ruiz en se frottant les mains. Les choses changeraient de face, hein?

— C'est alors que les Napolitains rentreraient dans leurs trous! exlama Gomez en renchérissant sur la pantomime de son camarade. C'est alors que les bombes voleraient dans la ville, et apprendraient l'obéissance aux rebelles! Le remède serait souverain! — —.

— Pourvu qu'il arrive! murmura Ruiz.

— Il arrivera — il arrivera! fit Gomez d'un ton d'oracle. Il arrivera, Ruiz, et je ne te dis qu'une chose: malheur aux rebelles, alors! Notre maître ne les épargnera pas, je t'en réponds. Il apprendront alors ce que c'est que l'oppression, la tyrannie, les impôts et les vexations dont ils avaient toujours la bouche pleine!

— Ce ne sera que justice!

— Je connais son Altesse, vois-tu, reprit Gomez en se rengorgeant. Le duc d'Arcos n'oubliera jamais les hontes dont on l'a abreuvé; il sera implacable — mais chut — qu'est-ce? Ne dirait-on pas qu'il y a quelqu'un dans la chambre de don Tito? N'est-ce pas sa voix?

— On le dirait!

— On n'entend plus rien — mais on aurait juré qu'il allait et venait dans sa chambre!

La porte s'ouvrit brusquement et laissa passer la tête de Fedro qui paraissait fort agité.

— Don Tito est là! dit-il à voix basse.

— Je ne m'étais donc pas trompé, s'écria Gomez d'un air réjoui. Où est-il?

— Dans son appartement. Il est allé s'habiller et Dieu sait s'il en avait besoin. Si vous aviez vu cet air — on aurait juré qu'il sortait d'un fagot d'épines!

— Il s'en est donc tiré! il a réussi à regagner, le château! murmura Ruiz qui ne semblait que médiocrement ravi à l'idée de revoir son maître.

— Il a dû passer par de terribles aventures, reprit Fedro. Si le duc l'avait vu dans cet état, ce fils de son cœur! Il en aurait pâli!

— Je vais lui annoncer le retour de son fils adoptif, dit Gomez, tandis que Fedro s'éloignait furtivement.

Le gros valet de chambre allait sortir de la pièce lorsque la porte s'ouvrit de nouveau. Tito parut sur le seuil. Le favori s'était hâté de passer un pourpoint et un petit manteau. Las d'attendre Lucia sur le chemin du Vésuve, il s'était remis en route pour Naples et, grâce à la confusion générale, il avait pénétré heureusement dans la citadelle.

Le fils adoptif du duc était plus pâle encore que de coutume et toute sa personne portait des traces visibles de lassitude et de souffrance.

Il salua légèrement de la main.

— Où trouverai-je le duc d'Arcos, demanda-t-il sans laisser aux deux domestiques le temps de se répandre en exclamations sur son retour.

— Dans sa chambre à coucher, don Tito, répondit Gomez. Mon gracieux maître s'est retiré chez lui, mais vous pouvez le voir sans doute. Il ne s'endort jamais avant quatre ou cinq heures du matin, et trois heures viennent seulement de sonner.

— Annonce-moi à son Altesse !

— Avec plaisir, don Tito, s'écria Gomez en saluant tout bas, avec grand plaisir ! Je suis heureux d'avoir une aussi bonne nouvelle à transmettre à mon gracieux maître ! Son Altesse faisait demander fréquemment si don Tito n'avait pas reparu. Ce retour sera une fête pour tout le château — —

Le favori n'écoutait guère ce verbiage. Il s'était tourné vers Ruiz qui paraissait assez embarrassé de sa personne et le regardait avec mépris.

— Te voilà ! dit-il enfin ; tu as réussi à rentrer au château ! Y a-t-il longtemps que tu y es revenu ?

— Quelques heures seulement, don Tito — et non sans danger — —

— C'est bon ! Annonce-moi ! répéta Tito en se rapprochant de Gomez et en se dirigeant avec lui vers l'appartement du duc.

Le valet de chambre ouvrit la porte du cabinet ducal et s'arrêta court, puis, se retournant vers le favori, il lui montra du doigt le fond de la pièce où le vice-roi dormait sur un fauteuil.

Tito fit signe à Gomez de se retirer sans bruit; lui-même allait en faire autant lorsque son épée heurta si violemment la boiserie que le duc en fut réveillé.

— Qui va là? cria-t-il en sautant sur ses pieds.

— Pardonnez, Altesse — c'est Tito!

— Comment — toi? Te voilà enfin revenu, s'écria le duc subitement rasséréné. J'en suis heureux, vraiment — je commençais à désespérer de te revoir!

— Je ne me pardonne pas d'avoir troublé votre sommeil, Altesse!

— Peu importe! Je me sens tout à fait reposé. Je suis d'ailleurs trop content de ton retour pour regretter cette interruption!

— Vous la regretterez moins encore quand vous connaîtrez la nouvelle que je vous apporte, dit le favori. Une heureuse nouvelle, puisqu'elle permet d'espérer la fin de ce fatal soulèvement! Le pêcheur de Portici est mort!

— Masaniello — mort?

— Il a été tué dans l'église des Carmélites!

— Masaniello? Impossible! On t'a trompé!

— Masaniello n'est plus, Altesse! Il est tombé sous les coups de ses propres partisans. Ne vous avais-je pas prédit que ce peuple dont il était l'idole se lasserait bien vite de son joug — je ne supposais pas, cependant, que ma prophétie s'accomplirait si tôt! Le chapeau ducal n'est pas étranger à l'évènement, croyez-le, Altesse; il a hâté le fin de celui qui le portait — à nous, maintenant, de profiter de cette chute!

— Masaniello mort! Je ne puis y croire, répétait le duc en se promenant avec agitation dans son cabinet. Le peuple aurait porté la main sur lui? Impossible!

— Rien n'est plus vrai, cependant! Ce sont des pêcheurs qui l'ont poignardé. Je me serais également refusé à coire. à cette nouvelle si je n'avais vu, de mes yeux, la tête de Masaniello!

— Sa tête?

— Sa tête, séparée du tronc, et portée en triomphe dans les rues par la horde du Maure!

Le duc n'en croyait pas ses oreilles. Il lui fallut les assurances réitérées de Tito pour le convaincre de l'authenticité de cette nouvelle.

— Allons! je ne demande pas mieux! s'écria-t-il enfin avec un air de satisfaction qu'on ne lui avait pas vu depuis longtemps. Te ne pouvais m'apporter un plus heureux message, Tito; et, j'entends qu'il ne passe pas inaperçu. Nous allons fêter sur l'heure la mort du duc de San Giorgio! Qu'on éveille tout le monde — et le duc, en proie à une joyeuse émotion, se jeta sur la sonnette.

Gomez parut immédiatement.

— Je viens d'apprendre la mort du chef des rebelles, lui dit vivement le duc; répands cette nouvelle dans le château et fais savoir à chacun que cet événement sera célébré sur l'heure. Le trésorier distribuera 5000 scudis aux gens de la maison. On leur donnera également du vin! Qu'on réveille le duquecito et qu'on lui transmette mon désir de le voir assister à cette fête impromptue. Qu'on avertisse aussi la princesse!

Le valet de chambre se retira pour porter à qui de droit ces différents ordres et le château ne tarda pas à s'emplir de joyeuses rumeurs. Masaniello était mort. Le vice-roi fêtait cette heureuse nouvelle en faisant distribuer de l'argent et du vin. Il n'en fallait pas davantage pour égayer le personnel de la citadelle.

Tito resta auprès du duc. Cette fête inattendue servait singulièrement ses projets. Il fallait saisir l'occasion aux cheveux, et mettre à profit la joyeuse confusion du moment pour se débarrasser enfin de ce duquecito détesté. Il suffisait pour cela de verser dans le verre d'Alfonso la poudre blanche et inodore dont la vieille Corvia l'avait pourvu et qu'il avait sur lui.

Cette petite opération serait-elle possible? L'instant favorable se présenterait-il? Telles étaient les secrètes pensées de Tito, tandis qu'il répondait au duc qui continuait à le questionner et à se répandre en commentaires sur l'événement. Jamais il n'avait été si loquace. Jamais il ne s'était montré si satisfait et si gai.

Pendant ce temps, les domestiques, subitement réveillés, allaient et venaient dans les salles, couvraient les tables de coupes de cristal, et de brocs remplis des vins les plus exquis, et exécutaient silencieusement les divers ordres que leur donnait le maître d'hôtel. Tito suivait de l'œil tous ces préparatifs et ne prêtait qu'une oreille distraite aux propos de son père adoptif.

— Sait-on le nom des pêcheurs qui ont frappé le tribun, demanda le duc. Y a-t-il eu lutte?

— Non, Altesse, répondit le favori. Il n'y a eu ni lutte ni mêlée. Pas une main ne s'est levée pour défendre Masaniello. Il est tombé parce que le peuple était las de son règne, voilà tout!

— Las de son règne de duc! Sur mon âme, c'était une fameuse idée que celle de ce chapeau ducal, et j'ai bien fait de suivre ton conseil! Cette nouvelle dignité a perdu le tribun dans l'esprit du peuple!

— Irrémédiablement perdu! J'en étais sûr d'avance!

— S'est-il trouvé quelqu'un pour prendre la place de Masaniello?

— Le Maure!

— Le Maure — ce noir païen — c'est trop fort!

— Son règne sera court aussi, soyez tranquille, Altesse, ricana Tito. Hassan le mettra à profit pour remplir ses poches, piller, tuer à l'occasion, et les Napolitains seront bientôt las de ce régime. Laissez-les faire! Ils se dévoreront entre eux sans que nous les y poussions, et nous n'avons qu'à rester simples spectateurs de l'affaire. Notre moment viendra — et plus tôt que nous ne le pensons, peut-être —

L'entrée du duquecito termina l'entretien. Le prince salua respectueusement son père, mais il eut à peine un regard pour Tito. La princesse survint au même moment. Elvira s'était fait habiller promptement par ses femmes ; l'espoir de rencontrer Alfonso à cette fête inattendue faisait battre son cœur et ajoutait un charme de plus à sa beauté.

Le duc et Alfonso s'empressèrent à sa rencontre. Après les compliments d'usage le couple princier s'assit pour entendre les communications qui allaient être faites.

Le vice-roi mit d'abord les deux époux au courant de ce qui s'était passé, puis il s'étendit avec complaisance sur les conséquences de cet événement. Pendant ce temps, Tito s'était rapproché peu à peu de la table préparée à l'écart. Il renvoya les domestiques et remplit lui-même les coupes, dont l'une était destinée au duquecito. Tito réussit à y verser le contenu de sa petite fiole — la poudre se dissout immédiatement et rien ne trahit plus sa présence dans le vin.

Quelques minutes encore et Alfonso était perdu. Tito touchait au but de ses rêves. Il allait être enfin débarrassé de son rival, et rien ne l'empêcherait de prendre sa place — —

Ses préparatifs achevés, Tito se rapprocha innocemment du prince et de la princesse qui s'entretenaient avec leur père.

— Tout va s'arranger enfin, disait le duc avec un air de satisfaction qui ne lui était pas habituel. Les choses vont prendre une autre tournure ! Venez, et buvons ensemble au bien de l'Espagne et à la fin du soulèvement !

— Au bonheur de notre gracieux duc ! ajouta Tito.

Tous se rapprochèrent de la table pour faire raison à ce toast — l'instant d'après toutes les coupes étaient vides — —

Chapitre XI.

Les chefs du peuple.

On était au lendemain de la mort de Masaniello. La tempête de la nuit avait pris fin, le soleil perçait les nuages, et ses rayons éclairaient une tombe fraîchement creusée, où reposait depuis quelques instants le corps de Julio. Le vieux gardien du phare avait été porté en grande pompe à sa demeure dernière. Pêcheurs, bourgeois et lazarones s'étaient réunis pour rendre un dernier hommage à ce héros, à ce soldat épris de son poste, sentinelle perdue dont il n'était personne à Naples qui ne connût le nom.

Les restes de Masaniello avaient également trouvé leur sépulture, mais la cérémonie s'était faite sans bruit et presque à huit clos. Pietro, redoutant, non sans raison, de nouvelles profanations avait exigé que le cadavre du tribun fut déposé dans le caveau de l'église des Carmélites. Son opinion l'avait emporté, et Masaniello reposait depuis le matin sous les dalles de cette nef, témoin de son triomphe et de sa chute.

L'insurrection, réellement populaire à ses débuts, ne représentait plus alors que quelques fractions de citoyens. La partie saine de la population s'était retirée peu à peu du mouvement. Les hommes sensés, effrayés des aventures qu'on faisait courir au pays, mais trop timides pour tenter quelque coup d'était, s'enfermaient dans leurs demeures et attendaient les événements. Seuls quelques bourgeois aux idées avancées s'étaient joints aux pêcheurs et aux lazarones groupés autour de Pietro et de Cinzio.

Ces deux hommes semblaient devoir en effet se partager l'héritage du tribun. Ils formaient avec leurs adhérents le seul parti capable de disputer le pouvoir à Hassan dont la horde, de plus en plus nombreuse, se composait des pires éléments de la population. La compagnie de la mort représentait un troisième parti, le parti de l'ordre, mais cette petite troupe d'hommes résolus était matériellement impuissante à lutter contre les innombrables ennemis qu'elle s'était faite.

Masaniello n'était pas enseveli depuis vingt-quatre heures que déjà l'on remarquait chez ses deux successeurs une tendance marquée à s'arroger des pouvoirs de plus en plus étendus. Cinzio y travaillait à sa manière, et tout faisait prévoir qu'il ne tarderait pas à se fatiguer d'un partage qui le gênait dans la réalisation de ses plans.

Le chétif personnage ne représentait guère, mais ce qui lui manquait comme extérieur, il le rachetait amplement par un réel talent de parole et par un instinct infaillible de ce qui plaisait à la foule. Il était né orateur, mais orateur populaire. Ses harangues, courtes et incisives, manquaient rarement leur but. Cinzio ne s'égarait point en longs discours; quelques phrases lui suffisaient pour présenter les choses à sa manière et pour frapper l'esprit de ses auditeurs. Il maniait en outre admirablement l'ironie, et ces talents dont il s'exagérait encore l'importance lui paraissaient des gages certains de succès.

Tout autre était Pietro. L'honnête pêcheur ne songeait pas à tirer avantage du pouvoir qui lui était échu sans qu'il l'eût nullement désiré. Il n'y voyait qu'une charge, mais une charge à laquelle il n'avait pas le droit de se soustraire. Nature loyale et énergique, ses erreurs ne provenaient que d'un patriotisme dont l'excès obscurcissait parfois un jugement d'ailleurs droit et sûr.

Si tout était franchise et désintéressement dans l'âme du vieux Pietro, tout était calcul, envie et ruse dans celle de Cinzio. L'aspect seul de ces deux hommes révélait leurs dissemblances morales. La haute et forte stature du vieux pêcheur, sa barbe grisonnante, mais fournie, son œil calme et ouvert, sa voix sonore, tout contrastait avec la personne chétive et inquiète de son compétiteur.

Il n'était pas douteux pour les initiés que Cinzio ne profitât de la première occasion venue pour dominer l'honnête Pietro, si même il ne préférait s'en débarrasser complètement comme il l'avait fait de Masaniello. Le caractère du vieux pêcheur ne se prêtait guère aux compromis, et l'on pouvait s'attendre à de prochains désaccords entre deux chefs animés de sentiments si contraires.

On était au lendemain de la mort de Masaniello. Le pêcheur de Portici et le gardien du phare avaient été ensevelis dans la journée. Le soir venu, Cinzio et Ludovico se trouvaient seuls dans la grande salle de l'Hôtel-de-Ville. Ils causaient depuis quelques instants lorsque Nicolò le baigneur les rejoignit et se mêla à leur entretien qui roulait sur les exploits du Maure.

— J'ai vu brûler le quartier juif, disait Ludovico au moment où le baigneur entrait.

— Moi aussi, répondit Cinzio. Je m'y suis rendu, mais il n'y avait déjà plus rien à sauver!

— Je le crois aisément, ricana le baigneur. Hassan et ses amis se sont chargés, je suppose, de sauver ce qu'il pouvait y avoir à sauver. Les juifs auront emporté le reste! Le Maure aura fait là une fameuse prise!

— Ça ne peut durer ainsi! exclama Cinzio.

— Tu dis vrai, Cinzio! répondit le baigneur. Ce damné moricaud ne s'en tiendra pas aux fils d'Israël. Il rançonnera la ville entière si l'on n'y met ordre! Ces juifs ne sont que de misérables usuriers qui nous sucent à blanc, et qui nous fouleraient aux pieds s'ils étaient à notre place, mais, c'est égal, les choses ont été trop loin cette nuit. Le Maure a ordonné à ses hommes de faire main basse sur tout ce que contenait le quartier et d'abattre impitoyablement quiconque essaierait de sauver tout ou partie de ses biens — inutile de dire que ces ordres ont été plus que suivis! Il y a eu des femmes étranglées, d'autres traînées par les cheveux dans les rues, des enfants brûlés vifs ou écrasés sous les décombres — un véritable massacre, enfin —

— Ce Maure n'est et ne sera jamais qu'une bête brute! fit Ludovico.

— Il n'était pas seul — ses hommes lui ont aidé et, sans doute, en ont fait plus que lui, observa Cinzio.

— Ce sont tous des bêtes brutes, alors!

— C'est vrai — mais ils sont nombreux, et, ma foi, il faut hurler avec eux ou se résigner à trembler pour sa peau!

— Tu as raison, Cinzio, soyons avec eux! exclama le baigneur.

— A propos, n'a-t-on plus entendu parler de Salvator Rosa, demanda Ludovico en s'adressant au bossu.

Nicolo allait répondre, mais Cinzio ne lui en laissa pas le temps.

— Vous aurez beau dire, s'écria-t-il, je ne crois pas que Salvator et le chef des hommes noirs n'aient été qu'une seule et même personne! Tu as été trompé par quelque ressemblance fortuite, Nicolo — —

— Tu crois ça, mon fils, ricana le baigneur. A ton aise, mais Nicolo n'est pas un imbécile, et quand il parle, il sait généralement ce qu'il dit! J'ai deviné vos doutes, mes maîtres, et je me suis procuré des preuves suffisantes pour les confondre — —

— Et comment t'y es-tu pris?

— De la façon la plus simple. Je me suis rendu chez le peintre — —

— Chez Salvator Rosa?

— Sans doute — de qui parlons-nous?

— Et que lui voulais-tu?

— Lui commander mon portrait!

Un double éclat de rire salua ces paroles.

— Ton portrait — rien que ça! s'écria gaîment Ludovico. Un portrait par Salvator Rosa — tu n'es pas dégoûté, mon brave! Et que te demande-t-il de plus pour ta bosse? —

— Riez tant qu'il vous plaira! fit tranquillement Nicolo. Je suis habitué à vos lazzis aussi ne me touchent-ils guère. Bossu ou non, il suffit pour faire faire son portait qu'on ait de quoi le payer, et c'est mon cas, Dieu merci, si ce n'est pas celui de tout le monde!

Ludovico riait toujours.

— C'est bon, c'est bon, dit Cinzio qui paraissait fort désireux d'en entendre davantage. Tu t'es donc rendu chez le peintre?

— Ce matin même, et dans mes plus beaux atours, comme tu peux croire! Je voulais en avoir le cœur net! S'il est vraiment le chef des hommes noirs, me disais-je, ou bien il ne sera pas chez lui, ou bien on verra sur sa figure la trace des mauvais moments que nous lui avons fait passer — si, au contraire, il est tranquillement à ses pinceaux, c'est que je me serai trompé. D'une manière ou de l'autre j'apprendrai toujours quelque chose et c'est tout ce que je veux!

— Est-il rusé, ce baigneur! murmura Ludovico.

— C'est étonnant, n'est-ce pas? fit Nicolo avec une grimace de satisfaction. Que veux-tu, mon brave, il ne suffit pas d'être beau garçon, faut avoir aussi quelque chose dans la cervelle — et, de ce côté-la, du moins, je ne suis point trop mal partagé!

— C'est toi qui le dis!

— Et qui le prouve, ce me semble!

— C'est possible — je te crois fort entendu en certaines choses — —

— Mais pas en toutes, veux-tu dire! Tu as raison! Je n'ai pas la prétention de me mêler de tout, moi; ainsi, par exemple, je ne cherche pas même à savoir de quoi tu vis depuis quelques semaines que tu ne fais rien — tu as, il est vrai, la clef de la caisse — —

Un geste menaçant interrompit le baigneur.

— Tu m'insultes, je crois! s'écria Ludovico.

— Pas du tout, pas du tout — je te dis simplement que je ne me mêle que de ce qui me regarde!

— Avez-vous fini? s'écria Cinzio impatienté. Vos chicanes ne m'intéressent guère, tandis que je tiens beaucoup à savoir ce qu'a découvert le baigneur!

— Bah, tu te préoccupes beaucoup trop de ces hommes noirs, fit Ludovico en haussant les épaules. Ils ne te peuvent rien, et à nous non plus! N'as-tu pas pris, d'ailleurs, toutes les mesures nécessaires contre eux?

— Certainement!

— Eh bien, tu n'as plus à les craindre.

Cinzio se promenait avec agitation dans la pièce.

— Vous êtes tous plus bornés les uns que les autres, s'écria-t-il avec humeur. Il faudrait, selon vous, se croiser les bras et attendre tranquillement que les hommes noirs vinssent nous dicter leurs lois! Je n'ai pas envie de leur obéir, moi, et si j'ai juré leur perte, c'est que je sais fort bien qu'ils ont juré la nôtre. Je leur ferai une guerre à mort — libre à vous de choisir entre eux et moi!

— Doucement, doucement, fit Nicolo. Tu sais bien que nous n'aimons pas plus que toi cette noire compagnie. Laisse-moi te raconter ma visite chez le peintre!

— Raconte!

— Eh bien, je me suis donc rendu chez lui —

— Tu savais donc où il demeure? demanda Ludovico.

— Je connaissais la maison, comme tout le monde. Oh, il est bien logé, notre homme, la place ne doit pas lui manquer.

— Et qui t'a ouvert?

— L'un de ses élèves, un jeune peintre étranger! Il me fit entrer, et me demanda ce qui m'amenait. — Hum, répondis-je, j'aurais désiré parler au maître en personne! — Si c'est quelque message, vous pouvez me le confier, dit-il;

je le lui transmettrai! Je m'y refusai, et comme il insistait, assurant qu'il pouvait me répondre à ma satisfaction : — Impossible, m'écriai-je; je veux faire faire mon portrait par maître Salvator Rosa, et vous n'êtes qu'un de ses élèves. — Il me toisa alors de la tête aux pieds — —

— Je vois ça d'ici! fit Ludovico en riant.

— Je commençais à m'impatienter, reprit le baigneur, quand ce petit drôle se décida enfin à m'avouer que Salvator Rosa n'était pas au logis. C'était une première confirmation de mon dire, mais il me fallait plus que cela. — Et sait-on quand le maître reviendra? demandai-je. Est-il en voyage? Où peut-il bien être allé? Il me répondit qu'il n'en savait rien lui-même, et fit mine de s'éloigner, mais je le retins par le bras. — Un mot, signor, m'écriai-je, un seul mot; il m'importe beaucoup de rencontrer maître Salvator le plus vite possible, sans cela je ne vous questionnerais pas ainsi. Dites-moi, franchement, s'il n'est pas tout bonnement chez lui, sur ses oreillers?

— Sur ses oreillers? répéta le jeune homme.

— Hé, répondis-je, serait-ce la première fois qu'un artiste, voire même un grand artiste, ferait la grasse matinée après de trop abondantes libations?

Mon jeune homme se mit à rire.

— Ça s'est vu — et se verra, dit-il gaiment. Ce n'est cependant pas le cas aujourd'hui. Salvator Rosa n'est pas chez lui, et je ne puis absolument pas vous dire quand il rentrera. — C'était tout ce que je voulais savoir et je n'insistai pas davantage. Il était évident que le peintre était absent et que son élève ignorait absolument où il se trouvait. Vous voyez que tout s'accorde avec nos suppositions. Salvator Rosa et le chef de la Compagnie ne sont qu'une seule et même personne, et une personne dont nous pouvons espérer d'être débarrassés!

— Tiens, voilà Giovanni, fit Ludovico, en montrant du

doigt un pêcheur qui venait d'apparaître à l'entrée de la salle et s'avançait rapidement.

— Il a l'air d'apporter quelque nouvelle, dit le bossu.

— Eh bien, qu'y a-t-il, Giovanni? demanda Cinzio.

— Il y a que ton ordre a été exécuté, répondit le pêcheur. Tonino et Andrea viennent d'attraper un des frères de la mort et de s'en défaire!

— Un des hommes noirs? s'écrièrent à la fois Nicolo et Ludovico.

— Un des hommes noirs, fit Cinzio d'un ton qui n'admettait pas de réplique. J'avais donné ordre de les détuire sans pitié où que ce fût qu'on les vît! Il faut bien commencer une fois! Comment ça s'est-il passé, Giovanni?

— Sans trop de peine. Malheureusement nous n'en avons attrappé qu'un. Le second, que nous espérions prendre aussi, nous a échappé. Nous avons découvert le premier dans une barque amarrée au pied du bastion où il avait l'air d'être en sentinelle, et nous sommes restés à notre poste pour savoir ce qu'il allait faire. Il y avait une heure à peine que nous attendions lorsqu'un second de ces moricauds survint. Il appela son confrère qui le rejoignit aussitôt. C'était le moment de se montrer et de faire, si possible, d'une pierre deux coups. Nous sortîmes à l'improviste de notre cachette. Le second dégaîna immédiatement et réussit à s'échapper après s'être défendu comme un diable, mais le premier fut pris et terrassé. Andrea lui plongea son poignard dans la nuque tandis que Tonino lui arrachait son masque!

— Qui était-ce? demanda anxieusement Nicolo.

— Nous ne le connaissions ni les uns ni les autres. Nous l'avons examiné de tous côtés, sans rien découvrir qui nous apprît son nom.

— Et qu'en avez-vous fait?

— Nous l'avons poussé à l'eau.

— Bien, très-bien, dit Cinzio, c'est toujours un de moins! Retourne vers tes camarades. Vous reprendrez votre poste auprès du bastion, et si les hommes noirs se montrent, vous les abattrez sans miséricorde!

Giovanni salua de la main et s'éloigna.

En cet instant, la haute et mâle stature de Pietro apparut sur l'escalier de l'Hôtel-de-Ville.

— Cinzio est-il ici? demanda-t-il vivement à la sentinelle qui passait et repassait devant la porte de l'antique édifice.

La réponse fut affirmative. Elle était à peine prononcée que Pietro se hâtait vers la grande salle. Le vieux pêcheur paraissait singulièrement ému. Son front s'était chargé de nuages, et ses sourcils froncés s'abaissaient sur des yeux que la colère et l'indignation faisaient étinceler. Il ouvrit impétueusement la porte de la salle et marcha droit à Cinzio.

— Qu'est-ce que cela signifie? dit-il d'une voix sourde, j'apprends que des hommes, citoyens comme nous, sont traqués dans les rues comme des bêtes fauves. Serait-ce par ton ordre?

— Cinzio avait pâli.

— Que veux-tu dire? murmura-t-il.

— Tu le sais aussi bien que moi! Je te demande si c'est par ton ordre que des bourgeois de Naples sont attaqués dans les rues?

— Quel ton! fit Cinzio en se détournant à demi. Calme-toi, d'abord; tu es singulièrement agité!

— Je veux une réponse — et une réponse catégorique!

— Tu as plutôt l'air de vouloir une querelle!

— Je veux savoir de toi si tu as véritablement ordonné les meurtres qui se commettent dans la rue!

— J'ai ordonné la destruction des hommes noirs, voilà tout!

— Et tu donnes de pareils ordres sans me consulter?

— Depuis quand suis-je forcé de le faire?

— Ne m'irrite pas davantage si tu ne veux pas que les choses aillent mal, Cinzio, s'écria le vieux pêcheur dont la voix tremblait de colère.

— Doucement, doucement, fit Ludovico en posant la main sur l'épaule de Pietro. Calme-toi — —

Cette intervention n'eut pas de succès.

— Naples deviendra donc un repaire de brigands, reprit le vieux patriote en se retournant vers Cinzio. Hassan et ses compagnons n'assassinent pas assez, il faut encore que tu t'en mêles, malheureux ! Mort et damnation ! Nos gens viennent de tuer un membre de la Compagnie de la mort — sera-t-il dit que les pêcheurs ensanglantent les rues de Naples?

— Les hommes noirs sont nos ennemis; il faut qu'ils disparaissent pour que le calme se rétablisse, répondit tranquillement Cinzio. Les choses n'iraient pas longtemps si nous leur laissions le champ libre !

— Est-ce une raison pour les assassiner ? Tu ne te dis pas même que c'est un crime — un crime infâme — —

— Alors tout ce que nous faisons n'est que crime, fit ironiquement Cinzio. Il faudrait au moins n'y avoir pas trempé pour venir faire ensuite de pareilles histoires ! Si crime il y a, tu en es aussi coupable que moi — —

— Modère ta langue ! hurla Pietro.

— Modères-tu la tienne? As-tu le droit de me parler comme tu le fais? Nous n'avons rien à nous reprocher, que je sache ! N'as-tu pas été le premier à frapper Masaniello? Si c'était un meurtre, n'oublie pas que toi aussi — —

— Pas un mot de plus ! cria Pietro hors de lui. Misérable — tu veux me rendre complice de tes crimes et tu invoques le souvenir de Masaniello ! Si le tribun est tombé, c'est qu'il était devenu fou, c'est que sa vie était un danger permanent pour Naples ! Il fallait qu'il mourût, et Dieu sait que cette certitude a seule pu me décider à lever la main contre lui !

— C'est aussi pour le bien de Naples que les hommes noirs doivent tomber !

— C'est faux ! S'ils doivent tomber, c'est uniquement parce qu'ils te font obstacle, parce qu'ils gênent tes plans ambitieux ! Je te connais maintenant, continua le vieux pêcheur emporté par sa colère, je lis dans ton âme — et ce que j'y lis me fait frémir! Tu veux renverser les hommes noirs parce que tu les redoutes; parce que tu veux travailler sans obstacle à saisir le pouvoir et à le garder pour toi seul. Le nieras-tu?

Cinzio se contenta de hausser les épaules.

— Sainte Vierge — la punition ne s'est pas fait attendre! murmura le vieux pêcheur en levant les mains au ciel. Elle est dure — mais je l'ai méritée en faisant cause commune avec un pareil misérable — je le reconnais aujourd'hui! — —

Il y eut un moment de silence pénible. Pietro semblait accablé.

— Tu m'entends, s'écria-t-il enfin en sortant brusquement de sa douloureuse méditation, tu m'entends; je ne veux pas être le complice de tes crimes, et c'en est un qui vient d'être commis sur les hommes noirs! La nouvelle s'en répand déjà dans la ville!

— Elle servira d'avertissement!

— A qui? Veux-tu que Naples tremble devant toi? Serais-tu jaloux des lauriers et de la gloire du Maure? Elle est facile à obtenir cette gloire — tu n'as qu'à continuer comme tu as commencé!

— Assez, assez, fit Cinzio impatienté; voilà assez longtemps que je te laisse dire! Faut-il te répéter que je n'en veux qu'aux hommes noirs!

— Ils ont combattu avec nous!

— C'est possible — mais je me méfie d'eux.

— Rien n'autorise cette méfiance! Pourquoi supposer de mauvaises intentions à des gens qui n'ont fait, jusqu'ici, que punir des coupables et travailler de tout leur pouvoir au maintien de l'ordre!

Nicolo, resté muet jusque-là, voulut intervenir à son tour.

— Voyons, Pietro, tu sais aussi bien que nous qu'il faut redouter les hommes noirs, dit-il d'un ton conciliant. S'ils

ne poursuivaient que d'honnêtes desseins ils ne se déguise-
raient pas !

Pietro se retourna comme si quelque mouche l'eût piqué.

— T'ai-je demandé ton avis, fainéant, s'écria-t-il en me-
surant de l'œil le chétif personnage qui s'adressait à lui.
Il ne manquait que toi ici ! Débarrasse-moi de ta présence !
Nous n'avons pas besoin de tes conseils et de ton expérience
de baigneur !

— Tu veux m'insulter, je crois —

— Je veux simplement te renvoyer à ton étuve ! Tu m'as
compris, je suppose, ou faudra-t-il que je te montre moi-
même ton chemin ?

Nicolo leva un regard haineux vers Pietro qui le dépassait
de la tête et des épaules.

— C'est bon, c'est bon, murmura-t-il en gagnant lentement
la porte. Je te cède la place — mais tu t'en repentiras, foi
de baigneur !

Pietro haussa les épaules et se retourna vers ses deux
compagnons. Ludovico riait à gorge déployée de la piteuse
retraite du bossu, tandis que Cinzio, les bras croisés sur la
poitrine, regardait devant lui d'un air morne et ne songeait
pas même à prendre la défense de son digne associé.

— Qu'avons-nous à faire de pareils compères, dit Pietro
lorsque la porte se fut refermée sur le baigneur. Ce Nicolo
a-t-il jamais fait autre chose que du mal ?

— Tu as raison — je ne l'aime guère non plus, moi, répondit Ludovico.

— Et dire que Cinzio l'écoute — sang de Dieu, que
pareille chose ne représente pas ou j'y mettrai bon ordre —

— Voyons, calme-toi, Pietro, reprit Ludovico qui voulait
mettre fin à la querelle. Ce n'est pas le moment de nous
diviser ! Causons tranquillement, et en hommes décidés à rester
amis. Tu défends les hommes noirs, Pietro, mais tu sais aussi
bien que nous qu'ils font ce qu'ils veulent et qu'ils ne reconnaissent d'autre pouvoir que le leur.

— Ils surveillent le port — ce n'est pas une petite affaire ! s'écria Pietro.

— Ce n'est qu'une manœuvre habile pour dissimuler leurs véritables intentions, fit Cinzio en se mêlant de nouveau à l'entretien. Leur but est tout autre !

— Une chose est sûre, Pietro, c'est qu'ils ne nous veulent aucun bien, reprit Ludovico décidé à rapprocher les deux chefs populaires. Ce n'est pas là d'ailleurs l'essentiel pour nous. Vous vous divisez sur des questions secondaires, et vous en oubliez la chose principale, le but que nous poursuivons tous ! Faut-il que je vous le rappelle, ce but pour lequel nous nous sommes soulevés : c'est la délivrance de Naples. Nous n'avons pas achevé notre œuvre — il nous reste à nous débarrasser du duc et de ses partisans !

— Ça, c'est vrai, fit Pietro.

— Eh bien, unissons-nous pour ce but unique ! Ne vous divisez pas, amis, vous remplacez Masaniello, maintenant, vous êtes nos chefs — qu'adviendrait-il si vous deveniez ennemis ? Le baigneur se hâtera de raconter partout l'incident de tout à l'heure — démentez ses récits par votre union !

— Je ne demande pas mieux, dit gravement Pietro. Tout ce que je veux, c'est l'ordre et non l'arbitraire, la légalité et non les vengeances personnelles. Je ne veux pas d'attaque à main armée contre des citoyens ! Plaignez-vous, si vous avez à vous plaindre. On fera justice à qui de droit !

— Pour ça, Pietro a raison, fit Ludovico. Il faudrait au moins une accusation et une sentence avant d'exécuter les gens !

— Eh bien, instituez un tribunal, je ne m'y oppose pas, répondit Cinzio, mais faites surveiller les hommes noirs et appelez-les en jugement au plus tôt si vous ne voulez pas être renversés par eux. Il n'y a pas de temps à perdre, c'est moi qui vous le dis !

— On y pensera, Cinzio, mais occupons-nous tout d'abord du vice-roi et de ses fils. Il faut décider de leur sort !

— Rien n'est plus simple, ce me semble, dit Pietro. Ils sont tous au château, mais pour plus de sûreté, nous allons les transférer dans les cachots de l'Hôtel-de-Ville et nous instruirons leur procès.

— J'y consens! fit laconiquement Cinzio.

— Eh bien, nous voilà donc tous du même avis, s'écria joyeusement Ludovico. Donnons-nous la main, frères, et oublions toute querelle! Soyons unis!

— Soyons unis, répéta le vieux pêcheur en tendant la main à son adversaire.

Cinzio prit cette main loyale et la serra.

— A l'œuvre, maintenant, s'écria Ludovico heureux de son succès. Achevons enfin ce que Masaniello a commencé. Nous allons nous saisir du duc et de toute sa séquelle, puis nous instituerons un tribunal qui décidera de leur sort. Voilà trop longtemps que les choses en sont là!

Les trois hommes sortirent ensemble de la salle et se rendirent dans une pièce voisine où l'on expédiait les affaires. La réconciliation paraissait complète. Cinzio, lui-même semblait en parfait accord avec ses deux collègues, mais si rien ne trahissait au-dehors la haine et l'irritation qui remplissaient son âme, il n'en était pas moins parfaitement décidé à se débarrasser à tout prix de Pietro et à régner seul et sans partage sur les Napolitains.

Chapitre XII.

Une rencontre sur mer.

Tandis que les nouveaux tribuns, réunis à l'Hôtel-de-Ville, discutaient sur les mesures à prendre contre le duc d'Arcos, un homme, enveloppé d'un manteau noir, la figure cachée sous un masque, sortait de l'antique parc et gagnait la ville. C'était celui des frères de la mort qu'on appelait Micco. Il était jeune encore, et son manteau ne cachait qu'à demi des membres vigoureux et forts. Micco se hâtait. Il avait dépassé les faubourgs et allait enfiler une des rues de la ville lorsqu'il fut accosté par un passant.

— Un mot, signor, lui dit rapidement ce dernier, méfiez-vous des nouveaux chefs du peuple!

— Me méfier? répéta Micco surpris.

— Soyez sur vos gardes, signor! Ne vous montrez pas aussi ouvertement!

— Je ne vous comprends pas!

— Peu importe! Méditez mes paroles et faites-en votre profit, c'est tout ce que je puis vous dire!

Micco allait adresser une nouvelle question à son mystérieux conseiller, mais déjà celui-ci continuait sa route. L'homme noir le suivit des yeux.

— Singulier — étrange! murmura-t-il. Que signifie cet avertissement? Je ne le comprends guère — mais je l'accepte! Et Micco, quittant la rue où il se trouvait, prit une étroite ruelle conduisant vers le port.

Il allait atteindre le môle lorsque quelque chose remua dans une niche profonde où dormait l'image d'un saint.

Micco passait au même instant devant la niche.

— Qui vâ-là? cria-t-il en saisissant son épée; que me veut-on?

— Ischia! répondit une voix.

— Et Capri! ajouta Micco en laissant retomber l'étincelante lame.

Ces mots de passe étaient à peine échangés qu'une forme noire sortit du fond de la niche et s'avança vivement vers Micco.

— Toi, Francesco! fit ce dernier qui reconnut immédiatement dans cette ombre celui de ses confrères qu'on appelait de ce nom. Que fais-tu donc là?

— Je t'attends! Tu allais me chercher, je suppose?

— Sans doute!

— J'espérais bien arriver à temps pour te retenir. N'avance pas — —

— Que veux-tu dire?

— N'avance pas, Micco! Ce serait courir à une mort certaine! Regarde — tu vois ce groupe d'hommes là-bas?

— Des pêcheurs, ce me semble!

— Dis plutôt des assassins à gages! Des assassins postés là pour tomber sur le premier d'entre nous qui viendrait à se montrer!

— Et tu me retiens! s'écria Micco en saisissant son épée. Tu veux m'empêcher de punir ces misérables!

— C'est assez d'une victime!

— Une victime — —

— Il n'y a pas une heure qu'Orso est tombé sous leurs coups!

— Mort et damnation — Orso mort — et tu n'as pu le défendre?

— J'ai vainement lutté — mais nous étions deux contre une douzaine de robustes gaillards, et c'est miracle que j'aie pu leur échapper! Je voulais vivre pour venger la mort de notre malheureux camarade. Nous y parviendrons tôt ou tard, Micco, mais ce serait folie de le tenter aujourd'hui; ces bandits sont en nombre, et nous péririons inutilement sous leurs coups!

Micco hésitait. Il lui paraissait dur de renoncer à une lutte immédiate avec les assassins d'Orso, mais la prudence eut enfin le dessus.

— Tu as raison, Francesco, dit-il d'une voix sourde, laissons-là ces misérables — ce n'est que partie remise! Occupons-nous, pour le moment, d'exécuter les ordres reçus. La barque est-elle encore là?

— Les meurtriers d'Orso s'en sont emparés!

— Nous en trouverons une autre plus loin! Viens frère!

— Où allons-nous?

— Tu l'apprendras en route!

Les deux hommes descendirent en toute hâte au bord de l'eau et le suivirent un instant. Ils s'arrêtèrent auprès d'une barque vide amarrée au bastion. Tous deux y prirent place après l'avoir détachée, puis ils saisirent leurs rames et frappèrent l'eau en cadence.

L'embarcation se trouvait déjà fort en avant dans le golfe, que les deux rameurs, tout entiers à leur besogne, n'avaient pas encore échangé une parole.

— Où allons nous, frère? demanda enfin Francesco.

— A Capri!

— Il y a donc réunion générale?

— Cette nuit même — dans la grotte!

— Et comment va le capitaine, Micco?

— Mieux, beaucoup mieux! Il reprendra dès demain le commandement en chef!

— Grâce à la Muette de Portici et à la signora Lucia, dit Francesco. Toutes deux ont risqué leur vie pour sauver le capitaine, et c'est à elles que nous devons de l'avoir encore au milieu de nous — toutes deux ont été héroïques!

Il y eut un nouveau silence. Les rameurs, penchés sur leurs avirons, semblaient lutter de vigueur et d'adresse et la barque volait vers Capri.

— Il s'est passé quelque chose d'étrange la nuit dernière, dit tout à coup Micco en se tournant vers son camarade, quelque chose que je ne m'explique pas!

— Qu'est-ce donc?

— Un triste événement! Comme je me rendais au pavillon, à l'aube, j'aperçus à quelque distance une lueur rougeâtre. C'était la ferme de Fanalo qui brûlait.

— La ferme de Fanalo?

— Elle est complètement détruite, et l'on n'a rien pu sauver! Bien plus, le fermier, sa femme et un enfant qu'ils avaient adopté doivent avoir péri dans les flammes!

— Le feu s'est donc étendu bien rapidement?

— Nul ne sait comment il a pris, mais il doit avoir éclaté sur plusieurs points à la fois!

— Quelque acte de vengeance, alors?

— Tout le fait supposer. J'en ai eu de suite l'idée, et mes soupçons se sont confirmés aujourd'hui! Le berger avait disparu également. Quelques-uns des domestiques affirmaient qu'il avait été brûlé, tandis que d'autres contestaient qu'il eût passé la nuit dans les granges et les hangars. Il n'avait plus de repos depuis l'arrestation des deux Espagnols, ne cessait de prédire les plus effrayables malheurs, et passait son temps en rondes et en veilles — —

— Les deux Espagnols ne devaient cependant pas l'effrayer beaucoup, dit Francesco. L'un d'eux avait été fusillé, l'autre noyé!

— J'en sais quelque chose! murmura Micco.

— Je le crois — il s'en est fallu d'un cheveu que tu n'ailles rejoindre l'Espagnol au fond de l'eau.

— Il semble, à première vue, qu'il n'y avait rien à craindre, reprit Micco, et cependant, on ne peut s'empêcher de croire à quelque vengeance. Je me suis rendu moi-même, aujourd'hui, sur le lieu du sinistre pour en causer avec les voisins, et j'ai découvert dans une citerne le cadavre de ce même berger qu'on croyait enseveli sous les décombres. Nous l'avons hissé hors du puits, et, chose étrange, ce corps portait les traces visibles d'une lutte!

— Le malheureux aura été surpris dans une de ses rondes, dit Francesco.

— C'est probable!

— Il y a eu là quelque main criminelle, la chose est évidente, reprit Francesco — mais le fermier pouvait avoir d'autres ennemis que les deux Espagnols.

— Tous les renseignements s'accordent pour le représenter comme un honnête homme vivant en paix avec chacun!

— Je m'y perds, alors! Les prisonniers ont péri tous deux, on ne peut donc pas les accuser d'avoir mis le feu à la ferme — quelqu'un de leurs amis s'en serait-il chargé?

— On n'en sait rien, et selon toute apparence on ne le saura jamais, conclut Micco. Il faut renoncer à pénétrer ce mystère.

Pendant cet entretien, la barque volait sur l'onde et se rapprochait de plus en plus de Capri. La lune, sortie d'abord de la mer comme un globe rougeâtre, brillait alors au ciel de toute sa clarté et inondait les flots de sa lueur magique. Déjà les roches abruptes de l'île se dessinaient à l'horizon.

— Une barque! fit tout à coup Francesco en montrant un point noir à quelque distance. Où va-t-elle?

— A Capri, comme nous. Elle y porte sans doute quelques-uns de nos frères!

— Non, elle n'est montée que par une seule personne — et, tiens — on dirait que ce passager nous a aperçus, et qu'il cherche à nous éviter!

— C'est vrai — allons voir ce que c'est! dit Micco.

L'instant d'après, les deux hommes noirs avaient tourné leur bateau et allaient droit sur l'embarcation suspecte. Francesco ne s'était pas trompé — le personnage qui s'y trouvait cherchait à éviter une rencontre. Il avait fait volte-face et filait à l'écart, mais cette manœuvre ne se prolongea pas. Les frères de la mort ramaient vigoureusement. Impossible de leur échapper. Le solitaire passager le reconnut, sans doute, car il fit reprendre à son bateau sa direction première et se rapprocha sans se presser du petit port de Capri.

Les relations entre Naples et les îles du golfe étaient trop fréquentes pour que la vue d'une barque, croisant dans ces eaux, causât le moindre étonnement. Les deux hommes noirs ne l'ignoraient pas, mais tous deux, intrigués par les allures mystérieuses de la barque, voulaient en avoir le cœur net et savoir à qui ils avaient à faire. Ils avançaient rapidement. Bientôt ils se trouvèrent assez près de l'embarcation étrangère pour distinguer nettement celui qui la montait. C'était un homme vêtu d'un vieux pourpoint et d'un chapeau sur lequel les intempéries des saisons avaient laissé leur trace.

— Hé, l'ami, qui êtes-vous, et où voulez-vous aller? lui cria Francesco.

— Qui je suis? Ne le voyez-vous pas répondit le passager de la barque. Ne reconnaissez-vous pas le gardien du phare?

— Le vieux Julio? Il est mort!

— Mais il a un successeur, et ce successeur, c'est moi, fit l'étranger en continuant à ramer d'un air de parfaite indifférence.

— Vous?

— Moi-même!

— Et par qui avez-vous été nommé à ce poste?

— Par le capitaine des hommes noirs!

Micco et Francesco ne surent que répondre. Tandis qu'ils se regardaient avec étonnement, le nouveau gardien ramait toujours et dirigeait sa barque vers le port de Capri.

— C'est étrange! murmura Francesco en suivant des yeux l'embarcation qui s'éloignait rapidement, je ne suis pas au clair sur ce personnage!

— Ni moi non plus, fit Micco. Comment se fait-il qu'il soit vêtu exactement comme le vieux Julio?

— Et ce serait le capitaine qui l'aurait placé là?

— Il l'a dit pour se débarrasser de nous!

— Qui sait — le capitaine a été à Ischia, et ce serait encore possible, reprit Francesco. Il n'a pas encore pu nous raconter son aventure en détail — mais bah — le gardien du phare ne quitte pas son île pendant la nuit — ce compagnon nous a fait une histoire, j'en suis de plus en plus convaincu !

— Il faut en avoir le cœur net, dit Micco. Le vois-tu, là-bas — il s'efforce de se glisser entre les barques de pêcheurs ?

— Suivons-le ! Tu l'aperçois encore, Micco ? Je ne vois plus que la place où il vient de disparaître !

— En avant ! Nous le retrouverons !

Les deux hommes reprirent leurs rames, et de vigoureux efforts les amenèrent en un instant à l'endroit où le nouveau gardien du phare avait disparu. Arrivés là, ils se trouvèrent assez embarrassés. Des bateaux de toutes formes et de toutes dimensions s'y trouvaient réunis — impossible de distinguer au milieu de toutes ces embarcations celle que cherchaient les deux hommes noirs.

— Malédiction, il nous a échappé ! murmura Francesco. Je ne vois personne ici qui lui ressemble !

— Il faut le retrouver, cependant, répondit sourdement Micco. Abordons !

Les deux hommes noirs se frayèrent adroitement un passage au milieu des innombrables embarcations qui les entouraient. Ils atteignirent bientôt le bord, quittèrent leur barque, et se mirent à la recherche du soi-disant gardien du phare.

La plage était encore assez animée. Les deux frères de la mort la parcoururent en tous sens. Ils commençaient à désespérer du succès de leurs recherches lorsque Micco saisit son compagnon par le bras et l'attira derrière un tas de ballots près duquel trois hommes causaient avec animation.

— C'est lui ! murmura Micco. Qu'a-t-il à débattre avec ces deux marins ? Ecoutons !

— Et quand prenez-vous la mer, capitaine? disait justement celui qui s'était donné pour le successeur du vieux Julio.

— Demain soir, signor, répondit l'un des marins. Vous voudriez donc venir avec nous?

— Jusqu'en Corse, capitaine. Il faudrait m'y déposer!

Micco recula involontairement.

— Sainte Vierge, quelle trouvaille, Francesco, murmura-t-il à l'oreille de son compagnon. Reconnais-tu ce personnage?

— Il veut aller en Corse — et la flotille espagnole croise à quelque distance de l'île, répondit Francesco. C'est quelque nouvel envoyé du duc!

— Regarde-le donc! Tu le reconnaîtras!

— Sur mon âme — on dirait Selva! Mais non, c'est impossible!

— C'est bien lui, cependant! fit Micco. Il s'est déguisé — ne le perdons pas de vue! Il nous le faut, ce misérable — —

— Silence — — écoutons-les!

Les trois hommes avaient peu à peu élevé la voix, et les deux frères de la mort, blottis derrière leurs ballots, ne perdaient pas une de leurs paroles.

— Dix ducats — c'est trop peu, signor, disait justement celui que Selva appelait capitaine.

— Je vous en donne vingt si vous consentez à partir demain matin au lieu de demain soir!

— Impossible!

— Mettons quarante!

— Quarante ducats, capitaine, fit le second marin qui paraissait être un pilote, quarante ducats! ça vaut la peine d'en parler! L'affaire pourrait peut-être s'arranger!

— Vous aurez vos quarante ducats, plus dix autres pour votre équipage si vous me prenez immédiatement à bord et si nous partons à l'aube, dit Selva.

— On s'arrangera pour ça, signor, dit le capitaine après une minute de réflexion. Mon chargement est complet, et je puis à la rigueur achever mes préparatifs cette nuit, mais il nous faut pour cela retourner une fois encore en ville. Ce ne sera pas long ; attendez-nous ici !

— L'affaire est donc entendue ?

— Un marin n'a que sa parole ! exclama le capitaine. Vous pouvez compter sur moi !

Il salua gravement et se dirigea, suivi de son pilote, vers les marches en pierre qui conduisaient à la ville. Selva resta sur le bord.

— Reste ici pour surveiller l'Espagnol, dit Micco à son compagnon. Je vais suivre le capitaine, et je négocierai avec lui !

— Francesco fit un signe affirmatif et se blottit de son mieux derrière les ballots tandis que Micco s'éloignait avec précaution.

Il rejoignit bientôt les deux marins, et s'approcha de celui qui s'était entretenu avec Selva.

— Hé, capitaine, dit-il en lui frappant sur l'épaule, vous venez de traiter avec un passager, je crois ?

Les deux hommes se retournèrent brusquement.

— Eh bien — qu'est-ce que cela vous fait ? dit le capitaine en considérant avec une surprise mêlée d'inquiétude celui qui venait de l'interpeler ainsi.

— Me connaissez-vous ? demanda Micco sans répondre à la question du marin.

— Comment vous connaîtrais-je, puisque vous portez un masque ?

— Vous savez cependant qui je suis ?

— Un des hommes noirs, parbleu ! fit le marin.

— C'est tout ce qu'il faut ! Connaissez-vous aussi le passager que vous devez prendre ?

— Le passager ? Peu m'importe son nom pourvu qu'il paie ! Je ne lui demande que son argent !

— Etes-vous Napolitain ?

— Je suis d'Amalfi !

— Et moi de même, grommela le pilote.

— Amalfi — c'est presque Naples, reprit Micco. Eh bien, ce passager, si vous voulez le savoir, n'est autre que don Selva, le capitaine de la garde du corps. Il veut aller en Corse pour rejoindre la flotille espagnole et la faire arriver ici. Voilà son but! Vous savez maintenant ce que vous avez à faire!

— Don Selva? Vous vous trompez sans doute, signor, fit le capitaine. Cet homme n'avait pas l'air d'un seigneur espagnol!

— Il s'est déguisé!

— Je croirais plutôt à quelque ressemblance fortuite.

— Je suis sûr de ce que j'avance! Le passager qui vient de vous offrir cinquante ducats est bien le capitaine de la garde du corps!

— C'est possible, mais il ma parole, dit froidement le capitaine.

— Avez-vous réfléchi qu'en le prenant à bord vous vous rendiez coupable de haute trahison.

— Je vous répète qu'il a ma parole. Je suis lié vis-à-vis de lui!

Il y eut un silence. Micco sentait la colère et l'indignation le gagner.

— Les cinquante ducats ne vous lieraient-ils point autant et plus que votre parole? fit-il ironiquement.

— Qu'est-ce à dire? s'écria le capitaine. Vous voulez m'insulter, je crois?

— Je veux vous faire comprendre que cet homme ne doit à aucun prix sortir du golfe!

— C'est vous qui le dites — mais je ne vois pas de quel droit vous venez m'ennuyer de pareilles réclamations. Où en serions-nous, s'il fallait écouter le premier venu?

— C'est vrai — allons-nous-en, capitaine, fit à son tour le pilote.

Les deux marins reprirent leur marche.

— Vous ne voulez pas m'écouter? cria Micco.

Le capitaine haussa les épaules et continua à gravir avec son pilote les degrés de pierre qui conduisaient à la ville.

— Les misérables! murmura Micco en les suivant du regard, ces cinquante ducats les ont éblouis — mais ils ne les tiennent pas encore! Ce ne sera pas ma faute si nous ne parvenons pas à leur escamoter leur passager avant qu'il ait mis le pied sur leur navire.

Tout en grommelant ainsi, Micco retournait vers son camarade.

Il retrouva aisément l'endroit où il l'avait laissé, mais la place était vide — plus de Francesco! On n'apercevait pas davantage l'Espagnol.

Micco attendit un instant, puis, l'impatience commençant à le gagner, il quitta sa retraite et en inspecta minutieusement les environs. Tout fut inutile. Francesco n'était nulle part.

Que faire? L'heure de la réunion dans la grotte approchait. Selva avait disparu. Peut-être se trouvait-il déjà à bord? Micco ne pouvait empêcher à lui seul le départ du navire; il ne lui restait qu'une chose à faire: gagner la grotte bleue, soumettre le cas aux frères de la mort qui s'y trouveraient réunis, et tenter avec eux quelque démarche suprême pour empêcher la fuite de Selva.

Micco se dirigeait déjà vers la barque lorsque Francesco apparut tout à coup à quelque distance. Il était hors d'haleine et paraissait en proie à la plus vive émotion.

— Mille diables, pareille chose ne m'est pas encore arrivée, s'écria-t-il en se laissant tomber sur une poutre.

— Qu'y a-t-il? demanda Micco qui s'était élancé à sa rencontre.

— Il y a que ce maudit Espagnol m'a échappé.

— Échappé? Et comment?

— C'est ce que je me demande!

— Mais il n'était pas à plus de vingt pas!

— Sans doute. Il allait et venait le long de ces filets, et je suivais de l'œil tous ses mouvements quand il disparut tout à coup. J'écoutai un instant, puis je me glissai prudemment vers les filets — plus rien — on eût dit que la terre l'avait englouti!

— Et tu ne l'as pas retrouvé?

— Bien sûr que non! Dieu sait pourtant si j'y ai pris peine. Il n'est pas un endroit que je n'aie tenu!

— Nous n'avons eu de chance ni l'un ni l'autre, alors, répondit Micco. Le capitaine se refuse à nous livrer son passager!

— Il te l'a dit!

— Il m'a déclaré que cet homme avait sa parole, et qu'Espagnol ou non il le recevrait à bord!

— Le misérable! Il aura été séduit par les offres de Selva. Il faut empêcher ce départ, Micco! Retournons à notre barque!

— J'allais te le dire! Nous avertirons nos frères de ce qui se passe, et nous ferons occuper le port, s'il le faut, pour retenir l'Espagnol!

— Il y aura du sang versé! dit Francesco.

— C'est possible — mais Selva n'atteindra pas la flotille, c'est l'important! A la grotte!

Les deux hommes avaient atteint leur embarcation. Ils y montèrent, la détachèrent rapidement, et disparurent bientôt entre les barques des pêcheurs.

Chapitre XIII.

La mort d'Elvira.

Revenons au château dont les habitants fêtaient la mort du tribun et se reprenaient à espérer de meilleurs jours.

Le duquecito et son épouse s'étaient rendus chacun de leur côté à l'invitation du duc, mais, occupés tous deux de leurs propres pensées, ils avaient accueilli sans enthousiasme les communications de leur père. On remarquait depuis quelques jours un notable changement chez la princesse. Elle s'était repliée sur elle-même. L'expression hautaine de ses traits avait fait place à un air de profonde tristesse. C'en était fait de la fière et insouciante jeune fille. La souffrance avait passé par là, et la belle figure d'Elvira en portait à jamais l'empreinte.

Donna Diana ne remarqua pas d'abord cette transformation. Ce ne fut qu'après la tentative de fuite du couple princier que la fidèle dame de compagnie s'aperçut du changement survenu dans l'humeur de sa maîtresse. Une fois rentrée au château, où le tribun l'avait ramenée, Elvira raconta à donna Diana les événements de la nuit. Elle lui parla de l'assistance qu'elle avait trouvée dans la chaumière de Masaniello, et mentionna en passant la Muette. La petite dame d'honneur comprit bien vite que ce sujet était particulièrement douloureux à sa maîtresse, aussi se garda-t-elle de peser sur ce point.

La nuit même où le favori, rentré au château, s'entretenait avec son père adoptif, Elvira, tourmentée par l'insomnie, avait gardé sa dame d'honneur auprès d'elle. Donna Diana s'était efforcée d'égayer sa maîtresse, mais elle n'avait pas tardé à y renoncer — son propre cœur n'était que trop disposé à la tristesse. Le sérieux d'Elvira la gagna peu à peu. Les larmes, qu'elle ne refoulait qu'avec peine, jaillirent tout à coup chaudes et abondantes; Elvira y joignit les siennes, et pendant un moment les deux femmes pleurèrent ensemble.

Donna Elvira s'arracha la première à cette étreinte.

— Je n'ai pas trouvé ici le bonheur que je cherchais, dit-elle enfin après un douloureux silence. Laissez-moi vous parler à cœur ouvert, donna Diana, cela me fera du bien! J'ai échangé mon pays contre l'étranger, et qu'y ai-je trouvé — la solitude et l'ennui!

— J'ai remarqué depuis longtemps que vous vous sentiez isolée, Altesse! répondit la petite dame d'honneur en essuyant ses larmes.

— C'est le mal du pays, reprit Elvira. Je souffre — et quelque chose me dit que je ne reverrai pas l'Espagne!

— Quelle idée! Chassez ces sombres pensées, Altesse. Il ne faut pas s'arrêter à d'aussi tristes pressentiments!

— Je fais de vains efforts pour me distraire, mais tout est inutile, dit amèrement la princesse. Mon cœur retourne invariablement à Aranjuez. Je revois mes heureuses années, j'en compte les heures — puis au moment où je jouis le plus de ces rêves, je retombe brusquement dans la réalité! —

— Vous n'êtes pas seule à regretter l'Espagne, murmura la dame d'honneur.

— Oh! le beau temps, l'heureux temps! reprit douloureusement la princesse. Mon cœur ne connaissait encore ni chagrin, ni douleur, je ne rencontrais qu'affection, bienveillance et gaîté — et maintenant — dites, donna Diana — que trouver ici en échange de tant de biens?

— Ah, je suis bien malheureuse aussi, Altesse, s'écria la petite dame d'honneur dont les larmes recommençaient de plus belle! Je partage tous vos sentiments — mais que faire? Nous sommes destinées l'une et l'autre à vider jusqu'au bout notre calice et à rester ici, exposées à tous les dangers!

— C'est vrai. Je suis liée, irrévocablement liée à ce sol miné. J'espérais y trouver le bonheur — je m'étais trompée !

— Qui sait — peut-être l'y trouverez-vous encore ?

— Vous êtes une fidèle amie, je le sais, donna Diana, répondit la princesse en tendant à sa dame d'honneur une main que celle-ci porta à ses lèvres; vous m'aimez — et je veux tout vous dire. Je ne vous apprendrai rien, d'ailleurs ; vous avez remarqué depuis longtemps ce qui se passe ici. Vous savez que le prince aimait depuis longtemps la Muette de Portici — eh bien, cet amour, il ne peut ni l'oublier ni le vaincre ! Il aime encore Fenella, il l'aime en secret, mais tout aussi ardemment qu'autrefois ! Ne m'objectez rien, donna Diana, je le sais, je le sens — et tenez, je ne vous ai pas tout dit. Masaniello, le chef des rebelles avait levé son arme en nous voyant approcher. Il nous en aurait frappé ou nous aurait livrés aux misérables qui nous poursuivaient s'il n'en avait été empêché par Fenella. Oui, donna Diana, la Muette de Portici nous tenait en sa puissance, mais au lieu de se venger, elle se jeta aux genoux de son frère, et implora sa grâce pour lui et pour moi !

— La noble femme !

— Oui, la noble femme, reprit Elvira. Nous ne le dirons jamais assez ! Je la haïssais cette Fenella ! je l'enviais surtout — et maintenant, je l'admire ! Que faire ? Comment me venger de cette rivale qui m'a sauvé la vie ? Comment l'écarter ? Elle se dresse entre Alfonso et moi — son souvenir nous sépare, et pourtant je suis désarmée. Je ne lui veux plus aucun mal et pourtant elle me fait mourir — —

La princesse avait caché sa figure dans ses mains et pleurait silencieusement.

— Ah, si nous pouvions fuir ce pays inhospitalier, Altesse, s'écria la petite dame d'honneur, si nous pouvions retourner dans notre belle Espagne — tout serait bien changé ! Tenez, il me semble qu'en revoyant Madrid j'oublierais immédiatement les jours troublés que nous venons de passer à Naples ! Il me semble que je m'éveillerais d'un mauvais rêve pour retrouver les heureux jours d'autrefois — —

— Vous le croyez, donna Diana, fit mélancoliquement la princesse. Vous oubliez qu'il n'est pas de distance pour le cœur — les heureux jours d'autrefois ne reviendront plus pour moi — ils sont passés, bien passés — où retrouverais-je mon insouciance d'enfant? Non, donna Diana, il ne me reste qu'à traîner cette misérable existence, ou — —

— N'achevez pas, Altesse! s'écria la dame d'honneur effrayée de l'expression désespérée qu'avaient pris les traits de la princesse; chassez ces funestes pensées — ayez pitié de vous-même — un temps meilleur viendra — —

— Tranquillisez-vous, donna Diana, fit doucement Elvira en serrant la main de sa dame d'honneur, je crois qu'on se fait peu à peu aux choses les plus cruelles, le tout est de s'y habituer! Je l'essaierai, et, peut-être, la résignation viendra-t-elle — avec le temps — — mais qu'y a-t-il? J'entends causer dans l'antichambre — allez voir ce que c'est, donna Diana !

La dame d'honneur passa dans la pièce voisine d'où elle revint précipitamment.

— Une invitation du duc, dit-elle d'un air agité. Gomez vient de la transmettre à la femme de chambre!

— Une invitation — à pareille heure?

— Don Tito vient, paraît-il, de rentrer au château avec des nouvelles que le duc désire communiquer immédiatement au prince et à vous, Altesse; d'heureuses nouvelles sans doute, puisque tout le château va les fêter!

— Qu'est-ce que ce peut-être. Gomez ne le savait-il pas?

— Il a dit dans l'antichambre, que Masaniello, le chef du peuple, avait été tué. C'est probablement la nouvelle que le duc désire fêter !

— Masaniello tué? Et par qui ?

— Par ses propres partisans!

— Sainte Vierge, quelle étrange destinée — et quel peuple ingrat! murmura sourdement la princesse. C'est certes une nouvelle assez importante pour que le duc veuille la célébrer — et l'épouse du duquecito ne peut manquer à cette fête! Aidez-moi à m'habiller, donna Diana!

Tout en parlant, Elvira s'était levée. Elle passa rapidement une robe plus parée que celle dont elle était vêtue, se couvrit d'une riche mantille, et sortit de son appartement.

— Restez, donna Diana, dit-elle en se retournant vers sa dame d'honneur qui se préparait à l'accompagner, voilà trop longtemps que je vous empêche de goûter le repos dont vous avez besoin. Couchez-vous; la femme de chambre de service m'attendra dans l'antichambre. Je n'ai besoin de personne d'autre!

Donna Diana qui se sentait lasse ne se fit pas presser pour rentrer chez elle. Elvira se dirigea alors vers l'appartement de son beau-père. Le chambellan la reçut à la porte et la conduisit immédiatement dans le cabinet du vice-roi.

Le duquecito s'y trouvait déjà. Tito, nous l'avons vu, s'était rapproché de la table où se trouvaient les verres et avait renvoyé les domestiques.

Elvira, tout en causant avec le duc, remarqua les allures suspectes du favori. Elle crut le voir verser quelque chose dans un verre déjà rempli et le placer de telle façon que le duquecito le trouvât sous sa main lorsqu'il s'approcherait de la table avec ses compagnons.

Que signifiait ce manège?

Elvira n'eut pas le temps d'y réfléchir. Le duc s'était levé et invitait les assistants à boire avec lui au bien de l'Espagne.

Il se dirigea vers la table — la princesse le suivit si rapidement qu'elle devança son mari — Elvira connaissait la haine de Tito pour le prince, elle devinait ce qui s'était passé, et, obéissant à une impulsion irrésistible, elle saisit le verre, auquel Tito avait touché et le vida d'un trait.

— Je bois à votre santé, mon prince, dit-elle en se tournant vers Alfonso.

Le duquecito remercia gracieusement sa femme — il ne soupçonnait pas qu'elle venait de se sacrifier pour lui. Elvira ne ressentait encore aucun malaise, le vin qu'elle venait de boire n'avait aucun goût suspect et cependant une voix intérieure lui criait qu'elle était perdue.

Tito avait tourné la tête. Il n'avait pu se décider à voir sa victime avaler le poison qu'il lui destinait. Il approchait en cet instant, persuadé que les choses s'étaient passées comme il le désirait.

— Vous avez fait un faux calcul, don Tito, lui dit Elvira.

— L'affaire a manqué, princesse, répondit le favori qui rapporta ces paroles à sa promesse au sujet de Fenella. Elle réussira mieux une autre fois!

— Inutile — il est trop tard! murmura Elvira.

On se sépara bientôt après. La princesse ressentait dans tous les membres une pesanteur étrange.

— J'ai renvoyé toutes mes femmes, dit-elle en s'adressant à Alfonso. Seriez-vous assez bon, mon prince, pour m'accompagner une dernière fois?

— Une dernière fois? répéta Alfonso en offrant le bras à sa femme et en sortant avec elle de l'appartement du duc, que voulez-vous dire, donna Elvira?

— Rien — mais qui sait ce qui peut arriver dans des jours aussi troublés — qui sait si nous ne nous voyons pas pour la dernière fois?

— Etes-vous souffrante, donna Elvira, demanda Alfonso surpris des paroles de sa femme.

— Je n'ai jamais été mieux, soyez sans inquiétude, mon prince, répondit Elvira en s'efforçant de sourire; la gaîté me revient, mais je suis lasse, et je compte dormir longuement — bonne nuit, don Alfonso!

Le prince baisa la main de sa femme et s'éloigna.

Elvira entra dans son appartement. Elle dit à la camériste qui l'attendait qu'elle n'avait pas besoin de ses services, puis elle passa dans sa chambre à coucher où elle s'enferma.

La malheureuse princesse souffrait cruellement. Elle se traîna jusque vers une niche où l'on apercevait une madone et tomba à genoux devant cette image de la mère de Dieu.

Les douleurs devenaient de plus en plus vives. Elvira se releva, marcha comme une insensée dans sa chambre et se laissa tomber sur ses coussins en appelant au secours.

Personne ne parut.

La pauvre enfant se tordait dans d'horribles douleurs. Elle voulut ouvrir, mais ses forces la trahirent. Un suprême effort lui permit de tirer le cordon de la sonnette, puis elle retomba sur son sopha — —

La femme de chambre accourut, mais ne put ouvrir — elle éveilla les domestiques — la porte fut enfoncée et l'on trouva la princesse en proie à d'horribles convulsions. Le médecin, appelé en toute hâte, déclara qu'il n'y avait plus rien à faire et la malheureuse Elvira rendit l'esprit tandis qu'un prêtre lui administrait les derniers sacrements.

Chapitre XIV.

Le jardinier.

La place Sainte-Brigitte, voisine du môle, offrait généralement l'aspect le plus animé. C'était le rendez-vous habituel des marchands de poisson, de volaille ou de macaroni. Changeurs, écrivains ou crieurs publics, bouquetières et marchands de chataîgnes y étalaient leurs marchandises, mais les circonstances n'étaient guère favorables au commerce, et l'émeute menaçait de ruiner bon nombre de petits trafiquants.

Cette inquiétude pesait lourdement sur les habitués de la place Brigitte et faisait l'objet habituel de leurs conversations. Le vaste marché comptait depuis quelque temps plus de vendeurs que d'acheteurs. Les temps étaient durs, l'argent se faisait rare, et les gens riches, eux-mêmes, se bornaient aux achats de stricte nécessité. Le commerce était nul, et les déclamations stériles, les plaintes, les disputes et les cris avaient remplacé sur la place l'activité féconde causée autrefois par un trafic régulier et soutenu.

Peu d'heures avant que la tempête dont nous avons parlé n'éclatât sur Naples, deux jeunes filles, assises près du môle, contemplaient tristement leurs corbeilles encore pleines de fleurs qu'elles avaient vainement offertes aux passants. Toutes deux étaient charmantes, mais leurs traits amaigris portaient l'empreinte des plus cruelles privations. L'aînée pouvait avoir quinze ans, la seconde, qui n'en comptait guère plus de treize, rassemblait en soupirant ses bouquets de roses, de jasmin, de grenades ou de fleurs d'oranger.

— Ah, Margarita, la triste journée, murmura-t-elle tout

bas, personne n'achète rien; que dira le père? Et j'ai si faim, si faim !

La sœur aînée mit la main dans sa poche et en tira quelques pièces de monnaie.

— Voilà toute ma recette, Ziatina, dit-elle tristement, cinq soldi !

— Peut-être le père a-t-il eu plus de chance que nous!

— J'en doute!

— J'ai déjà bu à la fontaine pour tromper ma faim, reprit Ziatina en essuyant une larme, mais c'est comme si je n'avais rien fait. Je ne puis plus attendre!

Margarita ne souffrait pas moins que sa sœur, mais les plaintes de la pauvre Ziatina l'attendrirent.

— Tiens, enfant, dit-elle en lui tendant une pièce de monnaie, va t'acheter un petit pain de maïs.

Ziatina sauta au cou de sa sœur, l'embrassa sur les deux joues, et s'éloigna en courant.

Margarita resta seule, l'œil fixé sur ces fleurs toujours si facilement vendues, et dont personne ne voulait plus depuis que l'émeute populaire grondait à Naples. Leur vente représentait cependant l'unique gain de la famille. Cherofano, le père des deux jeunes filles était un pauvre et honnête jardinier, travaillant ferme pour nourrir ses cinq enfants et sa femme. Il y parvenait tout juste lorsque les choses allaient bien, mais on traversait des temps difficiles, et la misère s'installait en souveraine dans l'humble logis du jardinier.

— Qu'allons-nous devenir, mon Dieu! murmura la pauvre bouquetière en joignant les mains. Personne n'achète plus de fleurs! Elles vont se flétrir inutilement! A quoi sert-il alors que le père et la mère se tourmentent à les cultiver!

Ziatina revenait en cet instant, tenant à la main quelques fruits et un pain dans lequel elle mordait à belles dents. Elle voulut partager avec sa sœur, mais Margarita refusa.

— Mange seulement, Ziatina, dit-elle, je n'ai pas faim.

— Tu le dis, mais je n'en crois rien, moi, répondit la

plus jeune des sœurs. As-tu mangé quelque chose depuis hier après midi?

Margarita ne répondit pas. Elle s'était levée et courait offrir ses fleurs à quelques femmes qui traversaient la place.

— Achetez-moi quelque chose, signorita, dit-elle d'un ton suppliant, nous n'avons rien vendu de la journée!

La pauvre bouquetière suppliait en vain. Les Napolitaines avaient déjà passé — était-ce le moment d'acheter des fleurs quand la gêne se glissait peu à peu dans les familles les plus aisées?

Une dame voilée apparaissait en cet instant à l'angle de la place.

Ziatina courut à elle.

— Un bouquet, signorita, achetez-moi un bouquet! dit-elle d'un ton pressant.

La signora releva son voile. C'était Lucia.

— Tu es bien pâle, enfant, dit-elle en regardant avec compassion la frêle jeune fille qui lui offrait des fleurs. Es-tu malade?

— Ah, signora, mon père est un pauvre jardinier, murmura la fillette, nous sommes cinq enfants — et personne n'achète plus de fleurs! Je ne sais pas ce que nous allons devenir!

— Vous êtes donc bien misérables?

Ziatina baissa les yeux pour cacher une larme.

— Où demeurez-vous donc? reprit Lucia.

— Là-bas, hors de la ville, à quelque distance du vieux parc!

— Tiens, pauvre enfant! Et Lucia laissa tomber une pièce d'or dans la corbeille de la bouquetière, puis elle s'éloigna rapidement.

Ziatina voulut la rejoindre pour lui remettre des fleurs, mais déjà la dame voilée s'était perdue dans la foule. La jeune fille rejoignit en courant sa sœur et lui tendit joyeusement sa corbeille.

— Cherche là-dedans, Margarita, lui dit-elle avec un sourire, cherche bien, tu y trouveras quelque chose!

Margarita souleva délicatement les fleurs et poussa un cri d'effroi.

— Sainte Vierge — un ducat d'or ! s'écria-t-elle en prenant dans le fond de la corbeille l'étincelante pièce que Lucia y avait laissé tomber.

— Un ducat d'or ! répéta Ziatina. Nous sommes sauvés !

— La signorita se sera trompée ?

— Du tout, du tout ! Elle a eu pitié de notre misère ! Le père sera bien heureux !

— Mais c'est beaucoup d'argent ! objecta Margarita qui tournait toujours la pièce et se demandait si elle avait le droit de la garder.

— La signorita savait parfaitement ce qu'elle me donnait, tu peux m'en croire, s'écria Ziatina. Si tu avais vu son regard, tu n'en douterais plus !

— Il faut qu'elle soit bien bonne, murmura la sœur aînée. Peut-être la reverrons-nous et pourrons-nous lui prouver quelque jour notre reconnaissance. Acceptons, en attendant, ce secours que Dieu nous envoie. Je vais cacher soigneusement ce beau ducat pour le remettre au père, et puisque nous sommes si riches nous emploierons le peu d'argent que nous avons gagné à acheter du pain de maïs et des fruits. Prends aussi quelques chataîgnes, Ziatina, tout le monde aura faim à la maison !

La fillette bondissait de joie. Elle prit les pièces de monnaie que lui tendait sa sœur et s'éloigna en courant tandis que Margarita préparait tout pour le retour au logis. Elle revint bientôt après, tenant comme un trésor les humbles provisions destinées à la famille, puis les deux sœurs quittèrent le môle et prirent à grands pas le chemin de leur demeure.

La maisonnette et le jardin de Cherofano se trouvaient à peu de distance de la métairie de Fanalo. C'était là que l'honnête jardinier cultivait les légumes et les fleurs dont la vente suffisait à grand-peine à entretenir sa nombreuse famille. Cherofano s'estimait heureux lorsqu'il parvenait à nouer les deux bouts, mais cette légitime ambition n'était pas toujours satisfaite. Tout allait au plus mal depuis le commencement de l'émeute, et le pauvre homme, écrasé de soucis, perdait peu à peu courage, malgré les efforts de sa femme pour le relever et lui rendre quelque espoir.

Les quelques provisions de l'humble ménage étaient épuisées, et rien ne faisait prévoir encore le retour de jours meilleurs. Les deux sœurs aînées portaient encore leurs bouquets à la ville, mais la vente était presque nulle et le misérable gain qu'elles rapportaient chaque soir suffisait à peine à procurer un morceau de pain aux divers membres de la famille. La mère souffrait cruellement des privations imposées à ses enfants, mais elle se taisait pour ne pas augmenter les soucis du père, et Cherofano, incapable d'entendre les plaintes et les cris des plus petites filles, n'entrait presque plus dans la maison. Il vivait au jardin, et travaillait avec acharnement pour oublier sa misère.

On était au soir. La détresse était à son comble. Le jardinier était encore à l'ouvrage, et sa malheureuse femme, à bout de forces et de courage, pleurait à chaudes larmes dans un coin de la chambre.

Tout à coup, des voix joyeuses retentirent au dehors, et les deux sœurs aînées apparurent à l'entrée de la maisonnette.

— Voici du pain, des fruits, — et des chataîgnes pour la mère, criait Ziatina en bondissant comme un jeune chevreuil.

Cherofano arrivait derrière ses filles.

— Allons, dit-il avec humeur, vous aurez encore employé tout votre gain d'aujourd'hui! Et si vous ne vendez rien demain — que ferons-nous?

— Ne gronde pas, père! s'écria Ziatina en embrassant le jardinier; tu n'as pas tout vu, nous apportons bien autre chose — regarde!

Margarita approchait, tenant au bout de ses doigts l'aumône de Lucia.

— Un ducat — un ducat d'or! s'écria Cherofano en reculant d'un pas. Sainte Vierge d'où vous vient-il? L'auriez-vous trouvé — et gardé, peut-être?

— Ne crains rien, père, il est bien à nous, tu peux le garder sans crainte. C'est une bonne et belle signora qui me l'a donné! Elle a eu pitié de notre misère!

Cherofano, rassuré, prit la pièce avec émotion et la tendit à sa femme qui essuyait ses larmes. Cette aumône, c'était la vie de la famille, c'était de quoi pourvoir au plus pressé, c'était le pain de chaque jour assuré pour quelque temps. On pourrait attendre maintenant, sans risquer de mourir de faim, que la vente des fleurs reprît et procurât de nouveau quelques ressources aux habitants de la maisonnette.

Le premier moment de bonheur passé, on procéda au partage des provisions apportées par les deux sœurs. Ce n'était que du pain et des fruits, mais jamais repas ne fut plus heureux. La reconnaissance et la joie remplissaient les cœurs, et tandis que la tempête commençait à gronder au dehors, l'humble famille remerciait Dieu et les saints du secours inespéré qui venait de lui arriver.

La nuit était venue. Les trois filles cadettes du jardinier sentaient le sommeil les gagner. Leur mère les fit coucher, puis les deux aînées se retirèrent à leur tour dans la petite pièce qu'elles occupaient la nuit. Cherofano et sa femme se rendirent enfin au repos, et bientôt tout fut tranquille dans la maison.

La femme et les enfants dormaient déjà du sommeil le plus paisible que Cherofano s'agitait encore sur sa couche de roseaux. Au dehors le vent faisait rage, et le jardinier se demandait avec inquiétude si la tempête ne causerait pas quelques dégâts dans ses plantations.

Il pouvait être plus de minuit lorsque Cherofano entendit au dehors des craquements qui ne pouvaient provenir que de la rupture de branches d'arbre. Il se leva doucement, avertit sa femme, subitement réveillée, de ce qui se passait, et gagna le jardin où il voulait mettre des tuteurs aux arbustes les plus exposés et prendre enfin toutes les mesures de précaution que commandait la circonstance.

Sa besogne achevée, Cherofano allait rentrer au logis, lorsqu'une lueur rougeâtre attira ses regards.

Il passa derrière la maison, et poussa un cri de terreur en apercevant l'incendie allumé par Selva.

— Sainte Vierge, la ferme de Fanalo! s'écria-t-il en joignant les mains. Que faire? Comment arrêter le feu par un temps pareil? Tout sera perdu! Il faut que ça brûle depuis longtemps pour avoir atteint déjà de pareilles proportions! —

Tout en parlant, Cherofano avait pris à grands pas la direction de la ferme, mais plus il en approchait, plus il reconnaissait que tout secours était inutile. Il n'était pas un des batiments de la métairie qui ne fût en feu. Arrivé sur le lieu du sinistre, il apprit que Fanalo, sa femme et l'enfant adopté par eux avaient péri dans les flammes, ainsi que Minetto le berger. Toutes les personnes présentes confirmèrent l'horrible nouvelle. Cherofano s'entretint un moment avec les domestiques, s'assura qu'il n'y avait rien à faire et reprit tristement le chemin de son logis.

Un pâle crépuscule éclairait son retour. Le jardinier se trouvait déjà à quelque distance de la ferme lorsqu'il aperçut à côté d'un buisson une masse noire qui remuait vivement.

Cherofano approcha.

— Sur mon âme — on dirait le chien de Fanalo! s'écriat-il en regardant de plus près l'objet en question. C'est bien ça — le pauvre animal a pu se sauver, paraît-il — mais que fait-il là — serait-il blessé?

Le chien faisait quelques pas, agitait la queue, et retournait vers le buisson auprès duquel gisait un paquet blanc dont on ne pouvait tout d'abord reconnaître la nature.

Intrigué de ce manège, le jardinier fit un pas en avant et se baissa tout à coup comme s'il n'en croyait pas ses yeux.

— Sainte Vierge — un enfant! s'écria-t-il en joignant les mains, l'enfant recueilli par Fanalo! L'animal l'aura sauvé et apporté ici où il le garde ! Impossible de le laisser là, ce pauvre agneau — — Cherofano s'arrêta tout à coup ; une pensée subite venait de le troubler. — Un enfant de plus ! murmura-t-il enfin après un moment de silence — j'en ai déjà cinq au logis et le pain manque parfois — bah, quand il y a pour cinq, il y a pour six aussi — Dieu nous a aidé miraculeusement aujourd'hui, c'est pour que j'aide à mon tour quand l'occasion s'en présente ! Il ne sera pas dit qu'un homme aura été moins compatissant qu'un animal ! —

Tout en monologuant ainsi, l'honnête jardinier soulevait délicatement l'enfant, à la grande joie du chien qui bondissait autour de lui.

— Oui, oui, je comprends, ma bonne bête, dit Cherofano en carressant l'animal, ce serait une vilaine action que de laisser périr cette fillette, et, tout pauvre que je suis, je n'en aurais pas le cœur. Elle dort là comme dans son lit — et sans le moindre mal. Il ne lui manque pas un cheveu ! Qu'on ne vienne pas me dire à présent qu'un chien ne sait pas ce qu'il fait ! Celui-ci du moins n'est pas une bête !

Le brave homme approchait de sa maisonnette, toujours chargé de l'enfant, et suivi du chien qui donnait des signes évidents de joie et de reconnaissance. Les premières lueurs du jour éclairaient le jardin, et Cherofano reconnut trop tôt les effets de la tempête. Qulques uns de ses plus beaux orangers gisaient sur le sol. D'autres arbustes encore avaient été brisés. Le dommage était grand, et c'était au moment où sa famille s'accroissait que Cherofano voyait diminuer ses sources de revenu.

Le pauvre jardinier allait entrer chez lui, lorsqu'il aperçut sa femme qui considérait d'un œil chagrin les dévastations de la nuit. Il approcha de la fenêtre où elle se trouvait.

— Remercions Dieu de ce qu'il ne nous est pas arrivé comme à nos voisins, dit gravement le jardinier. La métairie de Fanalo est réduite en cendres. Lui-même a péri dans les flammes avec la bonne Enrichetta !

La femme joignit les mains d'un air consterné.

— Sainte Vierge — les malheureux! s'écria-t-elle. Dieu reçoive leurs âmes! Qu'ont-ils fait pour mériter un pareil sort — — mais qu'as-tu là, Cherofano?

— Doucement, femme — devine!

— Dieu du ciel — un enfant!

— Oui, un enfant — et un chien! C'est la fille adoptive de Fanalo, que ce brave animal a sauvée du milieu des flammes! J'ai trouvé ce pauvre agneau sous un buisson auprès duquel le chien montait la garde et — ma foi — je n'ai pu le laisser là! — —

— Et tu as eu raison; j'en aurais fait tout autant! s'écria la brave femme, Donne-la-moi, cette fillette! Sainte Vierge, la laisser périr là — — jamais je ne te l'aurais pardonné, Cherofano!

— Il y en a cependant de plus riches que nous — —

— Peu importe! riches ou pauvres, nous la garderons, s'écria l'honnête créature qui avait souvent jeûné pour rassasier ses cinq enfants. On s'arrangera pour que le pauvre agneau ait sa tasse de lait comme les autres!

Cherofano, attendri, embrassa tendrement sa digne compagne, puis il alla réveiller ses filles pour leur montrer la nouvelle sœur que Dieu leur envoyait. —

Chapitre XV.

L'arrestation.

La mort subite de la princesse causait grand émoi au châ-teau. Cette fin inattendue y faisait l'objet de toutes les con-versations sans que personne en donnât une explication satis-faisante. Le médecin du duc avait bien parlé de violentes coliques, mais on se répétait ce mot sans y croire et l'on discutait toujours sans parvenir à se mettre d'accord sur ce triste événement.

Lorsqu'Alfonso se trouva devant le lit de mort de sa jeune femme, il se souvint tout à coup des paroles qu'elle avait prononcées peu d'instants auparavant.

— Seriez-vous assez bon pour m'accompagner une dernière fois, lui avait-elle dit en sortant de l'appartement du duc; qui sait ce qui peut arriver? Pensez aux dangers qui nous environnent! Je suis lasse, avait-elle ajouté en rentrant chez elle, j'espère dormir longtemps!

Que signifiaient ces paroles? N'étaient-elle que l'écho d'un triste pressentiment ou indiquaient-elles chez celle qui les prononçait l'existence de sinistres desseins? Alfonso n'avait jamais aimé véritablement la princesse; il n'éprouvait pour elle qu'une affectueuse pitié, mais cette fin cruelle l'attristait. Il y avait là un mystère qui le laissait inquiet. Il fit part au médecin de ses craintes, et tous deux examinèrent longue-ment les derniers objets dont Elvira s'était servie. Toutes les recherches furent inutiles — on ne trouva de trace de poison nulle part, et le duquecito finit par se persuader que sa jeune femme avait été emportée par quelque crise foudroyante et n'avait eu, en lui parlant, que le pressentiment de sa fin prochaine.

Le cercueil de marbre dans lequel elle fut déposée avait été porté dans la chapelle du château. L'infortunée princesse y reposait entre des cierges. Des plantes rares et d'innombrables bouquets répandaient leurs parfums autour d'elle. Le cercueil était ouvert, et la morte semblait dormir du plus paisible sommeil. Vêtue de satin blanc, le front couronné de roses blanches, on eût dit une pâle fiancée. Elle était bien belle, et la mort avait mis sur ses traits l'empreinte du bonheur et de la paix qu'elle avait vainement cherchés sur terre.

Ruiz et Pedro, chargés d'entretenir les cierges allumés autour du sarcophage se tenaient dans le vestibule de la chapelle. La nuit était là. Personne ne venait plus prier auprès de la morte qui devait être transportée le lendemain dans le caveau ducal, et les deux domestiques attendaient avec impatience le moment où ils seraient relevés de leur désagréable service. Tous deux causaient à voix basse.

— Oui, je maintiens mon dire, faisait Ruiz qui s'était penché vers son camarade, il y a quelque chose là-dessous!

— Allons, tu te figures probablement que la princesse n'est pas morte de mort naturelle, dit Pedro en haussant les épaules.

— J'en suis sûr!

— Et d'où te vient cette idée?

— De maintes observations faites par moi. Tout d'abord, personne ne meurt aussi subitement que ça!

— C'est ce qui te trompe, mon vieux! Mon père est mort d'une attaque d'apoplexie et ça n'a pas été plus long qu'avec la princesse!

— Ça, c'est autre chose! On reconnaît ce cas à ce que le mort devient généralement noir d'un côté, mais regarde la princesse, ses traits n'ont pas changé — on jurerait qu'elle dort!

Pedro secoua la tête.

— Alors, que lui serait-il arrivé? murmura-t-il en jetant involontairement un regard vers la morte.

— C'est ce qu'on ne sait pas ; mais on ne m'ôtera pas de la tête que tout n'est pas naturel là-dedans. Rappelle-toi la mort subite .de la duchesse, et la tentative d'empoisonnement faite sur le prince il y a peu de temps!

— Sur mon âme — tu as raison — je ne pensais plus à ça!

— Vous avez tous la mémoire bien courte alors, toi surtout, qui faillit être compromis dans cette dernière affaire!

— Oui, grâce à ce maudit Hassan! exclama Pedro. Il voulait empoisonner le prince et me faire passer pour son complice! On voyait déjà ce qu'il donnerait, ce chien de moricaud !

— C'est possible! En attendant le Maure n'est plus au château, et voilà donna Elvira morte aussi subitement et aussi mystérieusement que la duchesse! Tu ne diras pas que j'invente! Il y a là une seule et même cause!

— Le médecin doit cependant savoir ce qui en est?

— Le médecin! C'est un âne bâté! fit Ruiz d'un air de souverain mépris. Il ne sait pas seulement panser une pauvre petite blessure! On l'a bien vu quand le duc a été blessé à l'épaule! Ça a-t-il duré assez longtemps! Et qu'a-t-il dit quand la duchesse est morte — coliques — toujours coliques — on ne sort pas de ça! Laisse-moi tranquille avec ce médecin!

Il y eut un instant de silence.

— Te souviens-tu, reprit tout à coup Ruiz, te souviens-tu que, sur le conseil de don Tito, on fit chercher au dernier moment la sorcière du Vésuve. Ni ses breuvages ni ses élixirs n'y purent rien. Elle vit bien de quoi il en retournait, la vieille, mais elle était trop fine pour accuser qui que ce fût! Il y avait cependant à la cour une ou deux personnes que la duchesse n'aimait guère et qui le lui rendaient bien!

— Don Tito, par exemple! Le favori n'était guère en faveur auprès d'elle!

— Et ce n'était pas sans motif! Le duc le préférait à son propre fils — je comprends que ça déplût à la mère du duquecito — mais il n'y avait pas que lui, Gomez lui était tout aussi désagréable!

— C'est vrai — je m'en souviens à présent!

— Et Gomez avait ses entrées chez elle!

— Alors — tu penses — —

— Je ne pense rien du tout, je rappelle seulement les diverses choses qui m'ont frappé!

Pedro réfléchissait. On eût dit que les paroles de son camarade lui ouvraient de nouveaux horizons.

— As-tu remarqué, dit-il enfin, que Gomez n'aimait pas non plus donna Elvira?

— Sans doute! Je ne veux rien dire de lui, car enfin je ne sais rien de sûr, mais j'ai appris qu'il avait été vu dans l'appartement de la princesse la nuit même où elle est morte. C'est lui également qui a porté chez donna Elvira l'invitation du duc. Tout ça m'est revenu peu à peu — et tout concorde! Gomez était également dans le voisinage quand la duchesse mourût! Je me souviens de tout ça comme si c'était d'hier!

— Tu as pu voir les choses de près puisque tu étais de service dans l'antichambre de la duchesse, remarqua Pedro qui semblait éprouver une certaine considération pour son camarade.

— Eh bien, le soir même où la duchesse tomba si subitement malade, Gomez lui avait apporté une lettre venant d'Espagne. Don Tito se présenta ensuite; il eut un court entretien avec elle, et retourna dans l'antichambre en passant par le boudoir. Il pouvait être six ou sept heures. La duchesse descendit dans le parc, y fit quelques tours, et remonta dans son appartement. Elle y était à peine que les premiers symptômes de la maladie se montrèrent. Ils se répétèrent la nuit avec plus de violence. Vers une heure on fit appeler le médecin de la cour qui lui administra quelques calmants, mais son état empirait de plus en plus, et elle expira peu d'heures après — voilà comment les choses se sont passées!

— Sainte Vierge — ce Gomez aurait-il vraiment — —

— Silence — il y a des choses qu'il vaut mieux ne pas dire tout haut — mais je le surveille, sois tranquille!

— J'ai peine à y croire, Ruiz, dit Pedro d'un air pensif. Tout s'accorde, c'est vrai, mais je pense toujours au Maure, c'est cependant ce noir païen qui a voulu empoisonner le duquecito!

— Tu le crois, Pedro, répondit Ruiz d'un air important. Ce que je sais, moi, c'est que Gomez avait eu à faire aussi dans l'antichambre où l'on avait posé le déjeuner du prince. Ce que je sais aussi c'est que lorsque le Maure ressortit de l'appartement du duquecito avec le plateau et lui offrit du vin, Gomez laissa, comme par hasard, tomber son verre!

— Tiens — tiens, c'est vrai! Je le vois encore en ramasser les briques! Il n'y a pas à dire, tout concorde, mais au nom du ciel, qu'est-ce qui peut pousser Gomez à de pareils crimes?

— Je vais te le dire, fit confidentiellement Ruiz: il y a des gens qui naissent avec ça. C'est chez eux un penchant inné — il faut qu'il fassent du mal!

— Et Gomez est de ces gens-là?

— Je le crois — aussi je ne le quitte pas des yeux. Je veux être au clair sur son compte!

— Tu as raison, mais pour moi je frissonne rien que de penser à lui!

Les deux domestiques s'entretinrent ainsi durant toute leur veille. Gomez parut dans la matinée. Il venait donner les ordres nécessaires pour l'ensevelissement. Pedro tressaillit en l'apercevant. Il lui fallut un violent effort pour cacher la terreur que lui inspirait le gros valet-de-chambre; Ruiz, au contraire, se montra fort empressé. Il se mit tout entier à la disposition de Gomez et ne le quitta pas plus que son ombre, au grand étonnement du hautain personnage qui n'était plus habitué à trouver tant de différence chez ses collègues.

La cérémonie eut lieu à midi. Toute la cour, le duc et Alfonso en tête, suivit le cercueil qui fut solennellement déposé dans le caveau de la famille, situé dans une partie écartée du parc. Une heure plus tard, tout était achevé. Elvira reposait auprès de la mère du duquecito, et tous ceux qui l'avaient accompagnée à sa demeure dernière étaient rentrés dans leurs appartements respectifs.

Vers le soir, on annonça au duc que le peuple s'agitait de nouveau et que des bandes armées parcouraient la ville. On ajoutait que deux hommes, deux pêcheurs, avaient pris la place de Masaniello, et s'occupaient activement de l'organisation de ce peuple armé. Le duc ne s'émut pas de ces nouvelles. Lorenzo et Selva n'ayant pas reparu au château, il ne doutait pas que ces fidèles serviteurs n'eussent réussi dans leur dessein. La flotille espagnole ne pouvait donc tarder à paraître dans le golfe. Le duc ne croyait pas non plus à une action commune de la part des rebelles. Il les avait divisés — en fallait-il davantage pour paralyser leurs efforts.

L'événement devait prouver au vice-roi que ses espérances n'étaient pas fondées. On signala bientôt l'approche de détachements armés précédés de tambours. Que signifiait ce déploiement de force? La valetaille errait dans les corridors, ou courait aux créneaux, aux lucarnes et aux meurtrières pour voir ce qui se passait sous les murs de la forteresse. Bientôt, les portes furent ouvertes, et les détachements signalés se déployèrent dans les cours du château —

Le remplaçant de Selva, jeune et vaillant officier, espagnol dans l'âme, se précipita dans l'appartement du duc. Il lui annonça ce qui se passait et demanda des ordres.

Le vice-roi réfléchit un instant.

— Combien avez-vous d'hommes? demanda-t-il au jeune capitaine.

— Cent-vingt-cinq, Altesse!

— Eh bien, réunissez-les, retirez-vous avec eux dans votre poste et évitez toute hostilité!

— Permettez, Altesse — —

— Que voulez-vous encore? fit sévèrement le duc.

— Ce que je veux, s'écria impétueusement le jeune homme — mais, la permission de combattre jusqu'au dernier de mes hommes — la permission de défendre votre Altesse!

— On n'en veut pas à ma vie! Vous avez mes ordres! Allez!

L'officier se retira.

Ses hommes, réunis dans la cour, avaient été cernés par les détachements qui venaient d'entrer au château. Pietro somma les mercenaires du duc de livrer passage à ses troupes, et le jeune capitaine put voir ses gens se rendre sans coup férir et livrer leurs armes aux pêcheurs. C'en était trop pour le vaillant officier. Il tira son poignard, se l'enfonça dans la poitrine, et tomba sans pousser un cri. Ce fut la seule victime de la journée.

La garde désarmée, Pietro fit occuper toutes les issues du château, puis il massa le reste de ses hommes dans les cours, et se dirigea vers la galerie avec Pietro. Une escouade d'hommes armés accompagnait les deux tribuns.

L'épouvante régnait au château. On n'avait plus à faire, cette fois, à une bande d'ivrognes et de pillards. Les rebelles s'avançaient en bon ordre, ils poursuivaient quelque but déterminé, et ce but, ce ne pouvait être que l'extermination des Espagnols. Tout était trouble et confusion parmi le personnel de la citadelle. On criait, on courait, les femmes se réfugiaient dans la chapelle; domestiques et courtisans erraient dans les corridors en se tordant les mains, ou cherchaient les endroits les plus reculés pour y mettre en sûreté leurs personnes et leurs biens. Le désordre était partout, et chacun se croyait arrivé à son heure dernière.

Pietro et Cinzio laissèrent leur garde dans la galerie et se dirigèrent vers le cabinet du duc d'Arcos. Le vice-roi y était seul. Il avait impitoyablement renvoyé tous ceux de ses gens qui avaient voulu se grouper autour de lui. Debout, dans le fond de la pièce, l'œil fixé sur la porte qui venait de s'ouvrir pour livrer passage aux tribuns, on eût dit une statue de marbre. Pas un muscle de sa figure ne bougea tandis qu'il regardait avancer ces deux hommes assez hardis pour forcer l'entrée de sa retraite, mais il y avait tant de grandeur dans toute sa personne, ses traits portaient l'empreinte d'une si indomptable fierté, que Pietro lui-même perdit contenance un instant.

Il n'en fut pas de même de Cinzio. L'irascible pêcheur avança sans hésitation.

— Léon d'Arcos, je t'arrête au nom du peuple de Naples! s'écria-t-il. Tu appartiens désormais au peuple, et, pour le prouver, je mets la main sur toi!

Tout en parlant il étendait la main et s'apprêtait à saisir le duc à l'épaule.

Celui-ci recula d'un pas, et mesura de l'œil le chétif personnage qui s'approchait de lui.

— Vous êtes prisonnier, dit à son tour Pietro en s'adressant au duc. Soumettez-vous à la volonté du peuple, et ne nous forcez pas à user de violence avec vous!

— Si vous venez au nom du peuple tout entier, je suis prêt à vous suivre, répondit sourdement le duc, mais n'oubliez pas les suites de cette démarche. Vous vous attaquez en moi à sa Majesté espagnole!

— Voyez-vous ça! nous nous abaissons à toucher ce tyran de nos mains et ça ne lui suffit pas, s'écria ironiquement Cinzio. Il nous faudra des pincettes?

— Toute résistance serait inutile! dit Pietro avec fermeté. Suivez-nous, et n'irritez pas le peuple par vos discours si vous ne voulez pas être lapidé en chemin. Nous serions impuissants à vous protéger!

Le duc avança lentement.

— Me voici! dit-il avec hauteur. Je suis prêt à vous suivre!

Quelques hommes armés attendaient dans l'antichambre.

— Enmenez ce prisonnier à l'Hôtel-de-Ville, s'écria Cinzio.

Les lazarones ne se le firent pas dire deux fois. Ils se pressèrent autour du duc et le poussèrent en avant à coups de crosse. Le vice-roi se laissa faire. Ses yeux étincelaient d'un feu sombre, mais ses lèvres serrées ne prononcèrent pas une plainte. Il descendit lentement les larges degrés qui conduisaient à la galerie et sortit en prisonnier de ce château où il était entré en roi.

Les deux tribuns se rendirent alors dans l'appartement du duquecito, mais ils n'y pénétrèrent pas sans résistance. Douze ou quinze seigneurs et officiers espagnols s'étaient réunis autour de leur prince qui semblait décidé à ne pas se rendre. Il attendait à la porte de l'antichambre l'arrivée des rebelles. Dès que deux tribuns se présentèrent, les Espagnols croisèrent l'épée. La mêlée commença, vive, acharnée, mais l'issue n'en pouvait être douteuse. Le duquecito et ses gens luttaient en désespérés; ils maniaient vigoureusement l'epée, mais, frappés les uns après les autres, ils tombaient autour de leur chef et lui faisaient un rempart de leur corps. Cinzio se trouvait à quelques pas du prince. Il réussit à se rapprocher de lui, et lui asséna sur la tête un si violent coup de crosse que le malheureux jeune homme tomba sans connaissance sur le sol.

Plusieurs hommes armés se jetèrent sur lui — ils allaient l'achever lorsque Pietro intervint et leur ordonna de respecter ce prisonnier du peuple et de le transporter à l'Hôtel-de-Ville. Les derniers de ses partisans venaient de tomber autour de lui, et le malheureux jeune homme, toujours sans connaissance, fut emporté hors de ce palais qu'il ne devait plus revoir.

Pietro et Cinzio se rendirent alors dans l'appartement de Tito. Le favori se trouvait seul dans son salon. Il semblait parfaitement résigné à son sort.

— Rendez-vous, lui cria Pietro en mettant le pied sur le seuil de la porte.

— Je suis désarmé, vous le voyez, signori, répondit tranquillement Tito. Si vous êtes décidés à me transférer dans une autre prison je suis prêt à vous suivre!

— En voilà au moins un de raisonnable, s'écria le vieux pêcheur. Venez!

— A une condition!

— Tu plaisantes, je crois, fit ironiquement Cinzio. Entendez-vous cet Espagnol qui parle de condition!

— Une prière, si vous voulez!

— A la bonne heure! reprit Cinzio flatté de tant de déférence. Parle, nous sommes prêts à t'entendre!

— Eh bien, le duc est âgé; laissez-moi partager sa prison. Mettez-moi dans la même cellule que lui!

— Accordé! s'écria Pietro, et se tournant vers quelques lazarones armés qui attendaient ses ordres: — Emmenez ce prisonnier, leur dit-il, et mettez-le dans la cellule où se trouve le duc!

Les hommes obéirent; ils s'éloignèrent avec le favori qui ne montrait ni mécontentement ni crainte.

— Allons! fit Cinzio en les suivant du regard, le nid est vide! Nous tenons les plus gros oiseaux — occupons-nous de leur couper les ailes. C'est-là le plus pressé! On balaiera le reste plus tard — à l'œuvre!

Chapitre XVI.

De Capri en Corse.

Le capitaine de la garde avait réussi, nous l'avons vu, à échapper une fois encore à ces hommes noirs qui le poursuivaient de leur surveillance et de leur haine.

Resté seul sur la plage, après sa conversation avec les deux marins, Selva, rendu prudent par l'expérience, avait inspecté le terrain autour de lui et n'avait pas tardé à s'apercevoir qu'il était épié. Le danger renaissait sans cesse sous ses pas. Il fallait fuir cet endroit suspect et atteindre, sans être vu, le navire marchand qui devait le déposer en Corse. Là, du moins, il serait à l'abri de toute poursuite, et défierait les hommes noirs.

Un mouvement imprudent derrière les filets lui avait montré la retraite de l'ennemi. Selva ne montra ni agitation ni crainte après cette découverte. Il fit encore quelques tours sur la plage pour endormir la vigilance de son observateur, puis il se jeta soudain au milieu des ballots, des poutres et des objets de toute nature qui encombraient le rivage, et passant rapidement de l'un à l'autre, il réussit à atteindre l'endroit du bord où se trouvait son bateau.

Selva avait appris dans la conversation que le navire sur lequel il prenait passage s'appelait le Delfino. Lanza, c'était le nom du capitaine, lui avait expliqué aussi où le navire était à l'ancre. Il n'était pas besoin d'autres explications. Selva se jeta dans son bateau et le dirigea adroitement au milieu des embarcations réunies dans le port. Une fois sorti de ce dédale, il aperçut, à quelques mille pieds du rivage, les contours obscurs d'un grand bâtiment.

C'était le Delfino. Impossible de s'y tromper. Il n'y avait pas, de ce côté de l'île, d'autre navire prêt à mettre à la voile. Le capitaine et le pilote n'étaient pas encore revenus de la ville, mais Selva ne comptait pas les attendre pour monter à bord. Le Delfino devait prendre la mer au lever du soleil. Quelques heures encore, et l'Espagnol serait en route pour la Corse. Deux jours, trois au plus, suffiraient pour y arriver. L'île de Corse appartenait alors aux Gênois, grands amis de l'Espagne — Selva ne doutait pas qu'une fois à terre, il ne trouvât cent moyens de faire parvenir un message à la flotille — il aurait alors atteint son but, et le duc d'Arcos lui devrait sa couronne !

Il approchait du navire, lorsqu'il vit une barque se détacher de l'île et faire force de rames de son côté.

Selva tressaillit — les hommes noirs avaient-ils retrouvé sa trace — allaient-ils le faire échouer au port ? Il se demandait avec angoisse ce qu'il lui restait à faire, lorsqu'il reconnut avec un inexprimable soulagement qu'il s'était inquiété hors de propos. La barque suspecte n'était autre que celle du capitaine. Lanza revenait à bord avec le pilote et trois matelots qui ramaient vigoureusement.

— Tiens, c'est notre passager, s'écria gaîment le capitaine en accostant le bateau de Selva. Hé, signor, vous avez perdu patience, paraît-il ! Nous voici, cette fois ! Passez dans notre barque — nous serons à bord avant cinq minutes. Les matelots prendront votre bateau, il vous sera nécessaire pour gagner la côte de l'île.

Peu d'instants après, Selva et Lanza se trouvaient sur le pont du Delfino où régnait une vive agitation.

— Laissez-moi vous remettre immédiatement la somme convenue, capitaine, dit Selva en sortant de son pourpoint d'étincelants ducats d'or. Comptez ! Le nombre y est, je crois !

— Tout est en règle, signor ! Mais, à propos, vous avez pas mal d'ennemis dans l'île — enfin, ça vous regarde — je ne

vous demande pas qui vous êtes — vous avez payé — tout
est dit !

— Quand levez-vous l'ancre, capitaine ?

— Aussitôt après le lever du soleil. Descendez, signor,
entrez dans la petite cabine à droite, vous y serez mieux
qu'ici, et vous pourrez y dormir sur les deux oreilles. Vous
avez l'air d'avoir besoin d'un bon somme il. Bonne nuit !

Selva ne se le fit pas dire deux fois. Il tombait de fatigue.
Il descendit dans la cabine qu'on lui avait indiquée, et qu'é-
clairait une petite lampe suspendue au plafond. Une table fixée
à la paroi, une chaise et un maigre lit en composaient tout
l'ameublement. Selva jeta ses habits, s'étendit avec délices
sur son dur matelas, et ne tarda pas à y dormir du plus profond
sommeil.

Pendant ce temps, l'équipage achevait les préparatifs du
départ. Tout était mouvement et activité sur le pont. Quelques instants encore et on allait lever l'ancre. Tout à coup,
une barque conduite par deux rameurs et montée par un
homme en costume de voyage apparut près du vaisseau.

— Hé, capitaine Lanza ! cria une voix.

Le capitaine se pencha sur le bord et regarda avec étonnement l'embarcation arrêtée au-dessous de lui.

— Qu'y a-t-il, signor ? demanda-t-il.

L'étranger qui se trouvait dans la barque paraissait avoir
bien chaud. Il avait ôté son chapeau et s'essuyait vigoureusement le front.

— Un mot, capitaine, répondit-il, et saisissant l'échelle de
corde qui pendait en dehors du navire, il se trouva en un instant à bord du Delfino.

— Le vieux gardien du port vient de m'apprendre que
vous prenez la mer ce matin même, continua-t-il en saluant
Lanza qui le regardait avec stupéfaction. Vous allez à Gênes,
n'est-ce pas ?

— A Toulon, signor !

— Tiens, tiens, à Toulon ! Peu importe, du reste, cela

ne fait rien à l'affaire. Je suis le peintre Micco Spadaro, capitaine !

Lanza salua sans répondre.

— Tel que vous me voyez, capitaine, reprit le peintre qui paraissait fort loquace, j'ai l'intention d'aller faire des études sur quelque côte solitaire et j'étais à la recherche d'un navire en partance lorsque le gardien du port m'a parlé de vous. Sitôt dit, sitôt fait; j'ai sauté dans une barque, et me voici ! Voulez-vous me prendre comme passager ? Vous me déposeriez quelque part, et vous me reprendriez au retour ! Ne croyez pas, d'ailleurs, que je vous demande ça pour rien, capitaine ; vous vous tromperiez absolument. Je vends mes tableaux, moi; je les vends fort bien même, et je paierais de grand cœur cent ducats pour l'aller et le retour ! Ça vous va-t-il ?

L'offre était tentante. Pareille aubaine ne se présentait pas tous les jours et Lanza n'eut garde de la refuser.

— Tope-là, signor Spadaro, c'est affaire conclue, dit-il en tendant la main à son nouveau passager. Nous partagerons le vivre et le couvert, et j'aime à croire que vous ne vous trouverez point malheureux parmi nous. Nous trouverons bien aussi quelque île déserte où vous déposer, soyez tranquille !

— Bravo! Parlez-moi des marins pour arranger les affaires ! s'écria joyeusement le peintre. Je prévois que nous allons devenir fort bons amis ! Hé, vous autres, continua-t-il en se penchant par dessus le bord et en s'adressant aux rameurs restés dans la barque, montez-moi mon bagage ! Vous êtes payés !

— Sans doute, sans doute, signor ! Ce n'est pas de vous qu'on pourrait se plaindre ! répondirent en même temps les deux hommes.

Quelques minutes plus tard, le bagage du jeune peintre se trouvait à bord. Les deux rameurs lui souhaitèrent bon voyage, redescendirent dans leur barque et reprirent la direction de Capri.

Micco Spadaro ouvrit lestement une caisse contenant des couleurs, des pinceaux et tout le matériel nécessaire à un peintre, puis il en sortit une bourse qui paraissait fort bien garnie.

— Voici le prix convenu, capitaine, dit-il en comptant cent ducats sur le couvercle de la caisse qu'il avait soigneusement refermée. J'aime à me débarrasser immédiatement des affaires de ce genre. Chacun sait au moins où il en est !

Lanza ne se fit pas prier. Il empocha l'argent avec une évidente satisfaction, puis il conduisit son nouveau passager dans l'intérieur du navire et lui laissa le choix entre deux petites cabines encore vides. Spadaro s'installa dans la première, aussi simplement meublée que celle de Selva, mais il ne tarda pas à remonter sur le pont en déclarant qu'en sa qualité de peintre, il voulait jouir du spectacle grandiose qu'offrait la mer au lever du soleil.

Lanza trouva la chose fort naturelle. Il laissa Spadaro errer à son aise sur le navire et retourna à ses gens, tous activement occupés de leurs derniers préparatifs. Une brise légère se levait sur la mer; il fallait en profiter pour gagner le large. L'aube blanchissait à l'orient — sa clarté s'étendit — Lanza ordonna enfin de lever l'ancre, et le navire, poussé par le vent qui gonflait ses voiles brunes, se mit peu à peu en mouvement. Le pilote avait pris place au gouvernail, le capitaine, debout sur la passerelle, commandait la manœuvre, et tandis que l'équipage entonnait un gai refrain, le vaisseau, glissant sur les flots éclairés des feux de l'aurore, gagnait lentement le large.

Le soleil montait lentement. Micco Spadaro s'assit à l'avant du navire, et commença à tracer sur une toile les contours enchanteurs du golfe de Naples. Plusieurs heures passèrent ainsi. Le peintre était si absorbé dans son travail qu'il ne parut pas s'apercevoir qu'un autre passager venait de paraître sur le pont.

Selva avait dormi longtemps. Il faisait grand jour lorsqu'il ouvrit les yeux. Il s'habilla, puis il se fit servir quelque chose par le cuisinier du navire, mangea de grand appétit et se rendit enfin sur le pont.

Le Delfino sortait justement du golfe.

Selva aspirait longuement l'air pur et vivifiant de la mer, et s'avançait sur le pont. Tout à coup son sang se glaça dans ses veines — il venait d'apercevoir un étranger assis vers le bord du vaisseau. Qu'était-ce que ce personnage? Selva ignorait qu'il y eût d'autres passagers que lui sur le Delfino. Il parlait admirablement l'italien, et son déguisement suffisait, pensait-il, pour cacher son origine espagnole, mais il eût préféré de beaucoup se trouver seul à bord avec l'équipage. Cet inconnu l'effrayait.

Selva se demandait encore ce qu'il devait faire quand l'étranger mit de côté son matériel de peinture et se leva. Il regarda autour de lui et aperçut le capitaine de la garde toujours couvert du manteau du vieux gardien, mais il ne parut pas faire attention à lui. Bientôt, cependant, il se trouva comme par hasard auprès de l'Espagnol.

— Vous n'appartenez pas non plus à l'équipage, lui demanda-t-il.

— Non, signor, répondit tranquillement Selva.

— Je ne me sentais plus très à mon aise à Naples, reprit le peintre qui semblait très-disposé à causer, et j'ai été charmé de pouvoir prendre passage à bord du Delfino. Regardez cette mer! Peut-on voir un spectacle plus grandiose, plus imposant! Je compte aussi séjourner quelque temps sur une côte afin d'étudier la mer sous tous ses aspects! Vous vous rendez à Toulon?

— Non, Signor!

— Moi, je cherche pour mes études une côte solitaire et pittoresque, et quelques-uns de mes amis m'ont recommandé l'île de Corse!

Selva retint à peine une exclamation de surprise.

— Connaissez-vous cette île? reprit le peintre.

— En partie, signor !

— Vous pourriez alors me dire ce que vous en savez, fit légèrement Spadaro. On la dit parfaitement appropriée au but que je me propose, et comme je n'ai que mes études en vue, je puis aller où bon me semble. Tenez, j'ai fort envie de me faire déposer tout d'abord sur la côte de l'île de Corse.

La méfiance de Selva se dissipait peu à peu.

— Je vais également en Corse, dit-il.

— Vous, signor, mais c'est charmant, s'écria joyeusement Spadaro. Ne pourrions-nous pas nous y faire déposer en même temps?

— J'ai un bateau avec moi !

— Un bateau? Alors, vous serez peut-être assez complaisant pour me prendre avec vous. Je sais manier la rame, je puis m'en vanter, et, à nous deux, nous arriverions facilement.

— Je n'accepte, en général, aucun étranger, dans ma barque, mais on pourrait voir, cette fois.

— Mille grâces, signor ! Nous ferions très-bon ménage, j'en suis convaincu. Et dans quelle partie de l'île vous rendez-vous? Allez vous à Tomino, à Rogliano ou à Lori?

— Je ne vais à aucun de ces endroits, répondit laconiquement Selva.

— Et où allez-vous donc ?

— Je me rends dans un village de la côte où demeure mon père!

— Vous êtes donc Corse d'origine?

— Non, signor !

— Vous parlez plutôt comme un Gênois.

— Cela se peut, puisque je suis né à Gênes. Il n'y a pas fort longtemps que mon père a passé en Corse.

— Et me permettriez-vous de vous accompagner à ce village ?

— Vous n'y trouveriez aucun motif d'étude. L'endroit est peu pittoresque. Si j'ai un conseil à vous donner, c'est de vous rendre dans la partie sud de l'île. Elle est admirable!

— Je vous remercie de ce conseil que je suivrai certainement, signor, dit le peintre avec bonne grâce. C'est un heureux hasard que celui qui m'a conduit sur ce navire. Mais, à propos, vous ignorez mon nom ; je suis le peintre Spadaro ; puis-je vous demander à mon tour comment vous vous appelez? Quand on doit vivre ainsi quatre jours durant ensemble, il est assez agréable de savoir quel nom se donner !

Cette question ne plaisait guère à l'Espagnol, mais elle était inévitable. Autant valait y répondre tout de suite.

— Je suis le gardien du phare d'Ischia ! dit tranquillement Selva.

— Le gardien du phare ! Un emploi important, sur mon âme, fit le peintre. J'envie votre poste, signor ! Il est beau de penser que le sort de milliers de navigateurs dépend de ce fanal que vous entretenez avec tant de vigilance ! Mais comment faites-vous pour vous absenter?

— J'ai un remplaçant !

— A la bonne heure ! Vous avez donc pris un congé pour aller revoir votre famille ! Mais, à propos, comment avez-vous passé la nuit pendant l'orage ? Mille diables, j'aurais voulu être à votre place ! Ce devait être grandiose, mais terrible !

— Terrible, en effet, signor !

En cet instant, l'entretien fut interrompu par l'arrivée du capitaine.

— Eh bien, fit gaîment Lanza, j'arrive trop tard pour procéder aux présentations de rigueur. Il me semble que mes passagers ont déjà fait bonne connaissance?

— Certainement, certainement, répondit le peintre. La connaissance deviendra, je l'espère, de plus en plus intime puisque nous avons un même but ; mais savez-vous ce qui me préoccupe en ce moment, capitaine — c'est mon appétit ! J'ai une faim de loup — l'air de la mer, sans doute !

— Je venais justement vous prier de partager mon repas !

— Rien ne pouvait venir plus à propos ! En avant, capitaine ! Le gardien du phare descend avec nous, sans doute?

— Le gardien du phare? répéta Lanza d'un air de profonde surprise.

— Eh oui, notre co-passager ici présent, fit le peintre en montrant Selva.

— Bien, bien! dit le capitaine trop avisé pour peser sur les choses qui ne lui paraissaient pas claires; il va sans dire que le signor gardien mange et boit avec nous! A table, signori, l'appétit satisfait, nous nous accorderons quelques heures de sieste!

Les deux passagers suivirent le capitaine dans la cajute et prirent place autour d'une table abondamment servie. Le repas terminé, les convives se séparèrent pour aller prendre du repos. Ils se retrouvèrent le soir sur le pont, et leurs relations se continuèrent d'une manière si naturelle que Selva, complètement rassuré, n'hésita plus à admettre le peintre dans sa barque et à se rendre avec lui à terre. Spadaro s'était montré si gai, si causeur, si insouciant qu'il eût été impossible de conserver la moindre méfiance à son égard. Un si joyeux personnage pouvait-il couver de sinistres projets?

La journée suivante affermit encore la confiance de Selva. Micco Spadaro se montrait fort préoccupé de ses études de peinture. Il causait agréablement et charmait ses compagnons de voyage. Le matin du troisième jour le capitaine de la garde et le peintre se retrouvèrent sur le pont. Le vent était favorable et l'on pouvait se trouver le soir en vue de Corse.

— Eh bien, signor, dit Spadaro en s'adressant à son co-passager, où en sommes-nous? Me prenez-vous dans votre bateau ou dois-je demander au capitaine de me déposer à terre? Je doute qu'il le fasse volontiers!

Selva réfléchit un instant.

— Je veux bien vous recevoir dans ma barque, dit-il enfin, mais à une condition!

— Dites — j'y souscris d'avance!

— Eh-bien, nous irons ensemble jusqu'à la côte, mais là, nous nous séparerons!

— Certainement, signor! Je suis déjà fort reconnaissant de votre bonne volonté et tout ce que je demande c'est d'atteindre la côte. Vous allez plus loin?

— Oui, signor! Mais songez qu'il fera nuit quand nous aborderons, et qu'une fois à terre vous devrez vous tirer d'affaire tout seul!

— Sans doute, sans doute. Je m'arrangerai — l'important, c'est que vous me preniez avec vous jusqu'à la côte. Une bonne nouvelle, capitaine, ajouta le peintre en se tournant vers Lanza qui approchait en cet instant, vous n'aurez pas à vous préoccuper de ma descente à terre. Le signor gardien vient de me dire qu'il se charge de m'y déposer. Cela vous va, hein?

Le capitaine fit un signe de tête affirmatif et monta sur sa passerelle. On signalait des écueils à quelque distance, et leur approche nécessitait toute la vigilance de l'équipage.

Ni Selva ni Spadaro ne firent leur sieste ce jour-là. Quelques heures encore et tous deux allaient quitter le navire. L'instant decisif était là, et tous deux se sentaient trop agités pour dormir. Le peintre réunit ses effets et son matériel de peintre, et le tout fut bientôt installé dans le bateau de Selva.

Il pouvait être six heures du soir lorsque le matelot en vigie signala l'approche de la terre. Quelques instants plus tard, les passagers eux-mêmes purent apercevoir une grande ligne grise qui s'étendait dans le lointain. C'était l'île de Corse.

Les préparatifs de débarquement achevés il était environ sept heures. Selva et son compagnon prirent congé du capitaine et de l'équipage et descendirent dans la barque qui se balançait au-dessus du navire.

En cet instant une vague inquiétude saisit Selva. Il se repentait presque d'avoir cédé aux instances du peintre, mais il était trop tard. — La corde avait été lâchée, le Delfino, poussé par le vent, continuait sa route, et ses deux passagers, seuls dans leur barque, le regardaient s'éloigner. Le Napolitain et l'Espagnol étaient seuls, en présence l'un de l'autre, sur cette mer que le soir allait couvrir de son ombre — —

CHAPITRE XVII.

Nouveaux tyrans.

Le duc d'Arcos, Alfonso et Tito, avaient été, par ordre des nouveaux tribuns, conduits à l'Hôtel-de-Ville. Alfonso, tout étourdi encore du coup que lui avait porté Cinzio, fut jeté sans qu'il s'en aperçut dans une étroite cellule ne contenant qu'un peu de paille, une couverture, une chaise et une cruche pleine d'eau.

Le duc était sain et sauf lorsqu'il arriva dans le cachot qui lui était destiné et qu'il devait partager avec Tito. Le favori n'avait pas été aussi heureux que son père adoptif. Sa figure ensanglantée, ses vêtements en lambeaux prouvaient clairement qu'il avait été fort maltraité sur son passage. Jeté sur la paille de sa cellule, il se passa plusieurs heures avant qu'il reprit connaissance, et lorsqu'il revint à lui, ce fut pour sentir que ses membres endoloris lui refusaient presque tout service. Forcé au repos, il eut le temps de méditer longuement sur le sort qu'on lui réservait.

La situation empirait à Naples. Nous avons vu à quels excès se livraient le Maure et ses gens, excès que nul ne parvenait à empêcher. Pietro et Cinzio se laissaient entraîner de leur côté à des mesures arbitraires et violentes qui faisaient regretter de plus en plus le gouvernement de Masaniello et jusqu'à la tyrannie des Espagnols.

Au moment où le duc et Alfonso étaient emmenés à l'Hôtel-de-Ville, le Maure et quelques-uns de ses plus fidèles accolytes se trouvaient réunis à leur quartier-général. La nouvelle de l'arrestation des habitants du château parvint bientôt à Hassan et fut reçue avec acclamation. Les bandits coururent sur le passage des prisonniers. Ils arrivèrent trop tard pour apercevoir le duc et Alfonso, mais ils eurent le bonheur de se trouver près de l'Hôtel-de-Ville au moment où Tito passait entre une haie d'hommes armés.

— Héda! s'écria le Maure en montrant le fils adoptif du duc, regardez l'illustre Tito, le conseiller et le favori de son Altesse. Chapeau bas! Place à notre gracieux seigneur! Le voilà pris cette fois, ce beau sire — mais il n'est pas mâté pour tout ça — laissez-moi faire! Je me charge de lui rabattre son orgueil et de lui apprendre à ricaner comme il le fait!

Tout en parlant l'ignoble moricaud se frayait un passage au milieu de la foule.

— Abattez-moi ce chien d'Espagnol! criait-il de sa voix stridente. Qu'avez-vous à faire tant d'embarras! Faudra-t-il encore que le peuple le nourrisse, ce misérable! C'est lui qui a poussé le duc à toutes ses infamies!

Pedro et ses compagnons avaient suivi leur chef de file et la horde sauvage se ruait sur le prisonnier. Les lazarones qui l'accompagnaient s'efforcèrent en vain de le défendre; ils furent repoussés et Tito fut bientôt terrassé. Pedro s'avançait pour lui lancer encore un coup de pied à la figure lorsqu'il se sentit retenu par derrière.

— Ne vous attaquez pas aux prisonniers du peuple, cria une voix forte. Attendez au moins que leur jugement ait été prononcé!

C'était un riche bourgeois de Naples qui parlait ainsi.

— Qu'est-ce à dire — qu'avez-vous à nous faire la leçon ici! hurla Pedro en se retournant d'un air furieux. N'est-ce pas le riche armurier de la rue de Tolède? Je comprends, continua-t-il en saisissant l'intercesseur au collet, je comprends tes scrupules; tu défends les Espagnols tes clients. N'achetaient-ils pas chez toi les armes dont ils se servaient contre nous? Mort aux partisans des Espagnols!

Le malheureux bourgeois recula, mais les compagnons du Maure avançaient par derrière. Ils le rejetèrent sur Pedro qui le reçut à coups de poings. Quelques secondes plus tard, l'armurier gisait à terre privé de sentiment.

Pendant ce temps, les lazarones avaient relevé Tito et l'emportaient saignant et meurtri dans le cachot où l'on avait déjà fourré le vice-roi.

— Venez, cria Hassan à ses compagnons qui s'acharnaient sur le corps de l'infortuné bourgeois; venez et laissez ce vieux chien tranquille! Nous avons autre chose à faire!

Les bandits suivirent leur chef; Pedro seul ne lâcha pas sa proie. Il s'agenouilla à côté de l'armurier et commença à vider ses poches.

Il allait s'emparer d'une chaîne passée au cou de l'infortuné lorsque deux poings vigoureux le saisirent par derrière et le jetèrent à quelques pas.

— Qu'est-ce que cela signifie? cria une voix impérieuse. Que fais-tu là, pillard?

Le voleur se releva et aperçut Pietro. Le tribun paraissait hors de lui. Sa voix tremblait de colère.

— Assassins, pillards! cria-t-il. Vous déshonorez la ville, vous assassinez les honnêtes bourgeois de Naples!

— Mêle-toi de ce qui te regarde, hurla Pedro furieux de cette intervention. Est-ce déshonorer la ville que de la purger des partisans du duc? Est-ce assassiner que de punir un misérable vendu aux Espagnols?

Hassan, attiré par la voix de son confrère, revenait sur ses pas avec un ou deux de ses compagnons.

— Arrière, cria Pietro d'une voix terrible, et avant que le Maure eût pu l'en empêcher, le vieux tribun avait saisi Pedro et lui passait son épée au travers du corps.

— Il en arrivera de même à quiconque fera comme lui ! s'écria-t-il en prenant dans la main de l'ex-valet l'amulette que le misérable venait de dérober à l'armurier. Ce dernier gisait à terre, grièvement blessé. Pietro passa de nouveau l'amulette à son cou ; il ordonna ensuite à quelques-uns des assitants d'emporter le blessé dans son domicile de la rue de Tolède, puis il s'éloigna de l'air d'un homme qui vient de remplir un devoir.

Hassan et ses hommes n'osèrent le poursuivre. Ils se rapprochèrent en murmurant de l'endroit où gisait le corps de leur compagnon. Nicolo le baigneur arrivait en cet instant.

— Eh bien, c'est l'œuvre de Pietro, dit-il en montrant du doigt le cadavre. Voilà comment ce damné pêcheur entend nous traiter tous ! C'est un tyran, et Cinzio ne vaut guère mieux que lui !

— Le baigneur a raison ! hurlèrent en chœur les bandits groupés autour du Maure. Sait-on seulement qui leur a remis le pouvoir à ces pêcheurs !

— Remis ! Ils s'en sont emparés, voilà tout, cria Nicolo. Ils veulent tout gouverner, et, sur mon âme, j'aimerais autant les Espagnols !

— Cinzio irait encore, fit Hassan. Il nous soutiendrait s'il était seul !

— Sans doute, mais il ne peut pas faire ce qu'il veut. Cet imbécile de Pietro lui fait toujours obstacle, répondit Nicolo. Vous venez de voir ce qui nous attend ! Nous laisserons-nous tuer sans mot dire pour que ce vieux grison devienne toujours plus despote et plus hardi ! Il est plus fier que Masaniello !

— A bas le pêcheur ! hurlèrent cent voix à la ronde. Hassan est notre chef, nous n'en voulons pas d'autre ! Vive Hassan ! Mort aux nouveaux tyrans !

— Nous n'allons pas laisser là le corps du pauvre Pedro, reprit le baigneur en s'adressant aux bandits qui se trouvaient le plus rapprochés. Allez chercher une civière. Nous y mettrons notre malheureux compagnon, et nous le promènerons dans les rues afin de montrer au peuple ce qu'il a à attendre de ses chefs!

Quelques instants plus tard, le corps du misérable Pedro reposait dans une large civière portée par huit hommes. Les partisans du Maure s'ébranlèrent à sa suite, et le hideux cortège parcourut en criant les rues de la ville. La foule s'ameutait sur son passage, et partout le baigneur criait vengeance et excitait le peuple contre Pietro et Cinzio.

Pendant ce temps, les deux tribuns, restés à l'Hôtel-de-Ville, délibéraient avec Ludovico leur familier sur les mesures à prendre à l'égard du vice-roi et de ses fils. Ils décidèrent enfin de s'adjoindre deux bourgeois qui veilleraient avec eux aux intérêts de la ville, et formeraient avec eux un tribunal chargé de prononcer sur le sort des prisonniers.

Le choix de ces deux bourgeois n'était pas facile. Il s'agissait de trouver deux hommes influents, considérés dans le peuple, et disposés à agir de concert avec les tribuns. Bien des noms furent mis en avant. Les pêcheurs s'adressèrent de côté et d'autre, mais il se passa plusieurs jours avant qu'ils pussent trouver ce qu'ils cherchaient. Ces charges honorifiques paraissaient peu recherchées. Les uns les refusaient comme trop onéreuses, d'autres s'effrayaient à l'idée d'encourir pareille responsabilité, d'autres enfin, et c'étaient les plus nombreux, se sentaient peu disposés à s'associer aux tribuns dont ils ne reconnaissaient pas le pouvoir.

Pietro commençait à se lasser de ses recherches, lorsqu'il découvrit enfin deux hommes qui semblaient répondre au but que se proposaient les nouveaux gouvernants. Tous deux étaient d'honnêtes bourgeois de Naples, ennemis jurés des Espagnols, et tenant à honneur de prononcer la sentence du vice-roi et de ses fils.

L'un d'eux, le joaillier Pinozzi, était un fervent patriote, toujours prêt à élever la voix contre les tyrans et à pousser aux mesures les plus extrêmes. Orgolo, son collègue, grand fabricant d'huile, aussi doux que Pinozzi était rude, ne voyait de salut pour Naples que dans une alliance immédiate avec la France. L'honnête fabricant vivait en paix avec chacun; il n'eût pas tué une mouche, mais il nourrissait une haine implacable contre le duc d'Arcos qui avait fait arrêter et exécuter son fils unique sous un prétexte quelconque. Cinzio connaissait cette circonstance et la jugeait favorable à ses desseins; il n'était pas moins tranquille du côté de Pinozzi. L'opinion bien connue du joailler promettait un verdict sévère, et le peuple pouvait s'attendre à être promptement débarrassé de ses prisonniers.

Le duc d'Arcos, Alfonso et Tito gémissaient depuis une huitaine de jours dans leurs cellules lorsque les deux bourgeois, chargés de représenter le peuple, parurent à l'Hôtel-de-Ville, où on allait procéder à un simulacre d'enquête et de jugement contre le vice-roi et ses fils.

Orgolo et Pinozzi furent reçus par les pêcheurs, puis tous les membres de ce singulier tribunal prirent place autour d'une grande table, et Cinzio ouvrit la séance par quelques paroles adroites. Pinozzi se leva ensuite. Il rappela en termes éloquents les vexations, les crimes et méfaits dont le duc et ses conseillers s'étaient rendus coupables, et nomma quelques-unes de leurs innombrables victimes, sans oublier le fils du fabricant d'huile. Ce réquisitoire émut vivement les juges et les quelques personnes qui se trouvaient dans la salle. Orgolo pleurait à chaudes larmes au souvenir de son malheureux fils. Pietro succéda au joaillier, puis Cinzio reprit à son tour la parole et réclama de ses collègues une condamnation à mort contre les prisonniers du peuple.

— Votons, mes amis, dit Pietro. Maître Orgolo, préparez pour chacun de nous un billet blanc et un autre billet sur lequel vous ferez une croix, puis recueillez-les dans votre chapeau. Le billet blanc signifiera l'acquittement, l'autre, vous le comprenez, indiquera la condamnation à mort!

Orgolo fit ce qu'on lui demandait. Il remit deux billets à chacun des juges, en garda deux pour son propre compte et passa de l'un à l'autre de ses collègues en leur présentant son chapeau couvert d'un mouchoir. Il y fit tomber à son tour son carré de papier et remit enfin cette urne primitive à Cinzio.

Le pêcheur enleva le mouchoir. Il tira solennellement du chapeau les cinq carrés de papier qui s'y trouvaient — chacun d'eux avait une croix!

— Condamnés à mort à l'unanimité! s'écria Pinozzi. Ils périront par le glaive, et la dépouille d'Almaviva tressaillera de joie dans son tombeau!

Pietro voulait parler, mais la joie et l'émotion lui coupaient la parole. Il se rassit et Cinzio proclama à sa place le jugement qui devait mettre un terme à l'existence du duc d'Arcos et de ses fils.

Orgolo servait de secrétaire. Il fouilla d'anciens documents et finit par trouver des actes qui lui fournirent un modèle de rédaction pour la sentence. Elle était ainsi conçue.

— «Au nom du peuple de Naples, et en vertu du pouvoir à nous «transmis de juger tous habitants de cette ville, y compris «les Espagnols, nous reconnaissons à l'unanimité, après enquête «préalable, et déclarons coupables de haute trahison les sieurs «Leon d'Arcos, Alfonso d'Arcos, son fils, et Tito Silvestre, «son fils adoptif. En vertu de quoi, tous trois seront conduits «à l'aube en place de Justice, pour y être décapités par le «glaive à la vue du peuple, et ce, pour servir d'avertissement «à tous les traitres.

Donné à Naples, au nom du peuple.»

La sentence rédigée, Orgolo en fit lecture à ses collègues. Tous l'approuvèrent, et le fabricant d'huile fut chargé d'en préparer immédiatement quelques copies qui devaient être placardées en divers lieux.

Orgolo se mit à l'œuvre. Il avait achevé sa besogne, et déjà les copies avaient été remises à quelques hommes armés qui attendaient dans l'antichambre, lorsqu'un bruit sourd arriva jusque dans la salle. Des voix animées se rapprochaient. Que signifiait ce tumulte?

Ludovico, chargé d'afficher la sentence originale, avait déjà quitté la salle. Pinozzi causait avec Orgolo occupé à remettre en ordre les documents dont il s'était servi, et Pietro, la tête appuyée sur ses mains, réfléchissait à l'acte qui venait de s'accomplir. Cinzio, inquiet de ce bruit, se dirigeait vers la fenêtre lorsque la porte s'ouvrit.

Carlo, Giovanni et Bertuccio parurent sur le seuil.

Cinzio s'arrêta court et jeta un regard méfiant à ces nouveaux venus. Ces trois pêcheurs, il le savait de reste, n'étaient pas de ses amis. Que venaient-ils faire dans cette enceinte?

— C'est ici que l'on tient conseil, sans doute, dit Carlo d'une voix émue. On nous a dit que les représentants du peuple étaient rassemblés en ce moment — c'est pour cela que nous venons ici. Nous avons une grave accusation à leur transmettre!

— Une accusation? répéta Pietro.

— Voyons ce que c'est, fit Pinozzi en se rasseyant. Nous sommes prêts à vous entendre!

Cinzio arrêtait un regard perçant sur le jeune pêcheur. On eût dit qu'il voulait fouiller jusqu'au plus profond de son âme. Carlo soutint bravement ce regard.

— Vous êtes quatre, dit-il lentement, j'espérais vous trouver au complet afin que vous puissiez prononcer une sentence sur les coupables que nous venons vous dénoncer.

— S'ils sont vraiment coupables, nous pouvons les juger à nous quatre, dit Pietro.

— Je te rappellerai cette parole, Pietro, s'écria Giovanni.

— L'accusation est plus grave que vous ne le pensez, dit à son tour le vieux Bertuccio.

— Alors, s'écria Cinzio, vous comptez donc parler tous ensemble. A qui faudra-t-il entendre?

— Carlo parlera pour nous! dirent à la fois les deux pêcheurs.

Le jeune homme s'était tourné vers les deux bourgeois et semblait s'adresser particulièrement à eux. On eût dit que c'était d'eux surtout qu'il attendait justice.

— Nous venons vous dénoncer un crime horrible commis sur l'un de nos meilleurs concitoyens, dit Carlo dont la voix trahissait une émotion profonde. Nous venons demander la punition des coupables, et vous instruire d'un fait heureusement inouï dans nos amales.

— De quoi s'agit-il, s'écria Pietro inquiet de cet exorde. Si les faits sont aussi graves que vous le dites, ce n'est pas en vain que vous vous serez adressés à nous, je le jure!

— Eh bien, reprit Carlo, un de nos concitoyens les plus influents avait des envieux, des ennemis même, qui s'unirent contre lui et résolurent de profiter de l'état des choses pour le perdre. L'homme dont je parle avait fait beaucoup pour Naples. Ses ennemis songeaient à l'écarter pour se mettre à sa place. Deux ou trois d'entre eux se concertèrent sur le meilleur moyen d'y parvenir. L'un deux — une langue de vipère — continua le jeune homme en regardant Cinzio qui écoutait immobile, l'un d'eux proposa à ses amis d'offrir au grand citoyen dont ils voulaient se défaire un vêtement d'honneur qu'il accepterait certainement. Ce n'est pas tout. Ce vêtement d'honneur devait être empoisonné!

— Quelle infamie! s'écrièrent à la fois les deux représentants du peuple.

— Une infamie, en effet, fit sourdement Pietro. Et tu dis que ce vêtement empoisonné était destiné à l'un de nos meilleurs citoyens?

— Quel que soit son nom et son état, le crime reste le même! s'écria vivement Pinozzi.

— Tu as raison, répondit Pietro, mais les conséquences au moins n'en seraient pas les mêmes!

— Les conséquences, Pietro; elles furent graves pour Naples, s'écria le jeune pêcheur. Les conjurés firent empoisonner ce vêtement par la sorcière du Vésuve, puis ils l'offrirent en hommage à notre grand concitoyen! Et savez-vous ce qui arriva — le savez-vous, mes frères? Le grand homme était sans méfiance — il accepta le manteau, le mit sur ses épaules et perdit la raison sur l'heure! Il devint fou!

Pietro avait joint les mains et promenait des yeux égarés sur l'assistance.

— Comment — que dis-tu, Carlo — quel pressentiment! murmura-t-il d'une voix sourde; puis, s'élançant vers le jeune homme — parle, Carlo, s'écria-t-il, parle! Le nom de ce grand citoyen!

— Tu le demandes! Où donc as-tu appris à jouer la comédie, Pietro? fit ironiquement le pêcheur.

— Ce nom! je veux le savoir, Carlo, cria Pietro sans prendre garde à la question du jeune homme. Qui donc était ce grand citoyen?

— Faut-il vraiment te l'apprendre, Pietro? Je te croyais au nombre de ses ennemis!

Pietro avait levé la main droite.

— Que la colère de Dieu me frappe sur l'heure si je sais de qui vous voulez parler! s'écria-t-il d'une voix altérée.

— Parle, citoyen Carlo, dit Pinozzi. Nous avons hâte de connaître le nom du malheureux, victime de ce lâche attentat!

— Eh bien, ce malheureux, vous le connaissez tous! s'écria le jeune homme. Ce malheureux s'appelait Masaniello, et ce fut la pourpre empoisonnée que lui offrirent ses ennemis qui le rendit fou!

Les deux bourgeois se regardaient avec stupéfaction. Pietro, lui, avait bondi vers Cinzio.

— Est-ce vrai, ce que dit Carlo? s'écria-t-il en saisissant le bras de son collègue. Est-ce vrai? Parle!

— Bêtises! fit Cinzio en haussant les épaules. La pourpre empoisonnée! A-t-on jamais entendu de pareils contes?

— Des contes! s'écria Carlo avec feu. Il n'est pas une de mes paroles qui ne soit vraie, et je demande une enquête. Je l'exige même!

Pietro était devenu livide.

— J'attends une réponse, Cinzio, dit-il en s'adressant à son collègue. Sais-tu quelque chose de ce manteau?

— Pas plus que toi, Pietro, répondit le pêcheur. Vas-tu te laisser prendre à ce bavardage?

— La pourpre était empoisonnée! répéta Carlo. Je suis prêt à le jurer.

— Oui, oui — tout concorde — Masaniello était encore frais et dispos le matin, et le soir — —

— Le matin comme le soir il était traître à son pays et à Naples, cria Cinzio.

— Si Masaniello était un traître, de quel nom faudra-t-il t'appeler, misérable, s'écria Carlo en bondissant vers le pêcheur. Voilà l'assassin! C'est Cinzio qui fit empoisonner la pourpre!

— C'est une calomnie infâme, hurla Cinzio. J'exige que vous fassiez jeter ce vil menteur en prison jusqu'à ce qu'il rétracte ses paroles!

Giovanni et Bertuccio qui avaient gardé jusque-là le silence s'avancèrent à leur tour.

— Nous sommes prêts à soutenir notre confrère, s'écria Giovanni. Nous accusons Cinzio — et Pietro — s'il fut son complice — d'assassinat sur le pêcheur de Portici!

Pietro tremblait de tout son corps.

— N'abuse pas de ma patience, Giovanni, dit-il d'une voix qui n'était plus qu'un souffle.

— Tous vous fûtes coupables, s'écria Bertuccio. La triste fin de Masaniello fut votre ouvrage à tous. Vous vouliez prendre sa place!

— Vous l'entendez, ce calomniateur, il vous accuse aussi, glapit Cinzio en se tournant vers les deux bourgeois. Ordonnez une enquête sévère, je l'exige ; j'exige également que ces trois envieux soient jetés en prison jusqu'à la fin de l'enquête !

— Misérable, tu veux te placer au même rang que les honnêtes bourgeois ici présents et te couvrir de leur innocence, s'écria Carlo. Tu veux nous faire jeter en prison pour étouffer notre voix. Eh bien, sache quel est celui qui t'a dénoncé, toi et tes complices : c'est Nicolo, le baigneur, qui vous accompagna Ludovico et toi dans la caverne de la sorcière !

La figure de Pietro s'était rassérénée.

— Nicolo le baigneur ? C'est une vengeance, alors, dit-il avec un soupir de soulagement. Si vous n'avez pas d'autre témoin que le baigneur votre déposition perd singulièrement de son poids !

— Une vengeance, répéta Cinzio. J'en étais sûr. Pietro s'est refusé à admettre le baigneur dans nos conseils — il n'en faut pas davantage pour expliquer sa haine !

— Et vous vous êtes laissés duper par lui, fit Pinozzi en s'adressant aux pêcheurs.

Cinzio saisit la balle au bond.

— Je veux une enquête, une enquête sévère, s'écria-t-il. Faites jeter ces trois calomniateurs en prison ! Où en serions-nous si le premier venu pouvait nous accuser impunément des crimes les plus horribles ?

Carlo frémissait de colère. Il s'était présenté à l'Hôtel-de-Ville avec l'assurance d'un cœur honnête et droit, et c'était lui, l'accusateur, qu'on allait jeter en prison. Il voulut parler, mais l'indignation le suffoquait.

— On vous a trompés, sans doute, lui dit Pinozzi, et vous ne vous êtes pas aperçus qu'on faisait de vous des instruments de vengeance. Il y aura une enquête, comme vous l'exigez, mais nous sommes forcés d'accéder aussi à la demande de Cinzio, et de vous faire mettre provisoirement en lieu sûr. Qu'en dites-vous, signor Orgolo ?

— Je suis de votre avis ! Et vous Pietro ?

Le vieux pêcheur réfléchit un instant.

— Je me rendrai moi-même auprès de la sorcière, dit-il enfin d'une voix grave, et je vous promets de tirer la chose au clair, mais il faut que vous consentiez à rester en prison jusque-là!

— Allons, Pietro aussi! murmura Bertuccio d'un air consterné.

— Il le faut! dit froidement le tribun.

Cinzio avait ouvert la porte et faisait entrer quelques lazarones armés.

— Enmenez ces trois hommes dans les cellules d'en bas, ordonna-t-il en montrant les trois pêcheurs.

— Vous arrêterez également Nicolo, le baigneur, dit Pietro aux lazarones.

Carlo, Giovanni et Bertuccio se dirigèrent vers la porte. Ils comprenaient que toute résistance était inutile et ne voulaient pas qu'on mit la main sur eux. Au moment de sortir de la salle Carlo se retourna.

— Je resterais volontiers en prison pour y voir un jour ce misérable, s'écria-t-il en montrant du doigt Cinzio. Je l'attends, et si vous voulez être juste, ce ne sera pas long!

La porte se referma sur le jeune homme, et les trois prisonniers descendirent, le cœur plein d'amertume, dans les sombres cachots où ils devaient attendre la fin de l'enquête promise.

Chapitre XVIII.

Deux amies.

Lucia avait décidé la Muette à ne plus retourner à Portici où sa chaumière déserte ne lui rappelait que de tristes souvenirs. Elle l'avait enmenée dans sa propre demeure, et les deux amies y vivaient dans la plus profonde retraite.

Leur affection grandissait de jour en jour. Elles n'avaient plus de secrets l'une pour l'autre et toutes deux cherchaient dans leur mutuelle tendresse la consolation et l'oubli dont elles avaient besoin. Toutes deux s'estimaient heureuses de vivre ensemble, elles se comprenaient si bien que l'infirmité de la Muette ne mettait pas le moindre obstacle à leurs entretiens.

Les jours passaient ainsi sans que le bruit des événements vint troubler les deux amies. Elle ne quittaient guère leur retraite. Un soir, pourtant, Lucia sortit pour quelques achats indispensables. La Muette, restée seule, s'assit auprès de la fenêtre, et ne tarda pas à tomber dans une profonde rêverie. La nuit approchait. Fenella laissait passer les heures. Tout à coup la porte de la maison s'ouvrit, et Lucia monta précipitamment l'escalier en appelant son amie.

La Muette courut au devant d'elle.

— La princesse est morte, s'écria Lucia en saisissant la main de son amie. Voilà presque une semaine qu'elle est ensevelie — mais ce n'est là qu'une nouvelle accessoire, j'ai bien autre chose à t'apprendre. Je passais tout à l'heure sous l'arcade du vieux palais de la rue Vino; tu sais qu'il y a à l'un des piliers une image de la Madone, devant laquelle brûle une grosse lampe. Le pilier voisin portait une affiche qui me frappa. Je m'approchai pour la lire, et j'appris que le duc, Alfonso et Tito étaient enfermés à l'Hôtel-de-Ville!

La Muette joignit les mains.

— Ce n'est pas tout, reprit Lucia dont la voix tremblait, tous trois sont condamnés à mort, ils doivent être exécutés demain en place publique!

Fenella se laissa tomber sur un siége et cacha sa figure dans ses mains — c'était un dernier coup pour la malheureuse enfant.

— Ils sont condamnés à mort, continua Lucia, mais ne désespère pas, ma sœur chérie; nous ferons une tentative pour sauver le prince.

La Muette se jeta au cou de son amie.

— Alfonso n'était pas comme les autres, dit-elle dans son langage expressif. C'est un noble cœur, Lucia; il mourrait innocent, car jamais il n'a pris part aux iniquités que commettaient son père et surtout ce Tito. Il faut le sauver, Lucia!

— Et tu l'aimes toujours?

Les yeux de la pauvre enfant répondaient pour elle.

— C'est à mon tour de t'aider, Fenella; à nous deux, nous sauverons le prince comme nous avons sauvé Salvator. Ce ne sera pas facile, mais nous y parviendrons cependant. Il le faut!

— Il le faut! répétaient les gestes de Fenella.

— Tu es héroïque, je le sais, reprit Lucia en s'asseyant auprès de son amie, et quant à moi je ne crains rien. Je ferai tout pour te prouver ma tendresse et ma reconnaissance, mais nous ne sommes que deux femmes — si nous mettions Salvatoriello dans notre secret?

Fenella secoua la tête.

— Non, non, répondit sa vive pantomime, où le trouverions-nous à ces heures, et puis — il hait Alfonso, sans doute. Il ne sait pas que c'est un noble cœur!

— Tu as peut-être raison ! Je n'aurais su, en effet, où le chercher.

Les yeux de Fenella brillaient d'un saint enthousiasme.

— Qu'avons-nous besoin de Salvator, disaient-ils. A nous deux nous atteindrons bien notre but.

— J'ai entendu dire en passant qu'Alfonso se trouvait dans les cachots de l'Hôtel-de-Ville, reprit Lucia, et c'est demain matin qu'il doit être conduit en place de Justice. Nous avons donc toute la nuit devant nous. Mais — une idée, Fenella, les prisonniers sont à l'Hôtel-de-Ville, et je connais la fille du vieux gardien Armato. Elle s'appelle Manuela, c'est une belle et bonne créature dont mon frère a fait autrefois le portrait ; elle nous procurerait certainement les clefs des cachots. C'est une excellente idée. Viens vite, Fenella !

La Muette saisit le bras de Lucia.

— Non, non, dit-elle par signes ; ce serait mettre cette pauvre fille et son père en danger de mort. Ce serait une mauvaise action qui nous porterait malheur ; cherchons autre chose !

Lucia réfléchissait.

— Tu as raison, Fenella, dit-elle, je suis honteuse de n'y avoir pas pensé, mais comment faire ? Qui nous donnera une idée ? Connais-tu l'intérieur de l'Hôtel-de-Ville, Fenella ?

— Sans doute ; j'y suis allée quelquefois pour voir mon frère, répondit Fenella dans son langage expressif. Je trouverais aisément le chemin des cachots.

— Tiens — j'ai entendu dire en passant que les prisonniers ne connaissaient pas encore leur sort et que Pietro et Cinzio ne devaient le leur annoncer que demain matin, juste avant l'exécution — si nous nous habillions en hommes ? Nous inventerions bien quelque prétexte pour tromper le vieux gardien, et parvenir jusqu'au prisonnier. J'ai là, dans cette petite pièce, les vêtements de mon malheureux frère — viens vite, Fenella. Nous allons nous déguiser !

— Et après ? demandaient les gestes de Fenella.

— Allons toujours — et que la Vierge et les saints nous soient en aide! dit solennellement Lucia.

Les deux amies passèrent dans la pièce voisine et le déguisement commença. Lucia releva ses cheveux sur le sommet de la tête, raccourcit un peu sa robe et s'enveloppa dans un long et vaste manteau, puis elle enfonça sur ses yeux un chapeau à larges bords et se regarda d'un air satisfait. Fenella suivit l'exemple de son amie. Toutes deux se munirent d'une épée, puis elles fourrèrent leurs pieds dans de hautes bottes. Le déguisement était complet; personne n'eût pu reconnaître des femmes dans ces deux personnages qu'on eût pris à première vue pour des bourgeois aisés en costume de voyage.

— Allons, je suis contente de nous, dit Lucia d'un air résolu. Viens, Fenella; nous n'avons pas une minute à perdre!

Les yeux de Fenella interrogeaient ceux de son amie.

— Viens toujours, reprit Lucia en répondant à cette interrogation muette. Tu n'as pas autre chose à faire qu'à me suivre. Veux-tu te fier à moi?

— Certainement! répondaient les gestes de Fenella. Je te suivrai sans hésiter, bien que je ne comprenne pas encore ce que tu veux faire!

Lucia se munit d'un petit manteau qu'elle roula, puis elle cacha un poignard dans sa ceinture et les deux amies sortirent de la maison.

Elles gagnèrent la rue Vino où l'on apercevait encore quelques rares passants, et se glissèrent sous l'arcade du vieux palais dont Lucia avait parlé à sa compagne. L'audacieuse Napolitaine approcha négligement du pilier où se trouvait l'ordonnance fatale, et, profitant d'un instant où l'arcade était déserte, elle tira son poignard et découpa lestement le parchemin qui portait la sentence des prisonniers. Munie de ce précieux document, elle s'éloigna en toute hâte, entraînant Fenella qui commençait à comprendre les projets de son amie.

Les deux jeunes filles se dirigèrent vers l'Hôtel-de-Ville. Tout était désert et sombre. Seul, un pêcheur armé se promenait de long en large devant le vestibule ouvert.

Lucia et Fenella montèrent les degrés de pierre. La première portait ostensiblement un gros rouleau de parchemin. Le pêcheur les vit approcher ; mais il crut avoir à faire à deux bourgeois revêtus de quelque charge publique, et il les laissa passer.

Les deux amies entrèrent résolument dans le vestibule qu'éclairait une lampe suspendue au plafond. Fenella ouvrit une porte à gauche et se trouva dans un corridor qui conduisait à l'appartement du gardien et à l'escalier des cachots.

Ce gardien, un vieil invalide nommé Armato, avait un fils et une fille. Lui-même était encore vert et solide malgré sa jambe de bois, et n'avait d'autre défaut que de boire parfois plus que de raison. A la suite de ces excès, il était pendant plusieurs jours incapable de travail. Bertoldo et Manuela, son fils et sa fille, redoublaient alors de zèle et d'activité pour remplacer leur père, et pour cacher un vice qui eût pu compromettre sa position. Ils y avaient assez bien réussi jusque-là.

Lucia et Fenella approchèrent d'une porte vitrée d'où venait une faible lueur. L'instant décisif approchait. Les deux amies échangèrent une silencieuse poignée de main, et restèrent un moment hésitantes. Lucia se décida la première. Elle enfonça son chapeau sur ses yeux et frappa résolûment.

Il y eut un moment de silence, puis la porte s'entr'ouvrit lentement et laissa passer une charmante tête de jeune fille.

— Peut-on voir messire Armato, signora ? demanda Lucia d'une voix qui n'avait plus rien de féminin.

— Le gardien — mon père ?

— Oui — nous avons à lui parler !

— Je regrette, signori — mais mon père est malade, dit la jeune fille avec hésitation.

— Malade ? Et qui fait son service à sa place ?

— Mon frère Bertoldo, signori?

— Est-il chez vous?

— Sans doute!

— Veuillez l'appeler! dit gravement Lucia.

Manuela laissa la porte entr'ouverte et rentra dans la pièce d'où sortit immédiatement un jeune homme d'environ vingt-trois ans.

— Qu'y a-t-il pour votre service, signori? demanda-t-il en examinant les deux personnages qu'il avait devant les yeux.

— Nous venons d'apprendre que votre père est malade, dit Lucia d'une voix ferme. C'est fâcheux, mais vous pourrez le remplacer sans doute; il faut que nous nous rendions immédiatement auprès des prisonniers.

— Auprès des prisonniers? répéta Bertoldo surpris, personne ne peut les voir!

— Excepté nous qui venons leur communiquer leur sentence! dit vivement Lucia. Votre père connaît parfaitement les devoirs de notre charge. Il est fort désagréable qu'il ne soit pas visible quand on a besoin de lui!

Bertoldo ne savait que répondre. Il semblait peu disposé à permettre l'entrée des cachots.

— C'est vous qui remplacez le gardien? demanda Lucia.

— Oui, signori!

— Alors, conduisez-nous auprès des prisonniers, fit impérieusement Lucia en sortant le parchemin de dessous son manteau. Nous devons leur donner lecture du jugement que voici! Si vous vous refusez à ouvrir, nous porterons immédiatement notre plainte à qui de droit!

La vue du parchemin dissipa les derniers scrupules du jeune homme. Il rentra dans la chambre, et en revint avec un trousseau de clefs et une petite lanterne.

— Passez le premier, ordonna Lucia.

Bertoldo obéit. Il s'enfonça dans le corridor et s'arrêta devant une lourde porte de fer qu'il fit tourner sur ses gonds. Un large escalier de pierre conduisait aux cachots. Le gardien descendit, toujours suivi de Lucia et de sa compagne, et se trouva bientôt dans un couloir sur lequel ouvraient deux rangées de cellules souterraines.

— Conduisez-nous d'abord auprès du duquecito, ordonna Lucia.

Bertoldo fit encore quelque pas, puis il ouvrit une porte et recula pour laisser passer les deux amies.

Don Alfonso était assis sur son misérable grabat. Il se leva en entendant ouvrir sa porte et regarda sans pâlir ces deux étrangers dont il ne comprenait que trop la venue.

— Je devine vos intentions, dit-il d'une voix ferme, tandis que Lucia pénétrait dans le cachot et que la Muette s'effaçait derrière elle pour cacher son émotion. Vous venez m'apporter ma sentence! Je la recevrai sans trouble, mais écoutez auparavant ce que j'ai à vous dire. Je meurs innocent, dites-le bien au peuple! Je n'ai pas trempé dans le meurtre du comte Almaviva que j'aimais et respectais. Le piège tendu aux seigneurs napolitains ne fut pas non plus mon ouvrage. Je n'ai participé ni aux mesures vexatoires ni aux violences exercées contre le peuple et que j'ai vainement cherché à adoucir. Ma main est pure de tout crime! Je meurs innocent — mais je meurs sans regret et sans haine contre mes juges! Vous m'avez entendu — parlez, maintenant; je suis prêt à vous écouter!

Fenella ne se contenait qu'à peine. Son cœur battait à se rompre, et il lui fallut d'héroïques efforts pour ne pas éclater en sanglots. Lucia, au contraire, gardait le plus magnifique sang-froid.

Elle déroula magistralement le fatal parchemin.

Bertoldo fit un pas en avant. Il soulevait sa lanterne pour aider à la lecture, lorsque Lucia se retourna brusquement.

— Que voulez-vous que je fasse de cette misérable lumière! s'écria-t-elle d'une voix impérieuse. Je ne distingue pas même les lettres! Allez chercher une autre lampe! Vous regarderez en même temps dans le vestibule si le bourreau ou ses aides sont arrivés et vous les amènerez ici. Allez, et faites vite!

Bertoldo n'osa pas résister. Il posa la petite lanterne dans un coin du cachot et s'éloigna sans prendre le temps de fermer la porte. Le bruit de ses pas s'était à peine éteint dans le sombre couloir que Lucia se précipitait vers Alfonso.

— Vous êtes sauvé, mon prince, murmura-t-elle précipitamment. Suivez-nous vite!

— Sauvé? Qui êtes-vous donc? fit Alfonso stupéfait.

— Ne nous interrogez pas, nous n'avons pas une minute à perdre!

Fenella s'était approchée et mêlait ses gestes suppliants aux paroles de Lucia.

— Fenella — je rêve, sans doute — murmura le prince en se frottant les yeux. Ai-je bien vu? N'êtes-vous pas mes bourreaux?

— Vite, vite! fit Lucia en attirant le prince dans le couloir.

Alfonso recula d'un pas.

— Impossible, dit-il, je ne veux pas être la cause de votre perte. Nous ne pouvons pas nous sauver — ce jeune gardien va revenir, et nous le rencontrerions dans l'escalier — fuyez sans moi!

— Laissez-moi faire! Nous sommes prêtes à tout! Et Lucia entraîna violemment le prince.

La Muette avait passé la première avec la lanterne, et les trois fugitifs avaient atteint le bas de l'escalier lorsqu'on entendit des pas dans le corridor d'en haut.

Fenella se jeta dans un angle obscur de l'escalier, où le prince et Lucia la suivirent, puis elle éteignit précipitamment sa lanterne, et tous trois restèrent immobiles, tandis que Bertoldo, une grosse lampe à la main, descendait en toute hâte. Il passa, sans les voir, devant les trois personnes qu'il avait laissées dans le cachot.

— Vite, vite, au nom du ciel, murmura Lucia dès qu'il se fut éloigné, fuyons!

Bertoldo se dirigeait vers le cachot du prince, et le bruit de ses pas résonnait encore sous les voûtes que déjà les fugitifs avaient gagné le haut de l'escalier.

Ils atteignaient l'entrée du corridor lorsqu'un cri de surprise et d'effroi poussé par le malheureux gardien arriva jusqu'à eux.

Lucia jeta sur les épaules d'Alfonso le manteau qu'elle avait apporté avec elle, puis les trois fugitifs traversèrent précipitamment le vestibule, descendirent le large escalier, sans que la sentinelle songeât à les arrêter, et se perdirent dans la ruelle la plus voisine.

Peu d'instants après, Bertoldo, toujours sa lampe à la main, sortait en courant de l'Hôtel-de-Ville, et se précipitait sur la place — mais il était trop tard, les fugitifs avaient disparu!

Chapitre XIX.

Un duel en bateau.

Le Delfino avait repris sa course un instant ralentie, et les deux passagers, debout dans la barque du vieux Julio, le regardaient s'éloigner.

Micco Spadaro, le jeune peintre, semblait uniquement préoccupé de ce spectacle. Selva tenait machinalement le gouvernail, mais ses yeux, rivés au navire, semblaient vouloir le retenir. La distance entre la barque et le vaisseau s'accroissait cependant de minute en minute. Bientôt, ce dernier n'apparut plus que comme un point noir à l'horizon; la terre, lointaine encore, ressemblait à un nuage, et les deux navigateurs ne virent plus autour d'eux qu'une mer sans limites.

Ils étaient seuls — seuls sur cette plaine liquide dont l'aspect grandiose impressionne l'âme la plus froide. Ils étaient seuls, et soit crainte, soit pressentiment, tous deux éprouvaient une émotion étrange. Chacun d'eux se sentait face à face avec un ennemi.

Selva se sentait saisi par une involontaire défiance. Il regardait le jeune peintre, mais rien dans la contenance de ce dernier ne trahissait de sinistres desseins, et l'Espagnol se demandait s'il s'était trompé. Micco Spadaro, toujours appuyé au mât de la barque, contemplait la mer qu'une brise légère agitait doucement. Il paraissait plongé dans l'admiration la plus profonde, et le physionomiste le plus habile n'eût rien trouvé dans ses traits qui révélât la moindre préoccupation étrangère à celle de l'artiste.

Selva le regarda un instant et se dit que ses craintes étaient peu fondées. Au surplus, il portait un pistolet dont il n'hésiterait pas à se servir pour se débarrasser d'une compagnie importune. Qu'était-ce qu'une vie d'homme en comparaison du but qu'il se proposait!

Le jeune peintre sortit enfin de sa contemplation. Il s'éloigna du mât afin que Selva put tendre la voile et s'assit sur un des bancs du bateau.

Il y eut un silence oppressant.

— Nous sommes seuls, dit enfin Micco Spadaro, en regardant son compagnon qui s'était assis au gouvernail et dirigeait le bateau vers la côte, j'ai une communication importante à vous faire!

Il s'arrêta. Selva avait relevé la tête — une émotion poignante s'était emparée de lui. Qu'était-ce donc que cet étranger?

— Ce ne sera pas long, reprit le peintre après une pause. De mon côté, du moins, il n'y a pas eu déguisement. Je suis le peintre Micco Spadaro, membre de la Compagnie de la mort — vous, don Selva, vous pouvez cesser de jouer votre rôle, j'ai l'honneur de vous connaître!

Le capitaine tressaillit — il voulut parler, mais Spadaro le prévint.

— Il est inutile de vous en tenir plus longtemps à vos fausses allégations au sujet de ce voyage, dit-il d'une voix ferme. Je sais ce qui vous amène ici, don Selva! Votre ruse a presque réussi. Vous alliez avertir la flotte espagnole, vous vouliez l'attirer ici, et livrer de nouveau notre malheureuse ville aux mains de ses oppresseurs! Cela ne se fera pas, don Selva, et c'est pour l'empêcher que je vous ai suivi jusqu'ici!

— C'est donc lui — mes pressentiments ne me trompaient pas! murmura Selva d'une voix sourde.

— Nous sommes seul à seul, don Selva! Vous nous avez échappé l'autre nuit sur le rivage de Capri et vous vous êtes cru sauvé, mais nous étions sur nos gardes. J'ai reçu l'ordre de vous suivre et me voici! Si vous parvenez, cette fois, à faire sombrer la barque, nous périrons ensemble et ma mission sera remplie!

L'Espagnol écoutait la rage dans le cœur, et cherchait un moyen de se défaire de son ennemi.

— Vous voulez donc vous sacrifier à votre cause? dit-il.

— Les serments les plus sacrés m'obligent à donner ma vie si le salut de Naples l'exige, répondit tranquillement Micco. Je suis prêt à mourir pour vous empêcher d'atteindre votre but!

— Eh bien, mourez — c'est vous qui l'aurez voulu! s'écria Selva en s'élançant de son siège, le pistolet au poing.

Mais Spadaro était sur ses gardes. Il se leva d'un bond en montrant à son adversaire un pistolet chargé.

— Inutile, don Selva, s'écria-t-il, vous ne me prendrez pas sans vert! Je me doutais bien qu'au premier mot de ma part vous essaieriez de vous défaire de moi, mais je suis prêt. Au moindre mouvement je fais feu!

L'Espagnol laissa retomber sa main.

— Il ne nous reste donc qu'à nous battre! fit-il d'une voix éteinte.

— Vous l'avez dit, don Selva! s'écria le peintre. Nous nous battrons — et n'espérez pas me surprendre! Nos chances sont égales! J'imiterai chacun de vos mouvements, et la moindre tentative de meurtre de votre part, sera le signal de votre mort!

— Je puis en dire autant! ricana Selva.

— Vous vous trompez! Je n'ai pas l'intention de vous assassiner, moi!

— Et que pensez vous faire?

— Vous suivre pas à pas et vous empêcher d'atteindre la flotte espagnole, répondit Spadaro avec le plus grand calme. Je n'ai pas d'autre intention, don Selva!

— Vous n'y réussirez qu'en m'ôtant la vie.

— C'est probable!

Selva se tut. La situation était grave. Il se trouvait subitement doublé d'un compagnon qui le suivrait comme son ombre et ne lui laisserait pas un instant de liberté. Que faire? Il fallait à tout prix se débarrasser de cet importun.

— Un mot encore, don Selva, fit Micco en interrompant ce pénible silence, vous pensez peut-être trouver un prétexte quelconque pour me rendre suspect aux habitants de l'île, mais n'espérez pas y réussir. Je m'attacherai à vos pas, et je vous défie de vous débarrasser de moi!

— Et où pensez-vous aller après le débarquement?

— Où vous irez vous-même!

Il y eut un nouveau silence — les deux hommes, assis dans le bateau, ne se perdaient pas de vue. Il faisait encore assez clair pour qu'ils pussent se surveiller réciproquement, mais Selva ne se possédait plus, la situation lui paraissait intolérable. Il fallait en sortir au plus tôt!

— Ecoutez donc ma dernière proposition! dit-il enfin après une pause. Vous conviendrez avec moi que nous ne pouvons rester au point où nous en sommes! La situation n'est pas tenable!

— Je n'en juge pas ainsi!

— C'est possible — mais je me refuse absolument à la laisser se prolonger, et je vous somme d'accepter l'offre que j'ai à vous faire.

— Je vous écoute, don Selva!

— Eh bien, je vous appelle en duel, et si vous vous refusez à vous battre, je saurai vous y forcer!

— Pas de menaces inutiles, don Selva. J'accepte votre proposition, mais n'espérez pas grand avantage de ce duel. Même blessé, je trouverais toujours la force et le temps de vous envoyer une balle!

— C'est ce qu'il faudra voir!

— C'est donc un duel immédiat que vous voulez, don Selva? reprit le jeune peintre; un duel ici, dans ce bateau?

— Sans doute!

— Le balancement vous empêchera de viser!

— Vous aurez le même désavantage!

— Pas tout à fait. Voilà des semaines que je m'exerce à tirer en bateau.

Selva regarda son adversaire avec stupéfaction.

— Vous voulez me décourager, dit-il enfin d'une voix tremblante de colère, mais vous n'y parviendrez pas. Pouviez-vous prévoir la situation où nous nous trouvons aujourd'hui?

— Ce n'est pas en vue de cette situation que je me livrais à cet exercice, répondit Spadaro. Je le faisais avec un certain nombre de mes confrères et par ordre de notre chef!

Selva laissa échapper une exclamation de désespoir.

— Peu importe! s'écria-t-il. Le sort décidera entre nous.

C'est le seul moyen de mettre un terme à la situation, et j'en use! Le plus tôt sera le mieux!

— Quand vous voudrez! dit Micco avec un calme sinistre. Il fait encore assez clair pour que nous puissions nous distinguer réciproquement si nous nous plaçons aux deux extrêmités du bateau! Encore une condition, don Selva! Vous comprenez qu'il faut que nous fassions feu en même temps!

— Je le comprends!

— Prenez votre pistolet, continua le peintre en donnant lui-même l'exemple, et en gagnant à reculons la pointe du bateau. Vous resterez où vous êtes. Arrivé à ma place, je donnerai le signal!

— En quoi consistera-t-il?

— Je vais compter. Quand je dirai trois, nous tirerons tous les deux!

— C'est entendu! Et si les coups manquent?

— Nous recommencerons, mais, soyez tranquille, don Selva, tout sera terminé plus tôt que vous ne le pensez! Les pistolets sont chargés! Prions!

Il y eut un court silence —

— Avez-vous fini? demanda Selva impatienté?

— Je suis prêt! répondit Spadaro.

L'instant décisif était là.

— Un — deux! cria le jeune peintre.

Les deux adversaires avaient soulevé leur pistolet et visaient de leur mieux.

— Trois!

Deux coups retentirent. Un nuage de fumée couvrit la barque, puis l'on entendit un râle sourd —

Micco Spadaro était sain et sauf. La balle de son adversaire avait sifflé à son oreille et était allée se perdre dans les flots, mais celle du peintre n'avait pas manqué son but. Selva, atteint au cœur, gisait au fond de la barque. Quelques secondes plus tard il avait cessé de vivre — —

Chapitre XX.

Ruses de prisonnier.

Nous avons vu que Tito, maltraité en chemin par quelques-un des compagnons du Maure, avait été porté sans connaissance dans un des cachots de l'Hôtel-de-Ville.

Le duc d'Arcos s'y trouvait déjà. Les lazarones chargés d'escorter les prisonniers jetèrent le favori sur la paille et se retirèrent, laissant au vieil invalide qui remplissait les fonctions de portier et de gardien, le soin de s'assurer si Tito était mort ou vivant.

Armato ne s'en préoccupait guère. Il porta dans la cellule une cruche d'eau, un pain de maïs et une petite lampe, prépara pour le duc une couche de paille semblable à celle où reposait Tito, et abandonna ses prisonniers à leur sort.

Le duc d'Arcos resta longtemps immobile, l'œil fixé sur la porte massive qui venait de se refermer sur lui. Ses réflexions n'étaient pas gaies. Il ne se dissimulait pas que cette subite arrestation n'était que le prélude de jours terribles. L'expiation était là. Impossible de s'y soustraire! Le peuple allait se venger de tout ce qu'il avait souffert, et le vice-roi ne se faisait aucun doute sur le sort qui l'attendait.

Les heures avaient passé. Le duc d'Arcos était toujours immobile, lorsqu'un gémissement prolongé l'arracha à sa stupeur et dirigea son attention vers son compagnon de captivité.

Il se pencha vers Tito. Le fils adoptif du duc revenait lentement à la vie et s'efforçait de se soulever, mais ses membres

meurtris lui refusaient tout service. Il retomba sur sa couche
et promena autour de lui un œil égaré.

— Le cachot — murmura-t-il d'une voix éteinte — je
l'avais oublié!

— Ces misérables t'ont maltraité! dit tristement le duc.

— Ce qui m'étonne, c'est qu'ils ne m'aient pas achevé,
répondit Tito en se palpant. Tous les membres me font mal,
mais ça passera, je l'espère.

Il y eut un long silence. Les deux prisonniers étaient re-
tombés dans leurs méditations.

— Heureusement qu'ils nous ont mis dans la même cellule,
dit enfin Tito, comme se parlant à lui-même. Qui sait si nous
ne parviendrons pas à nous sauver! Voyez plutôt, mon père!

Le favori avait mis la main dans une poche adroitement
dissimulée sous la doublure de son pourpoint, et en sortait
péniblement quelques limes.

— Regardez, Altesse! dit-il d'un air de triomphe.

Le duc haussa les épaules.

— Décidément, tu as l'espérance tenace, fit-il. Que veux-tu
que nous fassions de ces limes? Nous sommes perdus; il faut
en prendre son parti une fois pour toutes, et ne pas se repaître de folles illussions!

— Ce sera assez tôt d'en prendre son parti quand nous
serons perdus, Altesse, répliqua Tito. Laissez-moi faire! Je
me suis tiré de bien des mauvais pas — qui sait si je ne
me tirerai pas encore de celui-ci!

— Songe d'abord à te guérir, et calme-toi! Tu as besoin
de repos!

— C'est vrai! Je suis las — et la soif me tourmente!

Tout en parlant, Tito essayait de quitter sa couche et d'atteindre la cruche placée à l'angle du cachot, mais ses forces
le trahirent — il retomba en gémissant sur sa paille. — Impossible! murmura-t-il avec désespoir, je suis roué!

Le duc lui tendit la cruche.

Tito but avec avidité et baisa la main de son père adoptif, puis il inspecta du regard l'endroit où il se trouvait.

— Quelle résidence! fit-il en grimaçant. Notre geôlier ne nous gâte pas! C'est miracle encore qu'il nous ait laissé cette pauvre lampe!

Le frisson de la fièvre commençait à secouer le prisonnier. Il s'enveloppa de sa couverture et s'étendit sur sa paille, où il se retourna longtemps avant que le sommeil vînt lui faire oublier un moment ses souffrances.

Le duc d'Arcos ne se coucha pas. Il s'était laissé tomber sur une chaise où il passa la nuit et sur laquelle il s'endormit vers le matin. Armato le trouva dans cette position. Le vieux gardien se sentit ému malgré lui. Son prisonnier avait été un tyran sans doute, mais c'était aussi un homme âgé, habitué dès l'enfance à tous les avantages que procure une haute position, et cet homme sommeillait sur une chaise pour ne pas s'étendre sur la paille qu'on lui avait destinée.

Armato alla chercher un coussin qu'il plaça derrière le duc, puis il apporta de l'eau fraîche, du pain, et s'approcha enfin du favori qui gémissait sur sa couche.

— Je n'en ai plus pour longtemps; murmura Tito.

Le lendemain matin, le fils adoptif du duc se déclara plus malade encore, et le geôlier se décida à faire connaître aux tribuns l'état desespéré de l'un de ses prisonniers. Cinzio et Pietro tenaient à ce que le peuple eût son spectacle. Ils désiraient vivement conserver leurs victimes jusqu'au jour de l'exécution, et ils se hâtèrent d'envoyer un médecin à Tito.

Les nombreuses contusions extérieures reçues par le favori était en voie de guérison, mais il se plaignit de vives douleurs intérieures, et se montra si faible, si abattu que le médecin crut à quelque grave lésion. Il frictionna le malade, lui administra diverses drogues et se retira en hochant la tête.

Le jour suivant, l'état du malade avait empiré. L'homme de l'art se déclara impuissant et assura que le prisonnier n'en avait plus que pour quelques heures.

Le duc assistait impassible à toutes ces péripéties et se bornait à envier Tito qui allait échapper par la mort à ce qui l'attendait lui-même. Il ne s'était pas aperçu que son fils adoptif jouait une habile comédie. Tito était, en effet, parfaitement guéri, mais il avait été assez prudent et assez maître de lui pour ne pas mettre le duc dans son secret. Il passait ses journées sur sa paille, faisant à peine un mouvement et poussant force soupirs, mais, dès que le duc était endormi, son compagnon de captivité se levait doucement et prenait sa part du pain et de l'eau qui formaient l'ordinaire des prisonniers. Ce repas terminé, il regagnait avec précaution la paillasse et dormait jusqu'au moment où l'arrivée du geôlier le rappelait à son rôle.

Vint l'heure où Tito crut les voies suffisamment préparées pour que le dénouement parût tout naturel. Il mit le duc au courant de ses projets et s'efforça de lui inspirer la confiance qu'il avait lui-même, mais il n'y réussit qu'à moitié. Le vice-roi le laissa dire, et ne répondit qu'en haussant les épaules.

Quand le vieux gardien parut, Tito, étendu sur sa paille, paraissait toucher à sa dernière heure. Armato lui demanda s'il désirait quelque chose. Le prisonnier réclama alors l'assistance d'un prêtre. Le vieil invalide promit de la lui procurer; en même temps il apprit au duc que son jugement allait être prononcé le jour même et il l'engagea à se préparer à la mort.

Quelques heures plus tard parut un prêtre qui administra le saint viatique au prisonnier. L'ecclésiastique prononçait encore de consolantes paroles lorsque Tito poussa un dernier soupir et rendit l'esprit. Le prêtre le considéra un instant, puis voyant que son ministère était inutile, il quitta la prison, et alla porter la nouvelle au gardien. Armato descendit, mais il était déjà quelque peu ivre, et son examen fut promptement terminé. Le prisonnier était bien mort, et le vieil invalide, assez compatissant de son naturel, ne put que s'en réjouir pour Tito qui échappait ainsi à l'exécution projetée.

L'émotion produite par les révélations de Carlo empêchât probablement que l'on ne fît procéder à la constatation du décès de Tito. La nouvelle de sa mort surprit fort désagréablement les tribuns, mais ils se contentèrent des affirmations du gardien et du prêtre. Cinzio voulait que l'on cachât la nouvelle au peuple, et que le favori, tout mort qu'il était, fût conduit avec les autres prisonniers en place de Justice et décapité comme eux. Il eût fallu l'y porter, sans doute, mais on eût facilement expliqué cette circonstance en alléguant un évanouissement, chose fort naturelle en pareille occasion.

L'idée de Cinzio ne prévalut pas. Le prêtre s'y opposa au nom de l'humanité et de la religion, et menaça le tribun des fondres du pape s'il persistait dans sa résolution. Cinzio céda enfin, mais à la condition que le défunt serait montré le lendemain au peuple, afin que les Napolitains fussent bien sûrs qu'ils étaient enfin débarrassés de ce favori détesté.

La cour du vice-roi s'était toujours montrée fort dévote. Le prêtre se souvenait des services importants rendus par les Espagnols à l'église, et se sentait tenu à quelques égards pour le défunt. Il obtint, non sans peine, la permission de faire porter le cadavre à l'église voisine, et de l'y laisser jusqu'au lendemain matin. Le soir venu, Tito fut placé sur une civière couverte et emporté secrètement, d'abord à l'église où le prêtre dit une messe pour le repos de son âme, puis dans la petite chapelle du cimetière où on le laissa pour la nuit.

Rien ne pouvait être plus favorable aux projets de Tito. La chapelle mortuaire n'était jamais fermée. Une petite lampe, brûlant jour et nuit, y répandait une clarté douteuse qui n'eût pas permis un examen sérieux des cadavres exposés en cet endroit. Rien d'ailleurs, à première vue, ne trahissait la ruse du favori. Ses joues creuses et ses yeux enfoncés se prêtaient admirablement à la circonstance, et sa pâleur naturelle s'était accrue par le régime de la prison. Il avait si bien l'air d'un mort que le duc lui-même eût peur en le regardant, et dut l'examiner longtemps pour se sentir rassuré sur son compte.

La nuit était venue. Le silence le plus profond régnait dans la petite chapelle. Tito souleva doucement le drap qui couvrait la civière et jeta autour de lui un regard inquisiteur.

Il aperçut d'abord un, puis deux cercueils ouverts où reposaient des cadavres — —

Tout autre que Tito eût frémi à ce spectacle, mais le favori était un esprit fort, très dégagé des superstitions naturelles à ses compatriotes. Il regarda tranquillement tantôt l'un, tantôt l'autre de ces morts entre lesquels il se trouvait, lui troisième. Ces deux-là, du moins, ne remuaient plus.

La chapelle était silencieuse. Tito sortit avec précaution de sa civière et se glissa vers la porte qu'il entr'ouvrit doucement. Il écouta — tout était désert et sombre — l'instant d'après il traversait le cimetière et se trouvait enfin dans la rue.

Il s'arrêta dans un angle obscur pour reprendre haleine un instant, puis il se dirigea vers l'Hôtel-de-Ville. Le côté de l'immense édifice où se trouvaient les ouvertures grillées des cachots était proche. Tito s'enfila dans la rue sur laquelle donnaient ces jours, et s'aperçut avec bonheur qu'elle était vide. Une sentinelle se promenait bien de long en large devant la façade, mais c'était une vaine forme, et nul, dans le désarroi de toutes choses, n'avait songé à faire garder les ruelles qui longeaient les aîles du bâtiment.

Tito s'approcha en toute hâte de l'ouverture servant de fenêtre au cachot du duc. Il appuya sa tête contre les barreaux de fer et aperçut le prisonnier qui sommeillait sur sa chaise. La petite lampe brûlait encore sur la table ; elle éclairait les restes d'un repas auquel le duc avait à peine touché et qui parut fort enviable au favori.

Il sortit immédiatement les limes acérées qu'il avait sur lui et commença à limer un des barreaux. Le duc, éveillé par le bruit, releva bien vite la tête.

La Muette de Portici.   75

— C'est moi, lui cria Tito en se faisant un porte-voix de ses mains. Je suis sauvé, et vous le serez à votre tour!

— Ce bruit va te trahir! murmura le prisonnier d'une voix émue.

— Ne craignez rien, Altesse!

Tout en parlant, le favori entortillait autour du fer un mouchoir qui devait amoindrir notablement le grincement de la lime. Il reprit activement sa besogne et eut bientôt scié l'un des barreaux. Il passa alors au second.

— Nous sommes sauvés, Altesse, cria-t-il en fourrant sa tête dans l'ouverture. Poussez votre table contre le mur, mettez une chaise dessus et grimpez. Cela doit vous suffire pour atteindre la fenêtre!

Le duc saisit la table, mais il s'arrêta tout à coup et écouta — on entendait des pas précipités et de sourdes exclamations dans le couloir — venait-on déjà le chercher? Le prisonnier resta immobile, il respirait à peine. Ce n'était pas à lui qu'on en voulait, cependant. Les pas s'éloignèrent, le bruit cessa, et le duc put se remettre à ses tentatives d'escalade.

Pendant ce temps, Tito avait achevé sa besogne. Les deux barreaux, sciés à chaque bout, gisaient à terre et l'ouverture était libre.

— Vite, vite, Altesse; le trou n'est pas gros, mais vous pourrez y passer cependant, dit Tito. Montez, je vous aiderai de toutes mes forces!

Le duc avait achevé ses préparatifs. Il éteignit sa petite lampe, grimpa, plus lestement qu'on n'eût pu s'y attendre, sur l'espèce d'échafaudage qu'il venait d'arranger et réussit à sortir la tête et les bras par l'ouverture.

Tito lui saisit immédiatement les deux mains, et l'attira à lui de toutes ses forces. Le duc s'aidait de tout son pouvoir, et bientôt il se trouva étendu dans la ruelle — il était libre!

— Bravo! murmura le favori en aidant son père adoptif à se relever; nous avons de la chance, mais il ne s'agit pas de rester là. L'endroit n'est pas sûr. Suivez-moi, Altesse!

— Où veux-tu allez? On nous cherchera partout.

— Venez — il n'est qu'un lieu où nous puissions nous croire en sûreté!

— Et c'est — —

— La caverne de la vieille Corvia, au Vésuve!

Le duc recula d'un pas.

— Jamais — je n'irai pas là-haut! s'écria-t-il. Emmène-moi partout ailleurs, dans la campagne, dans les bois, où tu voudras, mais non pas là!

— Essayons alors de trouver une barque, murmura Tito, et, saisissant son compagnon par le bras, il l'entraîna dans la direction du môle. La nuit était sombre. Les deux fugitifs atteignirent sans encombre le rivage où ils n'eurent pas à chercher longtemps pour découvrir ce qu'ils cherchaient. Une petite barque se balançait à quelques pieds du bord. Tito et son père adoptif y montèrent et disparurent bientôt dans l'obscurité.

Peu d'instants après, Cinzio et Pietro, avertis par Bertoldo de la fuite du prince, descendaient dans les cachots. Ils entrèrent également dans celui du duc — il était vide. L'oiseau s'était envolé! Ils ne doutèrent pas un instant que les mystérieux étrangers dont le jeune gardien leur parlait n'eussent aussi délivré le duc d'Arcos. Leur colère n'eut pas de bornes, mais les malheureux tribuns n'étaient pas au bout de leurs surprises. L'aube paraissait à peine qu'on venait leur apprendre la disparition de Tito. Le cadavre du favori n'était plus dans la civière où on l'avait laissé! Que faire? L'heure de l'exécution approchait. Il semblait pourtant impossible que les fugitifs fussent bien loin. Pietro et Cinzio se mirent eux-mêmes en campagne avec quelques-uns de leurs plus fidèles partisans — ils fouillèrent la ville et les faubougs — peine inutile; les prisonniers du peuple avaient disparu.

Chapitre XXI.

Un secours inespéré.

Nous avons laissé Alfonso et ses deux libératrices s'éloignant en toute hâte de l'Hôtel-de-Ville. Lorsqu'ils eurent atteint une ruelle écartée où il semblait peu probable qu'on vînt les poursuivre, le prince s'arrêta.

— Et-ce bien toi, Fenella? dit-il en saisissant la main de la jeune fille.

La Muette souleva le chapeau qui cachait sa figure et regarda Alfonso avec un mélange de joie et de tristesse.

— Oui, — c'est toi, ma noble et vaillante bien-aimée, je te retrouve, murmura le prince. Et vous, signorita, continua-t-il en se tournant vers la seconde de ses libératrices, qui êtes-vous?

— Mon nom ne fait rien à l'affaire, mon prince, répondit Lucia. Il vous suffira de savoir que je suis une amie, une sœur de Fenella!

— Et vous avez réussi à me délivrer? Peu d'hommes auraient fait ce que vous venez de faire!

— Nous autres femmes, nous avons aussi du courage, quand il le faut — et quelquefois plus que les hommes!

— Vous venez de le prouver! dit Alfonso avec émotion. Je t'aurais à peine reconnue, Fenella, continua-t-il. Comment te rendre ce que tu fais pour moi? Tu te venges, en me sauvant, de tout ce que je t'ai fait souffrir!

— Ne restons pas ici, mon prince, dit Lucia d'un ton pressant, nous n'y sommes pas en sûreté!

— Vous voyez bien que tout est tranquille autour de nous.

— Dans ce moment, peut-être, mais on nous poursuivra! Venez vite!

— Où voulez-vous me conduire?

— Hors de la ville!

La Muette étendit le bras dans la direction du rivage.

— Fenella pense que nous devons vous emmener à Portici, dit Lucia.

— A Portici? s'écria Alfonso. Tu veux me recevoir et me cacher dans ta chaumière, Fenella! Tu veux exposer ta vie pour sauver un malheureux proscrit?

La Muette avait saisi les mains du duquecito; elle s'efforçait de l'entraîner.

— Et le duc d'Arcos? s'écria tout à coup le prince. Comment abandonner mon père à ses ennemis?

— Vous ne pouvez pas le sauver, dit Lucia avec angoisse. Vous même, vous n'êtes pas encore en sûreté; fuyons, pendant qu'il en est temps encore!

— Impossible! Je ne puis laisser le duc à ses bourreaux!

— Vous ne feriez que vous perdre avec lui!

— Il mourrait victime de la fureur du peuple et je serais sauvé — impossible! gémit Alfonso. Laissez-moi retourner auprès de lui!

— Vous vous sacrifieriez inutilement, mon prince, dit Lucia avec résolution. Venez! Ne rendez pas inutile ce que nous avons fait pour vous!

Fenella joignait ses gestes suppliants aux instances de Lucia. Alfonso comprit ce langage. Il céda.

— Oui — je te suivrai, Fenella, dit-il d'une voix réuni. Tu m'as pardonné, je le sens! et puisque le sort nous réunit, alors que mes fautes nous avaient séparés, je lui obéirai! Que Dieu ait pitié de mon père!

Lucia avait fait quelques pas en arrière pour s'assurer s'ils étaient poursuivis. Elle se rapprocha en toute hâte, et coupa court aux effusions des deux amants qui oubliaient, dans ce revoir, que le danger les environnait de tous côtés.

— Vite — vite, fuyons, j'entends des pas dans cette rue, dit-elle précipitamment. Courons vers le môle; les portes sont gardées. Nous essaierons de quitter la ville en bateau !

Les trois fugitifs prirent en courant la direction du port.

Il pouvait être alors une heure après minuit. Plusieurs détachements d'hommes armés avaient été envoyés de l'Hôtel-de-Ville à la poursuite des fuyards et l'on entendit bientôt un bruit régulier de pas. Une patrouille arrivant par une rue latérale allait couper la retraite aux fugitifs. Lucia comprit immédiatement le danger. Elle pressa le pas et se trouva bientôt sur l'escalier du port, au pied duquel on apercevait une barque. Le prince et ses deux libératrices allaient entrer dans le bateau lorsqu'ils aperçurent tout à coup sur le môle un homme enveloppé d'un vaste manteau.

— Que faites-vous là? dit une voix sonore.

Lucia retint à peine un cri de joie. Elle remonta précipitamment l'escalier et s'élança vers le personnage qui venait de lui apparaître.

— Salvatoriello! s'écria-t-elle d'une voix émue.

C'était en effet Salvator Rosa. Le chef de la Compagnie de la mort s'était arrêté et considérait d'un œil surpris le jeune étranger qui l'interpelait ainsi et dont la voix rappelait celle de Lucia.

— C'est moi, Lucia, reprit la jeune femme.

— Vous, Lucia — et dans ce déguisement! fit le peintre dont la surprise allait croissant. Avec qui vous trouvez-vous donc? continua-t-il en examinant Alfonso et la Muette qui attendaient à quelques pas.

Lucia se souvint tout à coup que Salvator étant un ennemi juré des Espagnols il devait ignorer qu'il se trouvait en face du duquecito.

— Je vous expliquerai tout cela plus tard, Salvatoriello lui dit-elle en jetant un regard effrayé vers la rue voisine où l'on voyait avancer quatre hommes; tout ce que je puis vous dire aujourd'hui, c'est que j'ai aidé Fenella à sauver un homme qu'elle aime et que nous sommes poursuivis. Abandonnez-nous ce bateau, Salvator — regardez — on vient!

— Prenez-le! Vous avez payé une dette de reconnaissance, Lucia, répondit le peintre. Faites vite; je tiendrai tête à vos persécuteurs pendant que vous vous embarquerez!

Il était trop tard pour éviter une rencontre. Les hommes qui formaient la patrouille avaient aperçu le groupe arrêté sur le môle; ils avançaient au pas de charge.

— Halte-là! Qui vive! cria le chef du détachement. Que personne ne bouge!

— Trop tard! Nous sommes perdus! murmura Lucia en joignant les mains.

Salvator Rosa s'élança au-devant des hommes armés.

— Arrière! cria-t-il en brandissant son épée. Un pas de plus et vous êtes morts!

Les quatre hommes répondirent en se jetant sur l'insolent qui s'avisait de leur résister. Il s'en suivit immédiatement une lutte générale. Alfonso, voyant le danger que courait Salvator, détacha l'épée qui ceignait la taille de la Muette et se jeta dans la mêlée. Pendant ce temps, Lucia s'était approchée de son amie.

— Tâche d'emmener le prince, lui dit-elle tout bas; il ne faut pas que Salvatoriello le reconnaisse!

Cette recommandation faite, la vaillante créature tira son épée du fourreau et s'élança près de Salvator pour combattre avec lui.

Fenella se glissa derrière elle; elle parvint, non sans peine, à faire sortir Alfonso de la mêlée, et tous deux descendirent vers la barque tandis que Lucia et Salvator luttaient bravement pour couvrir leur retraite. Arrivés dans le bateau, Alfonso le détacha vivement, puis il saisit les rames et quitta le rivage — les deux fugitifs étaient sauvés.

Salvatoriello et sa compagne se démenaient si vivement, que les quatre hommes reculèrent peu à peu, et finirent par renoncer au combat. Ils avaient reconnu, d'ailleurs, qu'ils avaient à faire à des membres de la Compagnie de la mort et non aux fugitifs qu'ils cherchaient. C'en était assez pour leur enlever toute envie de continuer une lutte avec des adversaires aussi redoutables que l'étaient les hommes noirs.

Le terrain une fois déblayé, les deux combattants posèrent leurs armes et se regardèrent en souriant.

— Quelle bravoure, ma bien-aimée! dit Salvator, en tendant la main à son amie. Vous avez payé ma dette et la vôtre à Fenella. Je vous admire — mais venez, maintenant. Quelque vaillante que vous soyez, je préfère encore vous savoir en sûreté dans votre demeure! —

CHAPITRE XXII.

Le trésor du vice-roi.

La sentence de mort du vice-roi et de ses fils avait été prononcée. Les placards affichés en différents endroits l'annonçaient à chacun, et les groupes nombreux qui remplissaient les rues approuvaient en général une mesure destinée à mettre enfin un terme à l'état actuel des choses.

Le spectacle annoncé pour le lendemain matin faisait l'objet de toutes les conversations. C'était un pas décisif dont on attendait le rétablissement de l'ordre, et ce résultat, ardemment désiré, faisait battre tous les cœurs.

Cette espérance était singulièrement prématurée. Il était difficile que l'ordre se rétablît aussi longtemps qu'il se trouvait encore trois ou quatre partis en présence. Les hommes noirs, fort considérés par la plus grande partie de la population, avaient cependant de nombreux adversaires, et n'étaient ni assez forts ni assez nombreux pour imposer leur autorité à la ville. Ils se multipliaient pour réprimer les désordres, surveiller le port, et empêcher la fuite de personnes suspectes, mais ces services, si importants qu'ils fussent, n'étaient que partiels et ne mettaient pas fin à l'état actuel des choses.

Cinzio et Pietro, les nouveaux tribuns, avaient de nombreux partisans parmi les pêcheurs, mais ils n'étaient guère aimés dans le peuple. Le Maure et sa horde formaient enfin un troisième parti dont nul, jusqu'ici, n'avaient pu empêcher les continuelles déprédations.

La méfiance qu'inspirait les nouveaux gouvernants allait croissant de jour en jour On redoutait en eux de futurs tyrans. L'accusation formulée par Carlo à propos du manteau de pourpre s'était répandue peu à peu dans le peuple et y produisait une véritable consternation. On ne pardonnait pas aux deux pêcheurs la mort de Masaniello, et lorsqu'on connût enfin la cause de sa folie, il y eût une telle explosion de colère et de haine qu'une révolte parût imminente. La nouvelle de l'exécution projetée suspendit un moment ces projets. Le duc et ses deux fils allaient monter sur l'échafaud. Il n'en fallait pas davantage pour occuper complétement les esprits et pour faire passer à l'arrière-plan les mesures projetées contre les deux tribuns.

Cinzio et Pietro n'avaient rien fait, jusque-là, pour affermir leur autorité et rétablir l'ordre, rien non plus pour mettre un frein aux violences exercées par Hassan. Il semblait impossible qu'un pareil état de choses se prolongeât plus longtemps et rien, cependant, n'en faisait prévoir le terme. L'impuissance était générale. Quelques-uns des bourgeois les plus considérés cherchaient cependant un remède à tant de maux.

Réunis en assemblée secrète, ils avaient décidé avec le capitaine des hommes noirs de s'adresser au roi de France et de lui demander aide et secours. Deux ou trois d'entr'eux avaient été désignés pour aller demander l'assistance française. Ils devaient partir au plus tôt, mais, en attendant, la situation empirait. Le commerce était nul, toutes les sources de bien-être semblaient taries, la misère frappait à toutes les portes — que pouvaient espérer encore les malheureux Napolitains livrés depuis si longtemps à l'anarchie la plus complète.

Tandis que le peuple répandu dans la ville commentait la sentence prononcée contre le duc d'Arcos et ses fils, Hassan et les principaux de ses associés buvaient ensemble dans la taverne de la rue Muraglia, devenue de plus en plus leur quartier-général. Le Maure semblait attendre quelqu'un. Il posait de temps en temps son verre et jetait un regard impatient vers la porte de la salle.

Enfin il se leva et fit un signe. Nicolo le baigneur venait d'apparaître à l'entrée de la taverne, mais il ne semblait pas disposé à entrer et regardait de côté et d'autre d'un air inquiet. Le Maure alla droit à lui.

— Eh bien, lui dit-il, pourquoi n'entres-tu pas?

Nicolo se décida enfin à franchir le seuil de la porte.

— Me voici, répondit-il à voix basse, mais j'avais cru distinguer le long du mur deux de ces maudits hommes noirs, et ma foi, j'étais sur mes gardes — je ne tiens pas à les avoir sur le dos!

— Allons, vous en voyez partout, de ces hommes noirs, fit le Maure en haussant les épaules. Que veux-tu qu'ils nous fassent? Nous sommes plus forts qu'eux, maintenant!

— Je t'apporte des nouvelles, reprit le baigneur.

— De bonnes?

— Tout va aussi bien que nous pouvons le désirer.

— Eh bien, nous allons discuter l'affaire. Viens t'asseoir, là-bas, près de la fenêtre. Nous y serons seuls.

Quelques minutes plus tard, les deux compères se trouvaient assis à une petite table placée tout auprès de la fenêtre, dans un angle ou l'on pouvait causer sans être entendu de la salle.

— Eh bien, dit le baigneur en se versant une pleine rasade, c'est à dix heures que je prends la garde! Tu vois si je suis promptement arrivé à mes fins!

Le Maure fit entendre un petit ricanement de satisfaction.

— Comment t'y es-tu pris pour obtenir ce poste? demanda-t-il.

— Comment? Je n'ai pas la langue épaisse, moi; tu as pu t'en apercevoir quelquefois, fit Nicolo en se rengorgeant. J'ai donné à entendre que j'aimerais, moi aussi, donner mon coup d'œil dans l'intérieur du château, et, tout en causant, j'ai obtenu pour cette nuit la garde de l'appartement du duc!

— Et crois-tu qu'on n'ait rien emporté de là-haut?

— Rien — à part ce que vous y avez pris toi et les tiens! Tout y est tel que vous l'avez laissé. Nos nouveaux gouvernants ont eu trop à faire ces jours pour s'occuper de ce que renferme le château. Ils y penseront après l'exécution!

— Ce sera le moment! exclama le Maure en faisant grincer ses dents blanches. Nous aurons vidé le sac alors, et les deux pêcheurs seront bien malins s'ils retrouvent quelque chose dans le trésor du duc!

— Et tu sais où il est ce trésor? demanda Nicolo.

— Je me charge de t'y conduire!

— Fameux! Il n'y a qu'une chose qui m'étonne c'est que personne n'ait eu l'idée de fouiller ce nid. On devait bien savoir cependant, que le duc avait sa caisse particulière, et possédait, en outre, des bijoux et des richesses de tout genre!

— Que veux-tu, fit le Maure en haussant les épaules, Pietro, Cinzio et tous les leurs ne sont que des imbéciles — et c'est heureux pour nous!

Il y eut un moment de silence. Chacun des dignes associés réfléchissait à ce fait étrange que le château n'eût pas encore été pillé.

— C'est donc entendu, dit enfin le baigneur, à dix heures je serai à mon poste. Dire que ce fou de Domilio a été tout content de me céder son tour de garde! Quelle bonne bête!

— Moi, j'arriverai vers minuit, et nous nous mettrons immédiatement à l'œuvre, dit Hassan. Seras-tu seul de garde à la porte de l'appartement du duc?

— Seul. Il n'y a qu'une sentinelle par aîle. Quand à celles des escaliers, des portes et des cours, elles ne nous gêneront guère — à moins toutefois qu'elles ne nous arrêtent en nous voyant ressortir chargés?

— Chargés? Tu plaisantes, exclama Hassan. Nous ne prendrons que ce qu'il y a de plus précieux et nous nous en rembourrerons partout. Personne ne s'apercevra que nous emportons quelque chose. A propos, n'as-tu pas dit que Gomez et les autres domestiques étaient enfermés?

— Sans doute. Cinzio les a fait fourrer dans la tour du Moine! Ils s'y reposent de leurs travaux!

Un long éclat de rire salua ces paroles.

— Allons, dit enfin le Maure qui reprit le premier son sang-froid, il a travaillé pour nous ce bon Cinzio. Nous aurions eu maille à partir avec toute cette valetaille — c'est autant de besogne qu'il nous épargne. L'affaire se présente de mieux en mieux!

Les deux compagnons vidèrent encore une cruche d'un bon vin de la contrée, puis le baigneur se leva.

— L'heure approche, dit-il en étirant tous ses membres, je vais partir!

— Oui, va! Arrange-toi pour n'être ni trop tôt ni trop tard à ton poste, et surtout, ne fais rien avant que je sois là. Tu gâterais tout!

— Sois tranquille!

Quelques minutes plus tard, Nicolo se dirigeait à grands

pas vers l'Hôtel-de-Ville, d'où il devait monter au château à l'heure indiquée. Il avait à peine quitté la rue Muraglia que deux formes noires se glissant hors de la cour de la taverne reprenaient sous la fenêtre le poste qu'elles avaient occupé pendant l'entretien des deux bandits, et qu'elles n'avaient quitté que pour laisser sortir le baigneur.

C'étaient deux hommes masqués, deux membres de la Compagnie de la mort.

— As-tu entendu, Matteo? demanda l'un d'entr'eux en s'adressant à son camarade.

— Je n'ai pas perdu un mot!

— Eh bien, reste ici pour surveiller le Maure, je vais faire mon rapport au quartier-général!

— Qui y trouveras-tu?

— Francesco!

— Tant mieux! reprit Matteo. En sa qualité de citoyen, il pourra exiger l'entrée du château et y pénétrer sans masque. Cette fois, Luigi, ces deux misérables trouveront enfin leur récompense ; Francesco n'est pas homme à les laisser échapper!

Luigi fit un signe affirmatif et s'éloigna en toute hâte, tandis que Matteo se blottissait contre le mur et se préparait à surveiller rigoureusement la taverne.

Hassan se montrait singulièrement gai, ce jour-là. Il buvait sans désemparer, et trinquait tour à tour avec chacun de ses hommes.

— Hourrah! s'écria-t-il enfin en jetant en l'air le bonnet rouge dont il couvrait parfois sa chevelure crépue, réjouissez-vous, mes enfants; nous allons avoir un beau spectacle! Cette place de Justice ne servait plus — c'est bien heureux qu'on la remette en honneur demain matin. Jamais l'échafaud n'aura vu plus illustres hôtes! Il s'agira de les acclamer et de fêter ce beau jour, et vous vous y emploierez comme de joyeux compagnons que vous êtes! Je compte sur vous, mes enfants!

D'interminables bravos accueillirent cette harangue.

— Nous allons rester ici quelques heures encore, et nous

irons tout droit sur la place de Justice, dit l'un des meneurs de la bande. Tu viens avec nous, Hassan?

— Je vous rejoindrai là-bas, répondit le moricaud. Vous m'accordez bien quelques heures — on a ses petites affaires, vous savez! Et l'agréable personnage souriait d'un air fat qui semblait faire croire qu'il était attendu à quelque amoureux rendez-vous.

Des voix avinées promirent à Hassan de lui garder une place au spectacle annoncé, puis chacun se remit à boire. Le bruit allait croissant. Les chansons, les propos obscènes circulaient de table en table, lorsque Hassan réclama tout à coup le silence et montra du doigt la porte. Cinzio venait d'apparaître à l'entrée de la taverne.

— Salut au signor Cinzio, cria le Maure en s'avançant à la rencontre du tribun. Qu'est-ce qui nous procure l'honneur de cette visite? Vite une cruche de vin pour l'honorable signor, et du meilleur!

— Inutile, répondit froidement Cinzio, je ne bois pas.

— Tiens, tiens, nous ne nous ressemblons guère, ricana Hassan. Tu recherches les tavernes quand tu ne veux rien boire, tandis que je n'y entre que quand j'ai soif! Enfin, chacun son goût! Viens t'asseoir ici, frère!

— J'ai à te parler en particulier, répondit Cinzio auquel l'entourage du Maure ne plaisait qu'à demi.

— En particulier? De quoi s'agit-il?

— Tu sais que la sentence a été prononcée sur les trois Espagnols? L'exécution doit avoir lieu demain matin en place de Justice!

— Je le sais, mon petit, et je t'en félicite. Ce sera une grande fête populaire! Il est heureux que vous ayez pris enfin une bonne résolution. Vous nous l'avez bien fait attendre!

— Il nous manque un bourreau!

— Un bourreau — au fait, c'est vrai; Marcos n'est plus là et on ne l'a pas remplacé; c'est fâcheux pour vous.

— Certainement!

Cinzio hésitait. Il avait espéré que le Maure s'offrirait de lui-même pour le service qu'on attendait de lui, mais Hassan ne semblait nullement disposé à faire les premiers pas.

— Tout pourrait s'arranger si tu le voulais bien, reprit enfin Cinzio en s'enhardissant. Nous nous sommes rappelés tout à coup que tu avais admirablement remplacé Marcos, lorsqu'il s'était agi de Riperda!

— Admirablement, en effet! fit le Maure en se rengorgeant.

— Eh bien, je venais te demander si tu consentirais à nous rendre le même office pour les trois Espagnols — contre salaire, s'entend?

Hassan parut réfléchir.

— Non, répondit-il enfin du ton le plus décidé, je ne le veux pas!

— Tu refuses? Tu sais que la besogne te serait bien payée!

Le Maure fit claquer sa langue.

— Bien payée! fit-il d'un air de souverain mépris. Qu'appelez-vous bien payé, vous autres?

— Tu recevrais trois ducats par tête!

— Eh bien, mon bel ami, vous m'en offririez dix, vingt même, que je refuserais encore!

Il y eut un moment de silence.

— Tu ne veux pas? dit enfin Cinzio.

— Pas pour de l'argent! fit le Maure avec dignité. Si le peuple me le demande, peut-être consentirai-je à lui rendre ce service, mais je n'entends pas être votre exécuteur des hautes œuvres; tu me comprends!

Cinzio retint à grand' peine une exclamation de colère. Il se sentait furieux contre l'insolent qui le narguait ainsi.

— Tu veux profiter de notre embarras, fit-il avec humeur.

— C'est ce qui te trompe, mon petit, ricana le Maure. Je ne veux pas être à ton service, voilà tout; rien au monde ne m'y déciderait — mais si le peuple désire que je me charge de l'exécution des trois Espagnols, je le ferai pour lui !

— Tu veux donc qu'on sache parmi le peuple dans quel embarras nous nous trouvons ! A ton aise, Hassan — nous trouverons bien quelqu'un pour te remplacer ! Fabio, le lazarone, ne demandera pas mieux que de se gagner un bon salaire !

— Tu aurais pu te dispenser de venir jusqu'ici, alors ! fit le Maure en haussant les épaules.

Cinzio se dirigeait lentement vers la porte. Il allait l'atteindre quand le Maure se leva.

— Hé, Cinzio, attends-moi, cria-t-il.

Le tribun ne parut pas entendre. Hassan jeta son écot sur la table et sortit à son tour.

— Un mot, Cinzio, dit-il en rejoignant le pêcheur, j'ai changé d'idée.

— Est-ce vrai ?

— Certainement !

— Et que demanderas-tu ?

— Je ne veux pas d'argent. C'est autre chose que je désire !

— J'écoute !

— Si je décapitais le duc d'Arcos avec son épée à lui ?

— A ton aise ! Le peuple veut la mort des Espagnols, mais il lui importe peu que l'exécution se fasse avec une épée un glaive ou une hache.

— Eh bien, je suis prêt à vous servir de bourreau, mais à une condition ?

— Laquelle ?

— C'est que la lame dont je me serai servi m'appartiendra !

— Je ne m'y oppose pas !

— C'est donc entendu. Il y a longtemps que l'épée du duc me fait envie. Il me la faut, et je vais aller la chercher sur l'heure, — mais crois-tu que les gardes me laisseront passer ?

— Je t'accompagnerai jusqu'au château, afin de t'y faire entrer moi-même, répondit Cinzio heureux du changement survenu dans les idées du Maure. L'exécution doit avoir lieu demain matin à six heures; il faut donc que tu sois à cinq heures, au plus tard, à l'Hôtel-de-Ville.

— Je serai ponctuel!

— Et tu apporteras l'épée en question?

— Certainement! Je te dis, mon brave, que le peuple appréciera mon idée! Un tyran décapité avec son propre glaive, ça ne se voit pas tous les jours!

Tout en parlant, Hassan et Cinzio avaient atteint le mur d'enceinte de la forteresse. Deux ou trois sentinelles se promenaient lentement devant la porte principale. Cinzio approcha.

— Laissez passer Hassan, dit-il en montrant de la main le Maure; il a à faire au château en notre nom!

La porte fut ouverte. Hassan pénétra dans la vaste cour et s'éloigna en saluant Cinzio qui retournait à l'Hôtel-de-Ville.

— Les imbéciles! ricana le Maure, lorsqu'il se vit seul dans cette cour obscure. Je les savais bien bêtes, mais je n'aurais pas supposé que ce fût à ce point! Il ne me reste plus, maintenant, qu'à me débarrasser du baigneur avec lequel je ne compte pas partager! Il est plus rusé que les pêcheurs — mais je trouverai bien moyen de m'en défaire — ce serait un témoin gênant! A l'œuvre, Hassan; il est dix heures; Nicolo doit être à son poste; nous avons donc toute la nuit pour notre petite affaire — ça va de mieux en mieux!

Hassan passa sans être inquiété devant la sentinelle placée à l'entrée du château, puis devant un pêcheur armé qui sommeillait au bas du grand escalier d'honneur conduisant aux galeries. Une lampe accrochée à l'une des colonnes éclairait faiblement ces vastes espaces, mais Hassan n'avait pas besoin de plus de lumière. Il connaissait admirablement les localités et ses yeux de lynx défiaient les plus épaisses ténèbres. Il arriva sans encombre au haut de l'escalier et s'arrêta un instant à l'entrée des galeries. Quel changement! Ces promenoirs, jadis si brillants et si animés, offraient l'image de la plus complète dévastation. Les plantes exotiques, placées dans les niches, penchaient tristement la tête; quelques statues mutilées gisaient à terre, les ornements dorés des balustrades avaient été, en maints endroits, rompus et arrachés, tout était dégradé et sale, tout racontait l'invasion brutale dont le château avait été l'objet.

Le Maure ne se préoccupait guère des ces changements. S'il s'était arrêté un instant, c'était pour s'assurer que nul témoin gênant ne le troublerait dans son œuvre. Tout était silencieux et désert. Hassan traversa rapidement la galerie et se dirigea vers l'aîle où se trouvait l'appartement du duc.

Une lampe, à demi couverte de poussière et de saleté, répandait une faible lueur dans le corridor. Nicolo se trouvait à son poste. Il était appuyé sur une vieille escopette, et se montrait ainsi sous un aspect si ridicule que le Maure, tout préoccupé qu'il était, retint à grand' peine un éclat de rire. Ce petit être difforme changé en sentinelle n'eût pas fait reculer un enfant. Le poste de l'intérieur n'était d'ailleurs qu'une sinécure, et l'on n'avait pas cru devoir le refuser à Nicolo dont plus d'un bourgeois redoutait les lazzis et les insinuations malveillantes. Personne ne supposait d'ailleurs que confier à cet homme la garde de l'appartement du duc, c'était introduire l'ennemi dans la place.

Le baigneur, l'oreille au guet, distingua bientôt les pas du Maure.

— Est-ce toi, Hassan, demanda-t-il à voix basse. Réponds! Est-ce toi?

— Tu n'as pas besoin d'appeler ainsi! Qui serait-ce? grogna Hassan.

— Je ne t'attendais pas si tôt!

— Tu aurais préféré que je ne vinsse pas, je suppose!

— C'est bon, c'est bon, nous ne sommes pas ici pour nous quereller, répondit le baigneur. Occupons-nous de notre affaire, c'est beaucoup plus pressant! J'ai apporté une lanterne sourde; la voilà!

Tout en parlant, Nicolo déposait son arme et sortait des profondeurs de sa poche une vieille lanterne qu'il alluma à la lampe accrochée au mur.

— Nous sommes prêts, dit-il en revenant vers la porte — mais, à propos, s'il survenait une patrouille?

— Bah, elles ne viennent pas jusque dans l'intérieur du château, fit le Maure en haussant les épaules, A l'œuvre!

Hassan pénétra le premier dans l'antichambre. Nicolo l'y suivit, puis tous deux s'introduisirent dans le cabinet du duc où tout était encore tel que le vice-roi l'avait laissé. Le Maure se dirigea sans hésiter vers une petite armoire à demi dissimulée dans le mur, et l'ouvrit. De nombreuses clefs y étaient suspendues. Hassan en prit plusieurs pour être sûr d'avoir la bonne, et se dirigea vers une porte dérobée ouvrant sur un passage étroit et obscur.

Les deux bandits se glissèrent dans ce couloir. Au bout de quelques pas ils se trouvèrent arrêtés par une porte de fer.

— Éclaire-moi! fit le Maure.

Nicolo avança sa lanterne. La lumière montra bientôt aux deux filous la serrure qu'ils cherchaient, et, peu d'instants après, la porte tournait bruyamment sur ses gonds. L'adroit moricaud avait aisément découvert la clef dont il avait besoin. C'était un premier succès, mais Hassan et Nicolo n'étaient point encore au bout de leurs peines. La pièce dans laquelle ils venaient de pénétrer n'était qu'une espèce de large vestibule qu'aucune fenêtre n'éclairait. On apercevait dans le fond deux portes pourvues de fortes serrures. Hassan recommença ses recherches. L'une des clefs dont il s'était muni correspondait à n'en pas douter, à la serrure de l'une de ces portes. Le Maure l'y fit entrer et parvint, non sans efforts, à la faire tourner. La porte céda. Hassan poussa un cri de joie qui fut répété par Nicolo — tous deux se trouvaient enfin dans la pièce qui contenait les trésors du duc.

— Nous y sommes ! murmura le baigneur en promenant autour de lui la lanterne qui tremblait dans sa main. Nous y sommes !

La pièce où les deux bandits venaient de pénétrer était une espèce de caveau rond et voûté pourvu d'armoires et de coffres en fer dont quelques-uns étaient ouverts. On voyait encore sur une table ronde quelques papiers, des plumes, de l'encre et un candélabre. Une petite porte conduisait dans un second réduit, voûté comme le premier, mais éclairé par deux fenêtres.

C'était bien là que se trouvait le trésor particulier du duc. Hassan regardait autour de lui d'un air avide; il semblait uniquement préoccupé des richesses amoncelées dans ce caveau, mais au fond, il ne songeait qu'au moyen de se débarrasser du baigneur. Il lui prit la lanterne.

— Les joyaux et autres objets précieux se trouvent certainement dans le trésor voisin, dit-il en se dirigeant vers la porte qui était en fer comme toutes celles de ce réduit secret.

Nicolo suivit son compagnon. Il pénétra avec lui dans la seconde pièce et s'élança en avant pour s'assurer si c'était bien là que se trouvaient les bijoux, mais il avait à peine commencé son examen que le Maure retournait brusquement sur ses pas, et refermait la porte en poussant un éclat de rire sauvage.

Nicolo était pris.

— Hassan ! cria-t-il en se retournant avec épouvante, Hassan, ouvre, au nom de tous les saints ! Cesse ce vilain jeu !

— Un païen comme moi ne connaît pas vos saints, ricana le Maure. Reste là, mon fils, et remplis tes poches pendant que je remplirai les miennes. De cette façon, chacun de nous aura une pièce à lui, et nous ne nous gênerons ni l'un ni l'autre !

Le baigneur continuait ses supplications, mais Hassan n'écoutait pas. Il promenait partout sa lanterne sourde et visitait tour à tour buffets et coffres.

Les uns contenaient des documents de tout genre, d'autres

des monnaies, des médailles et autres objets précieux. L'un des coffres était plein de ducats. Hassan se rua sur cet or et commença à en emplir ses poches.

Tout à coup, un bruit léger le fit tressaillir. Qu'était-ce ? Le baigneur n'avait pu sortir de sa prison et cependant on marchait dans le vestibule. Quelqu'un approchait — le Maure se releva subitement, mais avant qu'il eût pu faire un pas, la porte de fer, brusquement poussée du dehors, se refermait à grand bruit.

Hassan resta un instant comme paralysé — puis il courut à la porte et essaya de l'ouvrir — peine inutile, elle était fermée à double tour et nulle puissance humaine ne pouvait l'ouvrir de dedans. Le Maure était prisonnier — prisonnier comme le baigneur qu'il avait voulu perdre et dont il allait partager l'horrible sort —

Un frisson mortel glaça tous ses membres — puis l'espérance lui revint. On marchait au dehors — venait-on le délivrer ? Vain espoir ! Les pas s'éloignèrent, puis la porte du vestibule se referma à son tour et l'on n'entendit plus rien — tout était rentré dans le silence, seul le baigneur gémissait encore ; il implorait encore son compagnon dont il ignorait la captivité.

Hassan allait-il mourir de faim au milieu cet or ? Impossible ! Il se jeta sur la porte et appela de toutes ses forces —

Rien ne répondit — un silence de mort régnait dans cette partie du château.

Le Maure renouvela ses tentatives. Le désespoir doublait ses forces — mais la porte était solide. Hassan ne l'ébranlait pas même. Il se ruait avec d'horribles blasphèmes sur cet obstacle qui le séparait du monde entier — il appelait, hurlait, frappait à coups redoublés — vains efforts ! Le misérable allait trouver enfin la peine due à ses crimes — — —

CHAPITRE XXIII.

La chute des nouveaux tyrans.

L'accusation si vivement formulée par Carlo et par ses deux compagnons avait fait sur Pietro une impression profonde.

Le vieux pêcheur avait approuvé cependant l'arrestation des trois hommes — il comprenait trop bien l'effet que pourraient produire leurs plaintes pour n'être pas intérieurement satisfait qu'on les mît en prison — mais il n'était nullement convaincu qu'ils eussent tort.

Mais s'ils avaient dit vrai, Masaniello avait été victime d'une odieuse conspiration, et lui Pietro n'avait rien vu ! Il avait innocemment prêté les mains à cette infamie en autorisant Cinzio à présenter au tribun un manteau de pourpre, et — Carlo l'avait dit — on le tenait, lui, Pietro, pour le complice de ce misérable ! On l'accusait, comme Cinzio, d'avoir fait empoisonner cette pourpre fatale ! Etait-ce bien possible ? Pietro se sentait torturé. Il se contint cependant en présence des deux bourgeois, mais dès qu'ils eurent quitté l'Hôtel-de-Ville son inquiétude éclata.

— Me diras-tu ce que c'est que cette histoire de manteau ? fit-il d'une voix tremblante de colère, en s'arrêtant devant le tribun qui paraissait complètement remis de son trouble.

Cinzio connaissait son monde. Il s'était gardé d'initier son collègue à des projets auxquels rien n'eût pu le faire consentir. La chose était faite. Peu lui importait maintenant que Pietro l'approuvât ou non. Il se tourna vers le vieux pêcheur.

— Tu m'interroges, je crois ? dit-il d'un air insolent.

— Je veux savoir si l'accusation soulevée contre toi est fondée !

— Contre moi? Il m'a semblé que le nom de Pietro avait été prononcé comme le mien. Tu dois être au courant de l'affaire puisqu'on t'accuse de t'en être mêlé ?

— Je sais seulement que tu t'étais chargé de commander un manteau de pourpre pour Masaniello.

— Eh bien, tu en sais autant que moi !

— Pas de faux-fuyants, Cinzio ! On t'a traité d'assassin —

— On en dit probablement tout autant de toi !

— Peu m'importe. Ma conscience ne me fait aucun reproche ! Je ne sais ce que dit la tienne !

— As-tu par hasard l'intention de me faire subir un interrogatoire? fit Cinzio d'un air de souverain mépris.

— Certainement ! J'ai le droit de savoir ce qui se passe !

— Eh bien, si je te disais: oui, la pourpre était empoisonnée; Masaniello devait mourir parce qu'il aspirait à la couronne, en serais-tu plus avancé? Qu'il soit mort de ton coup de poignard ou du poison que je lui présentais, peu importe !

— Misérable ! s'écria Pietro en éclatant, tu n'es qu'un vil assassin !

— Et toi un meurtrier ! fit Cinzio en haussant les épaules, la différence n'est pas grande !

— Si j'ai frappé, c'était pour le bien du pays !

— Exactement comme moi ! Je n'avais pas d'autre but en empoisonnant la pourpre !

Pietro se laissa choir sur un siège.

— C'est donc vrai ! murmura-t-il avec accablement; le manteau de pourpre était empoisonné ! O Cinzio — Cinzio, crains la vengeance du ciel !

— C'est bon, je n'ai peur de rien, moi; tu n'as pas besoin de te tourmenter pour mon compte ! fit brutalement le tribun.

Pietro avait joint les mains.

— Pauvre Masaniello! murmurait-il sans prendre garde à l'interruption de Cinzio; on te disait devenu fou d'ambition et d'orgueil, on t'accusait, et toi, pauvre insensé, tu tombais victime d'un piège infâme! De misérables conjurés préparaient sourdement ta perte, et moi, ton ami, presque ton père, moi j'étais avec eux! J'ai été aveugle et sourd — j'ai manqué à tous mes devoirs!

— Tu manques maintenant à ceux d'un patriote! interrompit Cinzio. Masaniello allait trahir son pays, tu le sais aussi bien que moi, et nous l'avons arrêté sur la pente fatale où il roulait. Quant au moyen qui nous a servi pour l'écarter, poignard ou poison, peu importe!

— Tais-toi, misérable! cria le vieux pêcheur en bondissant comme un tigre au milieu de la salle, je te connais maintenant; tu as la mort de Masaniello sur la conscience!

— C'est un poids que nous partagerons fraternellement, je suppose!

— Je n'accepte pas ce partage! fit Pietro avec hauteur.

— A ton aise!

— Ainsi, Carlo, Giovanni et Bertuccio avaient raison, reprit Pietro, et nous les avons fait jeter dans les cachots de l'Hôtel-de-Ville! Nous parlions d'enquête? En est-il besoin, puisqu'ils disaient vrai?

— Il est bon cependant de les avoir sous la main pour déposer contre nous, fit ironiquement Cinzio. Laisse-les en prison pour le moment, et puis, suffit! En voilà assez sur ce sujet! Nous avons à penser à autre chose. Il nous manque un bourreau pour l'exécution de ce matin; je vais aller à la recherche d'Hassan!

Tout en parlant, Cinzio avait gagné la porte. Il quitta la salle. Pietro y resta seul.

— Voilà donc où j'en suis arrivé! murmura le vieux pêcheur en se laissant retomber sur un siège. Voilà ce qui m'attendait — et ce que je mérite pour avoir agi de concert avec des misérables!

Pietro s'arrêta. Le chagrin l'étouffait. Il cacha sa figure dans ses mains et resta longtemps abîmé dans les plus douloureuses pensées. La nuit était venue et le malheureux pêcheur était encore immobile sur son siège lorsqu'une rumeur soudaine l'arracha à sa rêverie. On courait, on criait. Pietro se leva d'un bond. Au même instant la porte fut brusquement ouverte.

Bertoldo, le fils du gardien, se précipita dans la salle du conseil. Il était pâle et défait.

— Quel malheur, signor Pietro, quel malheur, s'écria-t-il en levant les bras au ciel. Vous m'aviez bien envoyé deux hommes?

— Que veux-tu dire?

— Eh oui, deux hommes qui devaient donner lecture aux prisonniers de leur sentence de mort.

Pietro frissonna.

— Parle — que s'est-il passé? s'écria-t-il avec terreur.

— J'ai cru qu'ils venaient de votre part, balbutia le malheureux jeune homme. L'un deux portait l'ordonnance rédigée par votre secrétaire et je n'ai pu faire autrement que de lui obéir!

— Et ton père?

— Il est malade, signor Pietro!

— Et que voulaient-ils, enfin, ces deux hommes?

— Eh bien, signor, ils demandaient à être immédiatement conduits auprès des prisonniers. Je ne pouvais pas refuser l'entrée des cachots à des hommes qui me montraient votre ordonnance. Je descendis donc avec eux. Ils entrèrent tout d'abord dans la cellule du duquecito auquel ils voulurent lire sa sentence, mais ils n'y voyaient guère et celui qui tenait le parchemin m'ordonna d'aller lui chercher une autre lampe. Je remontai en courant et redescendis tout aussi vite — mais quand j'arrivai dans le cachot, le prisonnier et les deux hommes avaient disparu!

— Disparu! répéta le pêcheur avec épouvante, disparu — et tu oses me le dire.

— Ayez pitié de moi, signor Pietro, on les retrouvera!

Pietro n'écoutait plus. Il avait ouvert la porte de la salle et donnait aux pêcheurs de service les ordres nécessaires pour une battue générale de la ville et des faubourgs. Cela fait, il revint au malheureux Bertoldo.

— Et ces hommes dont tu parles, se sont-ils rendus aussi auprès du duc? demanda-t-il avec hésitation.

— Non, signor!

— C'est étrange! J'ai peine à croire qu'ils n'en voulussent qu'au duquecito. Descendons!

Bertoldo se contenait à peine. Il suivit en chancelant le vieux pêcheur auquel l'angoisse et l'émotion donnaient des ailes, et tous deux s'arrêtèrent, le cœur battant, devant le cachot du duc.

— Ouvre! fit impérieusement Pietro.

Le fils du gardien tira d'une main tremblante les lourds verroux qui fermaient la porte.

La cellule était obscure.

Pietro s'empara violemment de la lanterne et promena la lumière dans le cachot — personne!

— Parti — lui aussi! murmura le vieillard en montrant de la main la table placée au-dessous de l'ouverture — parti!

Bertoldo courut vers la couche du prisonnier, en dispersa la paille, fit de l'œil le tour du cachot, et resta un instant comme frappé de stupeur, puis, revenant subitement à lui, il poussa un cri ranque et s'enfuit en courant.

Pietro resta seul sans mouvement et sans voix —

On entendait au dehors des exlamations et des cris.

— Ils sont loin — ils se sont enfuis! Pietro le sait-il? disaient des voix animées.

Pietro ne le savait que trop.

Il fit un pas en avant et se trouva vis-à-vis de Ludovico et de deux autres pêcheurs.

— Courez, leur cria-t-il. Mettez-vous aussi à la poursuite des fugitifs. Ils ne peuvent être bien loin!

Les deux pêcheurs firent volte-face et partirent en courant tandis que Ludovico pénétrait dans le cachot.

— Tout est perdu! dit Pietro d'une voix éteinte.

— Il a filé par l'ouverture? demanda Ludovico.

— Sans doute — et l'exécution devait avoir lieu dans quelques heures.

— La place de Justice est déjà garnie de spectateurs, il en arrive de tous côtés — que faire?

En cet instant, des pas précipités retentirent dans le couloir et Cinzio parut sur le seuil. Il était hors d'haleine.

— Il n'est pas jusqu'au mort qu'ils ne nous aient volé! dit-il en se laissant tomber sur une chaise.

— Le mort — Tito?

— Oui, Tito! répéta sourdement le tribun. Vous savez que le prêtre l'avait fait porter dans la chapelle — j'y ai couru en apprenant la fuite des prisonniers et j'ai trouvé le cercueil vide. Le mort avait été emporté!

Pietro tremblait de tous ses membres. Ses mains s'ouvraient et se fermaient convulsivement.

— La punition, la punition! murmura-t-il lentement; elle ne s'est pas fait attendre! Tu vas être vengé, Masaniello! Malheur à nous!

— Folies! cria Cinzio pâle de rage. Nous retrouverons les fugitifs; il le faut!

Et, sans plus attendre, il partit comme un trait pour se mettre en personne à la recherche des prisonniers.

— Et toi, que penses-tu faire? demanda Ludovico en se tournant vers le vieux pêcheur toujours immobile dans le cachot.

— Il faut attendre! Peut-être les retrouvera-t-on — mais je n'en crois rien, cependant, répondit Pietro.

— Mille diables! Si je connaissais au moins les misérables qui nous ont joué ce tour!

Le tribun haussa les épaules.

— A quoi bon les connaître, dit-il d'une voix solennelle, ce sont les vengeurs de Masaniello! Le pêcheur de Portici est tombé par nous — nous tomberons par le peuple!

— Ton courage t'abandonne, Pietro? dit Ludovico.

Le vieux pêcheur ne répondit pas tout d'abord. Il paraissait accablé. Enfin il se leva.

— Allons, fit-il avec effort, le moment est venu de montrer que nous sommes de dignes successeurs de Masaniello! Remontons dans la salle du conseil. Nous y délibèrerons sur ce que nous avons à faire!

Le vieux pêcheur sortit du cachot avec Ludovico et gagna d'un pas ferme la salle où peu d'heures auparavant la sentence de mort des fugitifs avait été prononcée. Elle était vide encore, mais on ne pouvait tarder à voir revenir l'un ou l'autre des détachements d'hommes armés lancés à la poursuite des fuyards.

— A quoi te décides-tu, maintenant? demanda Ludovico en s'adressant à son compagnon.

Le vieux pêcheur ne répondit pas. L'image de Masaniello passait et repassait devant son âme. Il revoyait le tribun drapé dans la pourpre meurtrière; il contemplait cette figure dont les traits avaient subi en quelques heures d'horribles changements, il entendait l'insensé le maudire, et tout frémissait en lui à ce souvenir. Pietro se sentait perdu — irrémissiblement perdu. Il lui semblait voir le pêcheur de Portici se dresser dans son cercueil, lui montrer du doigt sa plaie sanglante, et l'appeler à lui du geste.

Le retour de quelques pêcheurs arracha le tribun à ses douloureuses préoccupations. On avait arrêté deux ou trois personnes suspectes, mais des fugitifs nulle trace. Ils étaient introuvables!

— Ils ne peuvent pourtant pas s'être éloignés beaucoup en si peu de temps, dit enfin Ludovico. On les retrouvera! Où se seraient-ils cachés? Il n'est pas un Espagnol qui voulût leur donner asile!

— Qui sait s'ils ne se seront pas donné la mort pour échapper à la fureur du peuple répondit sourdement Pietro!

Il y eut un nouveau silence. Les soldats s'étaient retirés après avoir fait leur rapport.

— Le jour commence à paraître, et la foule couvre déjà la place de Justice, dit Ludovico en s'arrêtant devant une des hautes fenêtres de la salle.

— Le peuple attend son spectacle! murmura Pietro.

— Voilà Cinzio avec un détachement de pêcheurs.

— Cinzio? Ramène-t-il le duc? Cours à sa rencontre, s'écria Pietro qui s'était élancé vers la fenêtre.

Ludovico sortit promptement de la salle et ne tarda pas à y rentrer avec Cinzio.

— Seuls! Tu ne les ramènes-pas? balbutia Pietro.

— Ils ont disparu, répondit Cinzio. Toutes les recherches ont été inutiles. Nous avons battu cependant et la ville et les faubourgs!

— Alors nous sommes perdus! Entends-tu cette foule? L'agitation va croissant! Le peuple attend ses victimes!

— Eh bien qu'il les cherche! fit Cinzio en haussant les épaules. Qu'il lapide, s'il lui plaît, les gardiens qui ont laissé échapper leurs prisonniers. Etions-nous forcés de les surveiller nous-mêmes?

Tandis que les trois chefs du peuple discutaient ainsi, le jour pénétrait peu à peu dans la salle du conseil. L'heure fixée pour l'exécution approchait, et la foule rassemblée sur la vaste place s'irritait de ne pas voir commencer les apprêts du spectacle. L'agitation et le bruit allaient croissant.

— Il faut vous montrer et faire quelque chose pour calmer le peuple, dit Ludovico qui surveillait la place.

Cinzio se leva.

— Viens, Pietro, fit-il de l'air d'un homme qui prend son

parti; nous dirons ce qui s'est passé et nous lancerons le peuple tout entier à la poursuite des fugitifs. Nous n'avons pas autre chose à faire!

Tout en parlant Cinzio se dirigeait vers la porte. Pietro le suivit d'un pas ferme. Ludovico, au contraire, resta à l'Hôtel-de-Ville. La cause de ses amis lui paraissait singulièrement compromise, et le pêcheur ne se souciait guère de partager leur disgrâce. Les deux tribuns sortirent seuls, mais la vue de cette foule houleuse rendit subitement à Pietro le mâle courage dont il avait donné tant de preuves. Il avança la tête haute et s'efforça de pénétrer au milieu de cette multitude, mais il reconnut bientôt qu'il était impossible d'arriver jusqu'à l'échafaud. Cinzio le comprit comme lui et tous deux retournèrent sur leurs pas pour gagner le château d'où il leur serait facile de se faire entendre du peuple.

Ils atteignirent sans trop de peine la porte principale et disparurent dans la cour.

Peu d'instants après, on vit apparaître un héraut sur le grand balcon qui dominait la place de Justice. Il précédait Pietro et Cinzio. Les deux chefs du peuple s'avancèrent au bord du balcon; ils firent signe qu'ils voulaient parler, et le bruit cessa peu à peu. Bientôt le silence le plus complet régna dans cette multitude. Chacun devinait qu'il allait se passer quelque chose d'étrange.

— Frères, amis! dit enfin Pietro de sa voix sonore qui retentissait jusqu'au bout de la place, nous avons une fâcheuse nouvelle à vous apprendre! Les trois prisonniers espagnols se sont enfuis cette nuit! Ils ont échappé jusqu'ici à toutes les poursuites, mais — — —

D'effroyables hurlements interrompirent ces paroles. La foule, déçue dans son attente, tourna toute sa fureur contre les imprudents qui la privaient de son spectacle. Pietro voulut parler — inutile! Le peuple voulait du sang! Il y eut un instant d'inexprimable confusion, puis cette multitude, s'ébranlant de tous côtés, se rua sur le château pour s'y emparer des deux tribuns et satisfaire sur eux sa soif de sang et de carnage. —

Chapitre XXIV.

La dernière nuit du Maure.

Hassan et Nicolo venaient de se rencontrer à l'entrée de l'appartement du duc, lorsque deux jeunes Napolitains s'approchèrent de la sentinelle placée à la porte du château. Tous deux étaient vêtus avec recherche et portaient l'épée au côté.

— Quel est l'officier de service pour cette nuit? demanda l'un d'eux en s'adressant au factionnaire.

— L'officier de service, signori? C'est le bourgeois Remini!

— Où le trouverons-nous?

— Là, au poste de garde, signori! répondit la sentinelle en montrant du doigt une maisonnette qui se trouvait à quelques pas.

En cet instant, la porte du petit bâtiment s'ouvrit et laissa passer un homme d'apparence respectable. Les deux jeunes gens qui paraissaient le connaître allèrent droit à lui.

— Signor Remini, si je ne me trompe? dit l'un d'eux.

Le personnage ainsi interpelé regarda les nouveaux venus d'un air de profonde surprise.

— Ai-je bien vu? C'est bien vous, signor Fracanzano? dit-il enfin en considérant attentivement celui qui lui parlait.

— Le peintre Francesco Fracanzano, en effet; et mon compagnon que voici n'est autre que Luigi Nardo! Le reconnaissez-vous?

— Sans doute, sans doute! Enchanté de vous voir, signori, répondit l'officier en tendant cordialement la main aux deux jeunes gens. Vous arrivez de voyage sans doute, car voilà fort longtemps que je n'ai eu le plaisir de vous rencontrer. Je vous offrirais volontiers un rafraîchissement quelconque, signori, mais je suis de service et le séjour de ce corps de garde n'est pas engageant, je vous le jure! Quel temps, mes jeunes amis, quel triste temps!

— Vous dites vrai, signor Remini, répliqua Luigi. Notre malheureuse ville est cruellement éprouvée, et c'est là, justement, ce qui nous amène auprès de vous. Pourriez-vous nous dire, si Hassan, le Maure, s'est procuré l'entrée du château?

— Hassan? Je l'ignore; mais cela me paraît peu probable.

— Je crains cependant qu'il n'y soit parvenu!

— Et cela, pour commettre un nouveau méfait, ajouta Luigi.

Remini appela la sentinelle.

— Hassan, le Maure, serait-il entré dans le château? lui demanda-t-il vivement.

— Oui, signor! Il était accompagné du bourgeois Cinzio qui nous a ordonné de le laisser passer!

Francesco prit le bras de l'officier, et l'attirant à l'écart:

— Un mot, en particulier, signor, lui dit-il. Nous avons besoin de votre aide, mon ami et moi, et nous vous la demandons en toute confiance!

— Disposez de moi, signori, répondit Remini.

— Eh bien, reprit Francesco d'une voix contenue, nous avons appris que le Maure méditait un nouveau coup, et qu'il devait le mettre à exécution cette nuit même. C'est le château qu'il a pris pour théâtre de ses exploits. Vous voyez qu'il a réussi à s'y introduire!

— Je ne comprends pas que Cinzio ait à faire avec ce misérable, murmura l'officier; je comprends moins encore, du reste, qu'un si noir coquin soit encore en liberté.

— C'est aussi ce que nous pensons, signor, reprit Francesco, et nous sommes décidés pour notre part, mon ami Luigi et moi, à délivrer Naples de ce bandit!

— Le ciel vous vienne en aide, signori! C'est là une bonne pensée — mais vous ne la mettrez pas à exécution sans danger!

— Ne craignez rien, signor Remini, dit à son tour Luigi. Nous voulons prendre ce misérable au piège, et, pour cela, il suffit que vous nous laissiez entrer dans le château! Vous ne nous le refuserez pas?

— Y pensez-vous? Je vous aiderai plutôt si vous le désirez. Quand voulez-vous entrer?

— A l'instant même!

Remini se dirigea vers la sentinelle.

— Laissez passer les signori que voici, lui dit-il en montrant les deux peintres qui l'avaient suivi.

L'instant d'après Luigi et Francesco disparaissaient dans les cours de l'antique forteresse.

— Matteo t'a-t-il donné sa petite lanterne? demanda tout bas Luigi en cheminant à côté de son compagnon.

— Sans doute. Je l'ai là, sous mon manteau!

— Fameux! Nous allons enfin purger la terre de ces deux misérables! J'ai hâte de les expédier dans l'autre monde!

— Nous n'aurons pas grand' chose à faire pour cela, répliqua Francesco. Il nous suffira, si nous ne sommes pas vus, de les enfermer dans les réduits secrets où ils comptent faire un si riche butin. Ils y trouveront une mort affreuse!

— Et si nous sommes découverts?

— Alors, sus à l'ennemi!

Les deux peintres avaient atteint le grand portail. Ils traversèrent en silence le vestibule à demi éclairé, montèrent le grand escalier et gagnèrent enfin l'aîle où se trouvaient les appartements du duc. Ils y entrèrent avec précaution. La petite lanterne de Luigi éclairait leurs pas. Les deux justiciers atteignirent ainsi le couloir conduisant aux pièces secrètes où se trouvaient la caisse particulière et les trésors du duc. La porte de fer était restée entr'ouverte. Francesco en approcha furtivement et aperçut Hassan penché sur un coffre où étincelaient d'innombrables ducats d'or. Le Maure y plongeait ses mains avides; on eût dit qu'il voulait se rouler dans cet or aux reflets fauves et s'enivrer d'une horrible volupté.

Francesco se glissa dans le fond du couloir, poussa brusquement la porte de fer du caveau, et la ferma à clef, tandis que Luigi s'assurait que le baigneur était bien enfermé dans la seconde pièce. Les deux peintres revinrent alors sur leurs pas, fermèrent aussi la première porte du couloir et s'éloignèrent en silence.

L'œuvre de justice était accomplie! Les deux malfaiteurs, séparés du monde entier, allaient trouver enfin la punition due à leurs crimes — —

Luigi et Francesco n'avaient plus rien à faire au château. Ils quittèrent l'appartement du duc, redescendirent dans la cour, et s'éloignèrent en toute hâte pour porter au quartier-général la nouvelle de leur succès.

Hassan, fort effrayé d'abord en se voyant enfermé, se rassura assez promptement. On l'attendait à cinq heures à l'Hôtel-de-Ville. S'il ne s'y présentait pas, on le ferait chercher, et Cinzio qui lui avait procuré l'entrée du château saurait où le trouver. Impossible d'ailleurs, pensait-il, qu'il ne trouvât pas un moyen quelconque de se sortir de là. En attendant, il fallait remplir ses poches.

L'argent ne le tentait guère. Hassan préférait l'or dont l'éclat l'éblouissait, mais il lui fallait plus encore. Les joyaux de la couronne devaient se trouver quelque part. L'insatiable moricaud recommença ses recherches et finit par découvrir de véritables trésors. Ce fut d'abord le manteau de velours brodé d'or et de pierreries dont le duc se parait dans les grandes occasions, puis la couronne et le sceptre, insignes de la royauté, puis enfin quantité de bijoux de prix. Epées enrichies de diamants, crachats, colliers, croix et bagues étincelaient de mille feux. Jamais Hassan ne s'était trouvé à pareille fête. Ebloui, enivré, il contempla d'un œil ardent ces richesses, puis tirant son poignard il s'en servit pour briser les montures et pour en arracher les pierres précieuses et les brillants dont le plus beau, de la grosseur d'un œuf de pigeon, représentait, à lui seul, autant d'or que les poches du voleur en pouvaient tenir.

Tandis que le Maure étalait ses trésors sur la table et les contemplait d'un œil avide, Niccolo gémissait toujours dans la pièce voisine. Ses supplications restant sans réponse il imagina autre chose pour se faire ouvrir.

— Voyons, Hassan, s'écria-t-il enfin, la farce n'a que trop duré, sois raisonnable et ouvre!

— Tes poches sont-elles pleines ? fit ironiquement le Maure.

— Certainement — mais ce n'est pas de l'or que j'ai pris — j'ai trouvé quelque chose d'autrement précieux!

Hassan dressa l'oreille —

— Autrement précieux ? répéta-t-il avec un accent de convoitise. Des pierreries, peut-être ?

— Oui, des pierreries, et soigneusement triées et étiquetées! Des topazes, des saphirs et des diamants, mon cher, même des diamants noirs — j'en ai là plus que mes poches n'en peuvent contenir!

L'argument était irrésistible. Hassan, convaincu que la pièce voisine renfermait des trésors supérieurs à ceux qu'il venait de trouver, jeta loin de lui le manteau de velours dépouillé déjà d'une partie de ses ornements, et courut ouvrir la porte qui le séparait de Nicolo.

Le baigneur poussa un cri de triomphe.

— Va regarder là-bas, tu y trouveras tout ce qu'on peut rêver, fit-il en riant, et tandis qu'Hassan se précipitait dans la seconde pièce, lui-même rentrait en toute hâte dans la première et bondissait vers l'armoire restée ouverte où scintillaient encore quelques pierres de grand prix.

Tout entier à son œuvre de destruction, le Maure n'avait pas encore aperçu un superbe diadème et un collier en diaments qui se trouvaient au haut de la susdite armoire. Ces joyaux avaient appartenu à la défunte duchesse. Nicolo les découvrit immédiatement. Il s'en empara aussitôt, mais cette possession devait lui être contestée. Hassan n'avait pas tardé à s'apercevoir que la pièce où il venait d'entrer était vide. Le baigneur l'avait joué. Il revenait en jurant sur ses pas, lorsqu'il vit Nicolo presser avec amour sur ses lèvres le riche butin qu'il venait de s'approprier. Cette vue mit le moricaud hors de lui.

— Misérable! cria-t-il en se précipitant sur le baigneur, c'était pour me voler à ton aise que tu m'envoyais là-bas!

— Voler! ricana le bossu, fais-tu autre chose, mon brave?

Tout en parlant, Nicolo s'était jeté en arrière et avait échappé à son compagnon, mais celui-ci, de plus en plus exaspéré, bondissait comme un tigre. Il eut bientôt rejoint et empoigné son adversaire. Le baigneur comprit que l'affaire était sérieuse, et qu'il fallait faire flèche de tout bois. Il se servit pour se défendre du diadème qu'il tenait encore de la main droite, et mania si vigoureuresement cette arme improvisée que le Maure eût bientôt la figure et la tête en sang. Furieux de ce premier échec, Hassan se rua sur son adversaire, mais il ne parvint pas à le renverser. La lutte prit alors un horrible caractère. Hassan, à demi aveuglé par le sang qui coulait de ses blessures, frappait de tous côtés et atteignait parfois le baigneur qui se défendait avec le courage du désespoir. On eût dit deux bêtes fauves s'arrachant une proie!

Cette scène effroyable se continuait et semblait devoir durer longtemps encore, lorsque Nicolo réussit, par un effort désespéré, à échapper à l'étreinte du Maure et à s'éloigner de quelques pas. Hassan voulut se jeter de nouveau sur son complice devenu si subitement son ennemi, mais il s'embarrassa dans le manteau de velours qui gisait toujours à terre et perdit l'équilibre —

Le baigneur sut profiter de cet avantage. Il poussa violemment son adversaire qui ne put pas se retenir et tandis que le Maure tombait en poussant un cri de rage, Nicolo se précipitait dans la pièce voisine et en fermait la porte à double tour —

Il était temps. Le baigneur était en sûreté, mais ses forces étaient épuisées. Il se laissa tomber sur un siège et y resta longtemps dans un état voisin de l'anéantissement. Ses yeux s'étaient fermés, sa poitrine se soulevait à peine, mais ses mains crispées tenaient encore le précieux diadème qu'elles avaient su défendre —

Pendant ce temps le Maure s'était débarrassé de la riche dépouille qui l'avait fait chanceler. Il se releva d'un bond et courut à la porte — trop tard — Nicolo l'avait refermée. Il était hors de toute atteinte — —

Hassan poussa un cri de rage. Il réunit toutes ses forces et se rua sur la porte qui le séparait de son adversaire, mais il ne parvint pas à l'ébranler. Il commençait d'ailleurs à ressentir de vives douleurs. Les pointes aiguës du diadème lui avaient cruellement déchiré la figure; le sang coulait de plusieurs endroits, et force lui fut de se calmer.

Le manteau de velours, cause première de son échec, traînait encore à terre. Hassan le ramassa et s'en servit pour essuyer le sang dont il était couvert, puis il se mit à recueillir une à une les pierres tombées de sa poche pendant le combat. Nicolo avait emporté le diadème, mais le collier de la défunte duchesse lui avait échappé des mains et gisait dans un coin de la pièce où il étincelait de mille feux. Le Maure se jeta sur cette nouvelle proie. Il commença aussitôt à briser la monture de la rivière pour en arracher les brillants, et, tout entier à cette opération, il oublia bientôt et sa captivité et les douleurs que lui causaient ses blessures.

Pendant ce temps, le baigneur, revenu à lui-même, cherchait à se tirer d'affaire. Le diadème dont il s'était emparé représentait à lui seul une somme considérable, mais que lui importait ce riche butin s'il était condamné à périr au milieu de ces richesses. Il fallait sortir de là ! Nicolo fit le tour de sa prison. La porte qui donnait sur le couloir était fermée du dehors ; quant à l'autre, Nicolo ne se souciait nullement de l'ouvrir pour se retrouver en face du Maure. Restaient deux larges et hautes fenêtres. Le baigneur en ouvrit une. Elle donnait sur une cour intérieure, mais impossible d'y sauter sans se rompre bras et jambes — —

Que faire ? La pièce n'offrait pas d'autre issue ! Nicolo se laissa choir sur un siège et regarda autour lui avec désespoir. Tout à coup il se releva. Ses yeux venaient de tomber sur le tapis de la table. C'était là ce qu'il lui fallait. Il le prit immédiatement, le roula, l'assujettit solidement à la fenêtre, et le fit tomber en dehors. Le tapis n'atteignait pas tout à fait le bas du mur, mais il suffisait pour enlever tout péril au saut qui restait à faire.

Nicolo retourna vers la porte qui le séparait de la trésorerie.

— Adieu, Hassan, je m'en vais ! cria-t-il en ricanant. Ne te charge pas trop si tu veux pouvoir ressortir de là-dedans, et surtout ne tarde pas ! Le jour approche ; je parie que tu vas manquer l'exécution ! Au revoir, mon bon !

Hassan ne répondit pas et Nicolo retourna à sa fenêtre sans se douter que le Maure, enfermé de toutes parts, allait périr misérablement dans son réduit, si quelque miracle ne venait l'en arracher.

Le baigneur n'hésita pas. Il enjamba la fenêtre et descendit avec précaution le long du tapis. Quelques minutes plus tard il se trouvait sain et sauf sur le pavé de la cour. De là, il pénétra en brisant un carreau d'abord dans une des salles de garde, puis dans le vestibule. Enfin il remonta dans la galerie et reprit tranquillement sa faction à la porte de l'appartement du duc.

Il était temps. Un quart d'heure ne s'était pas écoulé qu'un bourgeois venait le relever et prendre la garde pour la journée. Nicolo ne souffla mot de ce qui s'était passé. Il quitta le château et se rendit chez lui avec son butin qu'il se hâta de mettre en lieu sûr.

Pendant ce temps, le Maure avait achevé son choix et rempli ses poches de ce qui lui avait paru le plus précieux.

— Le jour approche — avait dit Nicolo. Hassan leva instinctivement les yeux pour s'assurer si son adversaire disait vrai. Il s'aperçut alors, non sans effroi, que la pièce ronde et voûtée dans laquelle il se trouvait n'avait pas de fenêtre. Cette découverte fit passer un frisson dans ses veines. Les portes avaient été fermées. Hassan était donc prisonnier dans cette retraite où l'on ne pouvait pas même savoir si l'on était au jour ou à la nuit. La soif commençait en outre à se faire sentir — comment l'apaiser ? Le trésor contenait bien d'incalculables richesses, mais on n'y eût trouvé ni une goutte d'eau ni un fruit !

Le Maure écouta —

On allait venir sans doute. N'avait-on pas absolument besoin de lui pour l'exécution du duc !

Il attendit — personne ne paraissait. Personne ne venait le délivrer !

Pour la première fois, le Maure se sentit sérieusement inquiet. Il était séparé du monde entier et, pour comble de maux, la lumière de la petite lampe commençait à baisser. Bientôt elle s'éteignit tout à fait, et le solitaire se trouva plongé dans l'obscurité la plus complète.

La soif devenait intolérable. Hassan renouvela ses tentatives contre les deux portes. Il essaya de les ouvrir à l'aide de l'épée trouvée dans les joyaux de la couronne — vains efforts — la lame se rompit sans que la porte eut cédé d'une ligne. Le Maure se servit alors de la poignée pour frapper à tour de bras contre les parois et les portes de sa prison — ses

coups résonnaient sourdement au milieu de ces espaces vides
— mais rien ne vint. Personne ne répondit à ces appels — —

Les heures passèrent ainsi. L'angoisse du Maure allait croissant. Le baigneur était loin — il le savait — peut-être di-
rait-il à d'autres qu'Hassan se trouvait encore au château ?
Mais non ! Après ce qui s'était passé, il était peu probable
que Nicolo, connût-il sa détresse, fît un pas pour le délivrer.
Il n'était guère probable, non plus, que le baigneur révélât
à qui que ce fût sa visite nocturne au trésor du duc. Impossible de compter sur lui !

A qui s'attendre alors ? Le Maure se torturait à chercher
quelque probabilité qui pût lui faire espérer du secours. Il
imaginait tout un concours de circonstances propres à amener
quelqu'un à portée de ses appels, mais cet échafaudage, labo-
rieusement édifié, ne tenait pas devant un examen sérieux.
Enfin, las de frapper, d'espérer et de craindre, il s'étendit sur
le manteau de velours du duc et ne tarda pas à s'y endormir.

La journée devait être fort avancée lorsqu'il se réveilla.
Le sommeil lui avait fait oublier un moment ses tortures,
mais le réveil fut affreux. Le misérable se retrouvait en face
de l'horrible réalité — il lui fallait mourir — mourir de
faim au milieu de tant de richesses! Il se releva d'un bond,
courut à la porte et recommença à frapper — toujours même
silence — toujours même obscurité — —

La nuit se passa dans d'horribles souffrances. Le malheureux délirait.

— De l'eau! Du vin! Par ici! criait-il dans un accès de
démence. Apportez-moi du pain — je vous le paierai au poids
de l'or? Apportez — il ne m'en faut qu'une bouchée! — —

Rien ne répondait à ces appels. Le Maure écoutait, attendait, rongeait le bois de la table ou le cuir de ses souliers,
s'accroupissait dans un coin comme une bête fauve, puis se
ruait sur les portes et les murs — —

Le troisième jour, la folie éclata dans toute sa fureur —

Hassan hurlait, gémissait, frappait de la tête contre les parois de son tombeau — enfin il tomba sans connaissance sur les dalles —

Quelques heures plus tard il était mort — —

Chapitre XXV.

Un mariage secret.

Peu d'heures après l'évasion du duquecito un jeune Napolitain courait d'un air égaré dans les rues de Naples. Il passait devant l'Hôtel-de-Ville lorsqu'il s'arrêta tout à coup en voyant un homme en sortir.

Il le regarda une seconde et courut à lui.

— Est-ce vous, Ludovico? demanda-t-il précipitamment.

— Oui, c'est moi! Que me voulez-vous? répondit l'homme ainsi interpelé.

— Vous ne me reconnaissez pas?

Le pêcheur examina plus attentivement la pâle figure de son interlocuteur.

— Bertoldo? murmura-t-il.

— Oui, Bertoldo! répondit le jeune homme avec égarement. Bertoldo qui a eu le malheur de laisser filer les Esgagnols!

— Et que fais-tu par là?

— Je les cherche — et, voyez, Ludovico, je crois tenir une piste!

Tout en parlant le jeune homme sortait de dessous son

pourpoint un chapeau en fort mauvas était mais où l'on voyait encore les restes d'une plume et d'une riche agrafe.

— Reconnaissez-vous ça? demanda-t-il vivement.

— Le chapeau du prince! exclama Ludovico. Où l'as-tu trouvé?

— Sur l'escalier du port!

— Tiens — les fugitifs auront donc filé par eau!

— Il paraît. Ce chapeau avait l'air d'avoir été foulé aux pieds. Le duquecito l'aura perdu dans sa fuite et n'aura pas pris le temps de le ramasser.

— Et tu reviens à l'instant même du môle?

— A l'instant! Je venais annoncer ma trouvaille!

— Il est impossible que les fugitifs soient bien loin; mettons-nous à leur poursuite. As-tu quelque arme sur toi, Bertoldo?

— Non!

— Eh bien, cours chercher une escopette ou un pistolet; ce que tu trouveras enfin. Je t'attends ici!

— Je préfèrerais ne pas rentrer à l'Hôtel-de-Ville, balbutia le jeune gardien.

— Je comprends; tu redoutes Pietro et Cinzio! Attends, j'ai là deux pistolets, je vais t'en remettre un — c'est tout ce qu'il te faut!

Le pêcheur sortit précipitamment un pistolet de sa ceinture et le passa à son compagnon, puis tous deux se hatèrent vers le môle.

— Malédiction! On ne voit point de barque! fit Ludovico en traversant la place du port. J'ai beau regarder, on ne voit rien, et pourtant, je parierais ma tête qu'ils n'ont pas quitté le golfe. Ils ne se seraient pas hasardés en pleine mer!

— Où aller les chercher?

— Peut-être ont-ils filé sur Amalfi — mais non, c'est trop loin. Portici serait plus près!

— Portici! Vous avez peut-être raison, Ludovico! C'est l'endroit le plus voisin. Ils n'oseraient se risquer bien en avant

dans le port de peur de rencontrer les hommes noirs. Mais
— une idée — le duquecito n'était-il pas l'amant de la sœur
de Masaniello ?

— Sans doute ! Comment n'y ai-je pas pensé plus tôt ! La
Muette est parfaitement capable d'avoir recueilli et caché le
fugitif. Allons droit à Portici, mon fils ! Tu as eu là une fameuse idée !

— Il nous faudrait une barque ! murmura Bertoldo en regardant autour de lui.

— Nous en trouverons une ! Viens avec moi !
Le pêcheur remonta lestement l'escalier du port et courut,
suivi de Bertoldo, vers un endroit du môle où l'on amarrait
ordinairement les gondoles et autres petites embarcations.

— Tu as raison, mon fils, disait-il tout en avançant, c'est
à Portici que nous trouverons le duquecito ! La Muette l'aura
caché. Elle ne se préoccupe pas du tort qu'elle fait à Naples.
L'important, pour elle, c'est que son amant soit sauvé !
Les deux hommes atteignirent promptement l'endroit qu'ils
cherchaient. Ils trouvèrent immédiatement une petite barque
dans laquelle ils sautèrent sans façon. Quelques minutes plus
tard ils s'éloignaient du rivage.
Il pouvait être alors deux heures du matin.
Ludovico, accroupi au fond du bateau, promenait de tous
côtés son regard d'aigle, mais il eut beau interroger l'horizon,
on n'apercevait pas une voile. Les fugitifs devaient avoir, à
la vérité, une avance considérable ; sans doute, ils avaient
déjà débarqué à Portici — c'était là qu'on allait les surprendre — —

La barque, poussée par une brise légère, atteignit rapidement la petite baie de Portici. Tout y était paix et silence.
Des bateaux amarrés au rivage se balançaient mollement à quelques pas du bord, d'autres, couchés sur le sable, semblaient
se reposer de longues fatigues et tenir compagnie aux filets
étendus de poteaux en poteaux. La nuit couvrait tout de son

ombre. Les deux hommes abordèrent à peu de distance de la chaumière où ils espéraient retrouver les prisonniers.

— Attention! murmura Ludovico; il s'agit de les surprendre! Reste ici pour surveiller la route! J'entrerai seul! Si j'ai besoin de toi, je t'appellerai!

La chaumière de Masaniello semblait endormie. On n'apercevait pas le plus petit rayon de lumière, on n'entendait pas le plus léger bruit qui trahit la présence d'hôtes étrangers. Tout était si calme, si paisible que Ludovico s'arrêta involontairement et se dit qu'il avait suivi une fausse piste. Il allait rebrousser chemin lorsqu'il se ravisa. Il fallait cependant en avoir le cœur net. Si le prince était là, se disait le pêcheur, le duc ne pouvait être bien loin, et quelle gloire pour lui s'il venait à rattraper les deux fugitifs! Quel triomphe que de les ramener à Naples à temps pour l'exécution!

Ludovico reprit sa marche. Il avança doucement, un pistolet chargé à la main, et prêt à faire feu sur quiconque essaierait de lui échapper ou de se défendre. La fenêtre de la maisonnette était entr'ouverte. Le pêcheur en approcha et fourra sa tête entre les branches de vigne pour regarder à l'intérieur. Tout était silencieux et sombre : l'œil le plus exercé n'eût rien découvert dans cette obscurité.

Ludovico resta un instant immobile, l'oreille au guet, puis, quittant enfin ce poste d'observation, il pénétra sous la veranda et poussa doucement la porte du logis. Chose étrange, les verroux n'en étaient pas tirés.

Que signifiait cette absence de précaution? Etait-ce ruse ou piège? Ludovico préféra ne pas entrer. Il resta au dehors et se mit à appeler.

— Fenella! criait-il. Fenella, es-tu là?

Ses premiers appels restèrent sans réponse. Il les renouvela plus fort. Cette fois il crut entendre enfin un mouvement dans le fond de la chaumière.

— C'est moi, Ludovico, reprit-il. Viens ici, Fenella ; j'ai à te parler !

La Muette se trouvait réellement chez elle. Elle approchait de la porte.

— De la lumière, et vite, grommela le pêcheur ; la chaumière est noire comme un tombeau !

Fenella s'était redressée. Elle avança fièrement vers le pêcheur.

— Tiens, reprit Ludovico, comment se fait-il que tu sois complètement habillée à ces heures ? C'est drôle ! M'attendais-tu par hasard ?

La Muette se contenta de hausser les épaules. La pantomime la plus expressive n'eût pas servi à grand'chose dans cette obscurité.

— Te décidéras-tu à allumer ? s'écria vivement Ludovico. Je veux savoir si tu es revenue seule de Naples ?

Fenella passa près de la table et alluma sa petite lampe ; puis elle revint au pêcheur qui s'était décidé à entrer.

— Qu'y a-t-il ? demanda-t-elle par signes.

— Donne-moi cette lumière. Je veux m'assurer si tu es seule ! répondit Ludovico. Et sans plus attendre, il saisit la petite lampe et passa dans le fond de la pièce. Il souleva le rideau qui cachait la couche de Fenella, visita chaque coin, et ne se retira que lorsqu'il eût acquis la certitude qu'il n'y avait pas d'étranger dans la chaumière.

Un sourire de triomphe passait sur les traits de la Muette tandis qu'elle le regardait s'éloigner. Ses yeux de lynx lui avaient montré de fort loin le bateau qui portait les deux hommes ; elle avait immédiatement compris qu'on était à la poursuite du duquecito, et vite elle avait pris ses mesures pour qu'on ne le trouvât pas chez elle.

Lorsqu'elle se fut bien assurée que Ludovico et Bertoldo, remontés dans leur embarcation, reprenaient la direction de Naples, elle courut à son bateau et en fit sortir le prince qui y était resté caché. Tous deux gagnèrent lentement la chaumière témoin de leurs heures de joie. Alfonso gardait le silence. Il était trop ému pour parler, mais ses lèvres brûlantes pressaient la main de Fenella. Ils arrivèrent ainsi dans la maisonnette et Alfonso rentra en fugitif dans cette retraite où jadis il arrivait en prince.

Les temps avaient changé. Les deux amants se retrouvaient à l'heure de la détresse. Tous deux s'aimaient encore, mais cet amour épuré par la souffrance n'avait plus rien de charnel. Tous deux sentaient que le monde n'avait plus de bonheur à leur donner. C'était plus haut qu'ils plaçaient leurs espérances.

Alfonso était las. Il se laissa tomber sur la couche que lui montra la Muette et s'endormit profondément. Fenella le contempla un instant, puis elle courut chercher dans son bateau le manteau et le chapeau que lui avait donnés Lucia et qu'elle avait promptement ôtés en voyant approcher la barque ennemie. Elle cacha soigneusement ces vêtements suspects, puis elle sortit de la chaumière, en ferma la porte, et s'établit sous la veranda.

Le jour parut. La Muette se mit à raccommoder un filet, et nul, en la voyant ainsi à l'ouvrage, ne devina son secret.

Il était tard lorsque le prince s'éveilla. Fenella avait dressé près de sa couche une petite table chargée de vin, de pain de maïs, et de fruits. Alfonso fit honneur à ce frugal repas. Enfermé dans cette chaumière d'où il ne pouvait sortir sans danger, il se laissait soigner par la Muette, mais il tremblait pour elle, et se demandait avec douleur ce qu'ils allaient devenir tous deux.

La journée se passa sans incident. La nuit venue, Alfonso se risqua un instant hors de sa retraite. Pendant ce temps, Fenella remettait tout en ordre dans son modeste logis et s'arrangeait pour passer la nuit sous la veranda.

Le prince revint lentement. Il pliait sous le poids de sa destinée. La Muette l'attendait. Il la prit dans ses bras, baisa

tendrement le front qu'elle lui tendait, et rentra dans la chaumière où il se jeta sur sa couche.

Restée seule sous la veranda Fenella cacha sa figure dans
ses mains et se laissa aller aux plus douloureuses pensées.
Elle ne devinait que trop ce qui se passait dans l'âme du
duquecito. Que pouvaient-ils espérer tous deux. La situation
ne pouvait se prolonger beaucoup. Il suffisait de la circonstance la plus futile pour faire découvrir aux habitants de
Portici la retraite du fugitif, et alors — —

Fenella tomba à genoux et pria avec ferveur. Elle se releva
fortifiée et prête à suivre Alfonso dans la mort ou dans la
vie. N'était-elle pas unie à lui pour le temps et l'éternité!
Enfin elle s'enveloppa dans ses couvertures, contempla un instant le ciel étoilé, et s'endormit paisiblement.

Elle reposait depuis quelques heures lorsqu'un bruit léger
la réveilla. Qu'avait-elle entendu? Etait-ce un être humain
qui ricanait ainsi?

La Muette se dressa brusquement sur sa couche et se frotta
les yeux — —

Une forme sombre se tenait accroupie auprès d'elle.

— Silence, enfant; silence! Tu ne reconnais pas la vieille
Corvia? fit une voix chevrotante.

Fenella tressaillit. La sorcière du Vesuve était penchée vers
elle et la regardait fixement.

— As-tu peur? reprit la vieille. Je suis lasse; j'ai marché
longtemps, et je veux me reposer un moment vers toi.

La Muette se leva et suivit involontairement la sorcière qui
l'attirait sur le banc de la veranda.

— Ne crains rien, mon petit cœur, je passais dans le voisinage et j'ai voulu t'avertir, dit la vieille qui semblait lire
dans le cœur de sa tremblante compagne. Don Tito rôde encore
par là — c'est tout ce que je voulais te dire.

La Muette promena autour d'elle un regard épouvanté. On
eût dit qu'elle cherchait l'ennemi invisible qui la poursuivait
de sa haine.

— Oui, Tito le rouge, répéta la sorcière. Lui et son père adoptif ont échappé à l'échafaud et se cachent dans le voisinage. Quant au charmant duquecito, tu sais mieux que moi où il se trouve, hihihi! Patience, ma poulette, vous ferez tôt ou tard un joli couple, hihihi! Mais évitez le favori, il en veut à votre vie!

— Lui-même n'est pas sûr de la sienne! répondit Fenella par signes.

— Je sais ce que je dis, ma belle! Il faut tout craindre avec lui. Tu ne sais donc pas que c'est lui qui fit mourir la mère du duquecito? Et la mort subite de la princesse — tu ne sais donc pas qui il faut en accuser? Tu as beau me regarder ainsi, ma belle, continua la sorcière en élevant la voix, la sorcière du Vesuve sait tout. On ne peut rien lui cacher, souviens-t'en!

La Muette frissonnait de tous ses membres.

— La pauvre duchesse! reprit l'impitoyable sorcière qui semblait poursuivre quelque but secret en mettant ainsi au jour les crimes du favori, la pauvre duchesse! Elle ne plaisait pas au rouge Tito — c'en était assez pour que sa mort fût décidée. C'est alors que le favori s'empara du duc et le mena à sa fantaisie. Mais ce n'était pas tout! L'enfant trouvé voulait devenir duquecito; il voulait supplanter le fils légitime et c'est alors qu'on trouva du poison dans le verre du bel Alfonso. Le prince ne mourut pas. Tito renouvela ses tentatives, mais par un singulier hasard, ce fut la princesse qui succomba. Sans doute elle avait avalé le poison destiné à son epoux! Hihihi, il voulait faire le vide autour de lui, Tito le rouge, et enterrer à son tour le vieux duc — mauvais sang, te dis-je, mauvais sang! Je sais tout, moi, et si je te le raconte, ma poulette, c'est pour que tu avertisses à ton tour le bon duquecito! La pauvre duchesse! La pauvre princesse! Hihihi!

Il y eût un moment de silence. Fenella paraissait accablée par ces horribles révélations.

— Si tu vois quelque jour le duc, répète-lui ce que je viens de te dire, Fenella, reprit la sorcière en se levant. Montre-lui quel serpent il a réchauffé dans son sein! Je sais tout, moi, je puis tout prouver, puisque c'est de moi qu'il tient le poison dont il a fait un si horrible usage! La pauvre duchesse! Qu'avait-elle fait pour périr aussi misérablement! Tiens-toi sur tes gardes, ma poulette, et avertis le duquecito! Bonne nuit — je vais continuer ma route! Tout vient tôt ou tard à la lumière du jour! Dors bien, mon petit coeur, dors bien!

La vieille s'éloigna en clopinant et disparut bientôt dans l'ombre de la nuit — Fenella, restée sur le banc, suivait d'un oeil hagard cette messagère de malheur —

Tout à coup, la porte de la chaumière s'ouvrit avec précaution et le prince parut sur le seuil — il avait tout entendu!

Fenella lui tendit la main et l'attira auprès d'elle. Alfonso paraissait atterré. Il se laissa tomber sur le banc, cacha sa figure dans ses mains, et pendant un moment on n'entendit que de sourds gémissements.

— Je sais tout, maintenant, dit-il enfin d'une voix entrecoupée, c'est ce misérable qui a tué ma pauvre mère! Il voulait m'empoisonner aussi, et la princesse a été sa dernière victime! Que d'horreurs, que d'infamies! Il y a une malédiction sur notre maison, Fenella, je le sens — —

Il s'arrêta. Les larmes lui coupaient la voix. Fenella releva la tête et lui montra le ciel.

— Nous sommes voués au malheur, disaient ses signes. Il n'y a plus de bonheur pour nous sur la terre — parle, mon bien aimé, décide de notre sort — je suis prête à mourir avec toi!

Alfonso baisa au front la fidèle créature.

— Je n'ai plus que toi au monde, Fenella, murmura-t-il. Je voudrais vivre pour toi — mais où aller? Comment lutter contre le sort qui nous accable? Où fuir? Où chercher un

La Muette de Portici.   78

asile? Le malheur me poursuit depuis ma naissance. Mourons ensemble, ma bien-aimée! Ce que le monde nous refuse nous le trouverons là-haut!

Les yeux de Fenella s'étaient illuminés d'une sainte tendresse.

— Le ciel voit notre misère, il nous pardonnera, reprit Alfonso en attirant Fenella sur son cœur. Nous mourrons — mais ce pas suprême, nous ne le ferons pas sans être unis par d'indissolubles liens. Je connais le prieur du couvent de la sainte croix; nous nous rendrons auprès de lui la nuit prochaine et je lui demanderai de bénir notre mariage! Tu le veux, ma bien-aimée?

Fenella répondit par un baiser à ces douces paroles, puis les deux amants se séparèrent. Le jour commençait à paraître. Alfonso rentra dans la chaumière tandis que Fenella restait sous la veranda.

Le jour leur parut long. Ils tremblaient que quelque catastrophe ne vint déranger leur projet. La nuit les couvrit enfin de son ombre protectrice. Fenella s'était tressée une couronne de myrthe. Alfonso la posa sur les noirs cheveux de sa fiancée, y fixa un long voile, puis tous deux sortirent silencieusement de la chaumière.

Ils allaient, la main dans la main — nul couple joyeux ne les accompagnait à l'église, nulle voix amie ne leur avait souhaité au départ de longs jours de bonheur et de prospérité — on n'entendait ni chants ni bruits de fête — les deux infortunés marchaient en parias à l'autel, l'amour seul s'était invité à leur noce — —

Ils atteignirent vers minuit le couvent de la sainte croix, peu distant de la vieille ruine où Fenella avait jadis trouvé asile. De jour comme de nuit l'église en était ouverte. Le duquecito y fit entrer sa fiancée, puis il alla frapper à la porte du couvent pour demander le prieur.

La Muette restée seule tomba à deux genoux et versa toute son âme dans une ardente prière.

Elle était là depuis quelques instants lorsqu'un ricanement étouffé la fit tressaillir. Elle se retourna — Tito, l'infâme Tito, était debout à côté d'elle — il la regardait avec une expression de haine sauvage — Fenella se sentit défaillir. Elle voulut se lever et fuir cet horrible voisinage, mais ses genoux chancelaient. En ce moment des pas se firent entendre à la porte de l'église. Tito poussa une sourde imprécation et s'éloigna en toute hâte.

Le prieur du couvent était un homme excellent, tout dévoué au prince dont il connaissait la piété. Il parut d'abord un peu effrayé de la demande du jeune homme, puis il finit par céder. Alfonso lui promit, d'ailleurs, qu'avant peu il aurait quitté pour toujours la contrée. Le révérend père appela trois moines pour servir de témoins et se rendit avec eux et avec Alfonso dans l'église où ils retrouvèrent la tremblante Fenella.

La cérémonie commença — —

Alfonso portait encore quelques bagues. Il en prit une et la passa au doigt de sa pâle fiancée, puis tous deux s'agenouillèrent à l'autel.

Le vénérable prieur, ému de tant de jeunesse et d'infortune, parla de la bonté et de la toute-puissance de Dieu; il rappela éloquemment aux deux fiancés les consolations et les promesses de la piété; enfin il échangea les anneaux, bénit cette union contractée sous de si tristes auspices, puis, sur la demande des nouveaux époux, il leur donna la communion.

La cérémonie était achevée. Alfonso et Fenella remercièrent le prieur et les trois moines, puis ils quittèrent l'église solitaire où ils venaient d'être unis pour le temps et l'éternité. —

Chapitre XXVI.

Le revoir.

Rentrée chez elle après l'escarmouche du môle, Lucia tomba à genoux et remercia le ciel du succès inespéré de son entreprise, puis elle alla chercher un repos dont elle ressentait impérieusement le besoin. La vaillante Napolitaine avait montré jusqu'au bout le plus admirable sang-froid; elle n'avait laissé voir ni inquiétude ni crainte, mais elle n'en avait pas moins éprouvé une mortelle angoisse, et tout son être se vengeait par une accablante lassitude de l'effort qu'elle venait de lui imposer.

Tant d'émotions l'avaient brisée. Elle eût voulu dormir, mais le mouvement et le bruit allaient croissant dans la ville. Les habitants de Naples se pressaient vers la place de Justice. C'était à qui y arriverait le premier et se procurerait une bonne place pour le spectacle annoncé. Lucia, tenue éveillée par cette rumeur grandissante, repassait dans sa mémoire les événements de la soirée et se répétait les paroles de son fiancé. Salvator l'avait accompagnée jusqu'à sa porte, et en la quittant il lui avait promis de lui amener avant peu quelqu'un qu'elle serait heureuse de revoir. De qui était-il question? Le peintre n'était pas homme à lancer une promesse à l'étourdie. S'il avait ainsi parlé, c'est qu'il avait, par devers lui, quelque joyeuse certitude dont il voulait lui donner un avant-goût.

Tandis que Lucia réfléchissait ainsi, Salvator Rosa retournait sur le môle pour y attendre ceux des membres de la confrérie qui pouvaient avoir quelque rapport à lui faire. Il y était depuis peu lorsqu'un homme masqué parut.

— Est-ce toi, Francesco? demanda le capitaine.

— C'est moi! Je reviens du château où tout s'est passé comme nous le pensions Luigi et moi.

— Le Maure y était-il?

— Sans doute! Le baigneur et lui s'étaient introduits dans le trésor, mais Hassan avait trouvé plus commode d'enfermer Nicolo dans une pièce voisine pour n'avoir pas à partager avec lui. Au moment où nous sommes arrivés dans l'appartement du duc le Maure se vautrait dans l'or tandis que Nicolo gémissait et appelait au secours. Nous n'avons eu autre chose à faire pour claquemurer les deux bandits que de fermer la porte sur eux!

— Eh bien, qu'ils périssent au milieu de leur butin, fit solennellement le capitaine. Hassan, du moins, a mérité mille morts!

— Une barque! dit Francesco en montrant du doigt un point noir qui approchait rapidement du môle. Une barque montée par deux de nos frères. On dirait Vittore — —

— Impossible. Vittore et Leonardo doivent être à Capri.

Francesco s'était baissé pour mieux voir les deux hommes que portait la barque.

— C'est bien Vittore, cependant, murmura-t-il — et l'autre — je me trompe, peut-être — mais, non, c'est lui! Quelle joie pour nous tous!

— Que veux-tu dire?

— C'est Micco — Micco Spadaro que tu avais envoyé à la poursuite du capitaine Selva!

— Micco! répéta joyeusement le capitaine. Loué soit le ciel de ce qu'il nous revient sain et sauf! Je commençais à désespérer de le revoir!

La barque approchait. Les mots de passe s'échangèrent à demi voix, puis Micco Spadaro s'élança sur le bastion tandis que Vittore, resté dans le bateau, reprenait ses rames et s'éloignait sans plus attendre. Il avait hâte de se retrouver à son poste.

— Enfin, tu nous es rendu, frère, s'écria Salvatoriello en ouvrant ses bras où le nouveau venu se précipita avec émotion. Nous étions fort inquiets de toi, je t'assure!

Les deux hommes s'embrassèrent tendrement, puis Micco s'arracha à cette étreinte pour passer dans les bras de Francesco.

— Eh bien oui, me voilà revenu, dit-il d'une voix émue; me voilà de nouveau parmi vous! J'attendais ce moment avec impatience!

— Et tu as réussi dans ta mission?

— Pleinement! Selva n'est plus!

— Le ciel reçoive son âme! murmura Salvator Rosa.

— L'un de nous deux devait tomber! Le sort a voulu que ce fût lui, mais s'il en avait décidé autrement, j'étais prêt à mourir, dit gravement Micco.

— Je le savais! murmura le capitaine en tendant la main à son confrère. Je savais que cette fois comme les autres tu remplirais ta mission avec le plus entier dévouement!

— Il s'en est peu fallu que je ne vous revisse pas, dit Spadaro. Notre duel — un duel dans une barque — s'est terminé par la mort de Selva, mais, l'affaire finie, je me suis trouvé seul sur mer, et par une nuit obscure, dans le voisinage d'une côte qui m'était absolument étrangère. Je fis voile du côté où je croyais avoir vu la terre, mais il paraît que j'avais perdu ma direction, car j'allais, j'allais toujours sans atteindre nul rivage. Ah, l'horrible nuit, mes frères! Maintes fois je me crus perdu. La mort du capitaine m'avait troublé, et moi, si calme d'ordinaire, je ne parvenais pas à retrouver mon sang-froid. J'errais à l'aventure sans réussir à m'orienter. Enfin quand l'aube parut j'avais si bien travaillé que je n'apercevais aucune terre et que je me trouvais seul en pleine mer avec mon bateau!

— Une fâcheuse position! observa Francesco.

— Comme tu dis! Je réfléchissais au moyen d'en sortir

quand je vis apparaître à distance un grand navire. Vite, je fis voile de ce côté-là, et peu d'instants après j'étais à bord d'un vaisseau français allant à Capri! Vous devinez le reste, mes frères. Je fis marché avec le capitaine, et me voici! C'est un bonheur que j'espérais à peine.

Il y eut un instant de silence. Les trois hommes semblaient émus.

— Qu'est-ce que tout ce bruit? demanda enfin Spadaro. Il y a foule là-bas. Où s'en va tout ce monde?

— Sur la place de Justice, répondit Francesco. Le duc, le duquecito et le favori doivent être exécutés à l'aube, et chacun se presse pour avoir une bonne place.

Les trois frères de la mort causèrent encore un instant. Salvator Rosa donna quelques ordres à ses deux amis puis il reprit son poste, tandis que Micco Spadaro et Francesco s'éloignaient chacun de leur côté.

Il faisait jour quand Lucia s'éveilla de l'assoupissement dans lequel elle avait fini par tomber. Le bruit qui si longtemps l'avait tenue éveillée dégénérait en tumulte. On courait, on criait. Que signifiait cette agitation?

Lucia ouvrit sa fenêtre et les nombreuses imprécations qui montaient jusqu'à elle lui apprirent bientôt de quoi il s'agissait. Ce n'était plus seulement Alfonso qui s'était enfui! Le duc et Tito avaient également disparu! L'exécution manquait faute de prisonniers, et le peuple, déçu dans son attente, avait juré la mort de Pietro et de Cinzio qu'il accusait de trahison et de complicité avec les Espagnols.

Tout était bruit, mouvement et confusion dans la ville. Les meurtriers de Masaniello étaient renversés à leur tour, et les Napolitains se trouvaient de nouveau sans gouvernants et sans chefs. Un tel état de choses ne pouvait durer. Les bourgeois les plus considérés se réunirent à l'Hôtel-de-Ville pour délibérer sur ce qu'il y avait à faire et aviser aux mesures les plus urgentes. Tous reconnurent hautement les services rendus par la Compagnie de la mort. Ils lui remirent officiellement la garde du port, et organisèrent une milice citoyenne qui devait veiller à la sûreté de la ville.

Le règne des pêcheurs était fini. Ils le comprirent, et presque tous retournèrent sans se faire prier à leurs filets. Carlo, Bertuccio et Giovanni furent remis en liberté, mais avant de regagner Portici, ils répétèrent leur déposition devant les bourgeois réunis à l'Hôtel-de-Ville. Ceux-ci tinrent conseil, et la mise en jugement de Cinzio et de Pietro fut décidée à l'unanimité.

Tout était subitement changé. Les bourgeois se retrouvaient au pouvoir. Ils reprenaient en main les affaires, et les deux hommes qui, la veille encore, gouvernaient despotiquement Naples n'étaient plus, à cette heure, que des prévenus déclarés hors la loi. Chacun avait le droit et le devoir de les arrêter en quelque lieu que ce fût, mais les poursuites ordonnées contre eux paraissaient devoir rester sans résultat. Tous deux avaient disparu. Sans doute ils avaient fui à temps et avaient réussi à gagner quelque sûre retraite.

Hassan, le Maure, ayant également disparu, il ne fut pas difficile aux bourgeois qui formaient les conseils de Naples de disperser sa bande. Quelques-uns des principaux coupables furent arrêtés et punis avec la dernière rigueur. Cet exemple ne fut pas perdu. Les crimes qui désolaient la ville et les faubourgs cessèrent presque subitement et l'on put espérer un prompt retour à la sécurité et aux conditions normales de la vie.

Lucia n'oubliait pas la mystérieuse promesse que lui avait fait Salvator. Un moment distraite par les nouvelles qui lui arrivaient de tous côtés, elle revint bientôt à sa préoccupation première. Les heures passaient et son impatience s'accroissait avec elles. Enfin elle entendit des pas sur l'escalier. Elle courut à la porte et l'ouvrit — Salvator Rosa était devant elle, et derrière lui — —

Lucia recula épouvantée. Les morts revenaient donc ! Derrière son fiancé, elle avait vu Ancillo, son frère !

Elle voulut parler, mais la voix expira sur ses lèvres. Elle chancelait. Salvator la soutint et l'emporta plus qu'il ne la conduisit dans sa chambre. Ancillo les suivit.

— Je te ramène ton frère, ma bien-aimée, dit Salvatoriello dont les yeux étincelaient de joie et d'émotion. Ancillo n'est pas mort. Ses amis veillaient. Lui-même te racontera quelque jour comment nous l'avons retiré du canal où l'avait jeté le bourreau !

— Ancillo — mon frère — tu vis! s'écria Lucia qui revenait peu à peu de son saisissement. Le jeune peintre avait ouvert les bras. Lucia s'y précipita, et le frère et la sœur se tinrent longtemps embrassés tandis que Salvator ému les contemplait avec tendresse et jouissait du bonheur de sa fiancée. Ce fut un heureux revoir, une heure d'allégresse suivie de longs récits, d'intimes entretiens pendant lesquels Lucia versa plus d'une fois des larmes d'attendrissement et de joie. Enfin le frère et le fiancé se levèrent. D'impérieux devoirs les réclamaient. Tous deux étaient attendus à l'Hôtel-de-Ville où l'on discutait les mesures les plus urgentes. Ils s'éloignèrent — mais pour revenir bientôt, et Lucia, restée seule, se jeta à genoux pour remercier le ciel qui lui rendait son frère.

Chapitre XXVII.

La mort du favori.

Nous avons laissé Tito et son père adoptif en pleine fuite. Grâce à l'obscurité de la nuit ils avaient réussi à atteindre le môle sans être reconnus, et tous deux venaient de monter dans une barque avec laquelle ils espéraient gagner quelque retraite où ils pussent attendre en sûreté l'arrivée de la flottille espagnole. Tito saisit les rames, et l'embarcation glissa bientôt sur une mer tranquille.

Le duc d'Arcos, assis au gouvernail, regardait fuir le rivage. Ses traits étaient sombres, ses sourcils froncés indiquaient une sourde irritation. Jamais il n'avait été plus exaspéré, plus aigri contre l'humanité tout entière et contre les Napolitains en particulier. Il venait d'échapper à ses ennemis, mais se soustrairait-il longtemps à leur recherches? On allait mettre tout en œuvre pour le retrouver. Où chercher un abri, où fuir? Où trouver un asile?

La barque volait sur l'onde, laissant loin derrière elle et la ville et les faubourgs. Tito se rapprocha enfin du rivage.

— Nous allons aborder là, dit-il en montrant un endroit plat et désert, nous ne pourrions pas aller plus loin sans tomber entre les mains des hommes noirs qui croisent à l'entrée du golfe!

— Et où nous dirigerons-nous? demanda le duc.

— Je vous l'ai dit, Altesse; il n'est, dans mon opinion, qu'un seul endroit où vous puissiez vous croire en sûreté — c'est la caverne de la vieille Corvia!

— Jamais — je ne mettrai pas les pieds dans cet antre.

— Alors nous sommes perdus!

— Il fallait me laisser dans ma prison, grommela le duc.

— C'est mon devoir de vous sauver, Altesse, mon devoir le plus sacré — mais comment y réussir, si vous vous refusez à ce que je crois absolument nécessaire?

— J'aime mieux mourir que d'entrer dans cette caverne!

La barque touchait au rivage. Tito s'élança sur le bord, puis il aida le duc à mettre pied à terre.

— Décidez-vous, Altesse, reprit-il d'un ton suppliant. Je tremble pour votre vie — —

— Assez! interrompit sèchement le duc. Fais-moi grâce de tes protestations de dévouement, elles me sont désagréables! Je n'y crois pas. Je ne me fie plus à personne, pas plus à toi qu'aux autres et je déciderai seul où nous devons aller. N'y a-t-il pas un couvent dans le voisinage?

— Deux même. Un couvent de Franciscains et un couvent de nonnes, sans compter la vieille ruine!

— Eh bien, je vais demander asile au prieur des Franciscains!

— N'en faites rien, Altesse, je vous en supplie, s'écria Tito. On sait que le prieur était fort attaché à la cour, et son couvent ne sera certainement pas oublié dans les recherches qu'on va faire!

— Montons alors dans la vieille ruine. Nous pourrons toujours nous y reposer quelques heures. Passe le premier et montre-moi le chemin!

Tito obéit sans répondre et les deux hommes commencèrent à grimper vers le couvent ruiné où Fenella s'était jadis retirée. Ils arrivèrent enfin au sommet de la colline. Là, Tito prit les devants pour faire une reconnaissance générale de l'endroit. Il gagna la porte principale, se fraya péniblement un passage au milieu des ronces et des lianes dont elle était obstruée, traversa les restes du cloître, et arriva enfin dans la cellule restée debout que nous connaissons déjà. Une pâle lueur pénétrant par l'ouverture de la fenêtre permit à Tito de se convaincre que personne n'occupait ce réduit. Seules quelques chauves-souris troublées dans leur solitude s'éloignèrent en voletant. Tito explora minutieusement la cellule et retourna chercher le duc. Quelques instants plus tard, le vice-roi détrôné pénétrait dans la retraite qui devait lui servir de palais, et se laissait tomber épuisé sur un débris de mur.

Le favori, toujours préoccupé de se rendre nécessaire au duc, ressortit immédiatement et alla ramasser de la mousse et des feuilles sèches dont il fit une couche relativement moelleuse. Restait le menu. L'ordinaire ne pouvait être varié en pareille circonstance. De l'eau et des fruits sauvages, c'était tout ce qu'offrait l'endroit. Tito connaissait une citerne dans le voisinage. Il s'y rendit avec un vieux pot trouvé au milieu des débris et dont le fond pouvait encore servir de cruche, et revint dans la cellule avec de l'eau, des oranges et des baies sauvages cueillies en chemin.

Le duc prit sa part de ces rafraîchissements, puis, se sentant las, il s'étendit sur la couche que Tito lui avait préparée. Quelques minutes plus tard il dormait profondément. Le favori le considéra un instant, puis il ressortit de la cellule et poussa jusqu'au sentier afin de s'assurer s'ils n'étaient point poursuivis.

Tout était silencieux et tranquille. Tito revint lentement sur ses pas; la fatigue l'accablait. Il s'étendit sur la mousse à quelque distance du portail et ne tarda pas à s'y endormir.

Il faisait grand jour lorsqu'il se réveilla. Il courut à la ruine et trouva le duc assis à quelques pas de sa cellule. La nuit s'était passée sans accident, mais il fallait redoubler de prudence pendant le jour. Tito s'assura que l'entrée du souterrain qui communiquait avec le couvent de nonnes était libre — ce passage secret pouvait être utilisé au besoin — puis il reprit son poste à l'entrée de la ruine.

Deux ou trois jours passèrent ainsi. L'inquiétude et l'agitation du duc allaient croissant. Il tournait et retournait dans son étroit réduit, se jetait sur sa couche et la quittait bientôt

pour recommencer sa fatigante promenade. La colère et la
haine envahissaient ce cœur ulcéré. Tito, inquiet de cet état
d'esprit, résolut de tout tenter pour y faire diversion. Il s'offrit
même à aller aux nouvelles. Il fallait pour cela pénétrer dans
la ville et écouter ce qui se disait; c'était jouer sa vie, mais
le duc, uniquement préoccupé de lui-même, accepta sans hésiter
la proposition de son fils adoptif et le pressa de partir sur
l'heure.

Tito s'éloigna. Le duc, resté seul, grignota quelques fruits,
puis il sortit de la cellule et alla s'appuyer contre un pan
de mur, dernier vestige du mur d'enceinte du couvent.

On jouissait de là d'une vue étendue sur le golfe, mais il
faisait déjà sombre; les regards du duc s'arrêtaient forcément
à une petite distance de l'endroit où il se trouvait, et cependant, ses yeux obstinément fixés sur la mer semblaient y
chercher enfin cette flottille espagnole si ardemment désirée.
C'était son unique recours — sa dernière espérance — allait-
elle lui manquer aussi?

On pouvait s'y attendre. Les jours passaient sans amener
ce renfort, et pendant ce temps, le vice-roi de Naples errait
en fugitif dans ces campagnes jadis soumises à son autorité.
Ce changement subit eut dû le conduire à maints retours
sur lui-même. Il n'en était rien. Le vice-roi ne s'accusait
pas — c'était l'humanité tout entière qu'il enveloppait de sa
colère et sur laquelle il versait les flots de haine amassés
dans son cœur. Depuis la mort de la duchesse il n'avait aimé
personne. Le seul être au monde pour lequel il eut éprouvé
quelque intérêt, c'était son fils adoptif — maintenant il le
haïssait comme les autres — —

La nuit s'avançait. Le duc était encore appuyé contre son
pan de mur lorsqu'une forme sombre apparut dans le sentier.
C'était Tito. Le vice-roi le reconnut immédiatement bien qu'il
eût un manteau et un chapeau fort différents de ceux qu'il
avait portés jusque-là.

— Te voilà! dit le duc en faisant quelques pas au devant de son fils adoptif.

Tito salua, puis il sortit de dessous son manteau des vêtements pareils à ceux qu'il portait en ce moment et enfin une épée.

— Permettez-moi de déposer ces objets à vos pieds, Altesse, dit-il cérémonieusement. Ils nous seront fort utiles si nous devons chercher quelque autre retraite, et Dieu sait que ce n'est pas sans danger que je me les suis procurés. C'est un coup terriblement hasardé que j'ai fait là — mais je voulais absolument vous apporter quelque nouvelle.

— Eh bien?

— On n'annonce pas encore la flottille!

— Et Selva?

— Il n'a pas reparu — mais il n'est pas probable qu'il soit tombé entre les mains de nos ennemis puisque personne n'en parle. S'il avait été fait prisonnier ou tué on le saurait.

— Il le semble — mais il reste bien longtemps absent!

— Espérons, Altesse! La flottille peut apparaître au moment où nous nous y attendons le moins!

— Elle tarde bien à venir! murmura le duc, ma patience est à bout!

— J'ai appris en chemin quelques petites nouvelles, continua Tito. Les pêcheurs sont chassés, leur règne est fini, et ce sont les bourgeois qui dirigent les affaires. Il paraît que le peuple voulait lapider Pietro et Cinzio — mais les deux pêcheurs ont vu venir la malemparée, je suppose, car ils ont filé. Ils se sont enfuis et le peuple en a été pour ses frais! On dit aussi que les bourgeois veulent demander du secours à la France!

— Je m'en doutais!

— Ce n'est pas tout, Altesse. Il me reste autre chose à vous apprendre. Alfonso vit — il a réussi à se sauver.

— Comment le sais-tu?

— J'ai vu moi-même le duquecito, dit Tito avec un sourire haineux. Je l'ai vu à côté de la Muette de Portici!

— Comment? Alfonso — — —

— Lui-même. Il était avec la Muette dans l'église des Franciscains!

— Dans l'église? Ils s'y sont donc réfugiés?

— Pour un moment — le temps de dire une messe et de bénir leur union!

— Misérable! Tu mens! cria le duc.

— S'il n'était pas trop tard, Altesse, je vous prierais de m'accompagner à l'église! Vous pourriez vous convaincre alors de la vérité de mes paroles! Alfonso a conduit à l'autel la Muette de Portici, la sœur de Masaniello! Je les ai vus de mes yeux, Altesse! Il n'y a plus rien à faire! Ce mariage est un fait accompli!

— Eh bien qu'ils emportent ma malédiction; qu'ils errent en proscrits sur cette terre! fit sourdement le duc. Je veux oublier qu'ils existent!

Les deux hommes avaient atteint la cellule. Ils y étaient à peine que des pas précipités retentissaient au dehors.

Tito courut à l'entrée —

— Le voilà, ce misérable, c'est lui, cria une voix irritée, c'est l'empoisonneur!

Tito recula épouvanté.

— Alfonso! murmura le duc.

C'était bien Alfonso, suivi de Fenella toujours parée de son voile et de sa couronne de myrte. Le prince brandissait une épée. Il se jeta en furieux sur le favori que cette brusque apparition semblait avoir paralysé, mais avant qu'il eût pu l'atteindre le duc s'était précipité entre ses deux fils.

— Arrière, malheureux! s'écria-t-il en repoussant Alfonso. Que vas-tu faire?

— Je veux punir un coupable, un lâche coquin qui s'est insinué dans ton cœur, mon père, et qui spécule sur mes droits et sur mon héritage! s'écria Alfonso tandis que Fenella tombait à genoux devant le duc et tendait vers lui des mains suppliantes. Je veux lui arracher son masque et te montrer enfin quel serpent tu as réchauffé dans ton sein! Je rentre mon épée, c'est au vice-roi à punir ce misérable criminel!

— Il est fou! s'écria Tito qui revenait de sa première frayeur.

Le duc avait instinctivement saisi une épée.

— Que me veut cette fille? cria-t-il en montrant du doigt la Muette toujours à genoux devant lui. Débarrassez-moi de sa présence!

— Fenella est ma femme, mon père, dit gravement le duquecito. Pardonne, si je t'ai désobéi en l'épousant — —

— Point de pardon — tout est fini entre nous! tu n'es plus mon fils — et l'implacable duc repoussait violemment les deux jeunes époux — malédiction sur toi et sur cette créature qui t'a séduit par de grossiers artifices! Malédiction sur vous et sur vos descendants! Sortez de ma présence! Est-ce pour exciter ma colère que tu m'amènes cette fille? Partez — partez —

Fenella s'était relevée. Pâle, tremblante, les mains jointes et les yeux démésurement ouverts elle reculait lentement vers l'entrée de la ruine — —

— Arrête! s'écria Alfonso en la retenant du geste. Tu ne nous reverras plus, mon père, continua-t-il en se retournant vers le duc. Nous partons, mais je n'accepte pas ta malédiction. C'est à ce misérable qu'elle revient de droit — —

— Ne l'écoutez pas, Altesse, il ne sait plus ce qu'il dit, s'écria Tito; c'est un fils dénaturé qui ne craint pas d'augmenter vos douleurs — —

— Silence, misérable! cria le duquecito dont la colère ne connaissait plus de bornes. Je parlerai, et vous m'entendrez, mon père, il le faut! Tito Silvestre, l'enfant trouvé dont vous fîtes votre fils adoptif et qui ne perdît jamais une occasion de me supplanter dans votre cœur, Tito fut l'assassin de ma mère! Ce fut lui qui l'empoisonna! Vous frissonnez, mon père!

bien, je le répète, ce serpent que vous réchauffiez dans votre sein empoisonna d'abord ma mère, ma sainte mère; ensuite il versa du poison dans mon vin, et ce fut enfin à la princesse qu'il s'attaqua. Elvira fut sa dernière victime! — Le duc avait pâli.

— Qu'entends-je? fit-il d'une voix sourde, quelle accusation—

— Ajoutez-vous foi aux paroles d'un insensé, s'écria Tito en s'efforçant de sourire.

— Assez, misérable! reprit Alfonso; il est inutile de feindre plus longtemps! Vous voulez d'autres preuves, mon père? Eh bien, sachez-le: la sorcière du Vésuve accuse hautement Tito Sforza de tous les crimes que je viens d'énumérer. Ce fut auprès d'elle qu'il alla chercher le poison dont il se servit pour ma mère, pour la princesse et pour moi — —

— Tito était devenu livide.

— Regardez-le, mon père! s'écria Alfonso, regardez ce traître! C'est lui qu'il faut maudire — —

— La duchesse empoisonnée — et par lui! murmurait le duc en pressant sa tête dans ses mains, empoisonnée — partez, laissez-moi seul — je vous maudis tous — tous — —

— Fenella avait saisi la main d'Alfonso et l'entraînait hors de la ruine. Le duquecito la suivit et tous deux s'éloignèrent épouvantés.

Le duc continuait à gémir. Il semblait avoir oublié la présence de Tito, quand, tout à coup, saisi d'une fureur vengeresse, il fondit sur le misérable, et lui plongea son épée dans le cœur — —

Tito poussa un cri rauque et s'affaissa lourdement sur le sol.

Le duc retira son épée sanglante et la jeta loin de lui — puis il s'élança hors de la ruine et s'enfuit en courant — —

Chapitre XXVIII.

Le châtiment.

On était au soir. La journée avait été exceptionnellement chaude et de noirs nuages s'amassaient lentement à l'horizon.

— Nous aurons de l'orage cette nuit, dit Carlo en s'adressant au vieux Bertuccio qu'il venait de rencontrer sur le rivage. J'attendrai le matin pour aller à la pêche!

— Tu auras raison, Carlo, répondit le vieux pêcheur, le ciel s'obscurcit de plus en plus, et cette mer morte ne présage rien de bon! Tu as été à Naples ce matin; y a-t-il du nouveau?

— Il y a qu'Hassan a été trouvé mort dans une des pièces du château!

— Hassan mort? Voilà au moins une bonne nouvelle! s'écria Bertuccio. Il ne pouvait rien arriver de plus heureux! Comment ça s'est-il passé?

— Il paraît qu'il s'est introduit dans le trésor du duc et qu'il y est mort de faim entre des monceaux d'or!

Bertuccio frissonna.

— Sainte Vierge, l'horrible fin! murmura-t-il.

— Horrible! répéta Carlo. On prétend, continua-t-il, qu'il voulait piller le trésor, mais qu'il s'y est trouvé pris comme dans une souricière. Impossible d'en ressortir: il était enfermé! Les hommes noirs ne sont pas étrangers à l'affaire, dit-on!

— Une bonne œuvre de plus à mettre à leur compte!

— Hassan doit avoir passé cinq jours au moins dans le trésor, reprit Carlo. Il était couvert de sang et de blessures, et j'ai entendu dire qu'il ne pouvait s'être mis seul dans cet état. Il a eu peut-être quelque complice avec lequel il s'est battu!

— Qui serait-ce?

— Personne n'en sait rien! La seule chose certaine c'est que le Maure a été trouvé là entre des monceaux d'or, d'argent et de pierres précieuses. Son corps a été immédiatement transporté à l'Hôtel-de-Ville.

Il y eut un moment de silence. Les deux hommes semblaient vivement impressionnés par la triste fin du bandit.

— C'était encore un des ennemis de Masaniello, reprit enfin le jeune pêcheur; tu verras qu'ils trouveront tous leur châtiment!

— Je l'espère — mais, en attendant, on ne sait où Pietro et Cinzio se sont cachés!

Carlo haussa les épaules.

— On les découvrira bien quelque jour, murmura-t-il.

— Et Ludovico — il fait le mort, lui aussi? reprit Bertuccio. On n'entend plus parler de lui!

L'arrivée d'une barque interrompit l'entretien. Giovanni et un autre pêcheur en descendirent. Ils tirèrent le bateau sur le bord et rejoignirent leurs deux confrères.

— Eh bien! fit Giovanni en approchant, je puis vous dire maintenant ce qu'est devenu Ludovico!

— A-t-il été arrêté?

— Il s'est fait justice lui-même, répondit gravement le pêcheur. On l'a trouvé pendu à un arbre à quelque distance de la ville!

— Pendu! répétèrent Carlo et Bertuccio en se signant.

— Le remords le tenait bien, paraît-il, reprit le narrateur. Quant aux deux autres, Pietro et Cinzio, ils doivent avoir passé la nuit au lazaret; mais, le matin venu, cette horrible retraite ne leur aura pas encore paru assez sûre, car on les a vus en sortir et s'enfuir à travers champs!

— Que vont-ils devenir? murmura le vieux Bertuccio en joignant les mains. Pietro, du moins, me fait peine, et cependant il n'est plus possible de le sauver!

— Le sauver! répéta Carlo. M'est avis qu'il a mérité son sort. Il était d'âge à savoir se conduire et à ne pas se laisser entraîner par Cinzio!

On entendait dans le lointain le sourd grondement du tonnerre.

— Prions pour le repos de leurs âmes! fit Bertuccio en terminant l'entretien.

Les pêcheurs se séparèrent et regagnèrent promptement leurs demeures respectives.

Le rivage resta désert. L'obscurité croissait d'instant en instant, et tout dans la nature semblait souffrir de l'approche de l'orage. Les oiseaux s'étaient cachés, les arbres laissaient pendre leurs feuilles, la terre et la mer faisaient silence et semblaient se préparer dans le recueillement et le calme à l'assaut qu'elles allaient subir.

Tout à coup le vent se leva, un vent furieux qui fit monter vers le ciel des tourbillons de sable et de poussière. La pluie commença à tomber en gouttes énormes que le sol altéré buvait avec délices. Les éclairs s'allumaient de tous côtés et formaient autour de Naples une ceinture de feu qui se resserrait de minute en minute. Quelques instants encore et l'orage éclaterait dans toute sa violence.

Tandis que les éléments se déchaînaient ainsi, deux hommes — les seuls peut-être qui fussent dehors en ce moment — se hâtaient vers Portici. Ils venaient du bord de la mer et couraient sous le vent et la pluie qui leur fouettaient le visage. Sans doute ils fuyaient devant la tempête et allaient chercher abri dans leurs demeures —

Ils atteignirent enfin les vieux arbres qui formaient comme une avenue à l'entrée de Portici et s'arrêtèrent à leur ombre.

— Attends-moi ici, Cinzio, dit le plus âgé des deux hommes en s'adressant à son compagnon.

— Tu ne veux pas rentrer chez toi, Pietro?

— Ma chaumière est probablement occupée.

— Alors, que venons-nous faire ici? demanda Cinzio avec humeur.

— Je veux aller jusqu'à mon bateau!

— À quoi bon? Où irions-nous sur mer? Tu oublies que les hommes noirs croisent dans le golfe!

— Nous n'avons pas le choix. Il n'est pas un endroit ici où nous puissions nous cacher. Les pêcheurs seraient les premiers à nous trahir! Tu en doutes? As-tu un ami, un seul qui te veuille du bien?

— Je n'en ai jamais eu aucun!

Pietro fit entendre un sourd gémissement.

— Jamais un ami, murmura-t-il, et me voilà devenu le compagnon forcé de cet homme! Je suis cruellement puni de t'avoir écouté! C'est à toi que je dois d'être proscrit — et Dieu m'est témoin, cependant, que je ne voulais que le bonheur de Naples!

— Assez! Je ne vois pas l'utilité de ces protestations, s'écria ironiquement Cinzio. Personne n'y ajoute foi, et tu ferais beaucoup mieux de songer à notre fuite — mais chut — n'y a-t-il pas quelqu'un là-bas?

Et Cinzio, toujours prêt jusqu'alors à se mettre en avant, s'effaçait derrière un tronc d'arbre.

— Ce n'est rien! fit Pietro avec mépris.

Il y eut un silence. Cinzio à demi rassuré tendait l'oreille et profitait de la lueur des éclairs pour s'assurer qu'on n'apercevait pas âme vivante.

— Impossible de supporter plus longtemps cette vie! reprit enfin Pietro à voix basse. Nous sommes perdus sans ressources; la malédiction du tribun nous poursuit!

— Toujours ta malédiction — — —

— Ne t'ai-je pas dit que Masaniello m'était apparu pendant la nuit que nous avons passée au lazaret?

— Tu as rêvé!

— Je l'ai vu dans son manteau de pourpre — il était arrêté sur le seuil de la porte et nous regardait d'un air courroucé. Jamais je n'oublierai sa figure! Ton tour va venir! s'écria-t-il en étendant la main vers moi. Prépare-toi à ta fin. Dans vingt-quatre heures je viendrai te prendre! Ce fut tout. J'avais courbé la tête sous cette menace — quand je la relevai, l'apparition avait disparu!

— Dans vingt-quatre heures! murmura Cinzio avec épouvante. Ce serait pour cette nuit alors — — fuyons! Tu as raison, Pietro; nous ne sommes pas en sûreté ici!

— Où le serions-nous?

— Partons — miséricorde, quel coup! fit Cinzio en se baissant involontairement.

Le tonnerre roulait avec un tel fracas qu'on eût dit que le monde allait finir. Les éclairs se succédaient sans interruption. La rafale hurlait et gémissait dans les arbres.

— Cet orage ne passera-t-il pas bientôt? murmura Cinzio.

— C'est le châtiment — il approche — la main de Dieu va nous frapper!

— Entends-tu ce nouveau coup?

— Dans vingt-quatre heures je viendrai te prendre!

— Assez! cria Cinzio avec colère. Ne m'ennuie pas de tes visions!

— Le ciel est juste! continuait Pietro d'une voix solennelle. Il connaît nos cœurs, il voit ce qui se passe — toutes nos fautes lui sont connues — qu'il ait pitié de nous!

Les coups de tonnerre allaient s'affaiblissant.

— L'orage s'éloigne, semble-t-il, dit Cinzio en respirant plus librement. Allons-nous rester ici?

— Tâchons de gagner le bord, répondit Pietro. Nous monterons dans ma barque et peut-être réussirons-nous à atteindre le phare d'Ischia. Ce serait une sûre retraite! Nous trouverions facilement un abri dans les fourrés de derrière la tour.

— Tu as raison! Viens!

L'orage avait perdu de sa violence. Les éclairs illuminaient bien encore l'étendue, mais le tonnerre ne grondait plus que sourdement. Les deux fugitifs quittèrent l'ombre protectrice des arbres et gagnèrent furtivement le rivage. La mer, très agitée l'instant d'auparavant, se calmait peu à peu; la pluie avait cessé, mais l'air était encore singulièrement lourd.

Cinzio et Pietro promenèrent autour d'eux des regards inquiets. Ils craignaient d'être aperçus par quelque pêcheur attardé — mais le bord était désert. Rien ne remuait dans le village.

— Si nous pouvions emporter quelques armes, dit tout à coup Cinzio à son compagnon. Elles nous seraient bien utiles, là-bas!

— C'est vrai! J'ai bien encore dans ma chaumière des poignards et des escopettes — mais comment se les procurer!

— Il nous les faut — je vais aller les chercher, dit Cinzio.

Les deux hommes gagnèrent précipitamment l'extrémité du village d'où l'on apercevait la maisonnette et le jardin de Pietro situés quelque peu à l'écart. Là ils se séparèrent. Cinzio dont l'assurance reparaissait depuis que l'orage avait cessé se dirigea sans hésiter vers la chaumière, tandis que Pietro redescendait vers le bord pour aller préparer sa barque.

Tout était tel qu'il l'avait laissé. L'embarcation, toujours amarrée à son pieu, se balançait sur la mer. Pietro y entra, vida l'eau qui s'y était introduite, et passa aux rames et à la voile. Il achevait ses préparatifs lorsque Cinzio reparut.

— Déjà revenu? s'écria Pietro.

— Déjà! Tout va bien! Voici les poignards et les escopettes! répondit Cinzio en tendant à son compagnon les armes qu'il tenait à la main.

— Il n'y avait donc personne chez moi?

— Au contraire. Ta maisonnette était occupée par quatre bourgeois, mais tous quatre dormaient du sommeil des justes à côté de leurs fusils chargés. Il fallait profiter de l'occasion. Je me glissai dans la chambre, j'ouvris doucement la porte de la petite pièce où tu tiens tes armes, et me voilà sain et sauf! Tu vois maintenant ce qu'il faut croire de tes rêves et de tes visions! Tu ne m'en corneras plus les oreilles, j'espère! Je ne crois à rien, moi!

— Pas même à la vengeance du ciel? demanda Pietro en prenant ses rames.

— Pas même!

— Prends garde, Cinzio! Il ne faut pas tenter Dieu!

Ces paroles étaient à peine prononcées qu'un roulement sourd vint leur servir de commentaire. Cinzio releva vivement la tête.

— Eh bien? dit-il d'une voix sourde, je croyais l'orage passé!

— Il revient! répondit gravement Pietro. Le vent s'était apaisé — mais il se lève de nouveau!

— Qu'il se lève — il nous débarrassera peut-être des hommes noirs.

— J'en doute! Les hommes noirs n'ont peur de rien!

— Tu ne leur ressembles guère, alors! exclama Cinzio.

— Je ne crains pas les hommes — c'est la vengeance du ciel que je redoute, et ta présence augmente ma frayeur — —

— De mieux en mieux, — s'écria Cinzio en riant, on ne sait pas jusqu'où — — —

Sa voix s'éteignit subitement.

Un effroyable coup de tonnerre venait d'éclater au-dessus de leurs têtes, tandis qu'un serpent de feu descendait du ciel et aveuglait les deux rameurs.

Tous deux restèrent un moment comme paralysés.

— Eh bien, dit enfin Pietro d'une voix éteinte, tu ne ris plus, Cinzio! Te voilà subitement calmé! Ris donc encore!

— Tu m'ennuies!

— Nous n'atteindrons plus aucun rivage terrestre, je le sens! reprit solennellement Pietro.

— Quel sermonneur! ricana Cinzio. Tu as beau dire, je ne me repens pas de ce que j'ai fait, et si j'étais encore au pouvoir j'en ferais bien plus encore! Je renverserais impitoyablement quiconque se mettrait sur mon chemin! Je hais l'humanité, moi — —

— Arrête, Cinzio, arrête — —

Un ricanement sinistre accueillit ces paroles.

— Pourquoi s'arrêter? cria le blasphémateur. A t'entendre,

on te prendrait pour un innocent, et cependant, nous sommes frères, nous avons tué tous deux, et si nous revenions au pouvoir nous tuerions encore, nous — —

Une effroyable détonation remplit les airs — la mer trembla jusque dans ses profondeurs et sembla se soulever pour recevoir la foudre — —

— Masaniello! cria une voix retentissante.

Ce cri, poussé par Pietro, se perdit au milieu d'un tumulte confus. On eût dit qu'une verge de feu s'abattait sur les vagues et les faisait jaillir en autant d'étincelles — —

L'instant d'après, tout était redevenu tranquille, et l'obscurité la plus complète enveloppait de nouveau la plaine liquide — —

On n'apercevait plus ni barque ni rameurs!

Le bateau, frappé par la foudre, avait été précipité dans l'abîme avec les deux hommes qui le montaient.

Les deux coupables échappaient à toute vengeance terrestre — la justice de Dieu les avait frappés et anéantis! —

Chapitre XXIX.

Les révélations de la sorcière.

On était au soir. Deux lazarones armés et portant le brassard blanc de la garde bourgeoise venait de sortir de l'Hôtel-de-Ville. Tous deux semblaient se rendre à quelque poste. Ils tournaient l'angle d'une rue lorsque l'un d'eux s'arrêta subitement et montra du doigt à son compagnon un personnage assez difforme qui pénétrait en cet instant dans une boutique éclairée.

— L'as-tu vu, Zanetto? murmura-t-il.

— N'était-ce pas Nicolo le baigneur? répondit le lazarone ainsi interrogé.

— Sans doute! Que peut-il avoir à faire chez un joaillier?

— Ça ne nous regarde pas! Occupons-nous pour le moment de notre mission. Le duc se cache, dit-on, dans le voisinage du couvent en ruines et nous devons battre la contrée pour l'y découvrir. N'est-ce pas notre consigne?

— Certainement, et nous la mettrons fidèlement à exécution, mais cela ne nous empêche pas d'avoir l'œil ouvert le long du chemin. Le baigneur avait l'air suspect. Je veux savoir ce qu'il médite!

— Allons! fit Zanetto d'un air résigné. Tu es plus têtu qu'une mule, Tonino; il faut toujours en passer par ce que tu désires!

Tonino ne répondit pas. Il traversait déjà la rue et se dirigeait vers la boutique où le baigneur venait d'entrer. Zanetto le suivit en maugréant et s'arrêta avec lui devant une petite fenêtre d'où l'on pouvait voir distinctement ce qui se passait à l'intérieur de la boutique.

Lazaro, son propriétaire, passait pour le plus habile, mais non pour le plus honnête des joailliers de Naples. On l'accusait, non sans raison, de recel. Il se préoccupait assez peu, en effet, de la provenance des objets précieux qu'il achetait à vil prix, et qu'il revendait avec un gros bénéfice. Tonino connaissait l'équivoque réputation du joaillier et cette circonstance avait aggravé ses soupçons. Si le baigneur se glissait dans cette boutique, c'était plutôt pour y vendre des bijoux que pour en acheter. Le lazarone voulait en avoir le cœur net. Il colla son visage contre la fenêtre et suivit d'un œil attentif tous les mouvements de Lazaro et de son étrange client.

Le joaillier s'était levé en entendant ouvrir la porte de sa boutique et avait fait quelques pas au-devant de son visiteur.

— Que me voulez-vous? lui dit-il d'un ton brusque.

— Je cherche un acheteur pour un certain nombre de pierres fines, et j'ai pensé à vous, répondit Nicolo. Nul autre que vous ne pourrait en payer la valeur!

— Tiens; c'est donc si précieux que ça!

— Un trésor, vous dis-je !

— Et à qui appartiennent-elles, ces pierres ?

— Peu vous importe. Il vous suffit, je pense, de savoir qu'elles sont entre mes mains. Je vous les offre — vous n'en trouverez pas tous les jours de pareilles, c'est moi qui vous le dis !

— Vraiment — et où sont-elles ?

— Les voici ! Regardez, Lazaro !

Tout en parlant, Nicolo tirait de sa poche une bourse de cuir. Il l'ouvrit avec précaution et en versa le contenu sur une table.

Le joaillier poussa une exclamation de surprise. Il s'était attendu à voir apparaître quelque fragment de cristal ou de verre taillé et ses yeux éblouis lui montraient de véritables trésors. Il y avait là des pierres d'une inestimable valeur. Il les considéra un instant, puis il jeta sur le baigneur un regard d'intelligence.

— C'est singulier, dit-il en montrant deux des plus gros brillants, j'ai déjà vu ces pierres quelque part !

— Que voulez-vous dire ?

— Sans doute — cela me revient, maintenant, continua Lazaro sans prendre garde à l'interruption du baigneur, je les ai montés jadis en diadème pour la duchesse !

Ce fut au tour de Nicolo d'ouvrir de grands yeux.

— Vous vous trompez, probablement, balbutia-t-il.

— Pas le moins du monde — et, tenez, je me souviens que ce diadème avait trente-trois brillants — comptez — les voilà tous !

— Cela se peut, cela se peut ! dit Nicolo avec un calme forcé. Peu importe, d'ailleurs. D'où que ce soit qu'ils viennent, je vous les offre. Voulez-vous les acheter ?

— Avez-vous la monture ?

— Elle est brisée !

— C'est égal ! J'y tiens.

Nicolo fouilla dans sa poche et en tira, non sans peine, la monture d'où les brillants avaient été arrachés. Il la posa sur la table. Au même instant, Tonino et Zanetto firent irruption dans la boutique. Le baigneur voulut cacher précipitamment son butin, mais Tonino ne lui en laissa pas le temps.

— Halte-là! s'écria-t-il en saisissant le bras du voleur, je veux savoir ce que c'est que cette histoire de diadème et de pierres fines! Comment ces objets sont-ils en ta possession?

Nicolo tremblait de tous ses membres.

— En marche! reprit le fougueux lazarone; tu t'expliqueras à l'Hôtel-de-Ville.

— Au secours! cria le baigneur qui avait enfin retrouvé la voix, c'est à un honnête bourgeois qu'on s'attaque! A moi, Lazaro!

Le joaillier haussa les épaules, et montra du doigt les brassard blancs que portaient les deux lazarones.

— Il faut vous soumettre, dit-il tranquillement. S'il y a malentendu vous vous expliquerez au conseil.

— De quel droit vient-on m'arrêter? Que me veut-on? hurla Nicolo en s'efforçant de s'arracher à l'étreinte du lazarone.

— On veut simplement savoir d'où vous vient ce diadème!

— Je l'ai trouvé!

— Voyez-vous ça! Et tu viens le vendre au lieu d'en rechercher le propriétaire, s'écria Zanetto. En route, farceur; à l'Hôtel-de-Ville!

Le baigneur comprit qu'il était perdu s'il ne parvenait pas à gagner les deux hommes.

— Eh bien, dit-il d'un air confidentiel, en voilà du bruit pour rien. On ne refuse pas un petit profit par le temps qui court — ne faites pas les imbéciles — nous partagerons — —

— Rien de ça! Nous sommes pauvres, mais honnêtes! s'écria Tonino.

— Crois-tu avoir à faire à des receleurs? cria de son côté Zanetto. Tu as volé ce diadème!

— Il a appartenu à la duchesse, dit Lazaro qui voulait éviter toute apparence de complicité. Je me serais bien gardé

l'acheter, mais je l'aurais retenu pour le restituer au
recteur.

Nicolo voulut renouveler ses tentatives de corruption, mais,
brillantes que fussent ses offres, elles restèrent sans succès.
Un quart d'heure plus tard le baigneur arrivait à l'Hôtel-de-
ville et était écroué dans un des cachots pour y attendre son
interrogatoire et son jugement.

Tonino et Zanetto, débarrassés de leur prisonnier, se remirent
promptement en route. Ils devaient, nous l'avons vu, explorer
la colline et le couvent ruiné où l'on supposait que le duc
avait cherché une retraite. Tous deux gagnèrent lestement la
campagne et prirent le chemin du couvent.

— Eh bien, dit Tonino tout en marchant, nous avons déjà
fait une bonne capture; pourvu que nous ayons autant de
chance avec le vieux duc. Il s'agit d'aller prudemment en
besogne !

— La ruine n'a qu'une sortie !

— L'un de nous l'occupera tandis que l'autre fouillera ce
vieux nid.

Les deux lazarones approchaient du couvent de nonnes. Ils
le laissèrent à droite et enfilèrent l'étroit sentier conduisant
au haut de la colline. Tonino, prêt à faire feu à la première
alerte, suivait son compagnon qui fouillait consciencieusement,
mais sans succès, les buissons voisins. Ils arrivèrent ainsi
jusqu'au portail ruiné qui donnait accès dans le chaos de ver-
dure, de pierres et de vieux murs que nous connaissons déjà.
Tonino se porta en avant, tandis que Zanetto restait en sentinelle à l'entrée, mais il avait à peine traversé les restes du
cloître qu'il revenait en toute hâte vers son compagnon.

— Vite, vite, Zanetto, dit-il d'une voix étouffée, il y en
a un qui dort là-bas. Il s'agit de le surprendre !

Une minute plus tard, les deux lazarones arrivaient à pas
de loup auprès d'un personnage étendu tout de son long à
peu de distance de la cellule voûtée.

— Chut ! murmura Tonino qui s'était penché sur le dormeur, n'est-ce pas le favori ?

— Si c'est lui le duc n'est pas loin, je parie.

— Son tour viendra aussi — occupons-nous toujours de ce brave seigneur ! Je vais lui tomber dessus pendant que tu lui enlèveras son épée !

Et Tonino, sans plus attendre, se jeta sur le dormeur, mais il se releva bien vite — Tito n'avait pas remué, ses membres étaient froids et raides —

— Sur mon âme, il est mort, fit le lazarone en frissonnant.

Il y eut un silence. Les deux hommes se sentaient peu à l'aise dans ce lieu qui devait avoir été témoin de quelque drame sinistre. Zanetto secoua le premier cette préoccupation.

— Ce n'est pas tout, reprit-il, en voilà un de mort, mais il nous faut trouver les deux autres ! Et joignant l'exemple au précepte, il commença à battre les buissons. Tonino l'imita. Les deux hommes fouillèrent consciencieusement la ruine, tournèrent les pierres, les pans de murs et les tas de décombres — peine inutile — l'endroit était désert.

— Il n'y a rien à faire, nous perdons notre temps ici, dit enfin Tonino d'un air découragé. Le duc et le duquecito auront gagné le large. Retournons à Naples, et emportons le cadavre du favori. C'est mieux que rien !

Zanetto approuva. Il ne demandait pas mieux que de regagner la ville. Les deux lazarones ramassèrent des branches d'arbres dont ils firent une civière sur laquelle ils étendirent le cadavre, puis ils reprirent avec leur fardeau la direction de Naples —

Nous avons laissé le duc fuyant la vieille ruine où il venait de punir de sa main le fils adoptif dont la perversité lui était enfin dévoilée — il allait devant lui, courant en insensé, et n'ayant plus qu'une idée : fuir ce lieu maudit.

Où aller cependant ? Où se réfugier pour attendre en sûreté l'arrivée de la flotte espagnole ? Où trouver un abri contre d'inévitables poursuites? Le duc se posait ces questions sans pouvoir y répondre et courait toujours à l'aventure —

Un coup d'œil jeté machinalement autour de lui lui aprit qu'il était arrivé sans le savoir au pied de Vésuve. La montagne se dressait menaçante vers le ciel et semblait rappeler au fugitif qu'à mi-hauteur se trouvait l'antre de la sorcière.

Qu'était-ce donc que Corvia, cette repoussante créature qui s'était introduite un jour dans son cabinet pour lui raconter son passé — ce passé lointain qu'il croyait enseveli dans le plus profond secret. D'où venait-elle? Où avait-elle appris ce nom que le duc ne pouvait entendre sans tressaillir?

Cedilla — avait-elle dit? Cedilla! Quel monde de souvenirs dans ce seul nom. Le duc le répétait malgré lui, et malgré lui il montait vers l'antre de la vieille. On eût dit qu'une force invincible le poussait vers cette femme qui avait pris plaisir à le torturer. Il montait. Ses pieds enfonçaient dans la cendre — mais il s'en apercevait à peine! Qu'étaient-ce que des souffrances physiques auprès des souffrances morales qu'il endurait —

Il montait. Ses jambes lui refusaient peu à peu tout service, mais il allait toujours. Il lui fallait enfin des éclaircissement, une certitude, et puisque la sorcière était seule à pouvoir les donner, ce serait à elle qu'il s'adresserait.

Le fugitif atteignit enfin l'entrée de la caverne. Il s'arrêta involontairement au bord de la crevasse et jeta un œil effaré dans l'ouverture d'où sortait une vapeur rougeâtre. La sorcière, debout auprès d'un chaudron, en remuait le contenu en marmotant de mystérieuses incantations. Son aspect était si horrible que le duc épouvanté voulut retourner sur ses pas, mais la curiosité fut plus forte que la crainte. Il resta.

Le corbeau avait déjà flairé un visiteur et faisait entendre son croassement sinistre. La vieille releva la tête.

— Eh bien, qu'y a-t-il? cria-t-elle de sa voix enrouée. Une visite, sans doute? Qui va là?

Le duc hésitait encore, mais déjà la sorcière avait quitté

son chaudron et avançait en clopinant vers l'entrée de la caverne.

— Qui va là? répéta-t-elle, Le corbeau dormait et ce n'est pas pour rien qu'il s'est réveillé. Eh, il ne se trompait pas, mon mignon, il y a quelqu'un là, en effet! Approchez! Vous me cherchez sans doute? Montrez-vous donc! continua la vieille en allongeant le cou pour mieux voir le visiteur muet qui tardait à se faire connaître.

Il y eut un instant de silence. Tout à coup la sorcière fit entendre un ricanement sinistre et se porta vivement en avant.

— Ai-je bien vu? s'écria-t-elle. Le duc! Le duc d'Arcos! C'est lui — je l'attendais, d'ailleurs. Approchez, Altesse! Quel honneur pour la vieille Corvia!

— Je ne sais pas, en vérité, ce qui m'amène ici, grommela le duc, qui suivait malgré lui la sorcière.

— Vous ne le savez pas! ricana la vieille quand elle se vit dans son antre avec son visiteur. Vous ne le savez pas — eh bien, je vais vous le dire, moi: ce sont mes paroles — c'est la consciense que j'ai réveillée de son long sommeil! Elle dormait bien, votre consciense, mon beau duc; si bien que vous l'avez crue morte, ou que vous avez pensé n'en point avoir! Allez, je savais bien que vous viendriez tôt ou tard — je vous attendais — et vous voilà!

— Je viens te demander ce que tu sais du passé!

— Ce que j'en sais! Hé, don Léon, ma mémoire s'est bien affaiblie — non par l'âge, je ne suis pas aussi vieille que je parais — mais par la douleur et le chagrin! Vous ne connaissez pas ça non plus, mon beau seigneur, mais vous l'apprendrez, soyez tranquille. On apprend à tout âge — —

— Assez, interrompit le duc, je n'ai pas besoin de tes réflexions. Je veux savoir où tu as appris ce dont tu me parlais dernièrement!

— Je comprends, don Léon, je comprends — c'est de la pauvre Cedilla que vous voulez parlez. Pauvre enfant — la

—yez-vous encore quand on la sortit de l'eau — elle était
belle comme un ange! La voyez-vous avec ses longs cheveux
flottant sur un cou plus blanc que neige — —

— D'où sais-tu ça, la vieille?

— Eh, vous êtes bien Léon d'Arcos, l'amant de la pauvre
Cedilla, continua la sorcière. Un vilain tour que vous avez
fait là d'abuser et de séduire cette belle enfant! C'est la mode,
je le sais, parmi les beaux cavaliers de votre monde — une
vilaine mode, hihihi! Vous êtes bien ce Léon d'Arcos qui
abandonna la pauvre enfant dont il avait brisé la vie, ce même
Léon d'Arcos qui fit chasser par ses chiens la mère de Cedilla? Je vous connais, vous voyez! Eh bien, moi, je suis
cette femme contre laquelle vous excitiez votre meute, je suis
la mère de la malheureuse Cedilla — c'est ainsi qu'on se
retrouve, hihihi — —

Le duc recula épouvanté —

— Ai-je bien entendu? dit-il d'une voix éteinte, vous
êtes — —

— Voilà bien trente ans de ça, reprit la vieille, trente ans
— presque une vie d'homme — vous avez tout oublié sans
doute? Eh bien, oui, je suis cette Juana qui vivait à Aranjuez avec sa fille, cette Juana qui faillit être déchirée par les
chiens que vous lanciez contre elle — —

— Impossible — tu veux me tromper! Comment serais-tu
venue d'Aranjuez ici?

— Comme vous, don Léon, tout comme vous! Je vous ai
suivi à Naples. Je voulais savoir si vous ne trouveriez pas
ici le châtiment que vous méritiez —

— Tu serais donc vraiment la mère de Cedilla?

— En doutez-vous encore? Vous ne me reconnaissez pas,
je le crois bien, on me donnerait cent ans et plus — mais
ni la misère ni le chagrin n'ont pu me faire mourir avant
l'heure! J'attendais ma vengeance — j'ai attendu longtemps,
mais elle est venue enfin! Je vous ai vu dans le malheur!
Tout se paie, Altesse, tout. — —

La Muette de Portici.

Le duc paraissait accablé. Il avait caché sa figure dans ses mains pour ne pas voir la sorcière qui le regardait avec une expression de haine sauvage.

— Vous faut-il d'autres preuves, encore reprit l'impitoyable vieille. Vous parlerai-je du berceau de jasmin où vous passiez de longues heures avec la belle Cedilla? Vous répéterai-je les insultes dont vous accompagniez la somme qui devait payer à la pauvre enfant le sacrifice de son cœur et de sa vie? Vous dirai-je ce qu'est devenu le fruit de votre crime —

La sorcière s'interrompit tout à coup et parut chercher quelqu'un à l'entrée de la caverne. On eût dit qu'elle s'apercevait seulement alors que le duc n'avait pas son compagnon habituel.

— Eh bien? dit-elle avec agitation, qu'avez-vous donc fait de votre fils adoptif, le brave Tito Silvestre?

— Tito, l'assassin de mon épouse! cria le duc. Ne m'en parle pas! Je veux oublier que ce misérable a existé!

— Que s'est-il passé — dites-moi un mot, un seul mot, don Léon? fit la vieille dont l'agitation allait croissant. Qu'avez-vous fait de Tito?

— Je l'ai tué de ma main, il y a une heure à peine!

Un rire effroyable remplit tout à coup la caverne. La sorcière se démenait comme une insensée et l'on n'eût pu distinguer si c'était la douleur ou la joie qui l'agitait ainsi. Peut-être ces deux sentiments se mêlaient-ils en elle?

— Tué — vous l'avez tué? cria-t-elle enfin en étendant vers le duc ses mains décharnées. Savez-vous ce que vous avez fait, don Léon? Vous avez tué votre fils, votre propre chair —

Le duc chancela —

— Tais-toi, malheureuse! murmura-t-il, tais-toi! As-tu juré de me faire mourir?

La sorcière riait toujours.

— Vous avez tué votre fils, votre propre fils, répétait-elle d'un air triomphant, Cedilla est vengée. Tito, l'enfant trouvé

était votre enfant — je le portai moi-même au château, et
je restai à Naples pour ne pas le perdre de vue. Je le vis
s'insinuer peu à peu dans votre cœur — c'était ce que je
voulais. Il n'avait rien de sa mère, vous lui aviez transmis
votre orgueil et vos vices, et l'on pût prévoir de bonne heure
qu'il porterait le deuil et la malédiction dans votre maison!

Le duc ne répondait pas. Il écoutait avec épouvante les horribles révélations de la sorcière. Il savait tout maintenant.
Le serpent qu'il avait réchauffé dans son sein était sa chair
et son sang! C'était son propre fils qu'il venait de tuer! On
put croire un moment qu'il allait se jeter l'épée à la main
sur celle qui venait de le torturer ainsi, mais la vieille continuait son monologue. Elle parlait toujours de Cedilla et ce
nom semblait exercer une influence étrange sur le duc. La
main qui tenait l'épée retomba inerte à ses côtés, ses yeux
s'arrêtèrent avec égarement sur la sorcière, puis tout à coup,
saisi de folie, il s'élança vers l'entrée de la caverne et s'enfuit en désespéré —

L'effroyable rire de la vieille retentissait derrière lui.

— C'est le châtiment, le châtiment! criait-elle d'une voix
stridente. Cedilla est vengée! —

Le duc arriva d'un bond au sommet de la crevasse et se
précipita en avant — on eût dit que des furies s'étaient
attachées à ses pas — l'instant d'après, il avait disparu dans
la nuit — —

Chapitre XXX.

L'adieu.

Naples respirait enfin. Le nouveau conseil, nommé par le peuple et composé de citoyens honnêtes et considérés, avait pris les mesures les plus énergiques pour rétablir l'ordre. Les meurtres et les méfaits de toute nature qui désolaient le pays avaient pris fin, et l'on était sûr, au moins, de ses biens et de sa vie.

La sécurité renaissait, mais une sécurité relative. Les Napolitains avaient réussi à chasser leurs tyrans, mais tout n'était pas fini. Chaque jour pouvait amener une flotte espagnole. La nouvelle des événements survenus à Naples avait dû parvenir à Madrid, et nul ne doutait que Philippe II n'usât de tous les moyens en son pouvoir pour réprimer le soulèvement et punir ses sujets rebelles. Cette certitude pesait lourdement sur les esprits. Chacun se disait avec angoisse que Naples était trop faible pour se rendre vraiment libre. Comment se soustraire à l'autorité du puissant royaume d'Espagne? Où chercher des alliés?

En attendant, les nouveaux gouvernants ne restaient pas inactifs. Le trois citoyens élus par le peuple pour former le conseil exécutif s'étaient adjoints un grand conseil composé de vingt membres, et ces deux pouvoirs travaillaient activement à la réorganisation de l'état. Ils rétablissaient les services publics, rendaient la justice, et s'efforçaient de mettre un terme aux innombrables abus qui s'étaient introduits pendant ces jours de trouble et de confusion. La tâche était ardue. Il fallait, pour la mener à bonne fin, tout le patriotisme qui animait les nouveaux conseillers.

L'unes des première mesures ordonnées par les conseils avait été la reconstruction du phare d'Ischia et la nomination d'un nouveau gardien. Le château ne fut pas non plus oublié. Les parties endommagées par le siège furent reconstruites avec soin. On eût dit que les nouveaux gouvernants avaient à cœur de faire disparaître toutes les traces matérielles de l'émeute. On dressa inventaire des objets précieux et des sommes délaissées par le duc, et ces richesses, jointes à celles qu'on retrouva sur Hassan et sur Nicolo, furent mises sous bonne garde pour être restituées plus tard aux Espagnols.

Le conseil n'était pas moins actif dans ses recherches contre les hommes compromis dans l'assassinat de Masaniello, et contre les malfaiteurs de tous genres qui s'étaient abattus sur Naples. Bon nombre d'entre eux furent arrêtés et jugés, et parmi eux Nicolo le baigneur qui fut condamné à plusieurs années de galères. Pietro et Cinzio, eux, furent introuvables. On les chercha de tous côtés et l'on finit par renoncer à des perquisitions qui se prolongeaient sans amener aucun résultat. Sans doute, les deux tribuns avaient réussi à sortir du pays et à gagner quelque contrée éloignée où ils fussent à l'abri de toutes poursuites.

On était au lendemain de l'orage dont nous avons parlé dans un précédent chapitre. Le ciel était redevenu serein, la nature semblait rajeunie, et les pêcheurs de Portici s'étaient hâtés vers la mer pour profiter du reste de fraîcheur qu'avait laissé l'orage. Carlo, Bertuccio et Giovanni étaient partis ensemble et tout en dirigeant leur barque vers l'endroit où ils avaient coutume de jeter leurs filets, ils s'entretenaient avec animation des événements du jour.

— Comment s'appellent donc les trois conseillers nouvellement élus? demanda le vieux Bertuccio.

— Amalgino, Viritto et Renani, répondit Carlo. Tu connais sans doute Amalgino le magister, un homme sérieux et austère dont chacun vante le savoir. Viritto, le riche armurier de la rue de Tolède et le vieux patricien Renani ne sont pas moins connus !

— Et pas moins estimés, ajouta Giovanni.

— Tous trois sont des hommes sages et avisés, et c'est un vrai bonheur pour le pays qu'ils aient été élus, dit Bertuccio.

La barque volait sur l'onde. Elle fut bientôt assez en avant dans la mer, et pendant un instant, les pêcheurs ne songèrent qu'à jeter leurs filets. Carlo reprit le premier la parole.

— On n'a décidément rien découvert sur le compte de Cinzio et de Pietro, dit-il tout à coup. Quelle fin peuvent-ils bien avoir fait !

— Si Cinzio a échappé à la justice des hommes, il n'échappera pas à la justice céleste, répondit solennellement le vieux Bertuccio. Le châtiment les trouvera où que ce soit qu'ils se cachent, mais il est une autre personne encore que je voudrais voir punie !

— Je devine, tu penses à la vieille Corvia, la sorcière du Vesuve, dit vivement Carlo.

— Tu l'as dit. Il est temps de mettre fin à ses mauvaises pratiques ! Chacun en parle, et personne ne l'accuse !

— Tu as raison, Bertuccio, fit Giovanni. Cette vieille sorcière a déjà fait trop de mal !

— Eh bien, reprit Bertuccio, si vous êtes d'accord avec moi, nous nous rendrons demain à Naples, et nous l'accuserons hautement, devant le conseil, de fournir du poison à quiconque lui en demande. Nous réclamerons son arrestation immédiate ! N'est-ce pas notre devoir, à nous, pêcheurs, d'appeler en jugement tous ceux qui ont contribué à la triste fin de notre héros ?

En cet instant, le filet, devenu subitement lourd, fit pencher brusquement la barque.

— Saint Antonio — qu'est-ce que ça signifie ? s'écria Carlo. Je crois, sur mon âme, que c'est quelque poutre qui vient de s'introduire dans le filet.

— Il est trop lourd pour le monter dans la barque, dit Bertuccio, qui avait saisi les cordes. Il faut le tirer jusqu'au rivage — attention !

Les trois pêcheurs unirent leurs efforts pour assujettir solidement la nasse, puis ils se mirent à ramer avec précaution vers la terre. Il s'agissait d'empêcher que quelque brusque secousse ne fît rompre les cordes qui retenaient le filet.

Ils avançaient avec peine. Le soleil baissait lorsqu'ils approchèrent enfin du rivage avec d'autres embarcations dont les rameurs se demandaient avec curiosité ce que leurs confrères pouvaient bien avoir trouvé de si lourd. Ils gagnèrent enfin le bord et Carlo, Bertuccio et Giovanni se mirent à tirer lentement leur nasse pour la faire arriver sur le sable.

Les cordes menaçaient de se rompre. Jamais poisson n'eût été à la fois si raide et si lourd. Il y avait là quelque poutre ou quelque objet de même nature auquel les trois pêcheurs eussent infiniment préféré une prise plus fructueuse. Enfin le filet sortit de l'eau. Un dernier effort l'amena assez en avant sur le sable. Les trois hommes se penchèrent — et reculèrent en poussant un cri de terreur.

Le spectacle qui s'offrait à leurs yeux était bien de nature à frapper d'horreur les plus braves —

Les mailles du filet laissaient apercevoir un cadavre — un cadavre entier, mais aussi noir que si le feu de l'enfer l'eût touché.

— Cinzio — ne le reconnaissez-vous pas ? C'est Cinzio ! cria un des pêcheurs.

Le vieux Bertuccio avait joint les mains.

— Dieu reçoive son âme ! Amen ! murmura-t-il d'une voix tremblante.

— Cinzio ! C'est bien lui, dit à son tour Carlo. Il aura été frappé de la foudre la nuit dernière !

— N'en croyez rien, fit un des assistants, le diable l'aura emmené dans sa fournaise, mais il l'aura trouvé trop mauvais, même pour lui, et l'aura relâché !

— Assez, vous autres, fit Bertuccio d'un ton grave. Le sujet ne prête pas à la plaisanterie! Carlo a raison. Ce misérable a été frappé par la foudre. Ne voyez-vous pas qu'il est complétement carbonisé.

— A la mer! Pas un de nous ne voudrait le ramasser, crièrent quelques voix.

— Il fait peur à voir! murmura Giovanni.

— A la mer, et vite! Allons-nous rester ici à le regarder?

— Il retournera en terre, comme tout chrétien! s'écria résolument Carlo. Cinzio fut un grand coupable, mais ses fautes ont été expiées par sa mort!

— Carlo a raison, écoutez-le, enfants, dit Bertuccio.

En cet instant on vit accourir quelques pêcheurs qui arrivaient de l'extrémité du village.

— Venez, venez, crièrent-ils en approchant, la mer vient de rejeter le vieux Pietro sur le rivage! Que la sainte Vierge nous préserve de malheur! Le cadavre est noir comme du charbon!

— Que vous disais-je! s'écria Carlo. Ils étaient ensemble et la foudre les a frappés tous deux la nuit dernière! Y a-t-il rien là de bien étonnant par un orage pareil? Voyons, laissez-vous toucher, vous autres! Venez! Nous ensevelirons ces deux morts. On ne peut pas leur refuser le repos auquel ils ont droit!

Le cercle formé autour du cadavre s'était éclairci presque subitement. Les assistants s'éloignaient en hochant la tête.

— Laissons-les aller, reprit Carlo. Nous nous chargerons bien de l'affaire! Qu'en dis-tu Bertuccio?

— Je dis que tu as raison.

— Ecoutez, dit à son tour Giovanni, traînons le cadavre de Cinzio jusqu'à l'endroit où celui de Pietro a été trouvé: Nous creuserons là-bas une fosse assez grande pour les deux et quand la nuit sera venue, nous les y descendrons!

— Parfait! Tu as trouvé ce qu'il fallait faire! exclama Bertuccio.

Les trois pêcheurs saisirent les cordes du filet et commencèrent à le traîner le long du rivage. Ils ne tardèrent pas à trouver le cadavre de Pietro, qui n'était guère moins hideux que celui de Cinzio. Bientôt les deux corps furent étendus l'un à côté de l'autre. Carlo alla chercher des pelles, puis les trois pêcheurs se dirigèrent vers un arbre sous lequel ils voulaient creuser la fosse.

— L'endroit est bien choisi, dit le vieux Bertuccio. Ils y dormiront au bruit de la mer, un bruit cher à tous les pêcheurs! A l'œuvre, enfants!

Les trois hommes se mirent activement à l'ouvrage. La nuit survint, mais la clarté de la lune leur permit de continuer leur travail. La fosse terminée, ils redescendirent au bord de l'eau. Les deux corps étaient là, à peine reconnaissables.

— En avant! Et que la sainte mère de Dieu nous protège! C'est une bonne œuvre que nous faisons là! dit Bertuccio qui sentait le besoin de raffermir son courage et celui de ses compagnons.

Un peu reconfortés par cette bonne parole, les trois hommes soulevèrent d'abord le corps de Pietro et le portèrent dans la fosse. Ils passèrent ensuite à Cinzio. Un vieux drap apporté par Carlo recouvrit les deux cadavres. Le vieux Bertuccio prononça à demi-voix une courte prière, puis les trois hommes reprirent leurs pelles pour refermer la fosse —

Il était plus de minuit lorsqu'ils eurent achevé leur œuvre de miséricorde. Tous trois s'éloignèrent en silence. Ils se séparèrent à l'entrée du village pour regagner chacun leur demeure.

Le chemin que suivait Carlo le faisait passer devant la chaumière de Fenella. Il approchait de l'humble maisonnette et la regardait tristement lorsqu'il s'arrêta tout à coup. Il y avait de la lumière dans la chambre. Que faisait donc Fenella pour que sa lampe brûlât encore, au milieu de la nuit?

Le jeune pêcheur tressaillit — il venait d'apercevoir une forme qui lui était inconnue. Quelqu'un remuait dans la chaumière, et ce quelqu'un, ce n'était pas Fenella! C'était un homme —

Carlo fit un pas en avant — puis il s'arrêta tout à coup. De quel droit allait-il épier la Muette? Fenella l'avait repoussé et lui avait avoué qu'elle en aimait un autre! Carlo savait tout cela — mais son cœur aimant et fidèle ne pouvait oublier. Il aimait encore Fenella, et depuis la mort de Masaniello il se sentait tenu de la protéger —

Tout était silencieux et désert aux alentours. Le jeune pêcheur hésita un instant; puis la passion fut la plus forte. Il approcha de la fenêtre et jeta un coup d'œil dans l'intérieur de cette chaumière où Masaniello avait vécu heureux et paisible avant que le peuple eût fait de lui un roi lazarone.

Tout à coup Carlo recula — il se trompait sans doute — c'était la jalousie qui faisait passer devant ses yeux le fantôme de son rival —

Mais non — il n'y avait pas d'illusion possible — Alfonso, le fils du duc, était là! C'était dans la chaumière de Masaniello que le prince fugitif avait trouvé un abri!

Carlo, frappé d'étonnement, resta un instant immobile, puis il revint à lui, et l'expression de ses traits révélât clairement le combat qui se livrait dans son âme. Un mot de lui, et le duquecito, redevenu prisonnier, était à jamais séparé de Fenella — —

Un pas léger arracha le jeune pêcheur à ses réflexions. Il se retourna vivement et se trouva en face de la Muette qui le regardait avec épouvante —

— Toi — Fenella — murmura-t-il. Tu caches le duquecito?

La Muette l'attira à quelques pas de la fenêtre, puis elle leva vers lui des mains suppliantes.

— Oui, oui, je sais, reprit le jeune homme avec amertume, tu me demandes grâce pour celui que tu aimes, pour cet

Espagnol qui m'a ravi ton amour. Tu veux que je cache sa retraite — et mon devoir m'ordonne de la révéler — —

Fenella tressaillit.

— Je défendrai Alfonso au péril de ma vie, disaient ses gestes animés. Je lui appartiens — je suis sa femme —

— Toi — tu es unie à l'Espagnol?

— Je le jure, répondit-elle par signes.

Elle avait levé la main à la hauteur du visage de Carlo et montrait au jeune homme l'anneau nuptial qui étincelait à son doigt.

— Mariée — avec lui — et depuis quand? murmura le pêcheur.

— Depuis la nuit dernière!

Il y eût un silence. Carlo paraissait accablé.

— Tu veux m'attendrir — me faire oublier mon devoir, dit-il enfin d'une voix brisée.

— Non, répondit la vive pantomime de la Muette, je ne le veux pas. Mais sache-le, Carlo, cette mort qui menace le prince il n'est pas besoin de toi pour l'amener. Alfonso mourra — —

— Et toi?

— Je mourrai avec lui! Tu peux m'en croire, Carlo! Avant trois jours nous aurons cessé de vivre!

Le jeune pêcheur poussa un gémissement étouffé.

— Toi, Fenella, tu veux mourir avec cet homme? murmura-t-il en cachant sa figure dans ses mains. Tu l'aimes donc bien! Renonce à cette funeste résolution, pauvre enfant — ne sais-tu pas qu'il est défendu d'attenter à sa vie?

Fenella sourit tristement.

— Dieu nous pardonnera! disaient ses signes. Il n'est plus de bonheur pour nous sur cette terre! Nous allons le chercher là-haut — notre résolution est prise! Pardonne-moi, Carlo — et ne maudis pas ma mémoire! Une autre, plus digne, te donnera tout le bonheur que tu mérites! Adieu — donne-moi ta main — nous ne nous reverrons plus sur cette terre!

Le jeune pêcheur tremblait de tous ses membres.

— Ne meurs pas, Fenella — ne meurs pas! s'écria-t-il en sanglotant.

Elle secoua doucement la tête, pressa la main du jeune homme et s'enfuit dans sa chaumière — ils ne devaient plus se revoir — —

Chapitre XXXI.

La cage aux sorcières.

Les trois membres du haut conseil, Amalgino le savant, l'armurier Viritto et le vieux patricien Renani étaient assis dans la grande salle de l'Hôtel-de-Ville lorsqu'on leur annonça que deux pêcheurs demandaient à être introduits auprès d'eux. La réponse fut favorable, et peu d'instants après, Bertuccio et Giovanni faisaient leur entrée dans la salle.

Encouragé à parler, Giovanni fit rapport aux conseillers sur la découverte de la veille et sur la façon dont-ils s'y étaient pris, ses deux compagnons et lui, pour soustraire les cadavres de Cinzio et de Pietro à la fureur de la foule. Ce récit fut écouté avec de chaudes marques d'approbation de la part des honorables conseillers. Il se termina enfin, mais il était aisé de voir que Giovanni n'avait pas dit tout ce qu'il avait à dire.

— Qu'y a-t-il encore? demanda Amalgino qui lisait clairement sur la figure de l'honnête pêcheur.

— Une plainte, signori !

— Une plainte grave, ajouta Bertuccio.

— Nous vous écoutons !

Ainsi encouragé, Giovanni entama la chapitre de la sorcière du Vésuve et raconta longuement tous les crimes dont on l'accusait. Les trois conseillers écoutaient avec un étonnement voisin de la stupéfaction.

— Si votre récit est vrai, dit enfin Renani, il est évident que cette femme doit être arrêtée sur l'heure. Mais comment se fait-il qu'on n'en parle pas davantage à Naples ?

— On en parle, signori, on n'en parle que trop, il n'est que trop de gens qui réclament ses services, mais ces histoires-là n'arrivent pas jusqu'à vous. Nous autres, nous la connaissons et la redoutons de longue date, la sorcière. Nous la voyons rôder la nuit et ramasser au clair de lune les plantes vénéneuses dont elle se sert pour fabriquer ses poisons, ses philtres et ses breuvages du diable. Les Espagnols la connaissaient bien, allez ! Tito, le fils adoptif du duc, montait souvent de nuit auprès d'elle !

— Et depuis quand habite-t-elle là-haut ? demanda Amalgino.

— Ah, signori, il y a longtemps, bien longtemps qu'elle vit dans cette caverne, répondit le vieux Bertuccio, mais autrefois elle se montrait rarement et faisait peu parler d'elle. Ce n'est que depuis peu qu'elle se livre ouvertement à toutes ses mauvaises pratiques.

— Eh bien, vous avez fait votre devoir, et nous vous en remercions, dit gravement Amalgino en s'adressant aux deux pêcheurs. Retournez tranquillement à Portici. Vous serez avisés du jugement que le conseil prononcera sur cette femme !

Bertuccio et Giovanni saluèrent et sortirent de la salle. Les trois conseillers délibérèrent alors sur ce qu'il y avait à faire, et décidèrent de faire saisir la sorcière. Zanetto et Tonino furent chargés de cette mission dont l'un des lazarones, au moins, parut fort peu charmé. Tous deux sortirent de la salle du conseil, mais ils étaient à peine arrivés dans l'antichambre que Zanetto se laissait tomber plus mort que vif sur un siège.

— Eh bien, en voilà une affaire, dit-il d'une voix éteinte. Nous n'en reviendrons pas, c'est moi qui te le dis!

— Allons, tu plaisantes, fit Tonino en riant. Que veux-tu qu'elle nous fasse, cette vieille? Pour ma part, je la brise comme verre à la moindre simagrée!

— C'est bon à dire, gémit Zanetto, mais ce n'est pas pour rien qu'elle a fait un pacte avec le diable! Elle nous jouera quelque tour de sa façon avant seulement que nous ayons mis le pied dans son antre!

— Bah! je ne crains rien, moi, répondit Tonino. J'ai sur moi une amulette et un chapelet, et puis, il me suffira d'invoquer mon saint patron pour que les maléfices de la sorcière ne me puissent rien!

— Tu crois!

— Sans doute! C'est elle qui tremblera! Je la vois d'ici nous demander grâce!

— J'ai bien aussi une amulette, mais — —

— Allons, viens, nous n'avons pas de temps à perdre, s'écria Tonino, et saisissant son compagnon par le bras il l'entraîna hors de l'Hôtel-de-Ville et prit avec lui la direction du Vésuve.

La route, passablement longue déjà, fut rendue plus pénible par le découragement et l'angoisse de Zanetto. Le superstitieux lazarone eût donné tout au monde pour être débarassé de sa mission. Il restait en arrière et n'avançait que sur les instances de Tonino. Ce dernier gravissait résolûment l'étroit sentier qui montait vers la caverne et ne cessait d'encourager son compagnon.

— Allons, un peu de courage, criait-il. Elle ne nous fera rien!

— Pourquoi faut-il que ce soit justement nous qu'on ait envoyé là-haut, gémissait l'infortuné Zanetto.

— Pourquoi? Parce qu'on a confiance en nous. N'avons-nous pas déjà attrapé le baigneur? Et Tito, n'est-ce pas nous qui l'avons retrouvé?

— Passe encore pour celui-là — il était mort!

— Eh bien, la sorcière ne nous fera pas plus de mal que lui. Depuis quand as-tu peur d'une vieille femme? Il faut la prendre. Elle sera brûlée en place publique et chacun saura que c'est nous qui l'avons faite prisonnière!

— Peu m'importe — je ne cherche pas la gloire, moi! Sainte Vierge, je crois que voilà déjà son trou!

— C'est l'entrée de sa caverne!

— Ne crie pas si fort — elle va nous entendre. Il faut la surprendre!

— A quoi bon? Si c'est une vraie sorcière elle n'aura pas besoin de nous entendre pour savoir que nous venons la chercher!

— Seigneur — que tous les saints nous protègent, murmura le pauvre Zanetto — elle est là — là!

— C'est elle — elle vient à notre rencontre. En avant, Zanetto!

— Eh bien, eh bien, qui va là? fit en ce moment la voix enrouée de la sorcière, deux jolis garçons, hein? Approchez, enfants, approchez, je sais de reste ce que vous me voulez! Vous venez me chercher, je parie? Entrez seulement! Il ne vous arrivera aucun mal!

— Nous n'avons rien à faire dans ton antre, répondit brusquement Tonino. Ça pue le soufre et la poix!

— Peut-être bien, peut-être bien, mon fils, ricana la sorcière, c'est cette bouillie dans mon chaudron!

— Nous venons te chercher, la vieille, il faut nous suivre, dit Tonino.

— Je le veux bien, enfants — pourquoi ne vous suivrais-je pas? Laissez-moi seulement prendre mon mouchoir, ajouta-t-elle en rentrant dans la caverne.

— Gare! murmura Zanetto en se blotissant derrière son

confrère, c'est à présent qu'elle va nous jeter quelque mauvais sort pour nous empêcher de la prendre. L'affreuse vieille!

— Pour belle, elle ne l'est pas, tu as raison, fit Tonino en riant. Elle a tout l'air d'une sorcière — mais que fait-elle donc?

— Du feu! Saint Antonio, elle a sans doute appelé le diable! murmura Zanetto en se signant.

La caverne tout entière semblait devenue une fournaise. En cet instant la sorcière reparut au milieu de la vapeur et de la fumée et s'avança au-dehors avec un rire sauvage.

— Que diable fais-tu donc? lui cria Tonino.

— Un petit feu, mon garçon, un petit feu!

— C'est à dire que toute la caverne brûle?

— C'est ce qu'il faut, hihihi, c'est ce qu'il faut! Je m'en vais et je ne tiens pas à rien laisser derrière moi! Tout ce qui est là-dedans peut brûler — je n'en aurai plus besoin — et puis je ne veux pas qu'un autre vienne s'établir après moi dans cette caverne où j'ai vécu si longtemps, hihihi!

— C'est bon! Dépêche-toi. Nous devons te livrer sur l'heure au conseil!

— Voyez-vous ça — et de qui est-il composé ce conseil?

— Tu le verras de reste! Partons!

La vieille ne répondit pas. Elle monta lestement au bord de la crevasse et se plaça sans hésiter entre ses deux gardiens.

— Arrive ce qui pourra — peu m'importe, à présent! murmura-t-elle, puis elle se mit en marche.

Zanetto respira. L'affaire s'était passée plus facilement qu'il ne l'avait supposé, mais il ne perdait pas de vue sa prisonnière dont il redoutait toujours quelque maléfice. La vieille Corvia ne manifestait cependant aucune intention hostile. Elle allait de son pas habituel et ne montrait ni inquiétude ni trouble.

— Voyons, lui dit enfin Tonino ennuyé de cette marche ilencieuse, tu es bien une sorcière. Sais-tu ce qui t'attend?

— Certainement, mon fils, je sais tout!

— Alors, pourquoi es-tu restée là-haut à attendre qu'on t'attrappât. C'est de la bêtise, ça!

— Tu dis vrai, bien vrai, mon fils, mais c'est trop tard, maintenant, fit la vieille en haussant les épaules.

— Et tu n'as pas peur? demanda à son tour Zanetto.

— Non, mon brave, — et ça t'étonne peut-être, ricana la sorcière. Je sais pourtant fort bien où je vais!

Les trois personnages atteignirent enfin la ville où le peuple s'amenta immédiatement sur leur passage. Ce fut bientôt un concert de malédictions contre la sorcière du Vésuve. Les uns voulaient la lapider séance tenante, d'autres proposaient qu'on la conduisît devant une image de saint Antonio dont elle ne pourrait, disaient-ils, supporter la vue si elle avait réellement fait pacte avec le diable. La foule devenait de plus en plus menaçante, et les deux lazarones eussent été impuissants à défendre leur prisonnière sans l'intervention d'une patrouille armée.

— La sorcière! Nous voulons la sorcière! hurlaient des voix furieuses. Il nous la faut!

— Vous l'aurez, soyez tranquilles! répondit le chef de l'escouade, mais il faut d'abord qu'elle subisse un interrogatoire à l'Hôtel-de-Ville! Laissez-la passer!

— C'est vrai! Il a raison, l'officier! La torture la fera parler! cria-t-on dans la foule.

La vieille n'avait pas ouvert la bouche et n'avait pas fait un mouvement pour se soustraire à la manifestation dont elle était l'objet. Elle assistait impassible à ce déchaînement d'hostilité, et marchait de son pas ordinaire entre ses deux gardiens. La petite troupe atteignit enfin l'Hôtel-de-Ville. Le conseil des Trois y était assemblé et la prisonnière lui fut immédiatement remise.

Elle entra sans hésitation dans la grande salle, salua légèrement les trois conseillers qui allaient décider de son sort, et attendit.

L'interrogatoire commença. Après quelques questions préliminaires sur son nom, son âge et son lieu d'origine, questions

La Muette de Portici.   81

auxquelles elle répondit d'une manière évasive, Amalgino passa aux crimes imputés à la sorcière.

— On t'accuse de te mêler de magie et d'avoir commerce avec le diable, lui dit-il sévèrement. Est-ce vrai ?

— C'est à vous à le savoir et non à moi ! répondit la vieille.

— Tu es accusée, de plus, d'avoir consenti, sur la demande du pêcheur Cinzio, à empoisonner un manteau de pourpre destiné à Masaniello !

Cette déclaration parut exciter la verve moqueuse de la sorcière.

— Bêtises que tout cela ! bêtises ! s'écria-t-elle en haussant les épaules. Vous y croyez donc aussi ! J'ai trompé Cinzio, voilà tout ! Quel motif aurais-je eu pour en vouloir à Masaniello ? Et je n'ai jamais rien fait sans motif, sachez-le ! Hi-hiíí, vous vous laissez abuser, vous aussi, et vous vous donnez cependant pour d'habiles conseillers !

— Cinzio ne s'est-il pas adressé à toi ?

— Sans doute. Il m'apporta le manteau de pourpre et m'ordonna de l'empoisonner !

— Et tu promis de le faire ?

— Promettre n'est pas tenir, signori ! Cinzio a cru tout ce que je lui disais, mais en réalité, je lui ai rendu le manteau tel qu'il me l'avait remis. Je n'y avais rien fait, absolument rien !

— Et comment se fait-il que Masaniello commençât à déraisonner aussitôt après avoir mis ce vêtement !

— Hasard, pur hasard, signori ! Le pauvre Masaniello n'avait pas besoin de ce manteau pour perdre la tête ! Il était déjà bien malade — ce dernier hommage l'aura achevé.

— Nieras-tu également d'avoir poussé don Tito à ses crimes et de lui avoir fourni le poison dont il s'est servi ?

La vieille se redressa. Ses yeux lançaient des éclairs.

— Pourquoi le nierais-je, puisque je l'ai fait? dit-elle

fièrement. Je lui ai donné du poison, et je ne m'en repens pas. C'était une vengeance, signori, une vengeance!

— Et de qui voulais-tu te venger?

— Peu vous importe! C'est mon secret.

— Sais-tu que la mort t'attend!

— Je le sais — et je n'ai pas peur! Je ne tremble pas, vous voyez! Il faut bien finir une fois! Je suis lasse de la vie, d'ailleurs, et maintenant que je me suis vengée, je ne demande qu'à mourir!

Les trois hommes échangèrent des regards surpris. Ils ne s'étaient pas attendus à tant de résolution et de hardiesse. Ils se consultèrent un instant, puis Amalgino fit retentir un timbre placé sur la table.

Tonino parut.

— Conduisez cette femme dans la loge grillée attenante à l'église des Carmélites, ordonna Amalgino; elle attendra là son jugement, et sa vue servira d'avertissement à tous ceux qui seraient tentés d'imiter ses mauvaises pratiques!

— Dans la cage aux sorcières! s'écria la vieille qui ne put retenir un mouvement d'effroi; dans la cage — —

— Obéissez! fit impérieusement Amalgino.

Tonino s'approcha, mais déjà la sorcière avait repris possession d'elle-même. Elle murmura quelques paroles inintelligibles, et se mit tranquillement en marche à la suite de son gardien.

L'église des Carmélites avait encore à l'époque dont nous parlons un singulier appendice. C'était une petite construction faisant saillie sur la place et tenant à la fois de la cellule et de la cage. Ce réduit ouvert par le haut, ne mesurait guère plus de huit pieds. Il était fermé, sur le devant, par une grille solide qui permettait aux passants de voir dans l'intérieur. Une petite porte, pratiquée dans le mur de l'église, donnait seule accès dans cette loge vieille de plusieurs siècles, et qu'on appelait généralement la cage aux sorciers. Il était d'usage, en effet, que toute personne accusée de sorcellerie y fut enfermée en attendant son jugement, et ce séjour constituait à lui seul un véritable supplice. La loge n'étant pas couverte, les rayons du soleil y tombaient directement et menaçaient de consumer les malheureux qui s'y trouvaient enfermés; il n'était pas rare, en outre, que la faim et la soif ne vinssent s'ajouter à tant de tourments.

C'était dans cette cage que la vieille Corvia devait être conduite. Tonino et Zanetto l'enmenèrent d'abord dans la sacristie de l'église des Carmélites. Peu d'instants après, la porte rouillée de la loge tournait bruyamment sur ses gonds et annonçait à la foule le commencement de son spectacle. La sorcière avait été poussée dans la cage. D'horribles acclamations saluèrent son entrée; on se poussait, on se pressait pour mieux voir la malheureuse et ce fut bientôt un tel concert de malédictions, de menaces, d'insultes et de cris qu'il ne fut plus possible de s'entendre.

La vieille Corvia s'était accroupie dans le fond de sa cage — elle était là, immobile — ses yeux seuls erraient de côté et d'autre et semblaient vouloir foudroyer ses persécuteurs, mais nul ne prenait au sérieux cette rage impuissante. La sorcière était domptée, et cette horrible captivité n'était que le prélude d'une fin plus horrible encore — —

Chapitre XXXII.

Deux cœurs compatissants.

Le soir venait. La sorcière du Vésuve se trouvait depuis quelques heures dans sa cage quand Lucia Falcone vint à passer sur la place de l'église des Carmélites.

La belle Napolitaine se rendait à Portici. Elle n'avait pas revu Fenella depuis la nuit mémorable où toutes deux avaient uni leurs efforts pour sauver Alfonso, et le sort de la Muette la préoccupait singulièrement. Fenella avait-elle réussi à cacher le duquecito ou à lui faire quitter, et à quitter avec lui, une contrée où les dangers l'environnaient de toutes parts. Lucia eût voulu s'en informer plus tôt, mais comment quitter un instant le frère qui venait de lui être rendu? Ancillo avait ramené dans la maison le bonheur et la vie, et les quelques jours qui venaient de s'écouler avaient été consacrés sans partage à la joie du revoir.

Ce soir là, cependant, le frère et le fiancé avaient été retenus tous deux par quelque important devoir, et Lucia, restée seule, s'était empressée de mettre son désir à exécution.

Elle s'enveloppa d'un grand manteau de couleur sombre et sortit de sa demeure. Arrivée près de l'église des Carmélites, elle aperçut un attroupement considérable. Elle s'informa, et apprit que Corvia, la sorcière du Vésuve, avait été faite prisonnière et enfermée dans la cage aux sorciers.

Lucia frissonna. La vieille avait été bien coupable, sans doute. Elle avait mérité, sans doute, le sort qui la frappait, mais comment n'être pas ému de pitié devant cette malheureuse exposée, comme une bête fauve, aux regards et aux insultes de la foule. Comment ne pas frémir en pensant au supplice qui l'attendait?

Que faire? La cage était littéralement assiégée. Toute marque de compassion eut été imprudente. Lucia le comprit. Elle s'éloigna et sortit promptement de la ville, mais l'image de la vieille Corvia, accroupie dans sa loge, lui revenait sans cesse à l'esprit. Ce spectacle était trop horrible pour ne pas impressionner vivement toute âme accessible à la pitié.

Il se faisait tard quand Lucia arriva à Portici et se dirigea le cœur palpitant d'espoir et de crainte vers la chaumière de Masaniello. L'humble demeure paraissait inhabitée. Ce ne fut qu'en mettant le pied sous la veranda que Lucia aperçut la Muette mélancoliquement assise sur un des bancs de pierre.

— Enfin, je te retrouve, Fenella, s'écria-t-elle, en s'élançant vers son amie. Te voilà! J'avais tant besoin de te voir et d'apprendre enfin ce que tu étais devenue!

Fenella, surprise et émue, se jeta au cou de Lucia et toutes deux se tinrent longtemps embrassées.

— Et Alfonso? demanda enfin Lucia. Il vit — il est sauvé, sans doute, et tu as réussi à le cacher?

Fenella fit un signe affirmatif, puis elle mit sa main sous les yeux de son amie.

— Un anneau! un anneau! s'écria joyeusement Lucia; vous êtes donc mariés? Quel bonheur! Tout finira bien, je l'espère — et vous aurez encore d'heureux jours!

Fenella secoua tristement la tête et montra du doigt le ciel. Ses traits exprimaient une telle résolution que Lucia tressaillit.

— Qu'y a-t-il? murmura-t-elle. Vous méditez quelque funeste dessein, je le vois?

— Tu dis vrai, ma sœur bien-aimée, répondit Fenella par signes, et tu ne nous aurais plus trouvés si Alfonso n'avait voulu faire une dernière tentative pour obtenir le pardon de son père. Le duc erre encore par ici. Alfonso est à sa recherche. Il essaiera de l'attendrir — et de le sauver, si possible, puis, ce dernier devoir accompli, nous mourrons! Il n'y a plus pour nous ni bonheur ni paix sur cette terre!

— Malheureux! Fuyez! Quittez Naples, et tâchez de passer en Espagne avec le duc! Vous y seriez en sûreté!

— Inutile! Nous ne pouvons être heureux ici-bas! Le duc ne reconnaîtrait jamais notre union, jamais!

Lucia paraissait atterée. Elle avait joint les mains et de grosses larmes coulaient silencieusement sur ses joues. Elle reprit enfin la parole et dit à la Muette tout ce que lui dictait son affection. Fenella écoutait — et secouait la tête.

— Il est trop tard! disaient ses signes, la destinée a été plus forte que nous! N'essaie pas de nous détourner de notre résolution; elle est inébranlable, et nulle puissance au monde

ne pourrait nous la faire abandonner! Je ne t'avais pas
oubliée, Lucia, et j'aurais voulu ne pas mourir avant d'avoir
retrouvé la trace de ton enfant, mais, jusqu'ici, mes espérances
ne se sont pas réalisées!

Lucia tressaillit. Fenella venait de toucher au point douloureux de son existence. Ni l'amour de Salvator Rosa, ni
la tendresse de son frère ne pouvaient lui faire oublier le
petit être qui lui avait été dérobé et que les recherches les
plus minutieuses n'avaient pu faire retrouver.

— Tu espérais donc, Fenella? dit-elle d'une voix tremblante.
Avais-tu découvert quelque chose?

La Muette raconta alors par signes à son amie qu'elle
avait entendu parler un jour d'un enfant trouvé et recueilli
par le fermier Fanalo. Tous les renseignements concordaient;
ce devait être l'enfant si traîtreusement dérobé par Tito.
Fenella s'était rendue immédiatement à la ferme — et n'avait
trouvé que des ruines!

Lucia avait joint les mains — elle attendait, palpitante,
la suite de ce récit.

— Le feu avait passé par-là, continua la Muette. J'appris
d'une femme qui vint à passer que la ferme de Fanalo avait
été réduite en cendres et que le fermier et sa famille avaient
péri dans les flammes!

Lucia sanglotait.

Tout à coup elle releva la tête.

— Et si l'enfant avait été sauvé? dit-elle vivement. Ce
ne serait pas impossible! S'il vivait encore, Fenella?

La Muette regarda tristement son amie. On eût dit qu'elle
s'étonnait de la trouver encore si facile à l'espérance.

— Qui sait? reprit vivement Lucia, ne voit-on pas quelquefois des délivrances miraculeuses! Je veux aller là-bas,
examiner l'endroit, m'informer! Ne veux-tu pas m'y conduire,
Fenella?

La Muette se déclara prête à accompagner son amie. L'instant d'après toutes deux quittaient la chaumière et se diri-

gaient à grands pas vers la ferme de Fanalo. Lucia avançait le cœur palpitant, mais ses préoccupations nouvelles ne lui faisaient cependant pas oublier la malheureuse Corvia. Elle en parla à Fenella dont le cœur généreux s'émut à la pensée des tourments qu'endurait la sorcière, et toutes deux résolurent de faire une tentative pour lui procurer quelque soulagement. La prisonnière souffrait de la soif, sans doute ; il fallait essayer d'arriver jusqu'à elle et de lui faire passer un peu d'eau et quelques fruits.

La nuit était venue. Les deux amies atteignirent enfin l'endroit qu'elles cherchaient. Des pans de murs noircis, quelques débris informes, c'était tout ce qui restait de la ferme de Fanalo. Lucia fit entendre un gémissement étouffé et se laissa tomber sur une pierre. Ce lieu désolé n'était pas fait pour raffermir une timide espérance. En le voyant, il semblait impossible qu'aucun des habitants de cette demeure eût échappé à un désastre aussi complet.

Il y eût un long silence. La Muette se rapprocha enfin de son amie et lui montra du doigt quelques fermes voisines.

— Tu as raison, dit Lucia, c'est là qu'il faut aller aux informations. Je n'apprendrais rien cette nuit — mais je reviendrai demain matin, j'irai de maison en maison, et, peut-être, finirai-je par apprendre quelque chose de certain sur le sort de mon pauvre enfant ! La sainte mère de Dieu aura pitié de moi !

— Ayons pitié, nous aussi, de la vieille Corvia ! disaient les gestes de Fenella.

— C'est vrai, j'oubliais cette malheureuse, dit Lucia en se levant. Allons sur la place ; la foule se sera dissipée, sans doute, et nous pourrons, peut-être, approcher de la cage !

Les deux amies se remirent en marche et ne s'arrêtèrent que pour cueillir en chemin quelques olives sauvages. Il était plus de minuit lorsqu'elles atteignirent la ville. Les rues étaient sombres et désertes, et le silence de la nuit n'était guère troublé que par le pas régulier de quelque patrouille.

Lucia et Fenella se glissèrent le long des maisons et gagnèrent ainsi la demeure d'Ancillo Falcone. Lucia monta rapidement chez elle et en redescendit l'instant d'après tenant à la main une petite cruche et un flacon de vin. La Muette prit la cruche, la remplit d'eau à une fontaine voisine, puis les deux amies se hâtèrent vers la place de l'église des Carmélites.

Elles s'arrêtèrent à quelque distance et promenèrent autour d'elles des regards inquisiteurs — la place était vide — la foule, lasse de stationner devant la cage, s'était dissipée à la nuit, pour revenir sans doute à l'aube.

— Approchons — on ne voit personne aux alentours, dit Lucia en quittant le porche sous lequel elle s'était arrêtée. Fenella suivit, et toutes deux passèrent comme des ombres au travers de la vaste place. L'instant d'après elles arrivaient devant la loge. La vieille, toujours accroupie à l'un des coins de son affreuse prison, semblait n'avoir pas fait un mouvement depuis qu'elle y était entrée.

— La voilà! elle dort sans doute! murmura Lucia en introduisant doucement la cruche entre les barreaux de fer qui formaient la grille.

La sorcière ne dormait pas. Un instinct secret lui fit deviner immédiatement qu'elle avait à faire à des âmes compatissantes. Elle arriva d'un bond jusqu'à la grille, se jeta sur la cruche qu'elle porta avidement à ses lèvres, et la vida d'un trait.

— Merci, fit-elle d'une voix enrouée quand elle eut épuisé jusqu'à la dernière goutte d'eau, merci! Il y a donc encore de bonnes âmes dans ce monde!

Elle tendit la cruche à la Muette..

— Eh, c'est toi, Fenella, reprit-elle. Et cette signora? Qui est-elle?

— Vous ne me reconnaissez pas, dit Lucia en lui tendant son flacon. Je suis cependant montée un soir dans votre caverne. Vous en souvenez-vous? C'était à propos de l'enfant que don Tito vous avait remis!

— Oui — oui — je me le rappelle à présent, répondit la sorcière. Il fallait me laisser faire et je te l'aurais retrouvé, mon petit cœur! Ne crois pas que je parle ainsi à cause de ce vin que tu m'apportes. Garde-le! L'eau fait plus de bien! Tu as fait là une bonne action, Fenella! Prends garde seulement de n'être pas vue!

La Muette avait sorti de sa poche les olives cueillies en route. Elle les tendit à la vieille.

— Ça, je l'accepte! fit la sorcière avec un petit ricanement de plaisir. Je saurai bien cacher ces fruits de façon à ce qu'on ne me les prenne pas. J'ai toujours eu confiance en toi, Fenella, tu es bonne! On n'en peut pas dire autant de tout le monde!

Fenella montra du doigt son amie.

— C'est vrai, vous avez bon cœur toutes deux, reprit la sorcière. Je prierai pour vous à ma dernière heure — si toutefois mes péchés me sont pardonnés! La mort expie tout, n'est-il pas vrai?

— Je ne sais ce qui pèse sur votre âme, répondit Lucia, mais le ciel est miséricordieux, et si vous le priez sincèrement vous serez entendue!

— Vrai, bien vrai, ma fille? dit vivement la sorcière en se pressant contre les barreaux de sa cage; répète-le, que je comprenne — tu dis que le ciel entend les prières — —

— Adressez-vous à Dieu avec un cœur humble et repentant: il vous entendra, vous pouvez m'en croire!

— Eh bien oui — et ce ne sera pas trop tard? fit la vieille avec une expression de joie enfantine — un cœur humble et repentant, dis-tu?

— Oui, essayez, et vous serez soulagée! répondit Lucia avec émotion, tandis que Fenella approuvait d'un signe.

— Merci, enfants, c'est bien à vous d'être venues, hihihi — c'est avec un cœur humble et repentant qu'il faut prier j'essaierai! Et puis, Fenella, ma colombe, va me chercher encore une cruche d'eau là-bas, une cruche pleine, entends-tu, qui fait tant de bien! Va vite — si l'on vous trouvait ici ce serait un grand malheur!

La Muette s'éloigna rapidement. Elle remplit sa cruche à la première fontaine qu'elle trouva, et revint en toute hâte vers la loge, mais elle avait à peine tendu la précieuse boisson à la sorcière que celle-ci poussa une exclamation de détresse.

— Sauvez-vous, enfants! sauvez-vous! on vient! murmura-t-elle.

La vieille avait raison. Trois hommes, cachés par une saillie de mur, avaient aperçu Fenella revenant avec sa cruche. Ils accouraient avec des cris de rage.

— Fuyez — vite, vite! s'écria la vieille Corvia épouvantée.

Lucia et Fenella ne se le firent pas dire deux fois. Elles traversèrent en courant la place et s'enfoncèrent dans une étroite ruelle où les trois hommes qui les poursuivaient ne tardèrent pas à les perdre de vue. Ils revinrent en grommelant sur leurs pas, et retournèrent vers la cage pour s'assurer que la sorcière y était bien encore. Pendant ce temps, les deux amies, heureuses d'avoir accompli leur œuvre de miséricorde, arrivaient en lieu sûr et se séparaient — pour ne plus se revoir!

Chapitre XXXIII.
La fuite du duc.

Fenella avait repris la route de Portici. Elle allait de son pas agile et rêvait à Alfonso lorsqu'elle l'aperçut tout à coup à quelque distance. Il regagnait également la chaumière. Fenella courut à lui.

— Toi ici, Fenella? s'écria Alfonso en ouvrant ses bras pour recevoir sa bien-aimée; tu venais à ma rencontre?

La Muette secoua la tête et fit comprendre au duquecito qu'elle s'était rendue à Naples avec Lucia pour rendre un dernier service à la malheureuse Corvia.

— Je te reconnais là, ma bien-aimée, murmura Alfonso en baisant au front la fidèle créature qui se pressait contre lui.

Les yeux de Fenella interrogeaient anxieusement le jeune homme.

— Tu veux savoir ce que j'ai fait, dit-il en répondant à cette question muette; j'ai retrouvé mon père — mais dans quel état! Il était agenouillé à la place même où Tito est tombé, et sa vue m'a percé le cœur! C'était l'image du désespoir. Il ne m'entendit pas tout d'abord. Enfin il se retourna, m'aperçut, et me demanda brusquement ce que je cherchais. — Toi, mon père, répondis-je en approchant, je viens implorer ton pardon et ta bénédiction! — Jamais! cria-t-il avec violence, je ne vous connais pas! Malédiction sur vous et sur votre union! — Je le suppliai vainement de retirer ces affreuses paroles — il fut inexorable!

Fenella avait baissé la tête et de grosses larmes coulaient le long de ses joues.

— Il voulait s'éloigner, reprit le duquecito après un moment de silence, mais je le retins et je lui demandai comme seule grâce de nous permettre de le sauver et de l'enmener d'ici! — Nous! répéta-t-il avec amertume, je ne veux pas entendre ce mot. Je ne veux pas de l'aide de cette femme qui fut la sœur de Masaniello! — Je lui dis alors que je m'occuperais seul de sa fuite et que je le priais de m'attendre dans la ruine où j'irais le chercher. Il ne répondit pas, mais son silence vaut un consentement! Je crois qu'il ne demanderait pas mieux que de retourner en Espagne si la chose était possible!

— Eh bien, nous ferons tout pour le sauver! disaient les yeux ardents de la Muette.

... . marchèrent un instant en silence.
... . s'arrêta et saisit la main du duquecito.
... ... veut pas de mon aide, et cependant il se ...
... ...elle par signes. Il me vient une idée, Alfonso :
... le duc et amène-le vers notre barque. Je t'y ...

... voudra pas y monter quand il te verra!
... tranquille, il ne me reconnaîtra pas, répondit Fe-
... multipliait ses gestes et ses signes. Amène-le seule-
... rivage. Je vous conduirai à Ischia, et là, nous ...
... peut-être le moyen de le faire aller plus loin. Va
... jour ne doit pas tarder à paraître et nous n'avons
... .ent à perdre!
... ne fit pas d'objections; il savait qu'on pouvait se
... Fenella. Il la quitta et reprit le chemin de la ruine
... la Muette se dirigeait vers sa demeure. Elle
... bientôt, y entra, et se mit immédiatement en devoir
... ...re méconnaissable. Elle échangea ses habits contre
... une ... qu'elle serra de façon à les diminuer le
... .ible, puis elle s'enveloppa d'un manteau, et cacha
... .aux sous un bonnet rouge. La métamorphose était
... ... Fenella pouvait se donner hardiment pour un jeune
... .. Portici.
... .tit de sa chaumière et courut vers le rivage. Un
... . s'étendait sur la mer, mais tout dormait encore
... . C'était le meilleur moment pour fuir. Fenella
... . sa barque, prépara les rames et débrouilla les
... ... la voile, puis elle assujettit le gouvernail et s'oc-
... ... à préparer sur le devant de la barque un siège
... ...de pour le duc. Ces préparatifs étaient à peine achevés
... le duquecito et son père apparaissaient à quelque distance.
... approchaient rapidement. Alfonso montra du doigt au duc
... jeune pêcheur qui se trouvait dans le bateau.
— Tu n'as rien à craindre, lui dit-il; il est fidèle et sûr!
Nous n'avons aucune trahison à redouter de sa part!

Le duc ne paraissait pas très-rassuré. Il regardait Fenella avec méfiance, mais celle-ci s'était tranquillement assise au gouvernail et paraissait se préoccuper fort peu de ses passagers.

— Montez, mon père, dit Alfonso.

— Où veux-tu me conduire?

— A Ischia!

— Et qu'y ferons-nous?

— Nous y trouverons, je l'espère, quelque vaisseau qui vous ramènera en Espagne!

Le duc ne répondit pas. Il monta dans la barque et alla s'asseoir sur le banc de devant. Alfonso prit place à côté de lui.

Fenella saisit une rame et s'en servit pour éloigner le bateau du rivage, puis elle tendit la voile qui la cacha à peu près complètement aux regards du duc.

Il y eut un silence.

— Je serai reconnu et pris à Ischia, dit enfin le vice-roi.

— Soyez tranquille, mon père, répondit Alfonso; nous trouverons quelque petite anse cachée à tous les regards où nous attendrons la nuit.

Le duc ne répondit pas. Il regardait devant lui d'un air morne et semblait uniquement préoccupé de la marche du bateau.

Alfonso, lui, s'était penché pour regarder Fenella dont il admirait le courage et l'adresse. Jamais elle ne lui avait paru plus belle. Il n'osait lui parler, mais ses regards d'indicible tendresse allaient droit au cœur de la Muette et lui donnaient la force dont elle avait besoin.

Le soleil avait paru depuis longtemps quand l'île d'Ischia se montra aux passagers de la barque.

Tout était déjà vie et mouvement dans le port. Fenella comprit qu'il fallait redoubler de prudence. Elle fit un grand détour pour éviter une rencontre, toujours possible, avec les hommes noirs, et pour s'assurer, avant d'entrer dans le port, si l'on n'apercevait pas quelque navire en partance.

Il y en avait plusieurs autour desquels on voyait un grand mouvement de bateaux. Il suffisait que l'un de ces derniers fut monté par l'un des frères de la mort pour qu'Alfonso et son père fussent immédiatement reconnus et saisis. Fenella réfléchit un instant et se décida à aller seule en reconnaissance dans le port. Elle changea de direction et gagna avec sa barque une partie écartée de l'île où Alfonso et son père descendirent tandis que la belle batelière retournait vers le port.

Quittons un instant ces trois personnes et retournons auprès de Lucia Falcone.

L'ardente Napolitaine était rentrée chez elle dans un état d'agitation difficile à décrire. Elle chercha vainement le repos. Ce ne fut que vers le matin qu'elle s'endormit, mais d'un sommeil troublé par de pénibles cauchemars. Il lui semblait voir son enfant à quelques pas d'elle. Elle avançait, les mains tendues, mais au moment où elle allait saisir le pauvre petit être, un obstacle inattendu l'en éloignait plus que jamais.

Elle s'éveilla le front baigné de sueur. Le jour avait paru, la matinée s'annonçait radieuse. Lucia se décida à commencer immédiatement ses recherches. Il lui fallait une certitude. Tout n'était-il pas préférable à l'angoisse qui la tourmentait?

Elle s'habilla à la hâte et sortit de sa demeure. La ville était encore endormie. Lucia la traversa rapidement et se dirigea vers l'antique parc dont elle longea le mur. De là, elle se rendit à travers champs sur l'emplacement de la ferme détruite.

C'était là, dans ce lieu désolé, qu'elle voulait réfléchir à ce qu'elle avait à faire. Il lui semblait impossible qu'elle n'y trouvât pas quelque inspiration, quelque signe qui lui montrât de quel côté elle devait se tourner.

Elle s'assit sur un pan de mur et attendit, mais personne ne parut. Rien ne vint troubler l'horrible solitude de cet enclos jadis si joyeux et si animé. Lucia promena alors son regard sur les environs qu'elle n'avait pu voir pendant la nuit. On apercevait de là deux ou trois métairies. L'une d'elles,

la plus considérable, devait appartenir à quelque éleveur de
bestiaux. Lucia s'y rendit.

Elle arriva dans la cour le cœur battant et s'approcha d'un
valet occupé à faire sortir d'une étable un beau troupeau de
chèvres.

— Pourriez-vous me dire quand la ferme de signor Fanalo
a brûlé? demanda-t-elle.

— Certainement, puisque j'ai vu l'incendie, répondit le valet.
Il n'y a pas longtemps de ça!

— Et le fermier?

— Il a péri dans les flammes. Sa femme et un enfant
qu'ils gardaient ont eu le même sort!

Lucia tressaillit.

— Brûlés — tous trois? dit-elle d'une voix défaillante.

— Tous trois, répéta le valet. Le feu prit au milieu de la
nuit et si subitement qu'il fut impossible de rien sauver! Ça
brûlait partout à la fois, à ce que dit plus tard Giacinta!

— Et qui est Giacinta?

— La femme du berger — un pauvre diable qui perdit
également la vie dans cette horrible nuit. On le retira assassiné du fond d'un puits!

— Miséricorde! Comment ça s'est-il passé?

— Je vais vous le dire, signora! Fanalo et ses gens avaient
arrêté et livré aux hommes noirs deux Espagnols, deux seigneurs de la cour, a-t-on dit. Les prisonniers devaient être
mis à mort, mais il paraît que l'un d'eux a réussi à s'échapper, car il a mis le feu à la ferme de Fanalo après avoir
assassiné le berger qui faisait sentinelle devant la maison!

— Quelle horrible histoire! Mais vous parliez de la femme
du berger? Comment l'appeliez-vous?

— Giacinta, signora.

— Savez-vous ce qu'elle est devenue?

— Elle sera entrée en service dans quelque ferme du pays.
Cherofano, le jardinier, qui demeure dans cette maisonette, là-
bas, en saurait plus que moi. Giacinta y allait souvent!

Lucia remercia le valet et se dirigea immédiatement
vers l'endroit qu'on venait de lui indiquer. Plus elle approchait du but de sa course, plus son pas devenait rapide. Elle
allait pénétrer dans l'enclos de Cherofano lorsqu'un homme
en sortit précipitamment et courut vers la route qui conduisait à la ville. Il paraissait fort troublé, et toute sa personne
portait l'empreinte de nombreuses privations.

— Un mot, lui cria Lucia, c'est bien ici que demeure le
jardinier Cherofano?

L'homme ainsi interpelé s'arrêta court et souleva son
chapeau.

— C'est moi même! Qu'y a-t-il pour votre service, signora?
répondit-il en passant la main sur son front comme pour en
chasser ce qui le troublait. Pardonnez — le cadet de mes
enfants se meurt et je ne sais que faire. Je voudrais bien
appeler un médecin, mais — —

— Mais vous redoutez la dépense, n'est-ce pas? Eh bien
je m'en charge. Allez vite chercher un médecin, je vous
attends ici! J'ai quelque chose à vous demander — mais nous
causerons plus tard. Courez!

Cherofana remercia la généreuse étrangère et s'éloigna en
toute hâte. Lucia approcha alors de la pauvre demeure et
frappa doucement à la porte.

Une femme misérablement vêtue vint ouvrir. Elle était si
pâle et si maigre que Lucia se sentit saisie de pitié à son aspect.

— Vous êtes bien la femme du jardinier Cherofano, lui
dit-elle doucement.

— Sans doute, signora! En quoi puis-je vous servir? répondit la pauvre créature en faisant entrer sa visiteuse dans
une chambre où tout indiquait le plus profond dénuement.

— Connaissez-vous Giacinta, la veuve du berger de Fanalo?
demanda Lucia.

— Oui, signora!

— Savez-vous où je pourrais la trouver?

La jardinière haussa les épaules.

— Je l'ignore, répondit-elle d'un air de regret. La pauvre Giacinta aura quitté ce pays où tout lui rappelait son malheur. Elle se sera placée dans quelque village voisin !

Lucia se laissa tomber avec accablement sur un siège.

— Encore une démarche inutile ! murmura-t-elle.

— Il vous faut sans doute une domestique, signora, puisque vous cherchez Giacinta, reprit la femme du jardinier. J'ai là ma fille aînée qui ne demanderait pas mieux que d'entrer en service — le commerce ne va pas ; personne n'achète plus de fleurs !

— Et vous avez une nombreuse famille, ma pauvre amie ? dit Lucia.

— Des filles, rien que des filles, signora. Regardez, en voilà deux qui jouent, là, vers la fenêtre ; les deux grandes sont allées à la ville pour y porter des fleurs, et l'avant-dernière est encore dehors !

— Et l'une d'elles est malade ?

— Comment le savez-vous, signora ?

— C'est votre mari qui me l'a appris. Je l'ai rencontré à votre porte. Il courait chercher un médecin !

— Pourvu qu'il arrive à temps — mais c'est inutile, le pauvre ange n'en reviendra pas, murmura tristement la femme du jardinier. Voyez-vous, signora, ce n'est qu'un enfant trouvé, et pourtant nous l'aimons comme s'il était de la famille !

Lucia écoutait palpitante.

— Un enfant trouvé — où est-il ? demanda-t-elle précipitamment.

— Là ; il dort, le pauvre agneau. Hélas, il s'affaiblit de jour en jour, et, tenez, tout à l'heure j'ai cru qu'il allait me rester entre les mains !

Tout en parlant la jardinière montrait du doigt une corbeille placée au fond de la chambre et dans laquelle on apercevait un enfant endormi. Un gros chien noir couché près de ce berceau paraissait surveiller attentivement le petit être qui y reposait.

— Le pauvre animal est tout triste, reprit la femme en se baissant pour caresser le chien. Il voit bien que l'enfant est malade — vous ne sauriez croire combien il lui est attaché, signora! Aussi l'a-t-il sauvé!

— Sauvé? D'où vient-il cet enfant? s'écria Lucia. Parlez, au nom du ciel!

— Sainte Vierge, vous m'effrayez, signora! Ce pauvre petit être avait été adopté par Fanalo. Le fermier l'avait trouvé là-bas, dans les buissons!

— Et cet enfant — — Lucia ne put achever. Elle tremblait de tous ses membres. La femme du jardinier la regardait avec inquiétude et semblait se demander si sa visiteuse avait perdu la raison.

— Asseyez-vous, signora, dit-elle en avançant un siège. Vous chancelez — que vous arrive-t-il?

— Cet enfant, c'est bien celui qu'avait adopté Fanalo? murmura Lucia. Il n'est pas resté dans les flammes?

— Non, signora! Le chien l'a sauvé! Le fidèle animal est sorti de la maison comme un trait, emportant l'enfant dans sa gueule et est allé le déposer au pied d'un arbre. C'est là que mon mari l'a trouvé. Il me l'a apporté et nous l'avons soigné comme un des nôtres!

— Mon enfant — c'est mon enfant! s'écria Lucia en se jetant sur l'enfant endormi.

Candido ne l'entendait pas ainsi. Il surveillait depuis un instant la visiteuse qu'il voyait approcher de sa protégée, et le fidèle animal lui eût fait un mauvais parti si la jardinière n'avait pu le retenir à temps. Elle le saisit par les poils et réussit à le traîner dans la chambre voisine où elle l'enferma.

— Mon enfant — mon pauvre enfant! répétait Lucia qui s'était agenouillée auprès de la corbeille et couvrait de baisers le pauvre petit être. Faut-il que je ne le retrouve que pour le perdre? On me l'avait ravi et je le cherchais avec larmes quand j'appris qu'il avait été recueilli par Fanalo. On disait bien qu'il avait péri avec le fermier, mais j'avais peine à y croire — j'espérais un miracle — et le miracle a eu lieu!

La femme de Cherofano écoutait avec stupéfaction.

— Sainte Vierge — la mère de l'enfant! fit-elle en joignant les mains. Qui l'aurait cru? Nous pensions que le pauvre petit être n'avait plus ni père ni mère!

— Et vous lui en avez tenu lieu, dit Lucia avec émotion. Vous êtes pauvres, vous avez déjà bien des bouches à nourrir, et vous n'avez pas craint de vous charger de cette enfant. Comment vous en récompenser?

— Elle est bien malade, la pauvre âme, dit la jardinière qui revenait peu à peu de sa surprise, mais ne croyez pas, signora, qu'elle ait manqué de rien chez nous. Nous l'aimons bien, allez, et nous avons bien fait tout ce que nous avons pu, mais elle avait pris froid la nuit de l'incendie — et puis les dents s'en mêlaient. Les convulsions sont venues — sainte Vierge, a-t-elle assez souffert! Nous pleurions tous en la voyant se tordre dans son berceau!

L'enfant avait ouvert les yeux. Il gémissait à fendre l'âme tandis que Lucia baisait en sanglotant ses petites mains amaigries. La femme de Cherofano se tenait à l'écart pour ne pas troubler l'étrangère. Ses petites filles étaient accourues auprès d'elle et l'assaillaient de questions. Elle les emmena dans le jardin, mais un cri de désespoir poussé par la malheureuse mère la rappela auprès du petit lit. L'enfant, saisi d'une nouvelle crise, se tordait dans d'horribles convulsions.

En cet instant la porte s'ouvrit et le jardinier parut accompagné d'un docteur.

— Un médecin! Dieu soit loué! s'écria Lucia en se précipitant vers l'homme de l'art. Ayez pitié de moi — sauvez mon enfant! Rendez-moi mon trésor!

Cherofano regardait l'étrangère avec stupéfaction. Sa femme l'attira à l'écart, et lui dit en deux mots ce qui s'était passé.

Pendant ce temps le docteur s'approchait de la corbeille.

Il jeta un coup d'œil sur l'enfant et haussa les épaules. Lucia comprit ce geste. Elle cacha sa figure dans ses mains.

— Est-ce bien vrai ? murmura-t-elle au milieu de ses larmes, N'y a-t-il donc aucun secours possible ?

— Voyez vous-même, signora — l'enfant expire — il a cessé de souffrir, répondit le médecin. Je regrette de ne pouvoir vous être utile, mais il n'y a rien à faire. Il n'est pas de puissance au monde qui puisse rappeler cet enfant à la vie !

Lucia se laissa tomber auprès du berceau et couvrit le petit mourant de baisers et de larmes. Cherofano et sa femme pleuraient aussi. L'instant d'après l'enfant avait cessé de vivre, et ses traits, si horriblement contractés pendant cette dernière crise, revêtaient une expression paisible et presque sereine qui faisait du bien à voir.

La mère le contempla longuement, puis elle se détourna et sécha ses larmes.

Le médecin s'était éloigné, et Lucia se trouvait seule avec les braves gens qui avaient recueilli et aimé le pauvre petit être. Elle les remercia du plus profond de son âme. Il y avait désormais un lien entre eux. Enfin elle donna sa bourse au jardinier en le priant de pourvoir à tout à sa place. Elle-même resta auprès du lit, priant, pleurant, et remerciant Dieu, dans sa douleur, de ce qu'il avait permis qu'elle arrivât à temps pour revoir, avant qu'il fût rendu à la terre, le petit être qu'elle cherchait depuis si longtemps !

CHAPITRE XXXIV.

Dans l'abîme !

Revenons à Fenella restée seule dans sa barque. La vaillante créature après avoir déposé le duc et Alfonso sur une partie écartée de l'île s'éloignait de nouveau du rivage pour aller tenter une reconnaissance autour des vaisseaux à l'ancre dans le port d'Ischia. Peut-être s'en trouverait-il un prêt à mettre à la voile. Il fallait s'en assurer, et, le cas échéant, faire accepter le duc comme passager.

L'entreprise était hasardeuse. Fenella ne s'en dissimulait nullement les dangers, mais elle se promettait d'agir avec prudence. C'était déjà une idée heureuse que d'avoir déposé ses compromettants passagers — seule, elle ne courait aucun risque et ne devait exciter aucun soupçon.

Elle approcha des navires en partance. Deux d'entre eux levaient l'ancre en cet instant. Il était trop tard pour s'y adresser. Un autre commençait seulement ses préparatifs de départ. Un quatrième enfin paraissait prêt à partir. Tout était en ordre sur le pont. Les matelots allaient et venaient, mettant la dernière main aux apprêts du voyage. L'un d'eux, armé d'un long balai, se tenait debout dans un canot amarré au navire et nettoyait vigoureusement la carcasse du bâtiment. Fenella approcha et vint se placer avec sa barque à côté du bateau que montait le matelot. Celui-ci se tourna, sans cesser, cependant, d'agiter sa brosse.

— Eh bien, que veut-on ? demanda-t-il avec indifférence.

Point de réponse.

— Qu'y-a-t-il ? répéta le matelot.

La réponse ne vint pas davantage. Le matelot intrigué se tourna tout à fait pour examiner son silencieux voisin.

— Alors, dit-il d'un ton jovial, tu me regardes, hé ?

Fenella porta le doigt à sa bouche et fit un geste que le matelot comprit immédiatement.

— Oh, tu es muet, pauvre diable, dit-il. Et que viens-tu faire ici ? As-tu envie de devenir matelot ?

Fenella secoua la tête.

— Partez-vous bientôt ? demanda-t-elle par signes.

— Dans quelques heures. Le capitaine peut revenir d'un moment à l'autre !

— Et où allez-vous ?

— Nous retournons à Venise! Ce n'est pas pour rien que notre navire s'appelle le Saint Marc! Veux-tu venir avec nous?

Fenella multipliait ses gestes et ses signes et sa pantomime était si expressive que le matelot vénitien la comprenait à merveille.

— Tu veux savoir si nous prenons des passagers? dit-il enfin en répondant à une question de la Muette. Ça dépend! Il faut demander au capitaine! Il est allé à terre, mais il ne peut tarder à revenir — et alors, adieu Naples!

La Muette attendit. Elle était là depuis quelques instants lorsqu'on signala une barque.

— Le voilà qui revient, fit le matelot. Il s'est dépêché, notre capitaine!

Un canot, monté par plusieurs personnes, approchait rapidement du navire. Le capitaine vénitien était assis à l'arrière et contemplait son bâtiment d'un air d'intime satisfaction. Ce ne fut qu'au moment d'accoster qu'il remarqua la barque étrangère et le jeune pêcheur napolitain qui la montait.

— Hé, capitaine, cria le matelot avec lequel Fenella s'était entretenue, voici un jeune homme qui désirerait savoir si vous prendriez un passager?

— Un passager? Et pour quel port? demanda le capitaine.

— Pour Venise, sans doute! répondit le matelot tandis que Fenella approuvait du geste. Le pauvre diable ne peut pas répondre, il est muet, mais il sait fort bien se faire comprendre!

— Est-ce un vénitien, ce passager? dit le capitaine en se tournant vers la Muette. Tu n'en sais rien, hé? Eh bien, s'il veut aller à Venise, je le prends pour vingt ducats, mais avertis-le que je ne toucherai aucun autre port!

La Muette remercia d'un geste et saisit ses rames.

— Dépêche-toi, garçon, lui cria encore le capitaine qui

grimpait à bord du navire. Nous ne tarderons pas à lever l'ancre !

Peu d'instants après Fenella arrivait en vue de la plage déserte sur laquelle elle avait déposé les deux hommes. Alfonso l'attendait sur le bord, tandis que le duc se reposait sous un arbre, et les deux jeunes époux purent s'entretenir un instant sans éveiller les soupçons du vice-roi.

— As-tu trouvé quelque chose ? demanda vivement Alfonso. Oui ! Un navire prêt à partir, et sur lequel on consent à recevoir un passager ?

Fenella fit un signe affirmatif et compta sur ses doigts jusqu'à vingts ducats ! C'était le prix du passage.

— Dieu soit loué ! s'écria le prince. Et où va-t-il, ce navire ? A Toulon ? A Gênes ?

Il nomma ainsi bon nombre de villes — enfin il tomba sur Venise et comprit en regardant Fenella qu'il avait trouvé juste.

— Venise ! répéta-t-il, c'est parfait. Personne n'y connaît mon père. Il n'y sera pas inquiété, et, de là, il lui sera facile de se faire passer en Espagne ! Sois bénie, Fenella ; ton dévouement aura sauvé mon père ! Je vais le chercher !

Alfonso retourna auprès du duc et l'engagea à profiter de l'occasion qui se présentait.

— Et toi ? demanda le vice-roi.

— Je reste ici, mon père !

— Qu'as-tu à faire à Naples ?

— Tu sais aussi bien que moi ce qui m'y retient, répondit fermement Alfonso.

— Toujours cette fille ! s'écria le duc avec colère.

— Toujours, mon père. Fenella est ma femme ! Un prêtre a béni notre union !

Le duc ne répondit pas. Il regardait devant lui d'un air morne. Enfin il se leva et se dirigea vers la barque sans jeter un regard à son fils. Alfonso le suivit.

— Nous séparerons-nous ainsi, mon père ? lui dit-il d'une

si émue. Vas-tu quitter Naples sans retirer ta malédiction et sans me dire adieu ?

— Cela dépend de toi ! Quitte cette fille, — et je t'appellerai de nouveau mon fils.

— Tu n'as pas autre chose à me dire ?

— Pas autre chose !

— Alors nous nous séparerons pour la vie, mon père !

— Ton sort est entre tes mains !

Alfonso tremblait d'émotion. Il voulut saisir la main de
son père — celui-ci la retira froidement.

— Soit. Tu l'auras voulu, mon père ! fit le duquecito
d'une voix sourde. Nous ne nous reverrons plus ! Que le ciel
te protège — et qu'il me pardonne ce qui va arriver !

Le duc avait atteint le bord. Il monta dans la barque et
s'y assit sans prononcer une parole. Ses traits étaient glacés.
On eût vainement cherché sur cette figure impassible une
trace d'émotion et d'attendrissement. Espérait-il contraindre
ainsi son fils à lui obéir, ou son cœur était-il mort à tout
sentiment humain ?

Alfonso s'assit en silence à côté de son père. Fenella poussa
son bateau et le dirigea vers le navire sur lequel le vice-roi
devait monter.

L'instant de la séparation approchait. Déjà le bâtiment
vénitien déployait ses voiles. La Muette redoubla d'efforts et
bientôt sa barque accosta le vaisseau d'où l'on tendit pour le
passager une échelle de corde. Le duc la saisit — l'instant
d'après il se trouvait sur le pont du navire.

Alfonso n'avait pas prononcé une parole — il eût craint
de se trahir ou d'éveiller les soupçons des matelots, mais ses
regards suppliants restaient fixés sur le duc et semblaient
vouloir lui arracher un mot, un geste de pardon et d'adieu.
Vain espoir ! L'implacable vice-roi avait quitté la barque sans
montrer la plus légère émotion. On l'eût dit absolument étranger aux personnes qu'il y laissait. Arrivé sur le pont, il
échangea quelques paroles avec le capitaine, puis il s'appuya

contre un mât et ne parut plus préoccupé que des manœuvres des maletots.

Tout était prêt pour le départ. L'ancre fut levée, le vent enfla les voiles — Fenella donna quelques coups de rame pour se mettre à l'écart — et le vaisseau, poussé par une brise favorable, commença à glisser sur les flots.

Alfonso, debout dans la barque, le suivait d'un œil désespéré. Il tendit instinctivement les bras vers ce vaisseau qui emportait son père et les laissa retomber avec un sourd gémissement. Quelques instants plus tard, le navire n'apparaissait plus que comme un point noir à l'horizon — le duc était sauvé. Il quittait Naples avec l'aide de ceux qu'il venait de maudire — —

Alfonso et Fenella étaient seuls. Ils cherchaient encore à distinguer le bâtiment vénitien lorsqu'une barque qui marchait droit à eux apparut dans une direction opposée à celle que suivait le San Marco. Fenella fut la première à la remarquer. Elle la montra du doigt au duquecito.

— Les hommes noirs, dit Alfonso avec un pâle sourire — ils viennent trop tard — trop tard pour ressaisir mon malheureux père, trop tard pour nous effrayer — ils ne nous auront pas — notre dernière heure est venue !

Fenella se jeta sur le cœur du jeune homme.

— Mourons ainsi ! disaient ses yeux rayonnants de tendresse. Ne sommes-nous pas unis pour le temps et l'éternité ?

— Prions ! dit gravement Alfonso.

Tous deux s'agenouillèrent. Pendant ce temps, la barque ennemie approchait, mais les deux jeunes époux ne paraissaient pas la redouter.

— Le moment est venu, ma bien-aimée, dit Alfonso. Mourons — et que Dieu nous pardonne !

Il y eût un dernier baiser, une dernière étreinte, puis on entendit un bruit sourd —

— Eh bien, qu'est-ce qu'ils font ! On jurerait qu'ils se jettent à la mer ! s'écria l'un des hommes noirs. Hâtez-

[...] continua-t-il en s'adressant aux rameurs qui dirigeaient [...] barque, allons à leur secours !

[...] était trop tard. Les deux infortunés reparurent une [...] à la surface et s'enfoncèrent pour ne plus revenir — [...] hommes noirs cherchèrent en vain à les sauver; ils [...] disparu dans l'abîme. Alfonso et Fenella avaient trouvé [...] qu'ils cherchaient et qui était pour eux une délivrance [...] étaient unis, éternellement unis —

[...] ce temps, le vaisseau qui portait le duc d'Arcos [...] à toutes voiles laissant bien loin derrière lui les [...] napolitains. L'ex-vice-roi debout, les bras croisés sur [...] poitrine, contemplait avec amertume cette terre et ce golfe [...] lesquels il avait régné si longtemps et qu'il quittait en [...]. Peu à peu leurs bords s'effacèrent — seul le Vésuve [...] encore à l'horizon. Le noir géant dressait vers le [...] sa tête menaçante. Un nuage de fumée en sortait et le [...] d'Arcos croyait reconnaître dans ces vapeurs les formes [...] de la vieille Corvia. Il lui semblait entendre [...] ricanement sinistre et les avertissements de la sorcière.

— Pense à Cedilla, à la pauvre Cedilla, criait-elle. La [...] vengeance est venue ! Tout se paie en ce monde — —

[...] Il frissonnait — la nuit s'abaissa sur la mer et le fugitif, [...] toujours appuyé contre un mât, plongeait toujours un œil [...] hagard dans les ténèbres. Il n'eût pas bougé de la nuit si [...] le capitaine n'était venu le chercher pour le conduire dans la [...] cabine qui lui était destinée.

[...] Il y entra sans prononcer une parole et se jeta sur sa [...] couche, mais il n'y trouva ni le repos ni l'oubli. Les flots, [...] eux-mêmes, prenaient une voix pour lui crier comme la sor- [...] cière: Pense à Cedilla — à la pauvre Cedilla.

[...] Il s'endormit au matin, mais pour quelques heures seule- [...] ment. L'inquiétude et l'agitation qui s'étaient emparées de [...] lui le réveillèrent et le chassèrent de sa cabine. La traversée se [...] fit ainsi sans que le solitaire fugitif parvînt à se distraire. [...] Il était sauvé, cependant; il n'avait plus à trembler pour sa

vie, mais cette pensée ne lui rendait pas le calme — sa force
était brisée!

La ville des lagunes apparut enfin. Le navire aborda au
Lido. Le duc se trouvait alors sur territoire vénitien et n'avait
plus à redouter aucune poursuite, mais lorsqu'il atteignît la
ville, il apprit que la peste s'y était déclarée et y causait
d'horribles ravages.

Cette nouvelle atterra le duc. La peur de la mort s'éveilla
subitement dans cette âme altière. Ce vice-roi déchu qui
n'avait plus rien à aimer et plus rien à perdre, il voulait
vivre, vivre encore, vivre toujours — —

Les habitants aisés avaient tous quitté la ville. Venise
semblait déserte. On n'y voyait plus que des gondoles funé-
raires portant hâtivement à leur demeure dernière les cadavres
des pestiférés — tout rappelait la fragilité de la vie — tout
parlait de la mort — et de l'éternité.

Le duc d'Arcos ne put supporter ces pensers funèbres. Il
fallait éviter la contagion, fuir cette ville empestée, et gagner
promptement l'Espagne. Il se fit conduire au port de Malamocco où mouillaient, lui disait-on, les navires faisant voile
pour l'Espagne et le Portugal. Son espérance ne fut pas
trompée. On chargeait un vaisseau à destination de Cadix.
Le duc se rendit immédiatement auprès du capitaine et lui
demanda de le prendre comme passager. Celui-ci n'y consentit pas
tout d'abord, mais le duc leva toutes les difficultés en offrant
un prix de passage élevé et en déclarant qu'il ne retournerait
pas à Venise. Il voulait passer à Malamocco même, les trois
jours qui restaient à attendre pour que le chargement du
navire fut complet.

Deux jours — deux siècles — passèrent sans incident. Le
duc s'était logé dans le meilleur hôtel du port; il surveillait,
de sa fenêtre, les préparatifs de départ qui se faisaient à bord
du navire et ne quittait pas sa chambre où il se faisait
apporter ses repas. Le troisième jour s'acheva enfin. C'était
le lendemain matin que le vaisseau levait l'ancre, et l'ex-vice-roi

comptait avec impatience les heures qui le séparaient encore
de ce départ tant désiré.

Tout à coup une rumeur sinistre emplit la ville — la peste
avait éclaté à Malamocco et le premier cas s'était déclaré à
l'hôtel même où logeait le duc.

L'épouvante s'empara de nouveau du fugitif. Il quitta immédiatement l'hôtel et se rendit à bord du navire.

Le capitaine le reçut froidement.

— J'en suis fâché, signor, lui dit-il en l'abordant, mais je
ne puis vous recevoir comme passager!

— Vous dites — —

— Je dis que la peste s'est déclarée à Malamocco, répondit
le capitaine. Il y en a eu un cas à l'hôtel même où vous
logiez et vous devez comprendre que je ne puis vous recevoir à mon bord!

Il y eut un silence. Le duc paraissait atterré.

— Impossible! dit-il enfin. Vous ne parlez pas sérieusement.
Vous voyez que je suis en parfaite santé! Je me sens fort bien!

— Aujourd'hui — c'est possible, répondit gravement le
capitaine, mais demain? Vous ne pouvez répondre de l'avenir,
et je suis forcé d'être prudent!

— C'est-à-dire que vous ne voulez pas me prendre?

— Je ne le puis pas, signor!

— Il faudra donc que je reste ici des semaines — des mois,
peut-être!

Le capitaine haussa les épaules.

— Impossible! répéta le duc en s'animant. Je comptais
fermement partir avec vous demain matin! Voyons — dites
oui! Vous demanderez ce que vous voudrez!

— Vous êtes donc bien riche?

— Je vous offre mille ducats!

Le capitaine recula.

— Peste — comme vous y allez! fit-il en saluant. Mille
ducats! Il faut donc que vous soyiez quelque grand seigneur
espagnol?

— Je suis le duc d'Arcos, cousin du roi d'Espagne, et je vous offre mille ducats pour mon passage! Ça vous va-t-il?

— Parfaitement, parfaitement, Altesse, répondit le capitaine alléché par des offres si séduisantes. Je vais vous préparer la meilleure de mes cabines!

— Eh bien, veuillez m'y conduire immédiatement. Je ne veux pas rentrer en ville!

Le capitaine obéit. Il fit descendre son passager, et l'installa dans une cabine qu'on arrangea à la hâte de façon à ce que le duc d'Arcos y trouvât tout le confort désirable. Ces ordres donnés, le capitaine remonta sur le pont pour hâter le départ du navire. L'équipage tout entier avait hâte de fuir ces parages désolés par la peste.

On leva l'ancre la nuit même. Dès que le navire fut en marche, le duc d'Arcos qui n'avait pas quitté sa cabine reparut sur le pont, pour respirer l'air de la mer. Il était sauvé! L'horrible maladie l'avait épargué. Quelques jours encore et son pied foulerait le sol de l'Espagne.

La traversée s'annonçait heureuse. Un jour, une nuit passèrent, mais au matin, le duc ne paraissant pas, le capitaine descendit pour s'informer de son passager. Il entra avec précaution, mais il avait à peine ouvert la porte qu'il reculait épouvanté — c'étaient les yeux d'un moribond qu'il venait d'apercevoir!

Le duc se mourait de la peste. Il expira le troisième jour sans que personne consentît à le soigner. Seul, le capitaine se risqua dans sa cabine pour lui donner à boire. Il avait à peine fermé les yeux que son corps, enveloppé d'un suaire, était jeté à la mer dont les vagues se refermèrent sur lui!

Le capitaine prononça une courte prière — puis il fit nettoyer la cabine — mais, chose étrange — la peste ne fit pas d'autre victimes sur le vaisseau.

Chapitre XXXV.

La mort de la sorcière.

La vieille Corvia avait été condamnée à mourir de la mort des sorcières. Le bûcher qui devait la consumer s'élevait près du canal, sur l'emplacement occupé jadis par la demeure du bourreau, et Benetti, le lazarone, grand et vigoureux gaillard de trente à trente-deux ans devait mettre la sentence à exécution.

La nouvelle, annoncée à son de trompe sur la place des Carmélites, se répandit dans la ville avec la rapidité de l'éclair, et chacun se prépara à jouir de ce spectacle. La foule, ameutée autour du hérant, se rua vers la cage pour insulter la malheureuse et pour se repaître de sa vue. La sorcière, un moment abattue, avait promptement surmonté cette faiblesse. Elle avait regagné son coin, s'y était de nouveau accroupie, et paraissait absolument insensible à ce qui se passait autour d'elle.

— La voyez-vous, la sorcière du diable, hurlait un lazarone en passant le poing entre les barreaux de la cage. On dirait un oiseau de nuit — mais il faudra bien qu'elle se montre au grand jour! Le gros Benetti saura la faire marcher!

— Elle va lui arracher les yeux!

— Bah! il est de force à lui résister! Ce que je crains, moi, c'est qu'elle ne s'envole cette nuit!

— J'en ai peur! On sait bien qu'il ne leur faut qu'un manche à balai à ces sorcières!

— Pas de ça! Je vais rester ici pour la surveiller! cria un lazarone, ami particulier de Benetti. Si elle venait à nous échapper, je ne m'en consolerais de ma vie!

— Ni moi non plus! Je vais rester avec toi! cria un autre compagnon.

— Il y aura foule, disait-on ailleurs, le mieux serait d'aller déjà ce soir vers le canal. Nous serions aux premières loges pour demain matin !

— Benetti travaille déjà à son échafaud, dit-on, fit une grosse commère qui se démenait dans la foule. Pourvu qu'il le fasse assez haut pour que tout le monde puisse voir !

— N'ayez crainte, ma vie, répondit un pêcheur. Benetti n'y épargnera ni le bois ni la peine, je le connais ; il nous fera là un bûcher digne de celle qui doit y monter !

Tandis que ces propos s'échangeaient ainsi, la nuit s'abaissait sur la vaste place et couvrait tout de son ombre. La sorcière ne remuait pas. On eût dit un cadavre accroupi dans le coin de la cage. Ce spectacle devenait monotone et peu à peu la foule s'éclaircit. Le besoin de repos se faisait sentir. Chacun, d'ailleurs, se proposait d'être de nouveau sur pied à l'aube et de courir vers le canal. Une sorcière brûlée vive ! Il y avait là de quoi affriander un peuple ami de tout spectacle.

Les deux hommes qui s'étaient offerts pour garder la prisonnière finirent par se trouver seuls devant la cage. Ils semblaient decidés à tenir bon, et, pendant un moment, ils jouèrent sérieusement leur rôle, mais la fatigue fut la plus forte, et vers minuit, tous deux, étendus sur le sol, dormaient du plus paisible sommeil.

La vieille les considéra un instant, puis elle se traîna vers la porte de la cage et s'y accroupit — ses mains s'étaient jointes — elle priait sans doute, et l'on eût dit qu'une larme avait humecté ses paupières desséchées.

Elle se releva bientôt après, et étendit ses vieux membres, puis un râle sourd emplit tout à coup la cage —

Les deux hommes se réveillèrent —

— Eh bien, qu'y a-t-il ? As-tu entendu ? fit vivement l'un des gardiens en s'adressant à son compagnon.

— Sans doute — je ne dormais pas ?

— Ni moi non plus! Il m'a semblé que quelque chose remuait dans la cage!

Les deux hommes approchèrent.

— La vois-tu? la sorcière, — fit l'un d'eux en montrant du doigt une masse noire adossée aux barreaux, — elle a changé de place!

— C'est bien permis! Elle dort je crois!

— Elle veut reprendre des forces pour son dernier voyage!

Les deux gardiens continuèrent un instant leurs sinistres plaisanteries, puis la fatigue eut peu à peu raison de leur verve, et tous deux finirent par s'accroupir à côté de la cage.

Le reste de la nuit passa sans autre incident, mais le jour se montrait à peine que déjà la ville s'éveillait. Vieillards et enfants, hommes et femmes de tout âge et de toute condition chacun s'habillait à la hâte, et prenait le chemin de l'enclos jadis occupé par Marcos. L'endroit paraissait voué aux exécutions. La tour et la demeure du bourreau avaient disparu, mais un gigantesque bûcher s'élevait sur l'emplacement même où Marcos, l'instrument de la tyrannie espagnole, torturait jadis ses victimes.

C'était sur ce bûcher que la sorcière du Vésuve allait être livrée aux flammes. Déjà les curieux sortaient à flots de la ville et se hâtaient vers le lieu de l'exécution. Les plus lestes avaient espéré se trouver aux premiers rangs, mais leur espérance fut déçue. Lorsqu'ils arrivèrent dans l'enclos, ils y trouvèrent déjà bon nombre de spectateurs installés depuis la veille autour du bûcher.

C'était une véritable cohue au milieu de laquelle on voyait circuler quelques petits trafiquants qui profitaient de l'occasion pour débiter leurs marchandises. L'un d'eux, un marchand de châtaignes rôties, se faisait remarquer surtout par son activité. Il allait et venait, causant avec chacun, et servant d'une main preste les nombreux clients qui l'appelaient au passage.

— Nos conseillers ont décidément bien fait de choisir cet endroit pour l'exécution, n'est-ce pas vrai, Giovanni? dit-il,

en approchant de deux pêcheurs qu'il paraissait connaître.
D'ici, tout le monde peut voir! Il n'y a pas même besoin
d'être près du bûcher! Te voilà, Bertuccio; tu veux avoir
aussi ta part du spectacle?

— Sans doute. Et toi, Seppi, tu profites de l'occasion pour
vendre tes châtaignes? répondit le vieux pêcheur.

— Faut bien penser à ses petites affaires, fit l'adroit personnage. — Je me suis dit que les châtaignes ne pouvaient
manquer d'avoir du succès ici, et vous voyez si j'ai eu raison!
Ma corbeille est presque vide! On gagne l'appétit à venir
aussi loin!

— Benetti s'est bien tiré de sa besogne! fit à son tour
Giovanni. Regardez ce bûcher! N'est-il pas fait de main de
maître?

— Ça fera une belle flambée, et les vieux os de la sorcière
auront bientôt fait d'y rôtir! exclama le marchand de châtaignes. Mais, à propos, n'est-ce pas vous qui l'avez dénoncée,
cette malheureuse?

— C'est bien nous!

— Et vous avez bien fait! J'en suis encore à me demander
comment elle a pu se livrer si longtemps à ses mauvaises
pratiques. Personne ne songeait à l'en empêcher, et voilà plus
de trente ans, dit-on, qu'elle fait ce métier du diable!

— Il y a bien trente en effet qu'elle est venue habiter la
caverne du Vésuve, répondit Bertuccio, mais autrefois elle
faisait peu parler d'elle. On ne l'apercevait que rarement. Ce n'est
que depuis peu qu'elle s'adonne ouvertement à la sorcellerie!

— On verra si les démons, avec lesquels elle a fait alliance,
la sauveront du bûcher! fit sentencieusement Giovanni. Nul
n'échappe à sa punition!

— Tu dis vrai! Son heure est venue! ajouta Seppi —
puis, reprenant sa corbeille, il s'éloigna en répétant son cri
habituel :

— Châtaignes fraîches! Châtaignes toutes chaudes! Qui en
veut! Qui en désire!

Les mains se tendaient de tous côtés. En un instant la corbeille fut vide, et l'heureux marchand retourna en toute hâte vers le réchaud où rôtissaient de nouvelles provisions de châtaignes.

La presse augmentait d'instant en instant. Bientôt le soleil parut, et ses premiers rayons éclairèrent les derniers préparatifs du drame qui allait se jouer.

Benetti et les quelques ouvriers charpentiers, qui l'avaient aidé dans sa besogne, avaient activement travaillé. Le bûcher dressait vers le ciel sa tête menaçante. Il était formé de poutres, de planches et de petites bûches, arrosées de poix, qui devaient brûler comme des allumettes. Quelques marches conduisaient au sommet, d'où l'on voyait sortir une longue perche pourvue de chaînes. C'était là, que la malheureuse Corvia devait être attachée.

L'heure avançait. L'inquiétude et l'attente se lisaient sur tous les visages. Enfin l'on vit arriver un détachement d'hommes armés qui ouvrirent un chemin au milieu de la multitude, et vinrent se ranger en cercle autour du bûcher. D'autres soldats s'échelonnèrent le long du passage, ouvert dans la foule, afin qu'il restât libre pour le sinistre cortège qui allait s'y dérouler. Les gardes étaient nombreux, mais ce ne fut pas sans effort qu'ils traversèrent les flots humains réunis sur ce sablonneux domaine. Ce ne fut pas sans effort surtout qu'ils parvinrent à s'y maintenir, et à garder l'espace nécessaire autour du bûcher.

Ils y réussirent enfin. La foule, d'abord agitée et bruyante, devenait peu à peu grave et silencieuse. L'heure décisive allait sonner. Chose étrange : on eût vainement cherché dans cette multitude un seul des frères de la mort ! Tous s'étaient abstenus. Ils protestaient ainsi, à leur manière, contre une barbarie inutile. La vieille Corvia leur paraissait coupable, sans doute, mais les hommes noirs, plus éclairés que la plupart de leurs concitoyens, eussent voulu pour la malheureuse une punition plus humaine, plus en rapport avec son âge et son sexe.

Les membres des conseils n'en avaient pas jugé ainsi. Ils s'étaient prononcés unanimement pour la peine de mort, et tous devaient assister, comme témoins, à l'horrible exécution ordonnée par eux. Ils parurent enfin, se dirigèrent à pas lents vers l'espace vide, qui leur avait été réservé autour du bûcher, et y prirent place tandis que la multitude s'entassait de plus en plus dans l'ancien domaine du bourreau. Jamais le sinistre enclos n'avait contenu pareille foule. Les têtes se touchaient, et semblaient former à distance un térrain mouvant.

Tonino et Zanetto avaient été chargés de conduire le bourreau vers la cage de la sorcière. L'aube paraissait à peine, que Benetti, l'herculien lazarone, chargé par le conseil de mettre à exécution la sentence, se présentait devant l'Hôtel-de-Ville avec le véhicule, qui devait transporter la pénitente sur le lieu du supplice. Ce véhicule n'était autre chose qu'une claie, consistant en une planche clouée sur deux perches et attelée d'un âne. Le tout ressemblait à un petit traineau.

— Te voilà, Benetti, — dit Tonino en descendant avec son camarade les marches de l'Hôtel-de-Ville. — Tu viens chercher la sorcière. Nous allons te la remettre sur l'heure; elle est toujours dans son trou !

Benetti fouetta de nouveau son âne, et l'affreux véhicule se remit en mouvement. Le bourreau suivait avec les deux sergents de ville. Ils atteignirent ainsi l'église des Carmélites où deux moines les attendaient. Zanetto portait la clef de la petite porte donnant accès dans la cage. Il la tendit aux moines, et ceux-ci pénétrèrent dans la sacristie, avec les trois hommes qui les accompagnaient.

La petite troupe arriva ainsi devant l'entrée de la cage. L'un des moines mit la clef dans la serrure et voulut ouvrir, mais la porte résista. Elle céda enfin sous les efforts réunis des deux sergents de ville.

C'était le corps de la sorcière qui la retenait ainsi. La

vieille était adossée contre la porte, et semblait vouloir empêcher qu'on l'ouvrit.

— Lève-toi! — lui cria Tonino en entrant dans la cage.

— La voyez-vous, cette sorcière de malheur? Elle se figure, je crois, qu'elle nous empêchera d'entrer!

Les deux moines avaient pénétré à leur tour dans la loge. Ils se penchèrent vers la vieille, et échangèrent un regard surpris. — La sorcière ne remuait pas; sa tête pendait sur sa poitrine.

— Sainte Vierge! elle est morte! je crois — s'écria Tonino qui approchait avec Benetti, — elle ne bouge pas!

— Morte? — répéta Zanetto en se signant, — morte! Je vous avais bien dit qu'elle nous jouerait un tour de sa façon!

— Elle s'est pendue! exclama le bourreau.

La vieille Corvia n'était plus qu'un cadavre. Elle avait déchiré son mouchoir, et en avait fait une bande avec laquelle elle s'était pendue au loquet de la porte. Les deux moines la détachèrent, et le corps de la malheureuse tomba comme une masse inerte sur le sol.

Il y eût un moment de silence. Les cinq hommes paraissaient consternés.

Eh bien, qu'allons-nous faire? demanda enfin Zanetto.

Personne ne répondit.

— La coquine! — s'écria Tonino après une nouvelle pause, — elle a trouvé moyen de nous glisser entre les doigts. Qu'ont-ils donc fait, les deux hommes qui avaient promis de la surveiller? Ils auront dormi comme des souches au lieu de monter la garde!

— Ils viennent de partir pour le lieu de l'exécution, répondit Zanetto. Je leur ai parlé, et tous deux m'ont dit qu'ils n'avaient rien vu et rien entendu de particulier! Qui se serait douté de ça! Elle avait l'air tranquillement assise contre la porte, la vaurienne!

— Il faut cependant qu'elle passe par le feu! s'écria Tonino. Les membres des deux conseils sont déjà en route —

impossible de faire manquer l'exécution! Elle ira sur le bûcher! Nous allons l'attacher sur la claie!

— Et que dira-t-on en l'y voyant couchée? objecta Zanetto. On s'apercevra fort bien qu'elle est morte!

— Bah! On la croira seulement évanouie!

— Tu as raison! s'écria à son tour Benetti. Il faut qu'elle passe par le feu! Je ne veux pas avoir construit ce bûcher pour rien! Il faut qu'il serve à quelque chose! Morte ou vivante, elle arrivera sur le bûcher!

Les deux moines approuvèrent. La vieille Corvia s'était soustraite aux horreurs de la mort qu'on lui destinait. Elle avait mis fin à ses jours après avoir fait monter vers le ciel une prière naïve — la première et la seule que ses lèvres eussent prononcée depuis de longues années — l'âme était partie — ce n'était plus qu'une enveloppe terrestre, un corps mort sur lequel la sentence des juges allait être exécutée — mais il fallait qu'elle le fût! Le peuple attendait son spectacle, impossible de l'en priver!

— En avant! — s'écria Tonino en soulevant la tête de la sorcière. — Attrapez-moi ces jambes. Nous l'attacherons sur la claie, cette vieille coquine, et tout le monde croira que la peur lui a fait perdre connaissance!

Benetti et Zanetto approchèrent, et quelques minutes plus tard le corps de la sorcière était solidement lié sur la claie. Le bourreau saisit l'âne par la bride, et l'horrible véhicule se mit en mouvement. Tonino et son camarade marchaient de chaque côté de la claie, tandis que les moines suivaient en répétant leurs prières. Le sinistre cortège traversa ainsi les rues de la ville, se grossissant en chemin de tous les curieux, qui avaient attendu le passage de la sorcière. Il arriva enfin vers le lieu de l'exécution, où son approche fut promptement signalée.

— La sorcière! la sorcière! Ce cri passa de bouche en bouche et provoqua dans la foule une indescriptible agitation. Toutes les têtes se tendaient vers le passage, resté libre, où s'avançait en ce moment le hideux véhicule.

— On ne peut pas la voir! disait-on dans les premiers rangs des curieux. — Il paraît qu'elle est couchée sur la claie!

— Elle aura perdu connaissance!

— Ou s'évanouirait à moins!

— Je la vois, je la vois! — criait un marchand de macaroni, doté par dame nature d'un corps si long et si mince, qu'il dépassait la foule de toute la tête. — On dirait une morte!

— Elle se réveillera bien, quand elle sera là-haut! Attendez seulement que les flammes la léchent! — ricanait un mauvais plaisant.

— Qui sait? disait un autre, — elle aura peut-être voulu résister, et Benetti n'y aura pas été de main morte avec elle! C'est un solide gaillard, et qui n'entend pas la plaisanterie, celui-là. Un coup de sa main l'aurait brisée comme verre, toute sorcière qu'elle est!

— Regardez, regardez, on lui apporte déjà les torches!

La claie arrivait au pied du bûcher. C'était là le moment critique. Le public ne devait pas s'apercevoir que c'était une morte qu'on allait exposer aux flammes, et quoique les spectateurs ne fussent pas immédiatement au pied de l'échafaud, la chose présentait bien quelque difficulté.

Un sourd murmure passa dans la foule — le spectacle allait commencer.

Tonino détacha la sorcière qui tomba lourdement sur le sol, et l'on put croire de loin, en voyant le bourreau se jeter sur elle, qu'elle se refusait à marcher.

En cet instant, deux sergents de ville approchèrent avec des torches allumées.

— Un moment, un moment! leur cria Benetti, — il faut d'abord que je monte la sorcière là-haut. Vous voyez bien que la frayeur lui ôte bras et jambes!

Et l'athlétique bourreau, saisissant à bras le cadavre de la pénitente, le chargea sur ses épaules et gravit avec ce fardeau les marches de la plate-forme. On eût dit un géant portant un fétu de paille.

De sauvages acclamations saluèrent ce spectacle. La foule hurlait, trépignait, applaudissait avec rage. Benetti était devenu subitement le héros de la journée. L'herculéen lazarone avait, d'ailleurs, conscience de son succès, et le faisait durer le plus possible. Il gravissait majestueusement les marches du bûcher, se donnant en spectacle avec une complaisance visible. Jamais exécuteur des hautes œuvres n'avait mieux rempli son rôle.

Le tumulte continuait, et les deux sergents de ville y contribuaient de toutes leurs forces. Ils lançaient leurs bonnets en l'air, criaient, applaudissaient et se démenaient comme quatre, tandis que les deux moines profitaient de l'occasion pour communiquer tout bas aux membres des conseils ce qui s'était passé.

Benetti arriva enfin vers la poutre, arrosée d'huile, qui s'élevait au sommet du bûcher, et à laquelle pendaient deux ou trois chaînes. Il laissa glisser à terre le cadavre de la sorcière, puis il le dressa contre le pilier et l'y lia fortement. Le tour était joué. Nul n'avait deviné que ce n'était qu'un corps mort qu'on allait livrer aux flammes.

La foule suivait haletante chaque mouvement du bourreau. Celui-ci achevait lentement ses préparatifs. Quand tout fut terminé, il se tourna vers le peuple, en lui montrant de la main la pénitente.

— La voilà! disait ce geste. Le spectacle va commencer!

Une nouvelle explosion de bravos salua cette pantomime. Le nom de Benetti passait de bouche en bouche accompagné des plus enthousiastes acclamations. On eût dit que l'athlétique lazarone venait de sauver son pays par quelque action d'éclat. Il contempla un instant cette foule en délire, puis il la salua à plusieurs reprises, et redescendit gravement les marches du bûcher.

Le moment solennel était là. Benetti prit les torches, que

naient toujours les deux sergents de ville, les agita vivement
pour les ranimer, et les lança enfin au milieu du tas de bois
qui formait le dessous du bûcher. Le feu s'y communiqua
immédiatement, grâce à la poix et à l'huile dont tous ces
matériaux avaient été enduits, et l'on vit monter vers le ciel
d'épais nuages de vapeur et de fumée.

Tout disparut, un instant, aux regards de la foule, puis les
flammes sortirent, peu à peu, de ce tourbillon et montèrent
victorieusement à l'assaut du bûcher. Quelques minutes s'étaient
à peine écoulées, que déjà des langues de feu atteignaient en
sifflant le poteau, contre lequel on avait attaché la sorcière.

Un long cri de triomphe salua ce spectacle. La vieille
Corvia allait être atteinte par les flammes — ce contact ne
la ferait-il pas sortir de son insensibilité? Chacun se posait
cette question — mais déjà elle était résolue. Une épaisse
fumée, montant de nouveau vers le ciel, cacha la pénitente
aux regards de la foule. L'instant d'après, le bûcher croulait
avec des craquements sinistres, entraînant dans sa chute et
la poutre et le cadavre qui y était lié.

Les flammes se ranimèrent promptement, et ces matériaux
amoncelés flambèrent bientôt du sommet à la base. Cet immense foyer répandait autour de lui une chaleur à peine sup-
portable, mais le peuple tint bon. Il fallait s'assurer que la
sorcière du Vésuve avait réellement trouvé la mort dans les
flammes.

Ce ne fut qu'au bout de quelques heures, et lorsque le
bûcher ne présenta plus qu'un amas de charbons éteints, que
la foule commença à se dissiper. Justice était faite. Les os
calcinés de la malheureuse Corvia étaient ensevelis sous un
tas de décombres — et le peuple s'en retournait, heureux et
satisfait d'avoir vu brûler une sorcière.

CHAPITRE XXXVI.

La noce.

Ce fut une douleur mêlée de consolation pour Lucia, de retrouver, dans la pauvre cabane du jardinier Chérofano, son enfant chéri qui avait rendu le dernier soupir dans ses bras!

— N'était-ce pas un bonheur pour ce petit être d'avoir quitté la vie avant d'en connaître toute l'amertune et d'être monté au ciel? Qu'avait-elle à espérer ici-bas? Il est vrai que nul sacrifice n'eût paru trop grand à Lucia pour conserver sa petite Anita, mais l'innocente créature se trouvait maintenant à l'abri des maux sans fin, qui sont le partage des mortels.

Heureux celui qui peut quitter le sein tout chaud de sa mère pour

> Trépasser sans douleurs dant les bras de la mort
> Inconscient de tout mal, de la vie et du sort!

Il ignore les souffrances et les joies de ce monde. Malgré son affection immense, Lucia se disait, que le malheur aurait, peut-être, été le partage de l'enfant. Elle avait tout lieu de le craindre en évoquant les terribles souvenirs du passé.

Ne sommes-nous pas souvent à nous demander dans l'excès de notre désespoir: — Fallait-il qu'il en soit ainsi? Fallait-il perdre l'objet aimé, pour reconnaître plus tard le doigt de Dieu et la main sage de la Providence?!

C'est avec le cœur navré que Lucia se voyait forcée de quitter son trésor, si longtemps cherché, avec une inquiétude poignante. Elle ne pouvait se séparer de ce petit corps inanimé. Privé de vie, l'enfant était encore ravissant comme un ange.

Marguerite et Zinani avaient aussitôt reconnu la belle dame, qui avait jeté une pièce d'or dans la corbeille. La reconnaissance de Lucia eut bientôt cimenté une liaison intime entre elle et ses hôtes.

La mère infortunée gardait une profonde gratitude au pauvre jardinier et à sa famille pour leur tendre sollicitude envers son enfant, malgré leur dénûment complet. Elle ne pouvait oublier que, pressés par la misère eux-mêmes, ils avaient cependant ouvert des bras charitables à la petite abandonnée.

N'est-ce pas toujours ainsi? On chercherait en vain sous le toit du riche ces bienfaits simples et ignorés qui portent l'empreinte de la sincérité. Les palais sont fermés, le plus souvent, à la compassion et au sacrifice, hors le cas, peut-être, où la publicité fait sonner bien haut l'obole qui tombe de leurs mains. C'est dans la cabane du pauvre que le malheureux trouve toujours une main secourable, prête à faire le bien sans ostentation, car le pauvre seul connaît les tortures de la faim, et ses propres souffrances lui font mieux comprendre celles d'autrui. Le repu n'a jamais connu le besoin ou l'inanition; son opulence prodigue étouffe en lui tout sentiment de commisération. Qui saurait méconnaître l'empressement du pauvre à obliger, même aux dépens des privations?

L'attachement de Chérofano et de sa famille pour la pauvre enfant étrangère, ne resta pas sans récompense. Lorsque la terre eut reçu les dépouilles adorées, Lucia s'occupa de soulager leur indigence. Elle remplit avec joie ce devoir sacré de la reconnaissance.

Le jardinier et sa pauvre femme n'avaient jamais compté sur une pareille rémunération. Ils ne tardèrent pas à ressentir les effets bienfaisants de leur bonne action.

Lorsque le frère et le fiancé de Lucia eurent appris d'elle la conduite de Cherofano, ils lui donnèrent, avec l'aide de leurs nombreux amis, les moyens d'agrandir son jardin, son champ, pour y planter toutes sortes de légumes et d'avoir un troupeau de chèvres, ce qui lui permettait de vendre ses produits à la ville avec plus de profit qu'il n'en retirait de ses fleurs.

De cette manière ils aidèrent plus efficacement qu'en lui remettant une somme quelconque, parce qu'ils mirent cet homme laborieux à même de pourvoir aux besoins de sa famille, sans redouter la misère.

Lucia venait visiter, de temps à autre, le ménage de cette famille, pour s'informer de la santé de la mère et des enfants. Sa joie était bien grande en voyant la transformation avantageuse, qui s'opérait peu à peu dans cet intérieur. Cherafano se montrait vraiment digne des secours qu'il avait reçus : il était diligent et laborieux ; son visage rayonnait de contentement, et la santé de sa femme s'améliorait à vue d'œil, depuis qu'elle avait cessé de lutter contre le besoin. Les enfants surtout témoignaient à Lucia un attachement sans bornes, et quand les filles eurent un peu grandi, elle leur fit apprendre un métier qui les mit à même de gagner leur pain.

Bien souvent, le soir, après le travail de la journée, entouré de sa famille, Cherofano contemplait avec satisfaction l'aisance produite par son travail. — Finalement, disait-il, c'est au brave Candido qu'il faudrait attribuer cet heureux changement. Le pauvre chien a bien mérité le pain de vieillesse que nous lui accordons, mais la femme de Cherofano disait qu'il fallait plutôt en remercier la protection divine.

Les fruits, les fleurs, le lait et les bons fromages apportés par Cherofano à Naples, aux jours de marché, trouvaient de nombreux acheteurs. Chacun voulait avoir de ses produits soignés, qu'on payait sans marchander. Il faut avouer aussi que tout prospérait admirablement entre ses mains. On aurait dit, en voyant le bonheur de cette famille, que la Providence la protégeait pour la charité qu'elle avait témoignée à la pauvre orpheline.

Aujourd'hui Lucia savait enfin où se trouvait son enfant. Le cher ange réposait là, sous un petit tertre, dans le cimetière !

Elle y allait souvent pour l'orner de fleurs et de couronnes.

Salvatoriello l'accompagnait pour lui prouver l'intérêt qu'il prenait à tout ce qui la concerne.

Enfin, ils pouvaient donner cours au penchant de leurs cœurs, qui ne rencontraient plus d'obstacles, et le jour de la célébration solennelle du mariage fut arrêté.

Le frère de Lucia, Ancillo, s'était grandement réjoui des fiançailles; il désirait aussi que la noce soit brillante et qu'elle réunisse tous les amis de Salvator Rosa et les siens dans un festin digne de la fête. Par les soins du grand conseil de Naples, il était rentré en possession de ses richesses, que les Espagnols avaient confisquées, et ne voulait rien épargner pour le trousseau de sa sœur unique.

Le jour de la noce approchait. Ancillo orna avec goût les appartements de la fiancée. On parsema les rues de fleurs; des guirlandes furent suspendues aux portes et aux rampes des escaliers dont les marches étaient couvertes de tapis. L'atelier spacieux d'Ancillo fut transformé en salle de festin.

Les amis d'Ancillo paraissaient aussi s'être concertés en secret avec lui pour causer une surprise aux fiancés; ils étaient occupés depuis plusieurs jours, et dans le plus grand mystère, à des préparatifs qui avaient lieu dans une pièce contiguë à la grande salle.

Salvator avait cherché à retenir un logement dans le voisinage du frère de Lucia, mais ses amis l'avaient prié de s'installer plutôt dans le pavillon inhabité de la terrasse du parc, dont Salvatoriello visitait rarement les allées sombres et solitaires. Il aurait volontiers cédé aux instances de ses amis, malgré sa répugnance d'aller habiter un vieil édifice, peu attrayant, mais Lucia partageait aussi son antipathie. Cependant elle finit par adhérer au désir de son frère, et voulut bien habiter après le mariage cette demeure peu avenante. Ne serait-elle pas toujours aux côtés de son bien aimé, dont la présence la rendrait heureuse en tout lieu?

Elle abandonna à son frère le soin de s'occuper de tout,

sachant bien que l'affection lui dicterait les mesures à prendre pour qu'elle soit pleinement satisfaite.

Ancillo avait aussi un air de mystère pareil à celui de ses amis; tout cela faisait présager des surprises, dont le jeune couple ne se doutait pas.

Lucia attendait ce jour de joie avec impatience, car elle désirait hâter le moment de l'union avec son bien-aimé. Elle aspirait au bonheur de la vie en commun. Le passé orageux de Salvatoriello en avait fait l'homme, dont elle avait tout lieu d'attendre un appui sûr, et un amour fidèle.

Enfin le jour de la noce arriva. Lucia se fit parer avec soin par sa camériste: une robe de soie blanche enserrait sa taille élevée et svelte; de ses cheveux, ornés de fleurs, tombait un voile richement brodé; elle n'avait d'autres joyaux qu'un beau collier de perles fines — un cadeau de Salvatoriello.

Salvator Rosa vint pour conduire à l'église Lucia, que ses amies attendaient en robes de fêtes pour l'accompagner à l'autel, tandis que Salvatoriello devait s'en approcher entouré d'Ancillo et de ses amis.

Le couple s'agenouilla. Le discours du prêtre fut bref, mais émouvant; il échangea les anneaux et bénit solenellement l'union.

Le visage de Lucia était inondé de larmes pendant la cérémonie. Elle se souvint de toute l'amertume du passé: de son enfant, de Fenella et de sa passion pour Alfonso . . . . Aujourd'hui elle se voyait heureuse aux côtés d'un homme qui lui avait offert et prouvé son amour sincère! Après la bénédiction nuptiale, elle reçut le baiser conjugal et fut bientôt entourée par les témoins de l'union qui s'empressaient de présenter leurs vœux au couple heureux.

C'est dans ce moment que Lucia sentait tout le bonheur qui l'attendait. Les jours sombres du passé s'étaient évanouis pour faire place à une vie nouvelle. Un avenir plein de promesses s'ouvrait devant elle, auprès d'un homme aimé dont elle ne se séparerait à tout jamais!

— Ah! se disait-elle, si Fenella avait aussi pu jouir de ce bonheur! Pourquoi faut-il que le sort l'ait choisie pour lutter contre une fatalité implacable qui en fit sa victime?

Mais la Muette de Portici était délivrée maintenant de tous ses maux. Elle avait trouvé dans les bras d'Alfonso le repos éternel et le bonheur qui lui avait été refusé sur la terre. Fenella était aussi unie à son amant. Son désir s'était accompli. La dernière nuit qu'elles furent ensemble, Lucia avait appris avec quel bonheur elle quitterait la vie.

Salvatoriello vint interrompre ses pensées pour la conduire dans la maison de son frère, où devait avoir lieu le festin. Chemin faisant, il lui dit quelques unes de ces paroles qui font tréssaillir le cœur. Elle se pressa plus fort contre lui et le regarda avec enivrement.

— Enfin je suis à toi, toute à toi, dit-elle doucement.

— Une vie de bonheur va s'ouvrir pour moi, chère épouse, répondit Salvatoriello.

Arrivé au logis d'Ancillo, le couple fut salué par les hôtes nombreux qui s'y étaient rassemblés d'avance.

Les stores étaient baissés dans la grande salle, qui resplendissait de lumière; une table, richement servie, attendait les convives, parmi lesquels nous trouvons Luigi Nardo, les peintres Fracanzano, Nicco Spadaro et beaucoup d'autres.

Ancillo conduisit sa sœur et Salvatoriello à la place d'honneur. La table était ornée de fleurs, de vases remplis de fruits et de friandises. Les amphores d'argent contenaient des vins recherchés.

De nombreux valets distribuaient aux convives des mets succulents. Ils avaient soin que les coupes fussent toujours remplies.

Les huîtres, les homards, la volaille, le poisson, précédaient le dessert composé de gâteaux et de sucreries artistement préparées, et qui représentaient toutes sortes de sujets. Puis vint le champagne glacé, dont l'écume pétillait dans les verres de cristal.

Le festin fut joyeux ; on but à la santé des nouveaux mariés, au bien-être du pays. L'amour, comme emblême du bien, ne fut pas oublié. Lucia proposa un toast à la „Compagnie della morte", qui célébrait sa dissolution après des luttes glorieuses, dont l'action avait été si salutaire.

— Maintenant, — dit-elle en souriant, — qu'ils sont démasqués, je les reconnais ; ils sont tous rassemblés autour de moi, les chefs du moins .... Vive la Compagnie ! Vive les noirs !

Et ce fut de nouveau un vivat général au milieu du choc des verres.

Après le festin, les convives se partageaient en groupes animés, tandis que les jeunes peintres s'esquivaient.

Un rideau rouge aux plis ondoyants barrait l'entrée d'une pièce voisine. On apprendrait enfin le mystère qu'il récélait. Il s'agissait de causer une surprise à Lucia et à ses amies. On se souvient que le pavillon avait été le théâtre d'événements qui ressemblaient à la sorcellerie.

Dans les derniers temps Lucia avait souvent questionné son bien-aimé là-dessus, mais elle en avait toujours obtenu une réponse évasive. Aujourd'hui on devait être initié à ces mystères, qui, au fond, avaient eu lieu pour le bien des Napolitains. Lucia y avait elle-même pris part alors, sans savoir qui elle servait par sa coopération.

Le rideau fut levé . .

Les hôtes stupéfaits avaient devant eux les sirénes, ce tableau vivant qui les étonna autrefois dans le pavillon. Il était éclairé par une lumière éblouissante. Ces belles figures de filles, dont les unes plongées jusqu'à mi-corps dans les ondes, d'autres couchées sur le faîte des rochers, offraient un spectacle enchanteur qu'on ne pouvait assez admirer.

— Oui, c'est le même tableau d'alors ! — dit Lucia à ses amies. Salvatoriello l'avait quittée pour un instant.

Le rideau tombe, et lorsqu'il fut relevé, on vit sur un

piédestal le même sphinx mystérieux qu'on se souvint aussi
avoir vu précédemment dans le pavillon.

Immobile, mais vivant, moitié homme, motié lion, il était
admirable d'exécution.

La voix d'Ancillo retentit dans la salle:

— Tu es le Sphinx! hé bien! apprends-nous l'avenir des
nouveaux mariés!

Et le sphinx répondit:

> Le bonheur sera leur partage,
> Désormais pur et sans nuage;
> Dans cet hymen, rempli de foi,
> On dira nous, au lieu de moi!

— Oui, s'écria Lucia, tu as raison, sphinx! Si toutes les
prophéties sont aussi vraies que celle-là, tes oracles seront
toujours suivis!

Dans ce moment une quinzaine d'hommes masqués, cou-
verts de manteaux noirs, en tout semblables aux membres
de la mystérieuse Compagnie, se présentèrent sur la scène et
jetèrent leurs masques —

C'étaient Salvator Rosa et ses amis, les peintres.

— Maintenant tu comprends tout, ma chère Lucia, dit-il.
Tu es initiée à nos mystères! C'était moi et mes amis qui
formaient la fameuse société. Avec l'aide de nos poseurs nous
faisions dans le pavillon ces choses, extraordinaires en apparence, auxquelles tu a pris part, sans connaître leur but
intime. Nous nous étions juré de travailler au bonheur de
Naples, et si nous n'avons pas réussi en tout, ce n'est pas
la bonne volonté qui a fait défaut, car nous désirions sincèrement châtier les méchants et récompenser les bons. Aujourd'-
hui ce n'est plus un mystère: nous l'avons expliqué, et notre
tâche est finie.

Alors les peintres Francesco Fracanza et Micco Spadaro
s'avancèrent vers Salvatoriello. Micco portait sur un coussin
de velours une couronne de laurier d'or et d'argent pur.

— Toi, Salvator Rosa — lui dit Fracanzaro — comme chef de notre société, tu nous a dirigés avec tant de courage, de noblesse et de désintéressement, que nous venons t'offrir, au nom de tous, les témoignages de notre gratitude. Accepte cette couronne comme une faible preuve de notre reconnaissance ; accepte aussi, pour toi et ton épouse, le pavillon de la terasse, où nous avions nos réunions, comme un dédommagement insuffisant pour les grands sacrifices que tu as apportés avec ton ami Ancillo Falcone à la cause commune. La Compagnie de la mort n'est plus ! Va habiter ce pavillon avec ton épouse pour inaugurer une ère de paix et de bonheur !

Salvator Rosa était profondément ému des présents de ses amis. Lucia versait aussi des larmes de joie, touchée de ces preuves de reconnaissance, dont son époux était l'objet. C'était un beau jour pour elle.

— Je vous remercie pour ces preuves d'affection, — répondit Salvatoriello, et serrant cordialement la main de ses amis : — je suis ému, heureux et honoré de vos offrandes !

— Et maintenant, permettez-nous de vous conduire dans votre nouvelle demeure, — dit, aux époux, Ancillo, avec un sourire mystérieux. — Tous vos hôtes désirent vous accompagner au pavillon, pour y célébrer votre installation. Les voitures vous attendent.

On sortit de la salle du festin pour monter dans les voitures fermées. Les nouveaux mariés prirent place dans le même coupé avec Ancillo Falcone. Micco et Francesco étaient parti d'avance.

Il faisait nuit, lorsque les voitures s'arrêtèrent devant le parc. La lune était dans son plein.

Aussitôt que les époux furent descendus avec Ancillo, suivis de toute la société, les portes du parc s'ouvrirent pour offrir un spectacle inattendu et sans pareil aux yeux des assistants émerveillés. Les vieux arbres étaient intacts, mais toutes les clairières étaient ornées de gazons, de fleurs et de

bosquets charmants, parmi lesquels on avait disposé des
statues de marbre blanc, qui paraissaient souhaiter la bienvenue
aux visiteurs. Près de la rotonde, on voyait un jet d'eau
élevé qui retombait en pluie abondante dans un bassin. Les
allées étaient soigneusement aplanies et ratissées. De petites
maisonnettes s'élevaient çà et là.... En un mot, on avait
transformé le vieux parc sombre en un séjour délicieux qui
prenait, à la clarté de la lune, un aspect vraiment féerique.

Les jeunes époux ne pouvaient se rassasier de l'admirer,
lorsque Ancillo les invita à monter l'escalier de la terrasse
pour entrer dans le pavillon.

Leur surprise fut bien grande à la vue de l'habitation
transformée, qui dominait la terrasse comme un petit château.
Elle était non seulement restaurée à l'extérieur, mais on avait
aussi refait à neuf tous les appartements. Pendant que la
sœur embrassait son frère, Salvator, profondément touché,
remerciait ses amis pour leur attention délicate.

Qu'il était splendide le panorama qui s'offrait aux yeux
depuis la terrasse! Eclairé par la lune, le golfe de Naples
miroitait dans le lointain sa nappe azurée. Tout le monde
resta jusque dans la nuit avancée pour contempler ce spectacle
ravissant, veulant aussi jouir à satiété du jour heureux qui
remplissait tous les cœurs de joie.

Enfin on se sépara, et lorsque Lucia fut restée seule avec
son époux, elle se jeta dans ses bras...

— Oh! que je suis heureuse, — lui dit-elle tout bas —

Il l'embrassa avec tendresse, et la pressant contre son cœur,
qui battait avec violence, — aussi heureuse que moi, répondit-il. — Que le ciel conserve le bonheur et la paix, non
seulement à notre maison, mais au pays entier!

— Ainsi soit-il! — murmura Lucia, en se pressant plus
fort contre son époux chéri.

* * *

Naples était débarrassée du joug espagnol. Les flots de sang n'avaient pas coulé en vain; la cité, rudement éprouvée, commençait à respirer.

Mais ce n'était qu'un calme passager! Naples devait encore être le théâtre d'horribles calamités. Ce qu'on avait toujours craint et prévu, ne tarda pas à se réaliser!

La nouvelle de l'expulsion des Espagnols fut bientôt connue à Madrid et dans la flotte ennemie. Peut-être aussi, malgré la vigilance de la „Compagnia della morte", les partisans du vice-roi étaient ils parvenus à demander secours.

Naples trembla lorsqu'elle apprit l'approche de la flotte et le débarquement des troupes.

On vit encore une fois, au souvenir du passé, les habitants en proie à la terreur qui paralysait toute idée de défense. Devait-on résister? Devait-on défendre Naples en conservant la république?

Le conseil, formé de bourgeois, paraissait pencher vers ce dernier parti, et comme la plupart des citoyens déclaraient aussi mourir plutôt que de se livrer aux vengeurs des Espagnols, il fut résolu de prendre les armes et de lutter avec désespoir contre l'étranger.

On arma tous les citoyens pour défendre les murs et les remparts. Lorsque l'ennemi approcha, il vit qu'on était prêt à lui résister. Les chefs des assiégeants envoyèrent aux citadins un message qui leur enjoignait de se livrer à merci. Il leur fut répondu qu'on aimerait mieux périr que de se rendre.

Le 5 Octobre, 1647, la ville fut attaquée et bombardée simultanément du côté de la mer et des forts environnants, mais sans aucun succès.

Les Napolitains défendaient leur cité avec un courage, qui rappelait les temps de Masaniello dont l'âme paraissait encore planer au dessus de leur ville; mais le conseil des bourgeois

reconnut bientôt qu'on ne saurait opposer une longue résistance aux Espagnols, dont les bombes causaient des ravages
effrayants.

Il fut décidé de s'adresser au roi de France, Louis XIV,
pour lui demander secours. — Ce souverain manifesta son
intérêt pour les malheureux Napolitains, d'une autre manière
qu'on ne l'avait espéré.

Après avoir longtemps attendu des secours promis, on vit
arriver le duc Henri II de Guise, qui fut nommé chef de la
république. Mais ce prince orgueilleux ne voulait point admettre les bourgeois dans son conseil, et traitait les habitants
si indignement qu'il s'attira un mécontentement général.

Le duc de Guise s'était flatté de trouver un champ pro-
pice à ses projets ambitieux, mais l'attitude ferme des habitants lui prouva qu'il s'était trompé, aussi le vit-on bientôt
quitter Naples.

Les bourgeois eurent le temps de se convaincre de ce qu'ils
avaient à espérer du secours étranger. En définitive, le joug
des Français n'était pas moins lourd que celui des Espagnols,
et lorsqu'un ambassadeur extraordinaire du roi d'Espagne
parut et promit, en son nom, une amnestie complète avec
l'assurance de diminuer les impôts, les Napolitains se décidèrent, après un siège de six mois, à reconnaître son autorité.
On leur faisait espérer aussi un gouvernement plus doux, le
duc d'Arcos étant mort.

Cependant le souvenir de la résistance contre les tyrans
étrangers ne fut jamais éteint parmi le peuple. On considérait
la mort du prince Alfonso et de Fenella comme une espèce
de réconciliation entre les dominateurs et la nation, surtout
lorsqu'on apprit quils avaient cherché une mort commune
dans les flots.

Mais bien plus durable encore fut le souvenir de Masaniello.
Aujourd'hui même, ce roi des lazzaronis, ce pêcheur qui avait
conduit le peuple à la victoire, reste pour lui un héros vivant
et respecté.

Son tombeau dans l'église des Carmes eut l'épitaphe suivante :

Jo sono Mas'Aniello d'Amalfi che ho cavato in fine la soma ed il dazio a Napoli.

(Je suis Masaniello d'Amalfi qui a délivré Naples du joug et des contributions.)

Et le peuple de Naples se dit encore aujourd'hui :

i figli di Mas'Aniello
(les fils de Masaniello).

F I N.

**Chaque abonné reçoit une magnifique litho-
chromie à l'huile, encadrée.**

R. Dancker, libraire-éditeur à **Zurich**, a l'honneur
d'inviter l'honorable public à souscrire à l'abonnement de:

LES ÉPOUSES INFORTUNÉES

DE HENRI VIII ROI D'ANGLETERRE

et

LEUR FIN TERRIBLE SUR L'ÉCHAFAUD.

PAR ERNEST PITAVALL.

Qu'elles sont belles les femmes qui s'agitent tremblantes,
comme des victimes autour du roi capricieux, énergique et
passionné, — Henri VIII d'Angleterre!

Celui qui fut, dans sa jeunesse, le plus beau, le plus cour-
tois et le plus brave chevalier, devint par la suite l'esclave
des passions effrénées. A peine a-t-il satisfait ses sens par
la possession, qu'il fait périr sur l'échafaud l'épouse infortunée
dont il a joui, pour voler dans les bras d'une autre victime.
La figure sombre du roi sanguinaire apparaît comme un
spectre. — Semblable à un tigre avide de carnage, prêt à
s'élancer sur sa proie, on le verra jouer avec sa victime avant
de la dévorer. Aux pieds d'Anne de Boleyn vous voyez ce
roi murmurer des chants d'amour, tandis que le bourreau pré-
pare déjà son couperet pour trancher les jours de cette belle
épouse. Pendant que les lords et les prélats se rendent au
festin, que les coupes s'emplissent d'un vin mousseux, que
les trompettes guerrières retentissent au loin, — nous voyons
la belle Anne de Boleyn rayonner comme une étoile aux côtés du

roi enivré d'amour. Mais bientôt, — sous prétexte d'avoir été surprise, par son royal époux, dans les bras d'un autre, — cette beauté ravissante devra poser sa tête sur le billot sanglant. Le vent n'a pas encore emporté le tintement du glas funèbre qui nous annonce son dernier soupir, et déjà la taille svelte de Jeanne de Seymour se balance sur une belle haquenée blanche à côté du roi Henri somptueusement vêtu. Elle va devenir reine. Après Anne de Boleyn viendra le tour de Catherine Howard, connue par son amour sans bornes pour le roi, et dont l'unique faute était d'avoir aimé un autre avant son époux. Des cardinaux mêmes ne furent pas épargnés par ce roi sanguinaire, et l'on vit tomber leurs têtes sur l'échafaud jusqu'à ce, que la sixième femme de Henri, Catherine Parr, douée d'une rare finesse, soit parvenue à dompter le tigre.

Mais lui aussi, le tigre couronné, fut enfin atteint, ici-bas, par une juste vengeance!

Le drame, qui se déroule sous les yeux du lecteur, est d'autant plus saisissant par ses contrastes, que nous avons d'un côté les scènes terrifiantes et la fin déplorable de toutes ces belles femmes si dignes de notre intérêt, et de l'autre le châtiment mérité que la Providence inflige à ce prince, surnommé à juste titre „la Barbe-bleue" de cette époque.

Nous voyons s'accomplir, enfin, d'une façon terrible la malédiction qu'Anne de Boleyn a jetée en montant sur l'échafaud et dont les premières pages contiennent le récit émouvant.

Nous extrayons les titres de quelques chapîtres:

Le jeune gentilhomme du bois. — La rencontre au Strand. — **L'héritage du faiseur de rois.** — **Le duel et le nœud de ruban.** — La première intrigue de cour. — **Rêve d'amour.** — Le page de Henri VIII. — **Désillusion et espérance.** — Une rude coup. — **Anne de Boleyn à l'étranger.** — Le tournoi. — **La tentation.** — Louise de Savoie. — **Gratitude des princes.** — **La veillée nuptiale.** — **Le voile de soulève.** — **Au couvent.** — L'abbesse et la dame de cour. — Le rendez-vous. — **L'enlèvement.**

Conditions de l'abonnement.

L'ouvrage paraît en 26 à 28 livraisons à 65 centimes pièce. Chaque mois paraissent deux livraisons, qui sont expédiées franco et avec exactitude.

Tous les abonnées reçoivent à la dernière livraison, comme prime, contre le minime payement de fr. 3. —

la magnifique lithochromie à l'huile, imprimée en 17 couleurs, encadrée, intitulée

LE BON AMI

hauteur 48 centimètres, largueur 42 centimètres

Le pendant (du petit Anatomiste)

un charmant tableau de genre, qui coûte au magasin au moins 25 francs pièce, et n'a jamais été, jusqu'ici, aussi artistiquement exécuté.

Je m'abstiens de toute réclame, car ce qui est bon se recommande par soi-même.

Le peu de frais de port est à payer par les abonnés.

Toutes les réclamations pour manque de ponctualité etc. doivent être adressées par lettres affranchies au bureau de l'éditeur.

Il est bien entendu que toute autre chose, non indiquée dans ce prospectus, qui pourrait être accordée ou promise par mes voyageurs ou tout autre débitant, devra être considérée comme absolument nul et non avenu.

ROBERT DANCKER,

LIBRAIRE-ÈDITEUR,

ZURICH, LIÉGE, AMSTERDAM, PARIS.

Imprimerie R. Dancker. Zurich.

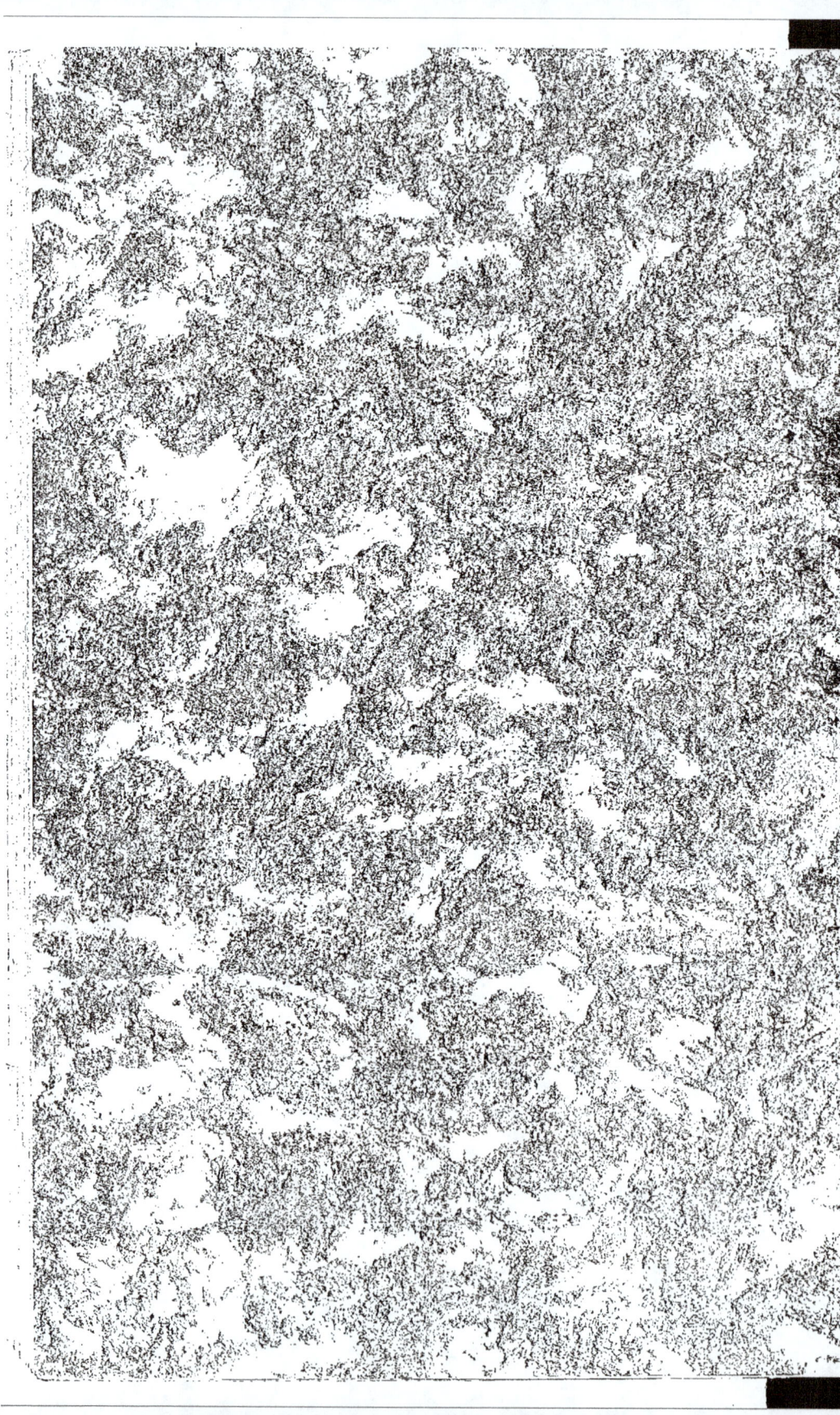